무소의 뿔처럼 혼자서 가라

무소의
뿔처럼
혼자서
가라

공 지 영 장 편 소 설

해냄

내년이면 내가 소설가가 된 지 햇수로 30년이 된다. 지금은 위녕이라고 불리는 우리 큰 아이를 뱃속에 가지고 소설가가 되었으니까.

아름답게 자란 내 딸아이도 내년이면 우리 나이로 서른이다. 내가 소설가로 이름을 세운 것은 우리 딸 위녕을 분리해 생각하기는 힘들 것이다. 엄마가 되고 나서 세상의 모든 모순들이 내게로 밀어닥쳤다. 그 고통들이 나로 하여금 쓰게 했다. 사소하게는 아이의 분유 값을 벌기 위해서라는 목표도 물론 있었다.

일전에 평론가 김윤식 선생께서 소위 나의 출세작이라고 일컬어지는 『무소의 뿔처럼 혼자서 가라』는 공지영의 모든 대표작 중의 대표작이라고 칭찬을 하시며, 혹자는 이 책을 페미니스트의 교과서라고 읽지만 자신은 청춘의 책이라 본다, 고 하셨다. 이 책은 "물 밖에서 배울 수 없는 수

영을 물 밖에서 배우고 깊은 삶의 강 속으로 빠진 젊은이들의 이야기, 혹은 채 수영도 다 배우지 못한 채로 삶의 격류 속에 휘말려야 하는 잔혹한 젊은 삶의 기록"으로 본다고 말이다.

생각해보지 못한 말이었지만, 말씀을 들으며 역시 평론가시구나 하는 생각을 했던 기억이 난다. 나 자신조차 열어보지 못한 오래된 봉인이 뜯기는 듯 가슴 저 밑이 얇게 저며지는 듯 통증이 왔으니까 말이다.

요즘도 강연을 가면 젊은 처자가 오래된 이 책의 판본을 들고 온다. 이 책 어디서 났어요? 물으면 엄마가 가서 사인받아 오라 하셨어요, 한다. 이 시대에 대를 걸친 모녀의 사랑을 받는 작가인 나는 얼마나 행복하고 황홀한지, 오래된 그 책을 버리지 않고 간직하신 분에 대해 경의를 표하게 된다.

아직도 많은 젊은 여성들이 내게 눈물 젖은 편지를 보낸다. 여자이기에 울부짖고 버림받고 상처 입은 젊은이들을 그러나 내가 다 어찌 할 수는 없다. 다만 그들을 위해 기도해주기로 약속하고 돌아서지만 마음은 찢어져내린다. 내가 지나왔던 그 가시 길목을 기억하고 있기 때문이다. 다만 한 가지 나는 그들에게 말해준다. 『무소의 뿔처럼 혼자서 가라』 책에도 썼지만 "누구도 너를 욕실 앞의 발판처럼 밟고 가게 내버려두지 말아라" 하고. "온 힘을 다해 행복해져라" 하고……

이제 시간이 지나면 나의 딸도 엄마가 될 것이다. 혹은 아닐 수도 있을 것이다. 이 책을 읽는 독자들이 예전에 그랬듯이 다 같이 공평하게 나이를 들어갈 것이다. 그 어떤 선택을 한다 해도 행복하기를, 의미로 가득한 생을 살기를, 욕실 앞의 발판처럼 자기 자신을 밟고 가게 하지 말고, 자신을 가꾸고 사랑하기를…… 여성임을 만끽하기를, 그리하여 그 귀함을 바탕으로 다른 여성들의 삶과 연대하기를…….

2016년이 저무는 날

공지영

| 차례 |

나에게 남은 유일한 진실은
내가 이따금 울었다는 사실뿐이다

전화벨은 어둠 속에서 혼자 울리고 있었다. 내일 아침에 먹을 식빵까지 사들고 오느라 짐이 많았던 혜완은 전화벨 소리를 듣고 허둥지둥 열쇠를 밀어 넣었지만 자물쇠는 쉽게 따지지 않았다. 평소에도 가끔 말썽을 피우던 자석 열쇠가 그날따라 더욱 말을 안 들었던 것이다. 잠시 후, 혜완이 가방을 팽개치며 수화기를 들었을 때 전화는 끊겨 있었다.

혜완은 수화기를 내려놓고 전화기 옆에 있는 스탠드를 켰다. 평소 그녀를 위안해주던 노랗고 따뜻한 빛이 전화기와 작업책상을 비추어주고 있었다. 그녀는 현관으로 가서 가방과 식빵 봉지를 집어 들었다. 그때 다시 벨이 울렸다. 혜완은 이번에는 왠지 조급한 마음이 되어서 짐들을 든 채로 전화기 앞으로 달려왔다. 이쪽에서 응답을 하자마자 다급한 목소리가 들려왔다.

"어딜 그렇게 돌아다니니? 종일 전화했었어."

경혜였다. 그녀는 특유의 약간은 높고 갈라지는 목소리로 투정을 부리듯 말했다. 짙어서 고집이 세어 보이는 혜완의 눈썹이 좀 찌푸려졌다. 무거운 짐들을 든 채로 허둥지둥 전화를 받으러 달려온 것은 경혜를 기대했기 때문은 아니었다.

혜완은 들고 있던 짐들을 천천히 책상 옆에 내려놓으며 심드렁한 목소리로 대꾸했다.

"먹고살려면 뛰어야지, 웬일이야? 니가 날 애타게 찾고."

그녀는 회색 블라우스의 남은 단추들을 풀기 시작했고 혼자 사는 여자 특유의 방심한 자세로 한 발을 뻗어 이지러져 있는 가죽 가방을 제대로 세웠다.

"너 좋아서 건 거 아냐. 영선이 때문인데."

"영선이가 왜?"

"그래, 어쩐지 전화받는 목소리가 태평스럽다 했다. 너 모르고 있었구나. 놀라지 마. 영선이 지금 병원에 있대."

혜완은 마지막 단추를 풀던 손을 멈추고 두 손으로 전화기를 움켜잡았다. 순간 그녀의 머릿속으로 어떤 예감이 짧고 강한 빛줄기처럼 스쳐 지나갔다. 하지만 그녀가 그 예감의 정체에 대해서 생각하기도 전에 경혜의 목소리가 울렸다.

"칼로 자기 온몸을 그었대, 영선이가 말야. 다행히 크게 다친 데는 없는데, 난리가 났었나 봐."

한숨인지 전율인지 모를 침묵이 경혜의 말꼬리에 가늘게 이어져 나왔다. 혜완은 다 풀어 헤쳐진 블라우스를 자기도 모르게 다시 여미면서 되물었다.

"뭐? 누가?"

"영선이가!"

다시 침묵이 이어졌다. 혜완은 반팔 아래로 드러난 자신의 맨살을 가만히 쓸어내렸다. 싸늘한 전율이 그 맨팔을 스치고 지나갔지만 아직은 그 말의 뜻이 무언지 정확히 감이 오지 않았다. 그건 그녀의 버릇이었다. 언어와 감정이 늘 일치되어 오지 않았다. 상대방의 말을 다 이해하고 들어주다가 나중에서야 그것이 모욕이었던 줄 깨닫고 혼자 분해하는 일도 많았다. 어쨌든 혜완은 전화기를 고쳐 잡았다. 마치 전화기를 꽉 움켜잡으면 이 이상스러운 소식의 정황을 한 손에 움켜잡기라도 할 것 같은 모습이었다.

"아니 이 밤중에 무슨 뚱딴지같은 소리야. 왜 그랬다는데?"

"내가 아니? 오늘 애들 옷 사러 백화점 앞에서 만나기로 했거든. 나와야 말이지. 집에도 전화를 받지 않구. 저녁이 다 돼서, 영선이 친정에 전화를 했었어. 걔 요즘 며칠 친정에 있을 거라는 말이 그때서야 생각나잖아. 동생이 다 죽어가는 목소리로 얘기를 하더구나. 병원에 있다구 말이야. 어디 아프냐고 물었더니 요것이 대답을 안 하는 거야. 그래 어느 병원이냐고 물었더니 마침 우리 애 아빠 아는 이가 있는 병원이야. 전화를 해서 전에 알던 간호사에게 알아봐달라고 했지. 그 간호사가 저녁이 다 돼서 전화를 했어. 오늘 새벽에 실려 왔대. 세상에, 지 몸을 칼로 그었다니 말이나 되니? 실감이 안 나. 니가 그랬다면 내가 금방 믿었겠지만."

경혜는 마치 연습이라도 해두었던 것처럼 빠르게 말을 이었다. 물론 경혜가 붙이지 않아도 될 마지막 말을 했을 때 혜완의 미간이 약간 찌푸려졌지만, 그건 그들 사이에 늘 있어오던 날카로운 감정의 대립 같은 것이었으므로 혜완은 금방 표정을 펴고 대꾸했다.

"강도가 들었겠지, 아니면……."

"아니라니까. 동생이 그러는데 박 감독하구 사이가 좀 그래서 친정에 와서 쉬고 있었는데 잠깐 집에 다녀온다더니 가서 그새를 못 참고 또 싸웠나 봐. 홧김에 그런 모양이야. 근데, 너 영선이가 그럴 수 있다는 거 상상이라도 해봤니? 그리구 그 기집애 박 감독하고 사이가 그 지경까지 됐다는 거 우리 앞에선 어쩌면 그렇게 감쪽같이 속일 수가 있었던 거니? 아무튼 아까부터 갑자기 무서운 생각이 들어서 애 아빠 들어오기만 기다리고 있는 거야. 이상해, 왜 내가 이렇게 떨리고 무서운 생각이 드니?"

경혜는 정말 두려움에 사로잡힌 목소리로 말을 이었다.

"박 감독은 뭐래?"

"박 감독 말이, 정말 아무것도 아닌 일로 다투고 나서 잠이 들었는데 새벽에 이상한 느낌에 눈을 떠보니까 침대가 피로 젖어 있더라는 거야. 얘, 대체 그게 말이 된다고 생각하니?"

경혜는 무언가 전달하기가 힘들다는 듯 말이 안 된다는 이야기만 계속했다. 혜완은 입을 꾹 다물고 아무렇게나 풀어진 블라우스를 듬성듬성 여미었다.

"말이 안 되는 게 문제가 아니라……."

"나도 한참 생각했는데 박 감독이 사고 친 거 아닐까? 감독이니까 아무래도……."

혜완에게도 문득 그런 생각이 들지 않은 것은 아니었다. 하지만 그런 사건이라면 이혼을 해야 하는 것이지 자살을 할 이유는 없다고 혜완은 생각했다. 게다가 제 몸을 긋다니.

"박 감독이 안 그러는 사람이라는 거 너도 알잖아."

"얘, 너 한국이란 사회에서 남자에게 그런 보증을 할 수 있다고 생각하니?"

경혜의 말소리가 좀 높아졌다. 혜완도 거기에 대해서는 할 말이 없었다. 그녀는 전화기를 들지 않은 다른 손으로 서랍에서 머리핀을 꺼내 흐트러진 머리를 하나로 묶었다.

"사람 일은 모르는 거야. 세상에서 제일 모르겠는 게 인간이야. 자고로 인간은 믿으면 안 되는 거라구."

갑자기 세상 이치를 다 깨달은 듯한 경혜의 말을 들으며 혜완은 짧게 숨을 내쉬었다.

"그나저나 바보 같은 게 그렇게 못 참겠거든 칼을 들어서 남편보고 죽자 사자 할 것이지, 왜 지 몸을……"

둘 다 침묵을 지켰다. 혜완은 정말 오랜만에 경혜와 아무 논쟁 없이 의견이 일치되는 것을 느꼈다. 전화기를 붙들고 있는 두 여자의 침묵 멀리서 현관 벨 소리가 들렸다. 경혜의 목소리가 갑자기 낮게 깔렸다.

"애 아빠 들어왔나 봐. 나중에 아니, 내일 보자! 아침에 영선이 병원으로 갈게. 당신이유!"

경혜의 목소리는 다급했고 나중 목소리는 한껏 들떠 있었다. 혜완은 경혜를 모르는 바도 아니어서 우선 전화를 끊었다. 갑자기 사방에서 모든 소리가 사라진 것처럼 느껴졌다. 멍하니 전화기를 바라보고 있던 그녀는 무슨 커다란 결정이라도 내린 것처럼 뚜벅뚜벅 걸어가 라디오를 틀었고 여기저기 흩어진 커피 잔과 물 컵 들을 치우고 옷을 벗었다. 그러고는 그때까지 한 손으로 엉거주춤 움켜쥐고 있던 블라우스를 벗고 집에서 늘 입는 헐렁한 반바지를 입은 다음 욕실로 가서 세면대에 물을 틀고 손을 씻었다. 경혜의 말이 꼭 틀린 건 아니었다. 분명 무언가 참을 수 없는 일이 일어나기는 했을 것이다. 하지만 영선이는, 혜완이 벌써 10년째 알고 있는 그녀의 친구 영선이는 그렇게 무모한 친구가 아니었다. 경혜 말마따나 한국이라는 상황 속에서 살고 있는 박 감독은 믿을 수 없을지 모르지만 영선이는 그런 한도 내에서는 믿을 수 있었다. 자신이 그랬다면 혜완 자신도 납득을 할 수 있을지도 몰랐다. 그녀도 한때는 정말 그렇게라도 하고 싶은 광기에 사로잡힌 일이 있었으니까. 또는 그것이 경혜였다 하더라도 인정할 수 있었다. 하지만 영선이는……

아까 경혜가 말한 것처럼 혜완에게도 갑자기 공포가 밀려왔다. 피에 젖은 시트라니. 온몸을 칼로 그었다니……

혜완은 널브러져 있는 자신의 커다란 가방을 잠시 바라보다가 평소에는 너무 밝아서 잘 켜지 않는 거실의 형광등 스위치를 올렸다. 잠시 진저리를 치며 형광등이 들어왔고 희미한 어둠에 묻힌 사물들이 하나둘씩 환해져 왔다. 그녀는 현기증이 나는 듯 잠시 그 자리에 서 있었다. 무언가 아주 불길한 예감이 그녀를 사로잡았다.

칼, 뱀처럼 긴 상처들, 피에 젖은 시트, 그리고 찢어진 박

쥐우산.

언젠가 놀러 왔던 영선이 혜완의 집에 우산을 두고 간 일이 있었다. 그 우산을 펴본 건 아마도 다음 날 비가 내렸었기 때문이었으리라. 그리고 아마도 봄날이었던 것 같았다. 홀쭉하게 말려져 있던 검정 우산을 폈을 때 알아차려야 했는지도 모른다. 그때 영선의 우산은 누더기처럼 찢겨져 있었다. 우연한 상흔이 아니고 예리한 칼로 의도적으로 찢어놓은 것이었다. 영선이 그런 짓을 했다고는 그때는 전혀 생각하지 못했었다. 아마도 영선의 두 아들 중 하나가 개구쟁이 짓을 했으리라. 그리고 애들 교육상 그런 일은 야단을 좀 쳐야 되는 거 아니냐고 말을 하고 싶었던 것 같다. 하지만 영선에게 전화를 했을 때 영선은 간단히 대꾸했다.

—으응 쓸모없는 거야. 버려!

그러고는 그들은 더 이상 긴 말은 하지 못했다. 아마도 시어머니의 생일잔치라거나 뭐 그런 일이 있었던 모양이었다. 이쪽의 목소리가 잘 들리지 않아서 영선이 상당히 애를 먹는 것 같았으니까. 영선의 아이들 교육에 어쭙잖게 참견하려던 마음도 그쪽에서 벌어지고 있는 수선스러움에 그만 어디론가 달아나버린 상황이었다. 그리고 혜완은 그 뒤로 그 일을 잊고 지냈다. 영선이가 그런 일을 할 만한 아이라는 걸 조금이나마 짐작했더라면 불길한 예감은 아마도 그때 왔을 것이다. 하지만 그때 전혀 불길하지 않았던 것은 그것이 영선의 것이었기 때문이었다. 영선은 늘 침착했고 이런 정의가 괜찮다면 아주 여자다웠고, 그리고 누구에게든 상냥한 아이였다. 경혜의 말대로 도저히 그런 짓을 하리라고는 상상도 하지 못하는 그런 친구였다.

그런데 영선이 제 몸을 칼로 긋고 병원에 입원해 있다는 이 순간에 갑자기 그 박쥐우산의 너덜너덜한 검정 천 조각이 떠오르는 것이다. 만일 영선이가 찢어놓은 거라면 예리한 칼로 그 검정 박쥐우산을 찢을 때 영선이의 표정이 어떠했을까 하는 생각이 났던 것이다.

혜완은 오디오 앞으로 가서 볼륨을 크게 높이고 소파에 걸터앉아 담배를 물었다. 섣부른 생각은 금물이다. 그녀는 스스로에게 타일렀다. 그러고는 담배를 깊게 빨아들였다. 아파트 복도를 지나치는 누군가의 무거운 발걸음 소리가 들렸다. 혜완은 침입자가 다가오는 것만 같은 공포를 잠깐 느꼈다. 그녀는 빨아들인 담배연기를 내뿜지도 못하고 숨을 죽였다. 그러자 기침이 나올 것 같았다. 담배연기가 목에 잘못 걸린 모양이었다. 마치 여기서 자신의 존재를 들켜버리면 무언가 파멸이 올 것 같은 기분에 휩싸여 그녀는 숨을 죽이고 있었다. 그녀의 약간 각진 얼굴은 그래서 밤톨처럼 붉게 변해갔다. 이윽고 열쇠 소리가 들리고 문이 닫히는 소리가 들렸다. 아마도 옆집에 사는 중년의 독신 남자가 이제야 들어온 모양이었다. 혜완은 그제서야 참았던 기침을 뱉었다. 기침이 하도 급격하게 튀어나오는 바람에 소파에서 바닥으로 내려앉아 둥글게 몸을 굽히고는 거실 바닥에 손바닥을 짚었다. 한참이 지나서야 기침이 멎었다. 핀으로 고정시켰던 머리 몇 줄기가 귀 옆으로 흘러내려와 있었다. 그녀는 다시 머리핀을 빼서 어깨까지 내려오는 머리를 묶고는 전화기 앞으로 가서 다이얼을 돌렸다. 영선의 집 전화번호였다. 늦은 시각이었지만 이해해주리라는 생각을 하면서 그녀는 인내심 있게 신호 소리를 듣고 있었다. 한 스무 번은 울렸을까, 전화는 끝내 응답을 하지 않았다. 혜완은 전화기를 놓고 소파로 돌아와 앉았다.

아니다. 언젠가 이런 일도 있었다. 오랜만의 동창들의 모임이었다. 아이들 이야기, 남의 집 부부싸움 이야기가 오갔다. 남편의 자랑만 늘어놓는 친구도 있었다. 그때 영선이가 이렇게 말했다. 아마도 결혼 생활에 있어서 여자가 현명하다는 것은 무엇인가 이런 이야기들이 오갈 무렵이었다.

—똑똑하다 해도, 아무리 공부를 잘했다 해도, 세상의 온갖 지혜를 다 가졌다 해도 운명이 더 강해! 운명만큼 무서운 건 없어.

동창들은 데리고 온 아이들의 뒤치다꺼리를 하고 과일을 깎고 하느라 아무도 영선의 말에 반응하지 않았다. 하지만 혜완만은 그 말이 무슨 뜻인지 알아들었다. 영선은 마치 이렇게 말하고 있는 것 같았다.

―불행이 무엇인지 모욕이 무엇인지, 생이라는 게 얼마나 불가사의하고 고통으로 가득 차 있는지 느껴본 사람들과 이야기하고 싶어! 그들에게는 내 말을 들을 귀가 있을 거야.

순간 혜완의 눈초리가 빠르게 영선에게 향했다. 그녀의 눈이 심상치 않은 빛으로 영선을 스치자 영선은 재빠르게 눈을 내리깔고는 손에 낀 에메랄드 반지를 만지작거렸다. 문득 영선이가 행복하지 않구나 하는 생각이 혜완의 뇌리를 스쳤었다. 하지만 행복하지 않다는 걸 알아차린다고 해도 달라질 일은 없었다. 모두들 정도는 다르지만 행복하지 않다고 떠들어대고 있지 않은가. 남편이 출장 가서 전화를 한 번도 하지 않았다고, 남편이 회사일 때문에 날마다 늦게 들어온다고, 그것도 아니면 시어머니가 빠듯한 살림에 자꾸만 돈을 요구한다고…… 행복하다고 말하는 친구는 없었다.

정작 입을 다물고 있었던 것은 혜완과 영선뿐이었다.

그러고 보니 영선의 결혼 생활에 대해 자신은 아는 게 별로 없었다. 영선의 남편은 영선과 혜완의 학교 선배였고, 대학 졸업 무렵부터 '열렬한' 연애를 거쳤으며 영선 쪽 집안의 반대를 무릅쓰고 결혼했던 거였다. 박 감독이 학생운동에 연루되어 제적을 당하고 감옥엘 다녀오고, 그리고 프랑스 유학을 떠날 무렵 영선은 졸업식에도 참석지 않고 이미 파리로 가 있는 박 감독을 따라 떠났다. 그리고 귀국한 지 5년. 박 감독은 세계 영화계에 이름이 꽤 알려진, 충무로에 신선한 바람을 일으키는 젊은 감독이 되어 있었고, 그리고 그에 따라 그들의 오랜 가난도 끝났다. 게다가 아이들이 벌써 다섯 살, 세 살. 변두리이긴 하지만 처음 집을 샀을 때 영선의 그 뿌듯한 얼굴이 아직 다 잊혀지기도 전에, 왜?

벌써 12시가 가까워지고 있었다. 혜완은 멍하니 앉아 있다가 얼마 전 사온 뮈세의 시집을 들고 잠자리에 들었다.

나는 나의 힘과 삶을
그리고 친구와 기쁨을 잃었다.
나의 천재를 믿게 하던 자존심마저 잃었다.

진리를 알았을 때는
그것이 친구라고 믿었다.
하지만 내가 그것을 이해하고 느꼈을 때
나는 이미 역겨움을 느꼈다.

그러나 진리는 영원한 것,
진리를 모르고 지내는 사람은
이 세상에 대해 아무것도 모른다.
신은 말하기를 — 인간은 신에 대답해야 한다고.

이 세상에서 나에게 남은 유일한 진실은

내가 이따금 울었다는 것이다.

혜완은 다른 시들을 뒤적이다가 시집을 접어둔 채로 생각에 잠겼다. 이 세상에서 자신에게 남은 진실은 무엇일까. 뮈세처럼 시를 쓴다면 아마도 그녀는 이렇게 대답할지도 모른다. 이 세상에서 나에게 남은 진실은 아마도……

쉽게 잠이 들 것 같지 않은 생각과는 달리 혜완은 무의식적으로 스탠드의 줄을 잡아당기고는 잠 속으로 빠져들었다.

5년의 결혼 생활 속에서 남편이 그녀를 때린 것은 그때가 처음이었다. 아직 아이가 죽지 않았을 때, 아이가 그 작은 몸뚱이 어디도 성하지 않게 바늘 자국을 남기며 주사를 맞고 있을 때, 남편은 그녀와 눈빛도 마주치기 싫어했지만 그래도 구타는 하지 않았다. 아이가 죽고 나서 1년쯤 되었을 때 그는 다짜고짜 혜완을 때렸던 것이다. 늦게 들어오는 남편을 기다리며 비디오를 보면서 혼자 웃고 있던 참이었다. 남편의 양복 상의를 받아 들고 혜완은 말했었다.

─같이 보자. 너무 재미있는 거 있지.

구타는 10분쯤 계속되었다. 남편이 한 대만 때렸다면 어쩌면 그녀는 이렇게 말했을지도 모른다.

—누가 더 불행한 척하는지 내기하자는 거야!

만일 두 대쯤으로 그쳤다면 그녀는 이렇게 말했을지도 모른다.

—제발 잊어버리고 다시 시작해, 제발!

처음에는 당황스러웠고 두 번째로는 모욕감이 왔고 그 다음에는 아팠다. 아파서 혜완은 그를 떠밀어버렸다. 하지만 남편의 힘은 밀어내는 그녀의 힘보다 훨씬 셌다. 그는 혜완의 머리채를 잡고 냉장고 앞으로 가서 거기에 그녀의 머리를 박았다. 말린 꽃을 넣어두곤 했던 냉장고 위의 꽃바구니 속에서 오색 빛깔 꽃들이 그녀의 머리 위로 쏟아져 내렸다. 혜완이 흩어진 머리카락을 수습했을 때 남편은 말했다.

—애를 죽이고서 그렇게 웃고 있는 너를 난 더 이상 참을 수가 없어!

문득 눈을 떴을 때 창밖은 아직 어두웠다. 하지만 청소차 소리가 길게 끌리는 것을 보면 곧 날이 밝을 모양이었다. 혜완은 누운 채로 두 손을 가슴에 얹고 천장을 올려다보았다. 왜였을까, 뚱딴지같이 서른한 살이라는 생각이 났다. 어렸을 때는 생각했었다. 서른이 넘은 사람들은 도대체 무슨 재미로 살까, 모든 것은 다 정해졌을 텐데. 그리고 스물두 살 때는 그렇게 생각했었다. 난 너무 늙어버렸어. 인생

24

에 대해서 다 알아버린걸. 그리고 결혼을 했었다. 친구들이 하나둘 시든 낙엽처럼 시집을 갔고 유학을 떠났고, 그리고 스물여덟에 혜완은 이혼을 했고 소설을 쓰기 시작했다. 그리고 서른하나.

창밖에서 발걸음 소리가 들리기 시작했다. 누군가 이른 아침을 먹고 출근을 하나 보다, 아니면 거꾸로 밤을 지새운 사람이 이제사 집으로 돌아가는지도 모른다. 혜완은 옆으로 돌아누웠다. 죽은 애의 생각이 났다. 버릇을 들인다고 그 아이의 그 작은 손등을 아프게 때린 일도 있었다. 단풍잎보다 작은 아이의 손이 빨갛게 부풀어 올랐을 때 아이는 울기 시작했다. 그렇게 버릇을 들이지 않아도 좋았을 것이다. 의사가 아이의 몸에 꽂힌 바늘들을 빼내면서 모든 것을 포기해버렸을 때도 그 생각이 났었다. 왜 아이의 손등을 그렇게 아프게 때렸을까. 말로 타일렀어도 알아들을 아이라는 걸 알고 있었으면서 왜 아이의 손등이 빨갛게 부풀어 오르도록 때렸을까.

혜완은 침대 시트에 묻은 얼룩을 손가락으로 문지르고 있었다. 언젠가 누운 채로 담배를 피우다 생긴 얼룩인 모양이었다. 그리고 혜완은 다시 뒤척였다. 어쨌든 혜완의 아이는 죽었고 남편은 그녀의 곁을 떠났으며 그녀는 몇 년째 혼자 살아오고 있었다. 그리고 영선이는 제 몸을 칼로 그었다는 것이었다. 그건 이미 두 아이의 엄마인 서른한 살의 여자가 저지르기에는 너무 무모한 짓은 아닐까. 아이도 있는데……. 혜완은 침실 창에 쳐진 녹색 꽃무늬 커튼을 집요하게 바라보았다.

　―미안해, 혜완아. 사실 난 이혼하는 너를 이해하지 못했었어. 내가 그때 너한테 주제넘게 비난했었던 거 반성 많이 했어.

　얼마 전 영선은 문득 그렇게 말했다. 영선이도 다른 부부들처럼 고비를 넘기고 있구나 하는 생각보다는 왜 항상 착한 사람들은 미안하다고 말할까 하는 생각을 했었다. 영선이 그때 어떤 비난을 했었는지는 생각조차 나지 않았다. 한 여자 선배는 전화를 걸어 이혼한 혜완의 목소리가 왜 그렇게 밝냐며 화를 냈다. 남편의 친구라고 자신을 밝힌 남자는 며칠 동안 끈질기게 전화를 걸어 죽여버리겠다고 술주정을 하기도 했었다. 하지만 그들은 혜완에게 한 번도 미안하다고 말하지 않았다. 그런 말을 한 건 영선이뿐이었다. 왜냐하면 착한 사람들만 언제나 미안하다고 말하는 법이니까.

　혜완은 누운 채로 시계를 올려다보았다. 6시가 넘어 있었다. 오늘은 우선 대학신문에 실을 칼럼을 팩스로 보내고 사보 원고도 써야 하고. 혜완은 게으르게 누워서 이리저리 오늘 할 일을 생각하다가 마치 누군가가 다급한 목소리로 자신을 부르기라도 한 것처럼 갑자기 침대에서 상체를 일으켰다.

영선이가 그런 일을 저질렀다는 사실이 이제서야 구체적으로 혜완의 생각들을 위협하기 시작한 것이었다.

한 소녀가 울고 있다

침대에는 한 마리의 짐승이 누워 있었다. 혜완에게는 적어도 그렇게 보였다.

몸뚱이 여기저기에 감겨진 붕대, 완강히 벌려진 채로 침대 모서리에 묶인 양 손목. 그녀의 작고 갸름한 얼굴엔 까만 기미가 덮여 있었다. 그리고 평소 늘 미소가 감돌던 약간 큰 입술은 보기 싫게 처져 있었고 가쁜 숨이 그 벌어진 입을 넘나들고 있었다. 큰 대 자로 벌려져 묶인 양쪽 팔 중한 팔을 향하여 짙붉은 피가 링거 병으로부터 떨어지고 있었다.

온몸을 그었다고 호들갑을 떤 경혜의 말과는 달리 영선의 왼쪽 손목에만 붕대가 칭칭 감겨 있을 뿐 나머지 부분은 별로 상처가 심한 것 같지는 않았다. 하지만 그녀의 한 뺨에는 자상이 분명한 상처가 오른쪽 관자놀이께로부터 턱까지 그어져 있었고, 그리고 거기엔 말라붙은 피가 일직선으로 얌전히 엉겨 붙어 있었다. 심한 상처가 아니라서 약만 발라둔 모양이었다.

혜완은 잠들어 있는 영선을 바라보며 서 있었다. 병원의 마크가 찍힌 헐렁한 환자복이 마치 그녀의 상처 입은 몸뚱이를 허물처럼 덮고 있었다.

혜완은 다가가 영선의 상처 입은 볼을 가만히 만져보았다. 볼은 따뜻했다. 죽어버린 아이의 뺨을 이렇게 만져본 적이 있었다. 아이의 뺨은 섬뜩할 정도로 찼다. 울부짖었던 것은 그때부터였다. 무서워서, 따뜻하고 통통하던 아이의 장밋빛 뺨이 그토록 섬뜩하게 차가울 수 있다는 사실이 무서워서 혜완은 울었다. 그러나 영선의 볼은 아직 따뜻하다. 저렇게 묶여 있고 저렇게 붉은 피가 들어갈 수 있는 혈관이 있고. 혜완은 갑자기 영선에게 배신감을 느꼈다. 무언가 그럴듯한 연극을 보고 있는 것 같은 감정이 솟구쳤던 것이다. 여러 번 혜완 자신도 죽어버릴까 하는 생각을 했었다. 하지만 그럴 수 없었던 것은 진짜 죽어버릴까 봐 겁이 나서였다. 자살 미수에 그치는 것은 너무나 상투적인 연극일 뿐이라는 생각 때문이었다.

혜완은 좀 떨어져 선 채로 영선을 바라보았다. 팔을 벌리고 잠든 그녀가 얼핏 마치 십자가에 달린 순교자 같다는 생각이 들었지만 그녀는 곧 생각을 바꾸었다. 연민 따위로는 영선의 이런 상황들을 합리화해줄 수 없다는 생각이 들었던 것이다. 어찌 됐든 이런 지경까지 가기 전에 그것이 무슨 일이든 처리를 해야 했었다.

그녀는 사보 원고가 든 가방을 한번 고쳐 메고 병실을 나섰다. 간호사가 '면회사절'이라는 병실 문에 달린 팻말을 보며 혜완에게 어이없어하는 표정을 지었다.

"이러시면 안 돼요. 환자 남편도 안 된단 말이에요."

간호사는 몹시 화를 내고 있었다.

혜완은 미안하다는 말을 잠깐 하고 엘리베이터로 향했다.

긴 복도 끝에서 누군가가 걸어오고 있었다. 박 감독 같았다. 같았다라고 느낀 것은 순간적이었지만 그의 걸음걸이가 너무 태평해서 도저히 자살을 기도한 여자의 남편이라고 느껴지지 않았기 때문이었다.

혜완을 발견했을 때 그는 고개를 들었다. 그의 얼굴에는 혜완과 지금 이 자리에서 마주치고 싶지 않다는 거부감이 강했다. 아마도 그럴 거라고 그녀는 생각했다. 대학 선배였던 그를 혜완도 조금은 알고 있었다. 그는 참으로 예의 바르고, 그리고 신중한 사람이었다. 예를 들어 누군가가 자기가 맡은 일을 서투르게 처리한다면 설사 그것이 자신이라 하더라도 몹시 화를 내는 그런 사람이었다.

어쨌든 박 감독은 목례를 보내고 혜완 앞에 멈추어 섰다. 밤을 새운 모양인지 좀 큰 듯한 그의 눈이 새빨갛게 충혈되어 있었다. 하지만 그 눈동자는 혜완의 눈과 마주치기를 거부하고 있었다. 그는 까칠한 수염을 쓰다듬으며 창밖을 바라보았다. 순간적이었지만 그녀는 그가 남자로서 참 매력적인 사람이라는 생각을 했다. 까칠한 얼굴, 굵은 턱선, 약간 마른 듯 헌칠한 키에, 그리고 섬세해 보이는 유행보다 약간 긴 고수머리…… 혜완은 예전에는 그를 전혀 그렇게 느껴본 일이 없었다. 하지만 그는 이제 안정되어 보이고 뭐랄까 여유가 있어 보였다. 여유가 있는 남자는 매력적인 것이다. 노타이에 연회색 싱글 양복을 걸친 그를 보면서 혜완의 뇌리로 아주 상투적인 상상이 스치고 지나갔다. 그는 영화감독이고 주위에는 그에게 매력을 느끼는 여자들이 다른 직업에 비해 상대적으로 많을 것이다. 영선이 온몸을 그은 것은 어쩌면…….

"놀라셨겠어요."

너무 거북해할 필요는 없다는 뜻을 전하기 위해 혜완이 부드럽게 말을 건넸다. 혜완의 의도가 적중했는지 그가 천천히 그녀에게로 눈을 돌렸다.

"……아, 예. 아내는 우울증 치료를 받고 있었어요."

"네에."

대답하면서 혜완은 갑자기 영선의 자살소동이 이 남자에게 자기가 받았던 직감과 무관하지 않다는 사실을 확신했다. 놀라셨겠냐고 물으면 남자는 당연히 예 좀……이라거나 아니면 그에 따른 대답을 해야 하는 것이었다. 그런데이 남자는 지금 영선이 우울증 치료를 받고 있었다고 말하는 것이다. 그것은 우울증 때문에 영선이 팔을 그었다고 말하는 것이다. 혜완은 아직 영선이 무엇 때문에 그런 일을 저질렀느냐고는 묻지 않았다. 지나친 자기방어다. 지나치게 자기를 방어한다는 것은 그가 방어해야만 될 그 무엇인가를 느끼고 있다는 소리였다.

하지만 원인이야 무엇이든 간에 영선이 저렇게 제 몸을마치 미친 여자처럼 그어대도록 그는 무엇을 하고 있었을까 하는 생각이 들었다.

—자다가 깨어 보니 시트가 피로 물들어 있대잖아. 말이 된다고 생각하니?

경혜가 전해준 말이 떠올랐다. 혜완은 일견 매력적으로 보이는 이 남자에게 적개심을 느꼈다. 그가 차려입고 있는 깔끔한 연회색 양복도 의심스러웠다. 어찌 되었건 아내가 저 꼴을 하고 있는데 양복이라니. 그는 저걸 예전부터 입고 있었던 걸까 아니면 오늘 집에 들어가서 옷장을 열고 맘에 드는 걸 느긋한 기분으로 골라 입은 걸까. 만일 입장이 바뀌었다면 영선은 어땠을까. 아마 그녀는 머리도 빗지 않고, 옷 같은 건 더구나 신경 쓰지 않고 경혜와 혜완이 언제나 놀려댔듯이 색깔도 맞지 않는 티셔츠에 바지를 걸치고 수심에 잠겨 있을 것이었다.

―당신은 어떤 때 보면 꼭 인류 절반 여성의 대변인인 것만 같아. 자기 일도 아닌데 흥분하고.

아직 사이가 좋았을 시절에, 남편은 가끔 그녀에게 그렇게 말했었다. 여성 단체에 다녀와서 매 맞는 여자의 이야기들을 말해주면 그렇게 대꾸했던 것이다. 그러면 그녀는 이렇게 대답했었다.

―경험이 유전된다는 거 몰라? 모계 사회가 끝난 이후로 여성들은 언제나 몇만 년에 이르는 피해의식의 축적을 가지고 있다구. 흑인들을 생각해봐. 설사 노예가 아니었다 하더라도 혹은 교육을 잘 받은 사람이라도 백인에 대해 어떤 형식으로 피해의식을 가지고 있잖아. 그들은 겨우 2백 년도 안 되는 세월 동안 피해를 입었을 뿐인데 말이야…….

그때는 자신이나 영선이나 경혜나 적어도 20세기 후반에 지성적인 교육을 받은 사람 그 누구에라도 참을 수 없이 모욕적인 일 같은 건 절대로 일어나지 않으리라 믿었던 때였다. 아니 일어나지 않으리라는 생각조차 하지 않았었다. 자신의 아내가 단지 우울증 때문에 몸을 그었다고 아내의 친구에게 항변하고 있는 박 감독이, 영선이 절망에

울부짖으며 제 온몸을 긋고 있는 동안 자고 있었다는 일이
일어나리라고는 전혀 생각하지 않았다는 뜻이다.

"전혀 이해할 수가 없군요. 도대체 무슨 일이 있었나요?"

너무 지나치게 단도직입적이라는 걸 알면서도 혜완은 남
자를 관찰하는 것을 그만두고 물었다. 그의 깔끔한 회색
양복에 대한 의심 때문이었는지도 모른다. 남자의 얼굴 위
로 확, 마치 성냥이 머리에 불을 일구는 것처럼 격정적인
분노가 스쳐 지나갔다. 그건 분명 분노의 표정이었다.

"좀 다투었어요. 술을 몹시 마셨나 봐요. 그것뿐이에요.
술만 들어가면 저 여잔 히스테리 덩어리가 돼요. 저도 할
만큼 했어요."

말을 마치면서 입을 다무는 그의 얼굴에 적의가 번득였
다. 순간적이었지만 거의 압도당할 것 같은 느낌이 혜완에
게도 들었다. 하지만 '저 여자'라는 지칭이 목구멍에 걸려
그 남자가 뿜어내고 있는 압도감으로부터 혜완을 건져 올
렸다.

"영선이가 술을요?"

혜완이 조금 얼떨떨하게 되물었다.

"알코올 중독이었어요, 거의……."

남자는 의기양양하게 덧붙였다.

혜완은 얼치기 변호사처럼 갑자기 할 말을 잃었다. 알코
올 중독이라는 말은 금시초문이었다. 가끔 잠이 안 와서

술을 마신다는 이야기는 들은 적이 있었지만. 하지만 혜완 쪽은 아직 영선에 대한 비난에 대해 전혀 동의할 마음이 없었다.

"아무 이유도 없이 알코올 중독이 돼서 술을 마시고, 히스테리 덩어리가 돼서 자살을 기도한다는 건 좀 무리가 있는 것 같아요."

혜완은 될 수 있는 대로 감정을 벗어나서 이야기하려고 애를 썼지만 남자의 얼굴은 강하게 찡그려졌다.

"지금 절 비난하시는 겁니까?"

"아니 비난이 아니라……."

"죄송합니다. 지금 장모님한테 일장 연설을 듣고 오는 중이라 좀 피곤하군요."

그는 냉정하게 혜완에게서 등을 돌렸다. 니까짓 게 뭐냐, 하는 조소의 분위기가 그의 말투에는 배어 있었다. 니까짓 게 뭐냐고 물으면 할 말은 없었다. 나는 그녀의 친군데요라고 대답하면 친구라면 영선이 왜 그런 짓을 했는지에 대해선 알고 있어야지, 넌 그 애가 알코올 중독이 된 것도 모르잖아 하는 대답이 날아올 것만 같은 분위기였다. 망연히 서서 바라보고 있다가 혜완은 그의 뒷덜미를 잡아서 한 대 갈겨주고 싶은 기분이 들었다. 하지만 그녀는 잠시 구경꾼처럼 박 감독의 뒷모습을 바라보고 있었다. 그의 어깨는 처지고 발걸음은 느리게 복도에 끌리고 있었다. 깔끔한 양복

과는 달리 그가 구두 뒤축을 구겨 신고 있는 것도 보였다. 그녀의 마음도 이상하게 조금 누그러지고 있었다.

혜완은 우선 엘리베이터를 탔고, 엘리베이터를 타고 나자 경혜가 오지 않았다는 생각을 했다. 시계를 들여다보았다. 11시가 지나고 있었다. 그녀는 아침마다 커피를 마시는 카페로 천천히 걸어가야겠다고 생각했다.

벌써 8월이 절반도 더 지나가고 있었지만 무덥고 무거운 날씨였다. 구름은 하늘 아래로 눅눅히 깔려 있었고 습기 찬 바람 때문에 블라우스는 금방 등에 달라붙었다. 상처 입은 모습으로 누워 있던 영선의 감은 눈이 자꾸 생각났다. 혜완은 날씨처럼 무겁게 걸음을 옮겼다.

혜완, 영선, 경혜.

그들은 대학 1학년이었고 그들이 몸담고 있는 학교 방송국의 단 세 명뿐인 신입 여학생 아나운서들이었다. 불문과에서 친해진 그들은 우르르 몰려가 재미 삼아 방송국에 지원을 했는데 모두 합격을 해버린 것이었다.

셋은 마치 여고 시절의 단짝들처럼 늘 붙어 다녔다. 문제가 생긴 것은 키가 크고 잘생겼던 한 남학생 선배 때문이었다.

어느 날 학교 방송국의 축제를 준비하느라 방송국 국원들이 거의 철야를 하던 날, 수습 아나운서들인 그녀들이 심부름을 하다가 소파에 앉아 쉬고 있는데 PD 부장이었던 그가 피로한 얼굴로 혜완에게 다가왔다. 허름한 진바지를 걸친 그의 긴 다리가 먼저 보였을 때 혜완은 왠지 머릿속이 아득해지는 느낌이 들었다. 그래서 그가 혜완의 이름을 불렀을 때는 너무 아득해서 고개도 제대로 들지 못했다. 첫사랑은 혜완이 예전에 소설을 보면서 꿈꾸었던 바로 그대로 그렇게 아득한 느낌으로 시작되어준 것이었다.

—녹음하고 싶으니까 부스로 들어가요.

—저 말인가요?

함께 앉아 있던 선배 아나운서들까지 모두 의아하다는 듯이 고개를 들었다. 수습 아나운서들은 그저 심부름이나 하면 그만이었던 것이다.

—그래, 서혜완이 너 말야.

혜완은 천천히 부스로 들어가 멘트가 적혀 있는 원고를 집어 들었다.

—다음은 대학의 소리 프로가 방송됩니다. 와이 에스 비 에스.

라는 스물세 자였다. 유리벽 너머로 그가 긴 팔을 들어 큐 사인을 보냈다. 갑자기 지구가 돌기를 멈춘 것처럼 숨이 가빠왔고 어지러웠다. 발아래 깔린 오래된 자주색 카펫에서 이상한 기운이 모락모락 피어오르고 있었다.

—숨소리가 너무 컸어.

그가 약간은 짜증이 섞인 말투로 실내 마이크를 통해 혜완에게 의사를 전달해왔다.

어떻게 멘트를 읽었는지 기억나지 않았다. 그녀는 한 번도 숨을 쉬지 않았다. 마치 숨을 쉬느냐 마느냐에 따라 자신의 운명이 결정되어버리는 것 같았다. 부스를 나왔을 때 그는 레코드판들 앞에서 담배를 물고 LP를 고르고 있었다. 혜완은 그에게 다가가 떨리는 목소리로 물었다.

– 괜찮았나요?

그는 마치 10년 전의 일에 대해 질문을 받는 사람처럼 냉랭하고 의아한 표정을 지었다. 그러더니 그제서야 혜완의 존재를 의식한 사람처럼 고개를 저으며 웃었다.

온몸의 피가 얼굴로 확 몰려들었다.

혜완은 그가 들고 서 있는 존 바에즈의 얼굴만 바라보며 서 있었다. 그의 손가락 한 끝이 재킷에 커다랗게 인쇄된 존 바에즈의 뺨 한쪽에 닿아 있었다. 혜완은 막연하게 존 바에즈에게 질투를 느꼈다.

그가 레코드 판을 놓고 혜완에게 다가왔다. 그에게서는 생전 처음 맡아보는 향수 냄새가 났다. 향수라면 남자와 여자를 막론하고 그것을 사용하는 사람들을 경멸해 마지않았던 혜완은 잠시 망설여졌지만 곧 그 향기에 매혹되기로 결정해버렸다. 그러자 그 냄새에 취한 듯 정신이 아찔해졌다.

—이거 우리 아가씨가 떨고 있잖아. 농담이야. 아주 잘했어. 그리고 여기서 날 좀 도와주겠니?

밤이 늦어서야 그의 일은 끝났다. 그는 혜완의 집 앞까지 바래다주면서 아무 말도 하지 않았다. 단지 혜완의 집이 저만치 보였을 때 이렇게 말했다.

─방송국 입국 시험에서 니 작문 점수가 몇 점이었는 줄 아니? 98점이었어. 고등학교 때부터 글을 썼니?

그건 벌써 3개월 전의 일이었다. 그런데 그가 그걸 기억하다니.

혜완은 그가 차라도 한잔 마시고 가자고 말해주기를 기대했지만 그는 시계를 들여다보며 어서 들어가라고 짧게 말했다. 섭섭했지만 왜였을까, 그가 참 믿을 수 있는 사람이라는 생각이 들었다. 그는 머뭇머뭇거리는 혜완의 어깨를 가볍게 두드리며 말했다.

─언제, 좋은 데서 혜완이 커피 한잔 사주고 싶어.

방송국은 언제나 그의 향수 냄새로 가득 차 있었다. 향수 냄새가 없으면 그가 아직 도착하지 않았다는 것이고 그러면 그 방송국은 아무 의미도 없었다.

어느 날 그가 전화를 걸었다. 몇 번 받아본 일이 있는 전화였지만 그날은 특별했다. 그는 술에 취해 있었고 더구나 지금 혜완의 집 앞에 와 있다는 것이었다.

─나갈 수 없어요.

그가 떼라도 쓰면서 나와달라고 우겨주기를 바라면서 혜완은 자신 없이 말했다.

─우리 내일 바다로 가자.

그가 전화기 너머에서 바다 이야기를 하자 혜완의 가슴속에서는 벌써 바다의 그 짭짜름한 냄새가 피어났다.

그래서 그들은 다음 날 바다로 갔다.

바다에는 폭풍이 불고 있었다. 혜완의 가슴속에도 생전겪어보지 못한 감정들의 폭풍이 불고 있었다. 그들은 모래펄에 피신한 작은 폐선 속에 들어앉아 이야기를 나누었다.

그날 그의 잘생긴 콧날을 바라보면서 그녀는 아슬아슬한 줄타기를 하는 듯한 감정의 곡예 속으로 아무 돌이킴도 없이 자기 자신을 맡겨버렸던 것이다.

돌아오는 길에 그는 혜완의 집 앞 포장마차에서 조심스레 말을 꺼냈다. 자신의 집안에 관한 이야기였다. 자살한 친어머니, 세 번이나 바뀐 새어머니들, 그로 인해 고통받는 배다른 형제들……. 평소에 말이 없던 그가 길게 꺼내는 말은 혜완의 가슴을 울리기에 충분한 것이었다. 포장마차의 천막을 펄럭이며 지나가는 바람은 스산했고 그의 이야기는 낮고 잔잔하게 그 바람소리와 어울렸다.

혜완은 그가 내미는 쓴 소주잔을 기꺼이 들어 마셨다. 처음 먹어보는 소주의 쓴맛이 어떻게 마음을 위안하는지 알 것 같았다. 그가 가여웠고 어떻게 그를 위로해줄 수 있을지 당황스러웠다. 얼마 전 처음 목도한 데모에서 매를 맞으며 끌려가던 선배도 그보다 불쌍해 보이지는 않았으리라.

그와 은밀한 데이트가 거듭되었다. 가끔씩 그는 소식도 없이 학교나 서클에 나타나지 않았지만 그런 것들이 혜완을 더욱 달뜨게 만들었다. 신비한 남자, 무언가 비밀을 간직한 듯한 남자, 행선지를 분명히 밝히지 않는 남자. 그것이 혜완의 첫사랑의 감정을 때로는 감미롭게, 그리고 때로는 고통스럽게 만들었던 것이다.

일은 첫 여름 엠티에서 벌어졌다. 밤의 자유시간에 혜완은 경혜와 함께 강가를 거닐고 있는 그를 발견했다. 그는 경혜의 어깨에 한 팔을 자연스럽게 올리고 있었다. 그것은 서클 엠티에서 그리 쉽게 볼 수 있는 광경은 아니었다. 질투심으로 인해서 혜완은 꽁꽁 얼어붙었다. 하지만 내색하지 않았다. 그러고는 이 감정을 어떻게 해야 할 것인가만 생각했다. 그것은 차가운 감정의 가면을 필요로 하는 것이었다. 그래서 혜완은 다음 날 세면대에서 그와 마주쳤을 때, 그가 비누를 좀 빌려달라는 눈짓을 했을 때 못 본 척 그 자리를 떠나버렸다. 그는 안절부절못하며 혜완에게 속삭였다.

—무슨 일이야, 왜 그렇게 화가 난 것 같은 표정이지?

그는 물었고 혜완은 냉랭하게 돌아섰지만 그녀의 머릿속에서 끊임없이 속삭이는 소리를 뿌리치기는 힘들었다.

—그것은 단지 오해였을 뿐이야. 어깨에 팔을 올릴 수도 있는 거잖아. 너도 그 선배랑 아까 장난스레 팔짱을 끼었잖

아. 그러니 그들 또한 아무 사이도 아니야. 그가 사랑하는 것은 너뿐이야. 그래, 그는 너를 사랑한다구.

위안해주는 마음의 소리는 잠시 일어났던 그 불확실한 의심의 소리보다 컸다. 혜완은 위안해주는 소리 쪽으로 서슴없이 마음을 정했고 그러자 그에게 미안한 마음이 들었다. 얼마나 미안했는지 그가 무릎을 꿇고 빌라고 해도 할 수 있을 것 같았다. 그래서 혜완이 수줍은 미소를 보내자 그는 갑자기 생기를 찾았다. 혜완은 더 미안했다.

─저런 그를 그렇게 취급하다니 나는 너무 경솔했어. 내 사랑을 저렇게 기다리고 있는 저 가엾고 어두운 사람…….

경혜의 성격이 좀 더 직선적이지만 않았어도 혜완은 더 오랜 시간을 꽁꽁 앓아댔을지도 모른다. 일을 터뜨린 것은 학교 앞의 다방에서 선언을 한 경혜였다. 여름방학이 되면 셋이서 여행을 가자고 그녀들은 모여 있었다. 그런데 경혜가 자꾸 머뭇거리는 것이었다.

─실은 나 선약이 있어.

조용필의 노래가 흐르는 다방에서 영선과 혜완의 눈이 휘둥그레졌다. 경혜의 콧소리에서 감지되는 것은 그 상대방이 특별한 남자라는 예감 때문이었을 것이다.

그리고 경혜가 영선과 혜완 앞에서 그와의 일을 털어놓았을 때 무거운 침묵이 감돌았다. 혜완이 그보다 더 놀랐던 것은 영선이 먼저 울음을 터뜨렸기 때문이었다. 혜완이 물었다.

─영선아, 너도……였니?

그녀들 셋은 모두 그와 함께 대천에 갔으며 모두 그녀들의 집 앞에서 그의 가정생활의 비극을 가슴 아프게 들었으며 그와 함께 같은 레스토랑에 가서 같은 카레라이스를 먹었고 코스모스 백화점 앞에서 같은 소프트아이스크림을 먹었고 〈디어 헌터〉라는 영화를 보았던 것이다. 같은 영화를 세 번씩이나 본 그의 인내심이라니.

그들 셋이 언제나 마주 앉았던 2층 다방의 유리창 너머 기차가 지나가고 있었다. 영선은 훌쩍거리며 울고 경혜는 입술만 물고 있고 혜완은 뭉게구름 이는 그 하늘만 바라보고 있었다.

그리고 시간이 흘렀다. 경혜가 혜완과 멀어지기 시작한 건 그즈음이었다. 영선과 혜완은 그로부터 결별했지만 경혜는 그의 애인이 되어 있었다. 혜완은 경멸을 감추려고 하지도 않았지만 경혜는 그것이 혜완의 질투라고 믿고 있었다. 착한 영선이만 그 중간에서 어쩔 줄 몰라하고 있었다.

─경혜를 이해해주자. 그 앤 정말로 그를 사랑하나 봐.

─이 바보야, 경혜는 그를 사랑하는 게 아니고 제 자만심을 사랑하는 거야. 좋은 결과가 오리라고 생각하니?

가을비가 내리는 날이었다. 서클생들은 오두막이라는 생맥주 집에서 떠들어대고 있었다. 한 남학생이 은밀하게 혜완을 불러냈다. 쏟아지는 비를 피해 그들은 공중전화 부스 속으로 들어갔다.

　—혜완아, 나 너한테 이런 말 하고 싶지 않지만 나도 대충 이야길 들었어. 그를 한번 만나봐. 그는 후회하고 있어. 그가 정말 좋아했던 건 너 혜완이야.

　공중전화 부스 밖으로 그의 모습이 보였다. 이쪽에는 등을 돌린 채 그는 비를 맞고 있었다. 비에 젖어 일찍 시들어버린 낙엽이 추락하고 그 낙엽들이 뒹구는 거리에서 비를 맞으며 그는 아주 비극적인 분위기를 연출하고 있었지만 그때처럼 그가 치졸하고 시시껄렁하게 보인 적은 없었다. 그녀는 말을 전해준 남학생의 말을 무시한 채 맥줏집 안으로 들어갔다. 들어가 앉아 비를 쫄딱 맞은 채로 따라 들어선 그에게 눈길 한번 주지 않으면서, 그의 눈길이 간절하게 혜완을 훔쳐보리라 상상하면서 다른 사람들과 떠들어댔다.

　그리고 그녀는 다음 날 아침 그에게 전화를 했다. 마치 화해하는 연인들처럼, 운명의 마법에 걸렸던 연인들이 이제사 그 마법에서 풀려나 서로 상봉을 기다리는 것처럼 혜완은 상냥했다. 그는 감동하는 목소리를 내고 있었다. 전화로 그 감동을 다 전하지 못하는 게 안타깝다는 것을 감추려고도 하지 않았다.

　혜완은 아직도 내리고 있는 가을 빗줄기를 바라보면서 그와 아침에 학교 정문에서 만나자고 말했다. 하필이면 정문이야라고 그가 말했다. 혜완은 꼭 정문이어야 한다고 우겼다. 그러고는 버스를 타고 약속보다 더 늦게, 우산으로 얼굴을 가리고 학교 앞 먼발치서 정문 앞에 우두커니 서 있는 그를 바라보다가 학교 앞 다방으로 향했다. 신호등을 건너면서 혜완은 얇게 썰어 기름에 튀긴 고구마를 5백 원 어치나 샀다. 아침 강의가 없었던 경혜와 영선이 거기 나와 있었다. 혜완이 또 약속을 해둔 터였다.

　—그 선배 교문 앞에 서 있던데……

선심처럼 고구마 튀김을 내밀면서 혜완이 스치듯 물었다.

　—으응, 친구한테 빌려준 책을 건네받기로 했대.

경혜가 혜완을 향해 의기양양하게 대답했다.

웃음이 나오는 것을 참느라 혜완은 고구마 튀김만 자꾸 먹었다. 경혜가 가여워 보였고 빗속에 서서 경혜에게 거짓말을 해야만 했던 그의 처지가 고소했다. 고구마 튀김의 달콤한 맛도 거의 느껴지지 않을 정도였다.

　—뭐 좋은 일 있니?

경혜가 민감해 보이는 눈을 빛내며 혜완에게 물었다.

　—일은 무슨 일.

혜완은 경혜의 눈초리를 피해 화장실로 갔다. 빗을 꺼내 단발머리를 빗고 얼마 전 처음으로 산 립스틱을 꺼내 발랐다. 화장실 창밖으로는 여전히 비가 내리고 있었다. 처음 립스틱을 바른 혜완의 모습이 거울 속에서 광대처럼 비추

어졌다. 혜완은 핸드백 속에서 휴지를 꺼내 립스틱을 지웠
다. 바르는 것도 지우는 것도 익숙지 않아서 혜완의 입 주
위에는 시뻘건 얼룩이 졌다. 한참 그런 자기 모습을 바라보
다가 왜였을까, 혜완은 거울을 보면서, 쿡, 하고 울어버리고
말았다. 그들의 나이 스물의 일이었다.

혜완은 병원 앞 신호등에서 멈추어 섰다. 피식 웃음이
나왔다. 어쩌면 제 자만심을 사랑하고 있었던 것은 경혜가
아니라 혜완 자신이었는지도 모른다는 생각을 하면서 그
녀는 공중전화 부스를 지나쳤다. 경혜에게 전화를 해볼까
생각도 들었으나 파란 신호등이 들어왔고 혜완은 그 기회
를 놓치고 싶지 않았다. 그렇지 않다면 이 눅눅한 습기 속
에서 몇 분을 서 있어야 했으니까.

그리고 시간이 흐른다. 혜완과 영선은 결코 '그런 식'의
바람은 피우지 않는 남자들과 만나 연애를 시작했고 결혼
을 했다. 경혜는 물론 그와 헤어져 여러 남자들을 전전하다
가 아나운서가 되어 화려하게 TV에 등장했다. 그녀의 미모
는 그녀의 직업에 있어서는 아주 유리했다. 작고 동그란 얼
굴, 커다랗게 쌍꺼풀 진 눈매, 그리고 나무랄 데 없는 코와
입의 선. 조명을 받은 경혜는 아름다워 보였다.

여러 남자를 거치면서 훼손되었을 경혜의 자존심은 채
워지는 듯 보였다.

어느 날 경혜는 말했다. 아마도 영선의 초라한 단칸 신혼방에서였을 것이다. 외풍이 너무 세어서 등이 시린 신혼방에 초대받아 그들은 둘러앉아 있었다.

—영선아, 결혼은 생활이야. 이런 말 한다고 나쁘게 생각하지 마. 이렇게 고생할 필요가 뭐 있어.

영선의 속눈썹이 파르르 떨렸지만 영선은 둘의 유학비 마련을 위해 아르바이트하던 출판사의 번역 원고만 만지작거리고 있었다. 영선이 집안의 반대 때문에 제대로 마련되지 못한 혼수가 생뚱맞게 놓여 있는 영선의 방 안은 정말 작고 초라했다. 어쩌면 그런 말은 혜완도 하고 싶었다. 그는 매력적이고 유능한 사람이었지만 행복한 결혼에 이르기까지 영선에게 너무 많은 것들을 지불시킬 사람이었다. 하지만 영선은 인생을 건 것이다. 요즘 아줌마가 되어버린 친구들과 나누는 용어식으로 이야기하자면 '그놈의 사랑 때문에……'였다.

—경혜야, 우리 10년쯤 후에 이런 말 하자. 아마 그때 너는 내게 이렇게 말할 수 없을 거야.

영선이 그토록 단호한 말을 한 적이 있었던가. 코피를 흘리며 아르바이트를 해서 학비를 마련한 그들은 영화를 공부하기 위해 함께 유학을 떠났다.

하지만 아르바이트는 언제나 영선의 몫이었다. 그가 학생운동에 관련되어 잠시 감옥에 있을 때조차 영선은 아르바이트로 그의 영치금을 넣어주었다. 혜완으로 말하면 솔직히 그런 영선에게 실망하고 있었다. 더구나 프랑스로 떠난 후 유야무야 자신의 학업을 잠시 중단하고 그곳에서 한국 사람들의 아이를 보아주는 일을 하고 있다는 우울한 편지를 받았을 때는 영선이 더 이상 학업을 계속하지 못하리라는 예감을 가졌었다. 물론 혜완의 예감은 적중했다. 그들도 대부분의 부부 유학생들이 걷는 그런 과정을 밟고 있었던 것이다.

어쨌든 그들은 돌아왔다. 그리고 영선이 아니라 박 감독이 만든 영화 몇 편은 연달아 흥행과 예술성 모두를 인정받으면서 성공했다.

그들의 한국에서의 첫 성공을 축하하며 카페에서 맥주를 마시면서, 혜완은 물었다.

—이제 너는 어떻게 할 거야?

—나? 글쎄 어떻게 했으면 좋겠니? 우리 엄만 나랑 눈만 마주치면 하는 말이 '난 애는 절대로 못 봐준다'야. 시어머니는 벌써 직장 다니는 우리 큰동서 애들 둘이나 키우고 있고, 남한테 맡기기는 께름칙하고.

—글을 써보지그래?

—안 그래도 박 감독하고 그런 이야기를 했어. 시나리오를 써봐야 되겠어. 그건 애를 키우면서도 얼마든지 할 수 있을 테니까. 애 때문에 영화현장에 직접 뛰어들기는 힘들 것 같아.

―영선아, 애들 키우면서 얼마든지 할 수 있는 일은 없어.

이미 아이를 낳고 집 안에 들어앉은 혜완이 우울하게 대꾸했다.

현장에 뛰어들기보다는 그래도 집에서 글을 쓰는 편이 영선의 적성에도 맞을 것 같다는 생각이 들었다. 하지만 영선은 곧 둘째 아이를 가졌고 혜완은 그 후로 그녀에게 더 물어보지 않았다. 물어볼 필요가 없었던 것이다. 하나도 아니고 둘이나 되는 아이들을 혼자 키우면서도 '얼마든지' 할 수 있는 일은 결코 없다는 걸 알고 있었던 것이다.

카페 앞 공중전화에서 혜완은 경혜에게 전화를 걸었다.

"나야, 병원에 들렀다가 걸었어."

"으응 병원에 갔다 왔니? 산모랑 다 건강하니?"

엉뚱한 대답이었다. 혜완은 잠시 망설이다가 다시 물었다.

"나 혜완인데, 영선이 병실에 들렀어."

"그래, 다 건강하다니 됐다. 오늘 시누님이 오시는 바람에 못 갔어. 축하한다고 전해줘. 나중에 내가 따로 들를게. 또 전화하자."

전화는 일방적으로 끊겼다. 아마도 시댁 쪽에서 사람이 와 있는 모양이었다. 흔히 말하는 열쇠 세 개도 없이 경혜는 그 자신의 미모와 아나운서라는 직업을 가지고 지금의 의사 남편을 만났다. 그것은 대단한 행운일 수도 있었겠지만 경혜에게는 영원히 풀리지 않는 상처일 수도 있었다. 실제로 결혼식장에서조차 신랑 쪽 하객들은 경혜 쪽 하객들에게 경멸 어린 시선을 감추려고도 하지 않았다. 결혼식이 끝난 후 경혜 쪽 하객들은 근처의 갈비탕집으로, 그리고 신랑 쪽 하객들은 대절된 버스를 타고 호텔 뷔페로 갔던 것이다. 그런 경혜는 자신이 이제껏 맺어왔던 친구들이나 친지들의 관계에 대해 예민해했다.

어쨌든 그들은 은폐의 대상이었던 것이다. 그 속엔 물론 혜완의 이혼도 끼어 있었으니 영선의 이번 일은 더 말할 나위도 없었으리라. 하지만 아무리 급하게 둘러댄다 하더라도 축하한다고 전해달라는 말을 할 것까진 없었을 텐데.

혜완은 공중전화 카드를 빼서 백 속에 넣고 카페에 들어가 자신이 늘 앉는 자리에 앉았다. 그녀와 거의 나이가 비슷한 주인 여자가 커피를 날라다 주었다. 커피를 내려놓았을 때 여자의 한쪽 팔에 든 멍자국이 혜완의 눈에 띄었다. 혜완의 시선을 의식하자 여자는 얼결에 셔츠를 끌어내리며 혜완을 향해 멋쩍게 웃었다. 혜완도 멋쩍게 웃어줄 수밖에 없었다. 언젠가 이 카페의 여주인이 내실 쪽에서 어떤 남자에게 두들겨 맞고 있는 것을 본 일이 있었다. 여자와 동거를 하고 있다든가, 약혼자든가 뭐 그런 남자로 단골인 혜완과도 안면이 좀 있었다. 혜완이 얼음물을 좀 얻기 위해서 주방 쪽으로 갔을 때였다. 툭탁거리는 소리에 잠깐 들여다보았더니 남자가 여자의 머리채를 휘어잡아 벽에 짓찧고 있었다. 아니, 이런 상황에 대한 인식은 그 뒤에 온 것이었다. 처음에는 너무 놀라워서 그것이 구체적으로 어떤 형상인지조차 눈에 들어오지 않았던 것이다.

혜완은 얼어붙은 듯 그 자리에 서 있었다. 어떻게 그렇게 낮은 목소리로 싸울 수 있는가를 감탄한 것은 나중이었고 도대체 왜 저 여자는 비명을 지르지 않는 것일까 하는 생각은 그보다 더 나중에 더 오래 더 골똘하게 혜완을 생각에 잠기게 했다.

하지만 여자는 그 때리는 남자에게 끊임없이 애원하며 매달리는 것이었다. 머리채를 휘어잡히고 차진 소리가 나도록 뺨을 얻어맞고 있는 상황에서 여자는 빌고 있었다. 무엇을 그렇게 잘못했을까. 하지만 모욕감은 오히려 혜완에게 왔다. 무엇이 이 폭력 앞에서 여자들을 비굴하게 만드는 것일까. 무엇이 이 폭력 앞에서 비명조차도 지르지 못하게 여자들의 입을 틀어막는 것일까. 뭐랄까 절망감이 먼저 엄습했고 이혼 무렵 남편에게 허용할 수밖에 없었던 그 폭력이 혜완의 살갗으로 기억보다 먼저 돋아났다.

—제 아이를 죽인 여자!

혜완은 여자를 보내고 담배를 물었다. 맨살에 돋아난 소름들을 에어컨의 찬바람 탓이라고 생각하려고 혜완은 몇 분간 끙끙대고 있었다. 아이를 생각하면 언제나 이런 식이었다. 혜완은 커피에 설탕을 넣고 천천히 저었다. 우선은 영선의 일에 대해 스스로 정리를 좀 해야 할 필요를 느꼈던 것이다. 하지만 영선을 떠올리고 그 냉랭하게 자기를 방어하려던 박 감독을 생각하자 머리가 더 아파왔다. 갑자기 이 모든 일들이 그녀에게는 장난처럼 느껴졌다. 이 모든 짓거리들, 누가 누구를 때리고 미워하고 칼로 제 몸을 긋고, 자기 아내를 가리켜 알코올 중독자라고 말하고, 간호사가 신경질을 부리고, 자살을 시도한 친구에게 축하한다고 둘러대고, 비명을 참아내고, 팔에 생긴 멍을 감추고 하는 따위의 일들.

그때 혜완이 앉은 뒷좌석에서 누군가가 자리를 박차고 일어나는 것이 느껴졌다. 혜완이 천천히 돌아보니 이십 대의 남학생이 앞자리에 앉은 파마머리의 여자를 남겨두고 자리를 떠나고 있었다. 여학생의 시선이 돌아보는 혜완에게 와서 먼저 멎었다. 그녀는 돌아보는 혜완의 시선에서 수치를 느끼는 것 같았다. 혜완은 고개를 돌렸다. 누구나 그런 때가 있다. 이십 대에는 이 시간에 저렇게 남자가 뛰쳐나가기도 하고 남아 있는 여자가 수치스러운 얼굴로 다른 사람들을 살피는 일도 있다.

잠시 후, 여자아이가 흐느끼는 소리가 들렸다. 낮았지만 여자아이는 분명히 흐느끼고 있었다.

혜완은 천천히 커피를 들어 마셨다.

여자아이의 울음소리가 들리는 카페 안으로 다시 한 남자가 들어와 앉았다. 그는 아직 젊었고 진바지에 헐렁한 남방을 입고 있었다. 그는 어두운 카페에 잠시 서서 두리번거리더니 곧 혜완보다 비스듬히 문에 더 가까운 테이블을 잡고 앉아서 들고 온 책을 펴기 시작했다. 혜완은 그 젊은이를 물끄러미 바라보았다. 덥수룩한 머리, 두꺼운 안경……앉아 있는 그의 모습은 뒷자리에 앉은 여자아이의 울음소리를 배경으로 점점 변해가기 시작했다.

1981년 겨울, 밑단이 넓은 바지와 스웨터 위로 비어져 나온 길쭉하고 큰 칼라, 거의 어깨까지 내려오는 장발을 한 남학생들이 저 이름도 모르는 젊은이의 어깨로 겹쳐지는 것이다. 그의 옛 사진, 아직 젊고 미숙했던 시절의 그…….그러자 혜완은 그가 저기 앉아 있는 것만 같았다. 아직 자리가 많이 빈 그 카페의 의자들을 기억들이 서서히 채워가고 있었다. 저 자리들에 그가, 다른 그가, 또 다른 그가 앉아 있다. 그들은 그녀를 사랑하기도 했고 술을 먹고 욕설을 퍼붓기도 했고 수줍은 표정으로 집 앞까지 바래다준 일도 있었다.

그리고 혜완이 울고 있다. 나이를 먹어서도 소녀였던 혜완이, 처음으로 인생의 한가운데 내던져졌을 때 마치 길 잃은 아이처럼 쩔쩔매며 어쩔 줄 몰라하던 혜완이, 저 갈색

천으로 커버를 씌운 빈자리에 앉아 있다.

뒷자리의 여학생이 더 큰 소리로 흐느끼기 시작했다.

그 울음소리 때문에 그들의 영상은 갑자기 사라졌다. 혜완은 갑자기 혼란을 느꼈다. 한 발자국만 물러서서 바라보렴. 그 울고 있는 여자아이에게 다가가서 말해주고 싶었다.

별거 아니란다. 정말 별거 아니란다! 그런 일은 앞으로도 수없이 일어난단다. 네가 빠져 있는 상황에서 한 발자국만 물러서서 바라보렴. 그러면 너는 알게 된다. 네가 지금 느끼는 건 그리 대단한 것도 아니고 울 일은 더더욱 아니고 그저 산다는 건 바보 같은 짓거리들의 반복인 줄을 알게 될 거란다. 자, 이제 울음을 그치고 물러서렴. 그 감정에서 단 한 발자국만, 그 밖을 향해서.

하지만 혜완은 담배를 끄면서 희미한 육체의 고통을 느꼈다. 그녀의 육체는 한때 울고 있었던 그리고 지금 실제로 혜완의 뒷자리에서 흐느끼는 여자아이의 울음소리에 따라 고통을 느끼고 있었다. 왜냐하면 한 발자국 물러서는 일이 때로는 전 우주를 들어 올리는 것보다 힘들 수가 있다는 것을 그녀가 잘 알고 있는 까닭이었다.

혜완은 영선에게 미안하다고 말하고 싶은 생각이 들었다.

절대로, 어차피, 그래도

경혜가 커피를 끓이는 동안 혜완은 경혜네 집 주방 아래로 보이는 강을 바라보고 있었다. 흐린 하늘 아래로 흐르는 강은 청회색의 허리를 뒤척이며 흘러가고 있었다.

"내가 너희 둘만 생각하면 심란하다 심란해."

맛보다는 냄새가 많이 퍼지는 커피를 가져다 놓으면서 경혜가 말했다.

"거기 나는 왜 끼니?"

혜완은 강변도로 곁의 수양버들이 날리는 것을 물끄러미 바라보며 대꾸했다. 에어컨을 틀어놓은 경혜의 집 안은 서늘해서 마치 수양버들이 추운 바람에 날리고 있는 것 같은 느낌이 들었다. 지금 혜완의 살갗에 닿는 서늘하고 마른 바람이 그 거리에도 불어가는 것처럼 느껴진 것이다. 여기서 문을 열고 나가면 습하고 무더운 바람이 불 텐데……하지만 창 안쪽에서 바라보면 창 안쪽의 조건대로 사물이 바라다보이는 법이다. 경혜는 아마도 제 기준을 가지고 혜완을 바라다보는 것이리라.

아직 처녀같이 자그마한 몸매의 경혜를 바라보며 혜완은 문득 묻고 싶었다. 그러면 경혜야 너는 행복하니? 짧은 듯한 단발 파마가 잘 어울리는 경혜의 갈색 눈동자를 바라보며 혜완은 문득 경혜네 집에 와보는 것이 거의 이 년 만이라는 생각을 했다.

"차라리 니가 더 심란해. 어차피 살다 보면 영선이 같은 일이야 일어날 수도 있는 거 아니니? 내 고등학교 동창 하나도 수면제 몇 알인가 먹고 죽네 사네 하더니 이제 잘만 살더라. 고비만 넘기면 되는데. 내가 이제사 말이지만 니가 사랑이 없어서 이혼한다는 말 들었을 때 대한민국 전체가 웃었던 거 아니? 아마 니 이혼 사유가 이유가 된다면 이혼 안 할 사람 없을 거다."

"그럼 너 같으면 뭐가 이혼 사유가 되면 안 웃겠니?"

혜완이 담담히 물었다.

"그거야 뭐 구타라든가 여자가 생겼다거나, 아니면 이쪽에서 남자가 생겼다거나 남자가 건달이라거나 뭐…… 그런 거지. 사실 누군가 결혼을 할 때 '왜 결혼하세요' 하고 묻는 사람은 없잖아. 대답은 뻔하니까. 하지만 이혼할 때 사람들은 물어. 왜냐면 이혼하고 싶은 이유가 수만 가지 있어도 못하고 사는 게 보통 사람들이거든. 애도 딸려 있고, 애들 인생도 있잖아."

경혜는 아이의 이야기가 나오자 슬며시 혜완의 눈치를 살피더니 빠르게 덧붙였다.

"애야 또 낳으면 되는 거였잖아."

"그렇지, 애야 또 낳으면 됐지."

이제 갓 두 돌을 넘긴 경혜의 딸이 재빠르게 아이 보는 여자의 손을 벗어나 경혜에게로 달려왔다. 아이는 면직의 질감이 잘 드러나는 흰 원피스를 입고 있었다. 짧고 고슬거리는 머리를 억지로 둘로 묶은 아이였다. 생김생김 느낌은 달랐지만 시원한 눈매만은 경혜를 닮아 아름다웠다. 죽은 아이도 혜완의 눈을 닮았었다.

—눈을 닮으면 대개 성격까지 닮는다는데 아마 앤 고집이 셀 거야.

남편이 말했었다.

혜완은 마치 경혜의 인테리어를 감상하러 온 여자처럼 깔끔하고 세련되게 정돈된 경혜의 집 안을 둘러보았다. 그새 응접세트가 바뀌어 있었다. 아직 가죽 냄새가 가시지 않은 커피색 소파였다. 지난 유럽 여행 때 사왔다는 성당이 그려진 작은 액자가 둘, 그리고 그 아래 흰 대바구니에는 앙증맞은 향수병들이 놓여 있었다.

경혜의 딸아이는 아까부터 혜완만 바라보고 있었다. 그 집에 들어서는 누구라도 자신에게 해주었을 애정표현을 혜완에게 똑같이 기대하는 것 같았다. 혜완은 아이를 향해 설핏 웃어주다가 말고 문득 얼굴이 굳었다. 아이들을 보면 언제나 당혹스러웠던 것이다. 나이 먹은 여자의 아이에 대한 본능적인 그리움은 자연스러운 것이었고 죽은 아이에 대한 기억은 고통스러운 것이었다. 혜완은 자기도 모르게 담배를 물려다가 경혜의 딸을 보고 잠깐 머뭇거렸다.

"괜찮아 피워. 나도 심란할 때 가끔 하는데 뭐. 연지야, 가자. 언니하고 놀아야지, 가서 〈들장미 소녀 캔디〉 보자아."

경혜는 딸아이를 번쩍 안아 들고 아이 보는 여자에게 데려다놓은 후 작은 재떨이를 가지고 돌아왔다. 한 아이의 어미로서 혜완을 바라보는 경혜의 눈에는 순간이었지만 연민이 실려 있었다. 늘 부딪치는 두 사람 사이가 오늘 따라 부드럽게 나가는 것은 어쩌면 그 때문인지도 모른다. 여기는 그들이 자주 만나곤 하는 카페가 아니고 집이었기 때문에. 그러므로 아이를 잃은 혜완의 상처에 대해 경혜가 너그러울 수 있었던 것이다.

"잠깐만."

담배를 놓고, 연민이 담긴 경혜의 눈동자에 쫓기듯 혜완은 화장실로 들어가 손을 씻었다. 검은 빛깔의 대리석으로 만든 경혜네 세면대와 욕조가 짧은 스커트 아래로 드러난 혜완의 앙상한 다리를 비추고 있었다. 수건걸이에는 색깔을 맞춘 듯 진초록 대형 수건과 자주색 작은 수건이, 그리고 세면대 아래의 매트와 수건 따위를 넣어두는 작은 장식장도 같은 빛깔이었다.

혜완은 손을 씻다 말고 물끄러미 그 빛깔들을 바라보고 있었다. 정말 사람이 사는 집 같다. 혜완은 자신도 모르게 중얼거렸다. 색깔 때문이 아니라 호화로운 대리석 욕조 때문이 아니라 거기에는 식구들을 위한 경혜의 배려가 담겨 있었다. 안정되고 싶다는, 감추어두었던 욕구가 혜완에게 밀려왔다. 식구들을 위해 저렇게 수건을 걸어놓고 화장실을 윤이 나게 닦아내고…… 그것을 못 견뎌서 결국 남편과 헤어졌으면서 그것을 못 견뎌서 결국 아이도 죽어버렸는데 혜완은 이제사 그것을 그리워하는 것이다. 혜완은 수도를 잠그고 수건에 손을 닦았다. 그러고는 거울을 보면서 손으로 머리를 잠깐 매만졌다. 하지만 청소를 하고 누군가를 위해 요리를 한다는 것은 좋은 일이 아닐까. 그것이 견딜 수 없게 느껴졌던 것은 단지 그것이 그녀에게만 강요된 일이었기 때문이었다.

거울 속에서 서글프게 빛나던 혜완의 눈이 점차로 무표

정하고 냉랭하게 돌아왔다.

"그래, 그게 자발적인 거였다면 더할 수 없는 사랑의 표현일 테지."

혜완은 그 거울을 향해 미소까지 한번 지어 보이고는 화장실을 나왔다. 부우…… 하는 에어컨의 옅은 소리가 들려오자 그녀는 명랑한 얼굴로 경혜와 마주 앉았다. 경혜는 멜론을 깎아서 접시 위에 올려놓고 있었다.

"영선이한테 가봤니?"

혜완에게 포크를 집어 주며 경혜가 물었다.

"응, 그제."

"어떻디?"

"그냥…… 밥 먹고…… 통 말을 안 해."

영선의 상처는 많이 나았고 양팔을 침대 살에 묶어놓는 취급을 받지 않았지만 정신과 치료는 계속되는 모양이었다.

사흘 전 혜완은 헐렁한 환자복을 입고 오그라진 호두 알맹이처럼 침대에 앉아 있는 영선을 보았다. 창가에서 들어오는 빛 때문에 깊이 음영진 영선의 얼굴은 유리잔처럼 투명했다. 혜완이 들어서자 영선의 파리하고 힘없는 눈이 혜완과 마주쳤다. 그 눈 속에 빛나고 있는 것은 뜻밖에도 슬픔이었다. 깨어진 유리잔이 발하는 마지막 빛 같았다. 하지만 이윽고 그 힘없는 슬픔의 빛이 걷혀지고 강한 거부감이 영선의 눈에 어른거렸다. 혜완은 사 들고 간 보라색 소국을 유리병에 꽂았다. 만일 꽃이라도 사 들고 가지 않았다면 정말 그대로 우두커니 서 있다가 돌아서 와버렸을지도 몰랐다. 두 젊은 여자의 침묵을 비집고 영선의 친정어머니가 먼저 울기 시작했다.

─차라리 이혼을 시킬걸. 대체 니들 이게 다 무슨 꼴들이니? 니들이 뭐가 부족해서, 공부를 못했니, 얼굴들이 박색이냐? 내가 그렇게 반대할 때는 지지리도 말을 안 듣더니만, 그래 이제 이 어미 원망도 못하고 어떻게 할래. 응?

─어머니, 진정하세요. 그냥 영선이가 신경이 예민해져서 잠깐…….

스스로 생각해도 전혀 위로가 되지 않는 말을 하다가 혜완은 입을 다물었다.

─잠깐은 무슨 잠깐, 그때 좋은 혼처 다 마다고 어디서…… . 내 처음 볼 때부터 영선이 이렇게 만들어놓을 놈인 줄 알았다 알았어.

영선의 눈빛이 어머니의 울음소리에 따라 잠깐 흔들렸지만 이내 창밖으로 돌려졌다. 어머니가 이 침묵을 깨뜨려주는 것이 차라리 후련한 기분이었지만 혜완의 마음도 무거웠다. 영선의 팔목에는 꿰맨 듯한 상처가 몇 군데 보였지만 다른 곳에는 별로 상처가 남아 있지 않았다. 혜완의 시선이 손목에 머무는 것을 느꼈는지 영선이 슬그머니 흰 시트 속으로 손목을 넣어버렸다. 혜완도 고개를 돌려버렸다. 창문 밖으로 보이는 세상으로는 사람들이 걸어 다니고 정문까지 차들이 밀려 있었다. 모두들 바쁘게 걷고 뛰고 어슬렁거리고 있었다. 영선만이 혜완을 본체만체 자리에 누워 눈을 감고 있었다. 신경안정제가 자주 투여되어서 잠을 잔다고 했다. 하지만 그날 혜완이 본 영선은 분명히 잠을 자고 있는 게 아니었다. 영선은 거부하고 있었다. 이 모든 세상, 아침에 떠서 저렇게 창밖에 환한 햇빛까지 귀찮다는 표정이었다. 영선의 어머니를 진정시키고 점심을 드시고 오라고 한 후 혜완이 영선의 곁에 앉았다. 무슨 말인가 꺼내려고 했지만 한숨이 먼저 나왔다. 혜완의 긴 숨소리가 끝날 무렵 시트 밑의 영선의 몸뚱이가 잠시 꿈틀대는 게 보였다. 그러고는 거짓말처럼 감은 눈에서 눈물이 흘러내렸다.

나도 그러고 싶은 때가 있었어. 나 너 이해해, 하고 말하려다가 혜완은 입을 다물었다. 사실은 그렇게 말하고 싶은 심정이 전혀 아니었다. 울긴 왜 우니, 왜 울어, 라고 소리라도 치고 싶었다. 이게 무슨 꼴이니? 혜완이 소리치고 싶었던 대상은 어쩌면 제 자신이었는지도 모른다. 재빠르게 그걸 깨달았기 때문에 혜완은 감정을 좀 수습할 수가 있었다.

"내가 갔을 땐 어머니가 어떻게나 우시는지 혼났어. 영선인 거의 실어증 환자 같았고, 말 한마디 못 붙여보고 왔다."

생각을 떨쳐버리며 혜완이 간단하게 대꾸했다.

"왜 말을 안 해? 처녀가 애를 배도 할 말이 있는 건데?"

"처녀가 애를 배면 당연히 할 말이 있지, 하지만 지금 말할 기분이겠니? 어때 넌 좀 안 가봤니?"

"갔지……."

경혜가 한숨을 내쉬며 대답했다.

"나 근데 영선이 안 만나고 그냥 왔어."

경혜는 갑자기 무슨 결심을 한 듯 주방 문을 닫고 식탁으로 돌아오더니 담배를 한 대 물었다.

"갔었다 어제…… 병원 정문에 들어서는데 왜 그렇게 화가 나는지, 있지, 대체 이게 무슨 꼴이야. 너랑 나랑이야 서로 미워도 하고 그랬지만 영선이를 우리가 한 번이라도 미워할 수 있었던 적이 있었니? 박 감독도 꼴보기 싫고 영선이는 더 꼴보기 싫고…… 대체 이유가 뭔지 알기라도 해야지. 말까지 안 한다니 내가 안 들어가길 정말 잘했구나. 단순히 히스테리 때문이었다니 말이나 되니? 난 또 개 입에서 무슨 엄청난 소리 나올 줄 알고 무서워서 병원 뒤쪽 벤치에 앉아 있었지."

경혜는 길게 담배연기를 내뿜었다.

"이놈의 날씨는 또 말야, 어제따라 하늘은 왜 그렇게 찌뿌둥하니? 참 육자배기가 저절로 나오게 생겼더라. 도로 나와서 한참 걷다가 대낮에 경양식 집에 가서 맥주를 한 병시켰지. 술 한잔 들어가고 나니까 병원에 있는 영선이 몰래 불러내서 한잔 마실까 하는 생각까지 들더라구 참……."

경혜는 말을 끊으며 웃었다. 사실은 혜완도 그런 생각을 했었다. 인간이 산다는 게 갑자기 혐오스러웠고 자살미수에 그친 영선이 추잡스럽게 느껴졌고, 그리고 멀거니 서서 그녀를 바라보는 자신이 뻔뻔하게 느껴졌다.

"근데 서혜완, 만일 내가 이혼한다고 하면 너 뭐라고 말할래?"

처음에는 장난스레 성까지 붙여가면서 말하던 경혜는, 그러나 혜완과 눈이 마주쳤을 때 가만히 시선을 떨구었다.

"넌 왜? 영선이보다 내가 더 심란해 보인다면서?"

가만히 웃던 경혜가 머리를 쓸어 올리더니 불쑥 말했다.

"사실은 지난달에 나 남편이랑 정말 심각했거든."

묵묵히 듣고 있던 혜완의 눈꺼풀이 치떠졌다. 언제였던가 경혜에게 이런 식의 말을 들었던 것이. 생각해보면 벌써 10년이었다. 이런 말들을 왜 하지 않고 살게 되었을까. 영선도 경혜도…… 따지고 보면 경혜가 영선이 같은 일을 저질렀다 해도 또 아무것도 모르고 있을 게 아니겠는가. 혜완은 갑자기 아득해졌다. 사람과 사람 사이의 거리, 세월과 세월 사이의 거리, 경혜가 말하는 시퍼런 가을하늘과 정신병원과의 거리, 흰 커버를 구두 위에 수줍게 신고 다니던 세 소녀들과 아이 엄마들 사이의 거리, 대망의 80년대 초에서 90년대의 거리…… 방금 전까지 혜완은 묻고 싶지 않았던가. 경혜야, 넌 행복하니, 하고.

"어때? 경험자로서 넌 뭐라고 말해줄래?"

경혜의 눈빛에서 우울함이 가시면서 명랑한 말투가 흘러나왔다.

"글쎄…… 하고 싶으면 해. 이유는 모르겠지만 니가 남편한테 느끼는 어떤 모욕감을 각기 다른 사람에게서 열 배쯤의 강도로 느껴도 좋다면 말야."

혜완이 아무 거리낌 없이 말했다.

경혜는 오랜만에 담배를 피운 속이 거북한지 잠깐 구토가 나는 기척을 보이더니 금방 눈시울이 빨개졌다. 아마도 구토 때문이었을 거라고 혜완은 생각했다. 경혜는 아직 길게 남은 담배를 거칠게 비벼 껐다.

"니가 그렇게 말할 줄 알았어. 하긴 나잇값 하는 건가? TV를 보기가 싫었어. 후배 아나운서들이 저렇게 싱싱하게 프로 맡는 거 보면 솔직히 말해서 질투심이 부글부글 끓어오르고 그랬어."

"그게 이혼 사유라도 난 믿어."

혜완은 진심으로 말했다.

"아니야. 내가 우리 연지 가졌을 때부터 남편한테 딴 여자 있었다는 걸 몇 달 전에 알았거든. 같이 여러 번 해외에도 다녀온 모양이야. 우연히 알았지. 그런 것도 모르고 남편 세미나 갔다 온다면 난 연지 데리고 목욕재계에 칠보단장까지 하고 공항에 나갔던 거야. 그 계집애가 비행기에서 남편이랑 같이 내려서 따로따로 걸어 나오면서 날 바라보고 뭐라고 생각했을까…… 생각해봐. 너무 소름 끼치지 않니?"

마지막 말은 좀 빠르고 높은 톤으로 하면서 경혜는 이미 꺼져버린 담배만 짓누르고 있었다. 그런 경혜의 손이 그날따라 가냘프게 보였다. 시어머니가 신혼 첫날부터 시댁에서 일하던 아주머니를 보내주었다고 했다. 행여나 그의 아들 식성에 맞지 않는 음식을 해줄까 염려하는 이유라고 경혜는 말했다. 경혜의 혼수비가 모자라 시어머니가 원하는 장롱을 사지 못했을 때 꺼내 준 남편의 돈. 그래서 언제나 하다못해 남편하고 잠자리를 하다가도 그 장롱만 보면 갑자기 남편을 확 밀어버리고 싶었다는 경혜의 말이 떠올랐다. 지금 그런 경혜의 손이 새삼 혜완의 눈에 들어차는 것이다. 둔중한 다이아몬드가 얹힌 반지를 끼었지만 그것은 파리하고 무력하게 보였고, 그리고 가엾게 보였다. 남편한테 딴 여자가 있다는 말을 태연하게 하는 경혜의 손.

"이상하게 혜완이 니가 자꾸 생각났어. 하지만 난 생각했어, 너랑 나랑은 비슷한 거 같지만 다른 게 하나 있어. 난 너와는 다르잖아. 영악하게 말하면 손익계산서를 따져봤지. 내가 이 정도 집에서 살 수 있을까? 사람들 앞에서 이혼녀라고 말할 수 있을까? 솔직히 아이는 뒷전이었어. 하지만 결론은 이거였어. 넌 연애해라, 난 니가 벌어다 주는 돈이나 쓰면서 살지. 그러다 지치면 돌아오겠지. 안 돌아오면 또 어때? 이 세상 어느 부부가 사랑하면서 사니? 어차피 의사가 아니었다면 난 결코 그 사람하고 결혼 따윈 안 했을 거였고 피차 마찬가지지 뭐…… 그런 면에서 혜완이 넌 뭐랄까 용감하고 무모해. 너랑 나랑 다른 점은 바로 그거고."

혜완은 피식 하고 웃어버렸다. 용감하다는 말은 좀 그랬지만 무모하다는 말은 맞았다. 무모했다. 쥐꼬리만 한 위자료를 들고 셋방을 찾아다니고 잘 살아볼 거라고, 남편은 싫어하고 혜완은 좋아했던, 그래서 결혼 생활 내내 거의 끓여 먹지 않았던 육개장을 한 냄비 끓여서는 1주일 동안 그것만 먹다가 나머지는 모두 쓰레기통에 버리고…… 그런 면에서 혜완은 확실히 무모했다.

그리고 택시를 타면 언제나 자신 있게 행선지를 말했다. 왜냐하면 그녀의 남편은 함께 택시를 탔을 때 남자가 말을 하기 전에 여자가 먼저 행선지를 말하는 것을 싫어했던 것이다. 마치 자신이 바보가 되는 듯한 기분이 든다는 것이었다. 그래서 택시를 타고 행선지를 밝힐 때마다 혜완은 무언가 새로운 자신감이 마음속에서 솟고 있는 것을 느꼈던 것이다. 그런 하찮은 일에서 자신감을 느끼다니 그것 또한 무모하다면 무모한 일이었다.

하지만 겁도 없이 서른의 나이에, 결혼 3년 만에 저런 말을 태연히 늘어놓는 경혜를 어떤 형용사로 느껴야 하는 것인지 혜완은 알 수 없었다. 아니다, 그건 부사로 설명될 수 있을지도 모른다. 어차피, 경혜는 그 말을 잘도 써댔다. 언젠가 세 여학생은 학교 벤치에 앉아서 그것 때문에 실컷 웃었던 적이 있었다. 혜완은 절대로, 라는 말을 경혜는 어차피, 라는 말을 그리고 영선은 그래도, 라는 말을 자신들도 모르게 자주 사용하고 있다는 걸 이야기하면서였다. 그때는 우스갯소리였던 말들이 이제사 혜완의 살갗에 소름을 돋게 만든다. 어차피와 절대로와 그래도의 차이는, 이제마치 영점영일 도의 각도가 10년 동안 우주로 달려나가 만든 그 거리처럼 까마득하게 혜완에게는 느껴지는 것이었다. 혜완은 말하고 싶었다. 경혜야, 나 같으면 절, 대, 로, 그렇게는 안 살 텐데. 그러면 영선은 말하겠지. 그래도, 어떻게 하니? 이런 생각을 하다가 혜완은 웃어버렸다.

"웃기는…… 하긴 무모한 게 낫지. 어차피 넌 더 복잡해지기 전에 갈라섰잖아. 영선이는 아무리 친구지만 화가 나. 화나는 건 어쩔 수 없잖아. 너의 경우는 적어도 화는 나지 않았으니까."

경혜는 혜완이 더 못하다고 했다가 영선이 더 못하다고 했다가 갈팡질팡이었다. 하지만 이상했다. 혜완도 같은 생

68

각을 하고 있었다. 경혜를 경멸하면서 혹은 속물이라고 지금도 생각하면서 그래도 영선의 지금 모습보다는 보기 좋다는 생각을 하고 있었던 것이다. 속물이라도 좋으니 제발 무사하게만 살아달라는 그런 생각을 하고 있었던 것이다.

스무 살 시절 도토리가 톡, 톡 떨어져 내리는 학교 뒷숲에 시집을 끼고 앉아서 그들은 말하곤 했었다.

—제발 우리에게 무슨 일인가가 일어나게 하소서.

벌써 10년이지……. 혜완은 커피 잔을 마저 비우는 경혜를 마주 바라보며 이젠 제발 무슨 일이든 아주 작은 거라도 일어나지 말아달라고 빌고 싶은 것이다.

"하지만 말야, 혜완아."

경혜는 깎아놓은 멜론 껍질에 이리저리 칼질을 하면서 말했다.

"내가 정말 화가 났었던 건 너희 둘은 무모하긴 했지만 어떤 의미에선 용감했다는 거야. 너 영선이 이해하니? 난 이해해. 이유? 영선이가 입을 다물고 있다고 모를까? 산다는 건 어차피 같아. 가끔 가다가 남편 자고 있는 걸 보면 죽여버리고 싶을 때가 있어. 사랑해서? 배신감 때문에? 그건 영화 속에서 철딱서니 없는 인간들이 괜히 둘러댈 말 없으니까 그러는 거겠지. 그래 아니야. 그건 분명히 아니야. 그건 그냥 그런 거야. 난 확신할 수 있어. 영선이가 찌르고 싶었던 건 박 감독이지 자신은 아니었을 거야. 하지만 나라면 틀림없이 상대방을 찔렀을 거야. 그건 틀림없어."

의외로 솔직한 경혜의 말을 들으면서 혜완은 그럴 거라고 생각했다. 아마 자기라도 상대방을 찔렀을 것이다. 그런 의미에서 경혜와 혜완은 같은 부류의 사람들이었다.

"박 감독은 만났었니?"

혜완이 경혜에게 물었다. 경혜는 니가 안 만났는데 나라고 만날 재주가 있겠니, 하는 눈빛으로 혜완을 바라보다가 말했다.

"그 사람 어제 신문 보니까 새 영화 들어가는 모양이더라. 그래 그런 거야. 박 감독 아마 영선이가 왜 안 죽었나 그런 생각하고 있을걸."

"너무 심하다."

"아닐 것 같니?"

혜완은 머뭇머뭇 대답을 하지 못했다. 그럴 수도 있을 것이다. 이 세상에서 사람이 하지 못하는 생각이 있을까. 스스로조차도 깜짝깜짝 놀랄 것을 해내지 않는가. 예전 같으면 '절대로' 일어나지 않을 거라고 굳게 믿었던 일들. 이혼, 자살, 그리고 사랑 없이 남편과 살며 가끔 그를 살해하고 싶다고 느끼기. 그때 문득 혜완의 눈앞으로 아주 짧은 환영처럼 선우의 얼굴이 스치고 지나갔다. 약간 길쭉한 얼굴에 깊고 서늘한 눈매를 가지고 있는 선우. 자주 면도를 하지 않아서 늘 까칠하게만 보이던 선우의 얼굴이.

"영선이 그 일 있기 전에 정신과 치료 받았다는데."

영상을 지워버리기 위해 혜완이 허둥지둥 말했다. 경혜가 이미 알고 있었다는 듯이 고개를 끄덕였다.

"나한테 말했어. 그냥 잠이 안 오고 자꾸 가슴이 뛴다길래 내가 남편의 먼 후배를 소개해줬지. 물론 남편한텐 비밀로 하고…… 처음엔 좋아지는 것 같았어. 후련하다고도 했고. 하지만 어느 날인가 부질없다고 말했어. 난 영선이가 어차피 그런 말 할 줄 알았어. 그렇게 생각하는 게 당연하지."

"당연하다니?"

경혜는 껍질에 가하던 의미 없는 칼질을 멈추고 멜론 하나를 맨손으로 집어 우적우적 씹었다. 맛도 모르고 멜론을 씹고 있는 것 같은 경혜의 얼굴에 조소의 빛이 스치고 지나갔다.

"넌 아직 신경정신과에도 안 가봤니?"

"아니, 몇 번 가보고 싶었지만……."

혜완은 얼버무리고 말았다. 이혼 초기 잠이 오지 않아서 거의 매일 밤 술을 마시고 잠들 무렵에 신경정신과를 한번 찾아가볼까, 생각했던 일도 있었다. 하지만 무슨 말이든지 다 해야 한다는 게 싫었다. 남이 내 얘기를 속속들이 안다면 가장 치부까지 알아버린다면 그를, 그가 누구든 미워하게 될 것만 같았다.

혜완은 왜 영선이 자신에게는 털어놓지 않았던 이야기

를 경혜에게는 털어놓는지 그제서야 이해할 것 같았다. 얼마 전 선우에게 결별을 선언했던 것도 그런 이유였다. 어쩌면 그게 이유였던 것이다. 하지만 그것이 이유였을까.

"요즘 신경정신과에 가면 부인들이 얼마나 많은 줄 아니? 소설가라는 게 그것도 모르고…… 사실 우리가 뭐 병자 정도는 아니잖아. 아마 우리가 진심으로 우리에게 귀를 기울여주는 친구를 이 세상에 단 한 사람이라도 가지고 있다면 적어도 나도 영선이도 그런 덴 가지 않았을 거야. 그들은 단지 우리에게 이야기를 꺼내도록 해주고 그리고 다 이야기하도록 도와주고 그리고 들어줄 뿐이야. 세상에 이야기를 들어주면서 돈을 받다니……. 돈 버는 게 얼마나 쉽니? 어쨌든 처음에는 좀 후련하면서 기분이 좋아. 가끔 신경안정제를 좀 주기도 하면 먹고 마음을 가라앉히기도 하고. 하지만 나의 경우엔 말야 어느 순간 그 병원 상담실 문을 미는데 의사가 여전히 명랑한 목소리로 '어서 오세요' 하고 말하는 걸 들었을 때 갑자기 다시는 여기 오지 말아야지 하고 생각했었어. 왜냐하면 그 사람은 한 번도 내게 웃는 낯을 보이지 않은 일이 없었지. 그 사람 부인도 있고 애들도 있고 그런데 어떻게 매일 그렇게 웃고 있을 수가 있니? 부부싸움은 안 해? 애들이 아파서 그냥 우울한 날도 없겠니? 그 사람이 위선자처럼 보였고 위선자 같은 의사한테 내 말을 더 털어놓기도 싫었고, 아버지 콤플렉스니 뭐니 그런 상투적인 이야기도 듣기 싫었고 설사 그가 위선자가 아니라 정말 행복하게 살기 때문에 매일 웃고 있다면 정말로 내 이야기를 하기가 싫었어. 행복한 사람이 어떻게 다른 사람이 슬퍼하는 걸 정말 이해할 수가 있겠니. 하지만 무엇보다 돈을 내고 이야기를 한다는 게 서글펐어. 영선이도 아마 그랬을 거야."

혜완은 자기도 모르게 경혜를 하염없이 바라보고 있었다. 이런 게 산다는 거라면, 그것의 전부라면 너무 구질구질하구나, 그런 생각도 했던 거 같았다. 혜완과 경혜의 눈이 잠시 마주쳤다. 경혜가 겸연쩍게 웃었다.

"너 너무 감동하는 표정 짓지 마."

경혜는 샐쭉한 표정으로 웃다가 덧붙였다.

"감동 좀 하지 말고 살아라. 넌 그게 탈이야. 너 말야, 결혼 전에 니 남편한테 얼마나 감동했었니? 아서, 그러다가 사람한테 자꾸 다친다."

혜완의 어깨가 잠시 움찔했다. 하지만 경혜가 눈치채지 못하게 혜완은 재빨리 깎아놓은 멜론의 흰 덩어리를 포크로 푹 찔렀다.

"그나저나 저녁 먹고 가, 애 아빠 어차피 늦을 텐데."

경혜는 다시 명랑한 어투로 말했다. 하지만 어차피, 라는 말을 할 때의 목소리는 약간 떨리고 있었다.

"아니야, 약속이 있어."

"데이트?"

혜완이 약속이라는 말을 꺼내자 경혜가 살짝 눈웃음을 치며 물었다.

"유감스럽게도 아니야. 평론가들하고 만나기로 했거든."

"궁상떨면서 매일 밤 혼자 자고 그러지 말고 연애 좀 하고 그래라. 내가 연애하면 불륜이 되겠지만 니가 연애하면 열애 정도 안 되겠니?"

마주 웃어주면서 혜완은 문득 경혜의 거실 한가운데에 놓인 가족사진을 보았다. 키가 작고 좀 살이 많이 붙은 경혜의 남편과 경혜의 딸아이, 그리고 화사한 원피스를 입은 경혜가 약간 추상화의 분위기를 느끼게 하는 배경 앞에서 웃고 있었다. 그런 휘장 앞에서 혜완도 한때 가족사진을 찍었었다. 누런 바탕에 검정 무늬가 번진 수채화처럼 배어 있어서 인물들의 모습과 얼굴색을 돋보이게 하는 그런 휘장이었다. 하지만 혜완에게는 배경이 사진관에서 흔히 쓰이는 휘장이 아니고 광막한 사막처럼 느껴졌다. 그들 세 식구가 황야에서 억지로 웃고 있는 것 같았다. 바람이 불고 모래 먼지가 날리고 풀 한 포기 자라지 않는 사막에 내던져진 채 억지로 웃고 있는 세 식구.

그래서 경혜가 현관문을 열고 엘리베이터 앞까지 나왔을 때도 혜완은 엘리베이터의 숫자가 변하는 것만 보고 있었다. 누군가가 불행하다는 걸 먼저 눈치채는 일은 실례라고 혜완은 믿고 있었다. 적어도 혜완은 그렇게 생각하고 있었던 것이다. 그들이 스스로 그 상처를 보여줄 수 있을 때까지는, 이쪽에서 그들의 상처를 조심스레 느낄 준비가 될 때까지는.

"아까 말이야, 내가 너하고 나하고 다르다는 게 무슨 뜻인 줄 알아?"

경혜가 보라색 티셔츠 앞자락에 묻은 커피 가루를 툭툭 털어내며 무심히 물었다.

"글쎄, 난 무모하고 넌 용감하지 못하고?"

"비슷하기는 하지만 정답은 아니야. 혜완아, 너 우리 대학교 때 그 선배 생각나니? 난 그때 알았어. 너하고 나하고 다른 게 뭔지."

혜완은 이야기를 듣다 말고 웃었다. 어쨌든 친구는 가끔 이렇게 옛 이야기를 할 수 있어서 좋은 것이다.

"그때 말야 난 알고 있었거든. 그 사람이 좋아하는 건 너라는 걸……. 그리고 난 사실 바다엔 같이 안 갔었어. 근데 니가 그냥 얼굴이 마분지처럼 굳어서, 그래 생각난다. 정말 마분지처럼 굳어서 금방 팍 구겨질 것 같은 얼굴로 바다에도 갔었느냐고 물었을 때 난 얼결에 그렇다고 했었지. 하지만 우리는 다르게 대처했어. 내 말은…… 생각해봐. 다른 사람들 보기에 남의 말 하기 좋아하는 사람들 생각에 엄연히 버림받은 건 너였고 그를 쟁취한 건 나였어. 결과적으로는 모두 우습게 되어버렸지만."

쨍그랑하는 맑은 소리를 울리며 엘리베이터가 도착했고 문이 열렸다. 경혜가 말을 마치고 갑자기 큰 소리로 웃기 시작했다. 엘리베이터에 올라타면서 혜완도 경혜처럼 웃었다. 그들은 잠시 마주 선 채 까닭 없이 웃고 있으면서 서로 왜 웃고 있는지에 대해 잘 알고 있었다.

하지만 문이 닫히자 그 닫히는 문 위로 경혜의 얼굴 대신 선우의 얼굴이 떠올랐다. 아직 웃음기가 다 사라지지 않은 혜완의 입가가 보기 흉하게 일그러졌다.

—소설이 왜 안 써지는 줄 아니? 넌 이상하게 마지막 하나 남은 결벽증을 가지고 있어. 그것만 벗어나면 넌 정말 좋은 소설을 쓸 수 있을 거야.

그는 화가 잔뜩 난 얼굴로 혜완에게 말했다.

—내가? 웃기지 마! 난 다 버렸어.

—아니야 생각해봐. 넌 절망에조차 이르지 못해. 바로 그것 때문에, 바로 바로 그것 때문에! 한번 자신을 팽개쳐 봐. 그럼 뭔가를 다시 움켜잡을 수 있을 거야. 그리고 정말 소설을 쓸 수 있을 거야.

그는 왜 그렇게 화가 났을까, 혜완은 이해하지 않으려고 애를 썼다. 그의 청혼은 너무 바보 같은 짓이었다. 총각인 그가 아이를 낳아본 일이 있는 혜완에게, 더구나 농사짓는 집안의 장남인 그가 소설을 쓴답시고 혼자서 끙끙대며 살고 있는 혜완에게…… 그리고 혜완 남편의 친구였으며 혜완의 친구이기도 했던 그가…… 그건 어리석은 짓이었다.

—비겁하게 굴지 마! 날 이해하는 척하지 마! 난 이 세상에서 누구도 안 믿어! 건방지게 날 위로하는 척하지 말라구!

혜완은 또 왜 그렇게 화가 났을까. 거실에서 엉거주춤 마주 서서 언성을 높이다가 그녀는 마지막으로 소리쳤다.

—다시는 내 앞에 나타나지 마! 꼴도 보기 싫어. 위선자!

그를 위선자라고 생각한 일은 한 번도 없었다. 그가 다시는 나타나주지 말았으면 하고 바란 일도 없었다. 그러나 혜완은 계속해서 소리를 질렀고 급기야는 그를 향해 그들이 방금 마신 포도주 잔을 던져버렸던 것이다. 그가 재빠르게 피하는 바람에 잔은 그의 머리를 피해 흰 벽에 가서 부딪혔다. 그들이 방금 담소를 하면서 마시던 붉은 포도주가 피처럼 주르르 벽을 타고 흘러내렸다. 어이가 없다는 듯 그의 얼굴이 천천히 혜완에게 향했다.

—혜완아, 너 왜 이렇게 약해졌니?

그가 서글픈 목소리로 물었다.

—예전의 넌…….

—니가 뭘 알아? 너 아이를 죽이고 살아봤어? 아이가 바늘이 꽂힌 채로 젓가락 같은 사지를 버둥거리면서 죽음과 싸우고 있을 때 멀거니 지켜만 본 적 있어? 제 아이를

죽인 어미라는 말을 들으면서 1년 동안 살아본 일 있냐구?

—혜완아.

혜완은 울고 있었던 것 같았다. 거의 발작적으로 신경이 날카로워지면서 다가서려는 선우에게 소리쳤다.

—가까이 오지 마!

혜완이 소리쳤다. 갑자기 남자인 그가 무서워진 것이다.

—나한테 원하는 게 뭐야? 우리는 왜 만나? 출판사 사장과 지금은 한 줄도 쓰지 못하는 얼치기 소설가로서? 문학 평론가와 작가로서? 아니, 그건 아니야. 말해봐! 정말 나한테 원하는 게 뭔지? 정말 나한테 원하는 게 뭐야?

두려움에 질려 아무 소리든 되는대로 지르는 혜완을 묵묵히 비켜 가더니 선우는 양복 상의를 집어 들었다. 혜완은 흩어진 머리칼을 수습하려고도 않고 나갈 준비를 하는 선우를 멍하니 바라보았다. 마구 흐른 눈물이 얼룩덜룩 얼굴에서 번지고 있었다. 그는 나가기 전에 잠깐 혜완을 바라보더니 말했다.

—이런 이야긴 정말 꺼내고 싶지 않았지만, 난 이제 경환이 이해할 수 있어. 걔가 왜 너하고 헤어지고 싶어했는지.

선우는 말을 마치면서 혜완의 시선을 피했다. 발단은 어쩌면 그것이었다. 문선우는 겁도 없이 경환이라는 혜완의 옛 남편 이야기를 꺼냈던 것이다. 이혼을 한 혜완과 다시 만났을 때 선우는 말했었다.

―내가 경환이었다면 너한테 절대로 그런 짓을 하지는 않았을 거야.

그런 선우가 이제 겁도 없이, 감히 경, 환, 이, 를 이해한다는 말을 해버렸던 것이다. 혜완의 입술이 빳빳해지면서 푸릇, 푸릇 경련을 일으켰다. 그녀는 뭐라고 대꾸할 힘도 빠진 듯 머리를 부엌 벽에 천천히 기댔다. 그녀의 늘어진 손에 정맥만 파랗게 곤두서 있는 걸 바라보다가 선우는 무슨 말이라도 할 듯 입술만 달싹였다.

그리고 혜완은 선우를 만나지 못했다. 벌써 한 달이 가까워오고 있었다. 다음 날 유리 잔해들을 치우고 벽에 묻은 붉은 포도주 얼룩을 걸레로 박박 문질러 지우면서 혜완은 가끔씩 부르르 몸을 떨었다. 그럴 때마다 입술이 제멋대로 씰룩거리는 것 같아서 여러 번 제 입술을 만져보았다. 이제 그들은 스무 살이 아니니 예전의 그 선배처럼 비가 내리는 교문 앞에다 선우를 세워둘 수도 없을 것이었다.

경혜의 아파트 정문을 나서서 혜완은 시계를 들여다보았다. 그러고는 택시를 잡았다.

―넌 뭐랄까 무모해.

경혜의 솔직한 목소리가 혜완의 귓가에서 아른거렸다.

―난 이제 경환이가 왜 너랑 헤어지려고 했는지 이해할 수 있어.

선우의 목소리도 그녀를 따라왔다.

택시는 빠르게 출발했다. 혜완은 아직 목적지를 말하지도 않았는데, 사실은 집으로 그냥 돌아가버릴까 망설이는 동안 택시는 이미 약속장소를 향해 가고 있었다. 왜냐하면 혜완이 그쪽 방향의 택시를 잡았기 때문이었다. 혜완은 체념하듯 등을 시트에 기대면서 말했다.

"인사동이요."

아마도 오늘 선우가 올지도 모른다. 자신의 출판사에서 주최하는 시상식이니 오지 않을 방법이 있을까. 그 모임에 빠져도 되는 것으로 말한다면 혜완 쪽이 훨씬 명분이 많았다. 어젯밤 후배 소설가와 만나기로 약속을 해놓은 것도 사실이었지만 그건 명분이 되지 않았다.

차가 이제 막 어두워지려는 큰길로 나아가 강변을 달리기 시작했을 때 혜완은 마치 목이 고장 난 인형처럼 창밖만 집요하게 바라보고 있었다. 가로수가 지나가고 차들이 지나가고 저기 저 승용차에는 부부가 귀여운 사내아이들 둘을 태우고 웃으며 그녀의 차 곁을 스쳐 지났다. 아이들은 다섯 살쯤 되었을까, 똑같이 자주색에 검정테가 굵게 둘러진 앙증맞은 양복을 입고 있었다. 아마 어디에 저녁식사 초대라도 받은 모양이었다. 아니면 늦은 휴가를 떠나는 식구들인지도 모른다. 혜완은 생각했다. 저들은 행복할까?

택시가 비켜 가는 강변에 경혜가 살고 있는 아파트들이 줄지어 지나갔다. 강 쪽이 잘 보이는 베란다를 터서 통유리창을 끼우고 그 위에 줄이 늘어진 근사한 조명등을 달고 경혜는 가끔 남편과 차를 마실 거라고 했다. 올려다보니 화사하고 따뜻한 불빛들이 창마다 환했다. 가끔 늦게 집으로 돌아가는 날이면 다른 집들에 밝혀진 불을 보면서 열쇠를 꺼내지도 못하고 복도에 우두커니 서 있던 날들이 있었다. 아침에 불을 켜놓고 나올걸 하고 후회했지만 그건 다른 빛깔의 불빛이었다. 경혜가 다른 여자를 만나는 남편과 함께 저 창가에 늘어진 조명을 밝히고 매일매일 차를 마시려는 것이나 혜완이 불을 켜둔 빈집에 들어가는 일이나 마찬가지는 아닐까.

그리고 다시 가로수들이 지나갔다. 열어놓은 창밖에서 사정없이 몰려드는 습기 찬 바람은 혜완의 머리를 엉망으로 헝클어놓고 있었다. 혜완은 손을 들어 머리를 매만졌다.

나한테 바라는 게 뭐냐고 선우에게 소리를 질러댄 건 자신이었지만, 술잔까지 던져가면서 물었던 건 분명 자신이었지만 그 질문은 선우가 해야 마땅했다. 그러면 혜완은 대답해야 했다. 그에게 바라는 것은…… 그녀가 정말 그에게 바랐던 것은…….

혜완은 어깨로 뻐근하게 느껴지는 통증을 참고 있었다. 헐렁한 환자복을 입어서 호두 알맹이처럼 오그라들어 보이던 영선의 얼굴이 어둠 속에서 떠올랐다.

죽을 용기도 없으니 이제 맞서야 하는 건 아닌가. 가서 담담하고 당당하게 맞서야 하는 건 아닌가. 선우든 누구든, 그 누구든.

혜완은 택시 뒤시트에 깊숙이 어깨를 묻었다. 바람이 자꾸 불어서 혜완의 머리는 이제 시든 수양버들처럼 얽히고 있었다. 혜완은 도시의 불빛이 길게 여울지는 강물 너머로 누군가를 보았다.

높은 빌딩들이 서 있는 도심의 한길에서 엄마의 손을 놓쳐버린 어린 혜완이 서 있는 것이었다. 날은 저물고, 길가의 수양버들은 숱 많은 머리를 시꺼멓게 바람에 날리며 울고 어른들은 그녀를 빠르게 지나쳐가고 자동차들은 한 방향만 향해 달려가고. 고개를 들면 시커먼 빌딩들의 실루엣만 까마득히 서 있는 그 길에서 울지도 못하고 겁에 질린 눈망울만 또록또록 굴리는 어린 혜완이 저기 저 불빛 어딘가에서 그녀를 향해 서 있는 것이다.

저 오욕의 땅을 찾아

택시에서 내리면서 혜완은 문득 선우가 아파트 앞에서 자신을 기다리고 있을지도 모른다는 생각을 했다. 그렇게 생각하면서 혜완은 자신의 아파트 현관 쪽을 보지 않으려고 애썼다. 그 기대가 무너질지도 모른다는 두려움보다는 확인되기까지 그 설렘을 조금 아껴두고 싶은 생각에서였다. 그래서 마음은 언제나처럼 무거웠으면서 혜완은 자신도 모르게 픽 하고 웃어버렸다. 아직도 이런 것들을 기대하고 혹은 실망하는 그런 감정들이 남아 있다는 것이 그녀를 약간은 당혹스럽게 만들었던 것이었다.

그래서 택시가 떠났을 때 그녀는 허리를 굽혀 구두에 묻은 흙먼지를 닦았다. 그리고는 천천히 고개를 들었다. 나트륨등이 비추고 있는 아파트 광장에는 여느 때처럼 자동차들이 줄지어 주차해 있을 뿐 아무도 없었다. 혜완은 자기도 모르게 다시 픽 하고 웃어버렸지만 웃음 뒤에 온몸의 힘이 쭉 빠져나갔다. 언제나 택시에서 내려 이 광장 앞을 지날 때면 그런 생각들을 해왔던 것이다. 언제나 어둠뿐인 저 광장을 혹시나 하는 기대를 가지고 바라보곤 했던 것이다.

혜완은 가방을 고쳐 들면서 지친 듯한 자세로 걸었다. 모임은 12시가 넘어서 끝이 났었다. 선우는 혜완의 예상대로 그 모임에 얼굴을 나타냈다. 시상식 때문이었는지 오랜만에 감색 양복을 입고 있었다. 혜완이 모임이 있는 카페에 들어섰을 때 그는 옆자리에 앉은 여류 시인과 이야기에 열중하고 있는 듯이 보였다. 늘 찌뿌둥하던 그의 인상이 해사해 보인 것은 새로 감은 듯한 머리가 귓바퀴 위에서 가볍게 넘실거리고 있었기 때문이었으리라. 반가운 생각이 먼저 들었지만 선우는 혜완에게는 한 번도 눈길을 주지 않았다. 이렇게 사람이 많은 자리에서라면 웃어줄 수도 있을 텐데, 그저 동료로서 밝게 웃어줄 수도 있을 텐데, 혜완은 열심히 술을 마시며 그 생각만 하고 있었다. 선우가 무슨 이야기를 마치자 여류 시인이 깔깔거리며 웃었다. 그때 처음으로 선우가 혜완 쪽으로 눈길을 돌렸지만 혜완은 이제 웃어줄 수가 없었다.

그녀가 먼저 일어설까 어쩔까 망설이고 있을 때 선우는 자리에서 일어섰다. 아까부터 줄곧 함께 이야기를 나누던 그 여류 시인과 함께였다.

─둘이 너무 다정한 거 아냐 이거.

─처녀 총각끼린데 봐주자구 응?

사람들의 왁자한 농담이 들렸다.

그들이 먼저 일어섰으니 따라 일어서기도 어색했고 그래서 혜완은 그저 그 자리에 앉아 있었다. 처녀 총각이라는 말이 혜완의 목에 걸려 넘어가지 않았다. 시골 처녀처럼 머리를 길게 묶은 여류 시인의 스물일곱이라는 나이가 새삼스레 혜완의 머릿속으로 떠올랐다. 아마 그녀도 선우의 출판사에서 시집을 낸 일이 있었다. 기억이 맞다면 언젠가 선우에게 자주 전화를 했다는 말을 선우의 입을 통해서 들은 일도 있었다.

먼저 달려든 것은 배신감이었다. 그가 여류 시인과 함께 있어서는 아니었다. 마주치자고, 선우든 그 누구든 마주쳐 버리자고. 예까지 달려왔던 것이, 애써 용기를 냈던 자신이 선우가 먼저 자신을 피해버림으로써 갑자기 우스워져 버렸기 때문이었다.

아파트 현관을 들어서면서 혜완은 열쇠를 찾으려고 가방을 기울였다. 가방 속은 혜완의 머릿속만큼이나 어지러

왔다. 혜완은 어둠 속에서 손가락 끝의 감촉에 의지하면서 책과 립스틱과 담뱃갑 사이를 더듬었다. 저 바닥 깊숙한 곳에서 열쇠가 잡혔다. 자석 열쇠는 여전히 말을 듣지 않았다. 혜완은 잘 맞지 않는 열쇠를 이리저리 돌리면서 내일은 꼭 열쇠를 바꾸어야겠다고 생각했다. 물론 그건 이 현관문을 열 때마다 했던 생각이었고 여지껏 이상스런 무관심과 게으름에 의해서 한 번도 실행에 옮겨지지 않았지만 말이다.

불을 켜자 정적에 휩싸인 거실이 한눈에 들어왔다. 혜완은 가방을 팽개쳐두고 무너지듯 소파에 앉았다. 거실과 트여 있는 부엌 한구석에 설거지가 쌓여 있었다. 라면 가닥이 말라붙은 냄비, 그젠가 끓여만 놓고 입도 대지 않은 된장찌개가 상해버린 돌냄비, 술잔들, 물컵들, 커피잔들, 그리고 짝이 맞지 않는 젓가락들도 있었다.

혜완은 여느 때처럼 가방을 놓아두고 불도 켜지 않은 채 소파에 앉았다. 수천 번이나 이렇게 텅 빈 집에 들어오면서도 언제나 텅 빈 집에 들어온다는 것이 낯설었다. 이런 시간이면 문득문득 하지 않아도 좋을 생각들이 밀려오곤 했었다. 그래서 혜완은 다시 선우 생각을 했다. 굳이 이 시간에 하지 않아도 좋을 생각이었는데 말이다.

혜완이 처음 선우와 만났던 것은 경환을 통해서였다. 같은 과였던 경환의 고등학교 동창인 선우를 만났던 것이다.

일이 이렇게 얽혀버리리라곤 조금도 생각하지 않았었다. 그들은 어디든 함께 갔었다. 커피를 마시고 시집들을 함께 외우고, 연극을 보러 가고 때로는 경환과 선우와 학생운동 이론에 대해 열띤 토론을 벌이기도 했었다.

어느 날 혜완이 공부하고 있는 도서관에서 시위가 벌어졌다. 밧줄을 타고 창밖에 대롱대롱 매달려 있던 선배가 끌려가고 한참 후 혜완은 도서관 계단에서 선우와 마주쳤다. 선우는 대뜸 들고 있던 가방을 혜완에게 내밀었다.

—좀 맡아주겠니?

선우의 얼굴은 땀으로 번들거리고 있었다.

—학교 밖으로 나가야 할 것 같아.

그것은 아마도 가두시위를 의미하는 말이었다. 혜완은 말없이 선우의 가방을 챙겨 들었다. 그때는 아무 생각 없이 혜완은 돌아서는 선우에게 소리쳤다.

—조심해!

선우는 급하게 계단을 뛰어 내려가다가 혜완을 돌아보며 씨익 웃었다. 그것이 마지막이었다. 저녁에 선우가 가방을 찾으러 오기로 한 술집에서 늦게까지 기다렸지만 함께 나갔던 경환이 혜완에게 뜻밖의 소식을 가지고 나타났다. 선우가 경찰서에 잡혀가 있다는 것이었다.

어쨌든 그날 혜완은 경환과 함께 선우의 하숙집으로 찾아가 만일의 경우에 대비해 금지된 책들을 치웠다. 선우에게는 왜 그렇게 감추어야 할 책들이 많았을까. 혜완은 경환과 함께 낑낑거리며 그 책들을 메고 일단 자신의 집으로 그 짐들을 가지고 들어왔다. 혜완은 그 책들을 읽으며 새로운 세계를 배웠다. 어쩌면 경환과 가끔 부딪친 것도 그 때문이었다.

그리고 6개월 후 선우는 전방에서 혜완 앞으로 편지를 보내왔다. 편지를 받고 경환에게 그 말을 하지 않았던 것은 경환에게는 선우가 편지를 보내지 않았기 때문이었다. 뭐랄까 굳이 문자를 써서 생각하지는 않았지만 그들의 우정을 방해하고 싶지 않다는 생각이 났었다. 편지 속에는 혜완이 한 번도 엿본 일이 없었던 선우의 나약한 모습이 담겨 있었고, 그리고 무엇보다 선우가 한 번도 표현하지 않았던 연정의 냄새가 거기 담겨 있었기 때문이었다. 그리고 선우가 제대하던 날 혜완은 친구들 앞에서 경환과의 결혼을 발표했다. 스물셋, 이미 임신중절을 경험한 혜완은 수척한 얼굴로 웃었다.

—말도 안 된다!

—그런 법이 어딨냐?

축하인사를 대신해서 남학생들이 떠들썩하게 웃었다. 선우는 맨 마지막에 바보처럼 따라 웃었다. 까까머리가 파릇한 그는 갑자기 낯선 세상에 당도한 여행자처럼 어리둥절해 보였다. 하지만 친구들의 축하인사가 끝났을 때 선우는 축가를 자청했다.

> 저기 떠나가는 배, 거친 바다 외로이,
> 겨울비에 젖은 돛에 가득, 찬바람을 안고서,
> 언제 다시 오마는, 허튼 맹세도 없이,
> 봄날 꿈같이 따사로운 저 오욕의 땅을 찾아…….

그 노래를 기억했던 것은 그때 선우가 '무욕의 땅을'이라는 가사를 '오욕'이라고 바꾸어 불렀기 때문이다. 봄날 꿈같이 따사로운 오, 욕, 땅이라니……. 어떤 예감이 분명히 혜완의 머릿속으로 스쳐갔었다. 무욕의 땅이 아니고 오욕의 땅이라고 가사를 바꾸었던 것은 그저 선우의 실수였겠지만 아니 분명히 그럴 것이었지만 오욕의 땅이라는 구절이 오래 혜완의 머릿속을 맴돌았다. 한참 후까지 혜완은 정체불명의 그 예감을 기억하고 있었다. 하지만 선우에게 한 번도 왜 그렇게 가사를 바꾸었냐고 물어보지는 않았었다. 선우는 머리를 긁적이며,

—내가 그랬었나?

라고 대답할 것이기 때문이었다.

혜완은 소파에서 내려와 마룻바닥에 누웠다.

몇 년이 흘렀고 혜완은 한 아이의 엄마가 되었다. 엄마가 되면서 그동안 다니고 있던 작은 출판사도 그만두었다. 그

러던 어느 날 밤 예고도 없이 선우가 그들의 집으로 들이 닥쳤다. 대학원에 진학한 경환이 지방의 세미나에 참석 중이었으므로 혜완은 혼자 선우를 맞았다. 선우는 몹시 취해 있었는데 들어서자마자 신발도 벗지 않은 채로 혜완에게 말했다.

─혜완아, 오늘 굉장한 일이 있었어.

그래서 혜완은 그 굉장한 이야기를 듣기 위해 술상을 차렸다. 아이의 백일에 쓰려고 담가놓은 매실주를 조금 꺼내고 고추조림을 내놓았다. 선우는 들떠 보였다. 그렇게 들뜬 선우를 보는 건 처음이었다.

─무슨 일인데 그래?

선우는 말없이 혜완과 잔을 부딪쳤다.

─오늘 말이야, 어떤 후배가 나보고 사랑한다고 그랬어.

선우의 나이 스물다섯, 그건 별로 굉장할 일도 아니었다. 잘됐구나. 혜완이 웃었다.

─깜짝 놀랐어. 오랫동안 날 생각하고 있었대. 나도 여자를 사귈 수 있을까?

선우는 첫사랑에 빠진 소년처럼 즐거운 눈으로 혜완을 바라보았다.

─그러엄…… 나중에 나한테도 소개시켜줘.

하지만 둘은 더 할 말이 없었다. 남편은 출타 중이었고 그들은 아이가 잠든 집에서 술을 마신다. 그런 분위기 때문만은 아니었다. 침묵이 계속되는 동안 둘은 의례적인 말들을 나누었다. 늦게 복학한 선우의 학교 생활, 요즘 후배들의 동향. 그런 말들을 나누면서 혜완은 서울 교외에 사는 혜완의 집까지 달려온 선우를 생각하고 있었다. 왜 달려왔을까. 다음에 우연히 만날 기회가 있으면 그때 이야기를 해도 전혀 늦을 일은 없었다. 분명히 시급을 다투어 달려올 일은 아니었다. 더구나 그 시간에 혜완의 집으로 오기 위해서는 총알 택시까지 타야만 했었다. 그런데 선우는 달려온 것이었다. 선우는 왜 혜완에게 그 사실을 알리고 싶어 했을까. 혜완은 모른 체하려고 애를 썼다. 그래서 라면이라도 끓일까 하고 넌지시 물었다. 선우는 대답했다.

─가끔 널 보고 있으면 스물한 살의 우리들이 이렇게 마주 앉아 있는 건 아닐까 생각하곤 해. 넌 하나도 변하지 않았어.

─내가 얼마나 애쓰는데 그래…… 있잖아, 매일 거울을 보면서 눈빛이 흐려지면 서혜완 너는 끝이다, 이 눈빛이 긴장을 잃어버리면 서혜완 너는 끝이야, 하고 다짐하는 덕택이야.

경환에게는 한 번도 하지 않았던 말을 선우에게 한 것은 오랜만에 마신 술 탓은 아니었다. 무언가 재잘거리지 않으면 안 될 것 같은 무거움이 혜완과 선우 사이로 자꾸 파고들어오고 있었기 때문이었다.

선우가 한참이나 혜완을 바라보았다. 거울을 보면서 눈빛이 흐려질까 봐 날마다 다짐하는 혜완을. 그러고는 입을 열었다.

—만일 내가 그때 잡히지 않았다면…….

선우는 말을 다 하지 못하고 고개를 푹 수그려버렸다.

혜완은 순간적으로 놓으려던 술잔을 움켜잡았다. 술잔을 쥐고 있지 않았다면 어찌할 바를 모를 것 같아서였다. 선우가 달려온 것은 사실은 그 말이 하고 싶어서였을 것이다. 후배에게 사랑 고백을 들은 날 선우는 생각을 했으리라. 만일 그가 그날 잡혀서 강제로 징집되지 않았더라면……. 하지만 그것은 아무도 모른다. 어쩌면 정말 혜완은 선우와 사랑을 했을지도 모른다. 경환이 선우처럼 이렇게 친구가 되었을지도 모른다. 그리고 스물두 살의 나이에 엄마에게 거짓말해서 타낸 돈을 들고 산부인과를 찾아가지는 않았을지도 모른다. 인상이 아주 음흉해 보이던 그 산부인과 의사 앞에서 난생 처음으로 다리를 벌리지 않았을지도 모른다. 천장에 붙은 너덜너덜한 횟가루가 금방이라도 얼굴로 쏟아져 내릴 것 같은 그 산부인과에 누워 링거를 맞고 있다가 혼자서 집에 갈 수 있다고, 부축하는 간호사에게 신경질적으로 소리치지 않았을지도 모른다…… 모른다. 선우의 말 한마디가 혜완이 이미 잊고 있었던 기억 속으로 그녀를 불러들였다. 우중충한 산부인과 간판, 미친 듯이 작열하던 영등포 거리의 햇살, 혜완은 먹지도 마시지도 않고 하루 종일 울기만 했다. 아이 생각이 났었던 것이다. 아이가 찢기어진 채로 쓰레기통에 버려졌을 것이라는 생각을 그때 처음 했었던 것이다. 순전히 부모의 간편함을 위해서 라면 봉지처럼 찢기어진 채로 비명 한번 지르지 못하고 버려진 아이. 경환에게는 그런 말을 할 수가 없었다. 그들은 겨우 실수를 하듯 단 한 번의 잠자리를 했을 뿐이었다. 거짓말처럼 그것이 아이가 되었다고 말할 수가 없었다.

시간이 많이 흐른 후 혜완은 경환에게 그때 일을 털어놓았다.

—거짓말이겠지.

혜완은 그때 처음 배운 담배만 피워대고 있었다. 자신도 혹시나 거짓말이 아닐까 하고 여러 번 생각하고 있던 터였다. 그러므로 경환이 마치 몸을 뒤로 젖히는 것 같은 제스처로 거짓말이라는 단어를 내뱉었을 때도 그리 놀라지도 않았다. 경환이 아랫입술을 잘근 씹으며 눈을 내리깔고 있다가 다시 말했다.

—미안해, 하지만 너 참 독한 데가 있구나.

3개월 후 그들은 결혼을 했다. 분명 의무는 아니었고 분명 그들은 서로를 사랑하고 있다고 생각하고 있었지만 그들은 스물셋이었고 날마다 의무처럼 사랑한다는 말을 해대면서 허둥대고 있었다. 선우가 제대를 하던 그 무렵에 말이다.

혜완은 마룻바닥에 아무렇게나 누운 채로 몸을 뒤척였다. 인생에는 결코 연습 과정이 없다는 걸 그때는 왜 깨닫지 못했을까. 결코 행복하지 않으면서 혜완은 그때 찾아온 선우를 위로하고 싶었던 것이었다. 혜완의 언저리에서 맴도는 선우의 마음을 떠나보내기 위해서라면 행복의 가면이라도 쓸 수 있을 것 같은 심정이었다. 한 아이의 엄마가 되었지만 아직도 혜완은 어린아이였다. 그날 선우를 재워준 것이 훗날 이혼의 또 하나의 사유가 되리라고는 꿈에도 생각하지 않았으니까. 선우가 전방에서 처음 혜완에게 보내온 편지를 감추었듯이 그날의 방문도 감추어야 했었다. 하지만 혜완은 부부 사이에는 적어도 그런 비밀은 지켜질 이유가 없다고 믿고 있었다. 굳게 믿었던 것이다.

벨 소리가 났다. 현관 쪽에서였다. 혜완은 꿈에서 깨어난 것처럼 부르르 몸을 떨었다. 생각에 열중하느라 발걸음 소리도 듣지 못한 것이었다. 벨은 다시 한번 거칠게 울렸다. 혜완은 시계를 올려다보았다. 1시 반이었다. 그녀는 천천히 몸을 일으켰다. 선우밖에는 이 시간에 벨을 누를 사람이 없다는 걸 알고 있었지만 그녀는 물었다.

"누구세요?"

문 저쪽에서는 아무 소리도 들리지 않았다. 혜완도 입을 다물었다. 벽에 한 손을 짚고 서 있으면서 문 바깥의 기척에 귀를 기울이려고 했지만 들리는 것은 자신의 심장이 뛰는 소리뿐이었다.

"나야, 문선우."

예상하고 있던 대답을 들었으면서 혜완은 잠시 망설이다가 천천히 문을 열었다. 하지만 문을 반쯤 열었을 때 선우가 거칠게 나머지 반을 잡아당겼다. 마치 그녀가 반쯤 열었던 문을 바로 닫아버리기 전에 그쪽에서 문을 열겠다는 다짐을 받아두려는 것 같았다.

혜완은 그 자리에 서서 도사리듯 팔짱을 끼고 선우가 들어서는 걸 바라보고 있었다. 선우는 마치 제 집이라도 되는 듯 현관문을 잠그고 걸쇠까지 걸었다. 혜완이 소파로 와서 먼저 앉았다.

선우는 식탁 의자를 끌어당겨 혜완과 멀찍이 떨어져 앉았다. 멀리서 두 사람은 눈도 마주치지 않은 채 한참을 그렇게 앉아 있었다.

"이제 돌아왔나?"

선우가 혜완의 옷차림을 바라보며 물었다. 혜완의 시선이 강하게 선우에게로 향했다.

"응."

"거짓말. 아까 잔디밭에 누워서 서혜완 씨가 지나가는 걸 보고 있었어. 혹시나 날 발견해줄까 하고 기다렸었지."

선우가 피식 하고 웃었다.

"그럼 왜 날 부르잖구."

혜완이 조금 어눌하게 물었다.

"글쎄 별이 너무 밝아서 그랬나?"

선우는 두 손으로 얼굴을 비볐다. 혜완은 그 자리에 앉아서 담배를 물었다. 선우도 담배를 물었다. 그들은 멀리 떨어진 채로 담배만 피워대고 있었다.

"아까는 바쁜 일 있는 것처럼 먼저 나가더니…… 어디 있었어?"

애써 일상적으로 혜완이 대화를 시작했다.

"술을 마셨어."

"혼자서?"

"아니."

선우는 아니라는 대답을 하면서 혜완을 올려다보았다. 아마도 그는 혜완이 물어주기를 기다리고 있는 것이리라. 만일 혜완이 묻는다면 그러면 선우는 대답할 것이다. 그 여류 시인하고 마셨어. 어쩌면 선우는 또 말할지도 모른다. 그 여류 시인이 날 사랑한대. 그래서 달려왔어? 그날처럼? 아마도 그런 대화들이 이어지겠지. 혜완은 묻지 않았다. 대신 선우 쪽으로 성큼성큼 다가가 주전자를 가스 불 위에 올려놓았다.

"커피 끓일게."

불을 다 켰을 때 선우가 혜완의 손목을 낚아챘다. 혜완은 엉거주춤한 자세로 선우의 앞에 섰다.

"왜 안 하던 짓 하니?"

혜완이 잡힌 손목을 바라보며 중얼거리듯 말했다. 그대로 무너지고 싶다는 생각이 들었다. 그대로 무너져서 아주 작아진 채로 웅크리고 싶다는 욕망이었다. 그리고 작아진 응어리 속에서 아무 이유도 없이 실컷 울고 싶은 기분이기도 했다. 선우가 천천히 제 무릎 위로 혜완을 끌어들였다. 둘의 얼굴이 스치듯 가깝게 닿았다. 혜완이 얼굴을 뒤로 젖혔다.

"니 얼굴이 보고 싶었어. 왜 그렇게 생각이 나지 않지? 니 얼굴이 생각이 나질 않았어."

선우는 손바닥으로 혜완의 얼굴을 쓸어내리며 계속 중얼거렸다. 혜완은 선우의 뜨거운 손길이 자신의 얼굴을 쓸어내리는 것을 그대로 두고 선우의 얼굴을 비켜 포도주 자국이 아직 남은 벽을 바라보고 있었다.

언젠가 엎질러져 버린 포도주 자국이 마치 혜완아 봐, 하는 듯이 거기 묻어 있었던 것이다.

창밖에는 서늘한 바람이 불고 있었다.

침실은 환했다. 아침이었다. 이미 아이들도 학교로 가고 사람들은 출근을 하고 그래서 복도는 조용했다. 멀리 아파트 광장에서 트럭을 타고 늘 야채를 팔러 오는 부부가 지르는 소리만 들렸다.

혜완은 침대에서 일어나 옷을 대강 걸쳐 입었다. 혜완에게 목 뒤로 한 팔을 받쳐주고 자던 선우가 감고 있던 눈을 부스스 뜨는 것이 보였다. 혜완은 선우의 시선을 모른 척하고 욕실로 가서 문을 잠갔다. 둥그런 손잡이를 잡아당기자 마지막 걸쇠를 누르는 소리가 유난히 크게 들렸다. 혜완은 샤워 꼭지를 틀고 그것을 걸대에 걸쳐놓아 물이 흘러나오게 한 다음 그 물줄기에 비켜서서 옷을 벗었다. 옷을 벗기 전에 물을 튼 것은 갑자기 겁이 났기 때문이었다. 욕정이었을까, 아니면 그저 몸뚱이가 외로웠기 때문이었을까. 그것도 아니면 사람의 체온이 그리웠고 선우가 거기서 그녀를 끌어당겼기 때문이었을까. 그걸 확인하기가 두려웠던 것이다.

─나 너하고 결혼하고 싶어.

지난 어느 봄날이 떠올랐다. 일찍 내어놓은 선풍기가 돌아가는 밥집에서 선우는 점심을 시켜놓고 불쑥 말했다. 선우와 간단한 점심 식사를 하려고 출판사에 들렀던 혜완은 엽차를 마시다 말고 눈을 둥그렇게 뜨고 선우를 바라보았다. 선우는 면접시험을 치르는 학생 같은 표정을 하고 있었다.

─나, 서혜완이 너하고 결혼하고 싶어.

혜완이 물을 억지로 삼키고 나서 약간은 과장된 소리로 웃음을 터뜨렸다. 한 무리의 직장인들이 어지럽히고 나간

식탁을 치우느라 사환 아이가 치우는 그릇소리가 와르르
하고 들려왔다.

　―시골에 계시는 부모님이 경사 났다고 춤을 추시겠구나.

　선우의 표정이 묘하게 일그러졌다.

　―장난이 아니야.

　―나도 물론 장난이 아니야.

　장난이 아니라고 힘주어 말했을 때 그녀의 머리로는 빠르
게 이미 맺어져버린, 그들의 이상한 인연이 스치고 지나갔
다. 뭔가 거미줄 같은 것이 혜완의 머릿속에 확 쳐지는 느낌
이었다. 뜨거운 기운이 목구멍을 타고 넘어오는 것 같아서
혜완은 밥을 제대로 씹기가 힘들었다. 이혼을 하고 1년 반
이 지났을 때였다. 선우와 처음 잠자리에 들던 날 그에게
몸을 맡겨버리면서도 혜완은 그런 생각을 했었다. 아침잠
에서 깨어났을 때 혜완은 말했었다.

　―술에 취했던 거겠지?

　선우는 아무 말도 없이 침대 모서리에 앉아 담배만 피워
대고 있었다.

　―빨리 장가가.

　그리고 둘은 말없이 여관을 나왔다. 왜 그와 여관에 갈
생각을 했을까. 전남편의 결혼 소식 때문이었을까. 선우는
그렇게 믿는 것 같았다. 실제로 소식을 전해준 것은 선우였
으니까. 당황해하는 혜완에게 술을 사주겠다는 제안을 한

것도 그랬고 술을 먹다가 갑자기 울음을 터뜨린 혜완 곁으로 다가와 가만히 안아준 것도 그랬다.

─아이가 보고 싶어. 자꾸만 아이 꿈을 꿔. 그때 내가 아이를 그렇게 내버려두지만 않았어도…… 난 내 아이를 둘씩이나 죽여버린…….

슬펐던 것은 정말 그 이유 때문이었을까. 선우가 혜완의 옷을 하나씩 벗겨냈을 때도 혜완은 그 생각만 하고 있었다. 에어컨 밑, 손바닥만 하게 뚫린 창으로 희미한 바람이 스며들고 있었을 때, 혜완은 자신이 거짓말을 했다는 생각을 하고 있었다. 슬펐던 건 남편의 결혼도 아니었고 어쩌면 아이의 죽음도 아니었다. 혜완이 슬펐던 건 영원히 혼자 외톨이가 된 채 한 번도 상상하지 않았던 인생의 어떤 세계로 밀려가지나 않을까 하는 것이었는지도 모른다. 그래서 혜완은 선우와 잠자리를 저질러버린 자신이 당황스러웠고, 당황스러워하고 있는 선우가 더 당황스럽게 느껴졌던 것이다.

하지만 선우와의 만남은 계속되었고 그리고 여기까지, 선우의 이상스런 청혼을 모른 척하고 몇 달을 지낸 이 시기까지 밀려와버린 것이었다.

혜완은 수도꼭지를 잠그고 나서 대강 몸을 닦았다.

그리고 가운을 걸친 다음 마치 첫날밤의 여자처럼 단단히 허리끈을 여미었다. 선우는 냉장고에서 맥주를 꺼내놓고 혼자 마시고 있었다.

"술 취해서 출근할 거니?"

혜완은 그 옆에 태연스레 앉아 TV의 리모컨을 눌렀다. 선우는 대답 대신 시위라도 하듯이 맥주를 한 모금 더 들이켰다.

한 명의 남자가 야망 때문에 버린 자신의 옛 애인 앞에서 화를 내고 있었다. 여자는 울고 소리 지르고, 그리고 절망하고 있었다. 화면이 갑자기 어두워졌다. 선우의 손에서 소파 앞의 테이블로 리모컨이 옮겨지고 있었다. 혜완은 혀를 내밀어 입술을 한번 훔치고 소파에 등을 기댔다. 기대면서 훔쳐본 선우의 옆얼굴은 딱딱하게 굳어져 있었다. 서른한 살을 먹은 노총각인 선우는 이혼녀의 시선에서 비켜나 무언가를 집요하게 바라보고 있었다. 혜완은 그의 시선을 쫓았다. 장방형의 무늬가 누렇게 바랜 벽지를 선우는 보고 있는 것일까. 혜완은 담배를 물었다. 그리고 한 다리를 꼬고 태연하게 이미 어두울 뿐인 TV 화면을 바라보고 있었다. 불빛 아래서 두 남녀가 앉아 있다. 이제 TV의 화면이 꺼졌으니 그들이 그 어두운 화면 속으로 빨려 들어갈 수밖에 없었던 것이다.

"선을 봤어."

선우가 말했다. 혜완은 담배를 깊게 빨아들였다.

"중학교 선생이야."

혜완은 테이블 위에 놓인 더러운 재떨이를 끌어당겨 재를 톡톡 하고 정확하게 털어냈다. 선우는 뭐라고 말 좀 해봐 하는 표정으로 혜완 쪽으로 조금 돌아앉았다.

"자꾸 거절을 했었는데 어머님이 하도 원하셔서 나도 이젠 무언가 결정을 해야 할 시기에 온 것 같아. 예전에는 결코 나이가 찼다거나 그래서 결혼을 하지는 않으리라고 생각했었는데……."

"잘됐구나. 난 또 니가 그 여류 시인하고 결혼하려는 줄 알았어."

혜완은 말을 마치면서 제 입을 틀어막고 싶은 충동을 느꼈다. 잘됐구나 했으면 되는 것이었다. 그런데 끝말은 왜 덧붙였을까. 그건 어제 선우가 마치 혜완이 보란 듯이 여류 시인과 나가버리던 그 시위보다 더 치졸한 말이었다.

혜완은 다 타버리지 않은 담배를 끄고 나서 재빨리 덧붙였다.

"누구든 상관없어. 어쨌든 맘에 들지 않았나 보지?"

"맘에 들었어."

"만약 그랬다면 넌 나와 자지 않았을 거야."

"내가 왜 그럴 수 없다고 생각하지?"

혜완은 젖은 머리를 쓸어 올렸다. 말을 길게 하면 할수록 자꾸 혜완의 의도에서 빗나가고 있었다. 대답 대신 혜완은 일어나서 라디오를 틀었다. 떠나간 사람을 그리워한다고, 보이지 않게라도 사랑할 거라고 한 젊은이가 울부짖듯 노래하고 있었다.

"왜냐하면 우린 아마…… 우리가 아주 어리고 그랬을 때 우린…… 우린 진지했었고, 그리고 또…… 우린 목숨이라도 걸 희망을 가져보았던 세대였으니까."

더듬더듬 힘겹게 말을 해놓고 혜완은 피식 웃었고 선우는 웃지 않았다. 대신 두 무릎 위에 양 팔꿈치를 올리고 두 손을 깍지 낀 채로 골똘히 생각에 잠겨 있었다.

"널 처음 봤을 때…… 아마 우리가 대학 2학년 때 봄이었을 거야. 내가 잔디밭에 앉아 있을 때 경환이랑 지나가다가 날 아는 척했어. 그리고 웃었지. 나는 생각했어. 저 애는 아직도 저렇게 철딱서니 없이 어쩌면 저렇게 상처 한번 받아보지 않은 얼굴을 하고 있을까. 뭐랄까 내가 혐오하던 부르주아의 딸이 내가 혐오하는 계급답지 않게 저렇게 순수한 표정을 짓고 있는 게 나는 견딜 수가 없는 느낌이었어. 그리고 우리가 함께 다방에 갔을 때 너는 피에르 까르뎅 상표가 붙은 백을 안 보이도록 뒤로 감추었어. 그때 너는 뭐랄까 수치스러워하는 것 같았어. 사실은 그때부터 너를 생각했어. 이미 내 친구의 애인이었던 너를. 너는 이미 알 건 다 안다는 말을 참 많이 했었지. 상처도 받을 만큼 받아보았다고 우기고 있었어. 사실 그땐 니가 참 귀엽다는 것도 인정하기가 힘든 때였는데……"

"그땐 그랬지."

대답을 하면서 혜완의 얼굴이 굳어졌다. 선우는 언제나 그 자리에 있었다. 그들이 스물한 살이던 시절에, 혜완 스스로의 입으로 희망을 믿었던 시절이라고 이름한 그 시간 속에 머물고 있었다. 적어도 혜완에게만은 그랬다. 그러므로 이제 혜완은 더 이상 그런 소녀가 아니라고 말을 한다 해도 선우는 믿지 않을 것이었다.

"그땐 철딱서니가 없었던 거야."

귀찮다는 듯이 혜완이 다시 덧붙였다.

"그랬겠지. 하지만 가끔 그때의 니 모습이 생각나."

"이젠 삼류 영화에 지나지 않는 이야기야. 난 변했어. 더 이상 그때 이야긴 꺼내지도 마."

혜완이 말을 잘랐다. 선우는 대답 없이 하늘색 와이셔츠의 소매 단추를 여미고 있었다. 강한 턱선이 조금 치켜져 있어서 그가 화가 났다는 걸 말해주고 있었다.

"세상이 변했다고 과거에 있었던 우리들의 진실들까지 변한 건 아니야."

"자 그럼 우리가 동침한 이 아침에, 시대와 진실과 사라져버린 희망에 관해서 논해볼까? 그도 아니면 니가 선을 본 그 여선생에 대해 논해볼까?"

혜완이 빈정댔다. 선우의 시선이 날카롭게 혜완에게 와서 꽂혔다. 시선이 하도 강해서 혜완은 자신도 모르게 눈길을 조금 떨어뜨렸다.

"내 말은 이제 우리 둘에 대해 서로 마음을 터놓고 진지하게 이야기를 해보자는 거야. 언제까지 이렇게 핵심을 회피할 수 있다고 생각하니?"

"우리들의 핵심이란 게 뭐지?"

"……니가 왜 그렇게 비뚤어지는지 정말 모르겠어."

선우는 피곤한 것 같았다. 만나면 언제나 되풀이되는 이런 대화를 이제 더 이상 지속시킬 수 없다는 듯 그는 고개를 혜완으로부터 돌려버렸다.

"내가 정말 화가 나는 건 니가 자꾸만 니 자신을 포기하고 있다는 거야."

"난 아무것도 포기하지 않아. 포기했다면 이혼 같은 건 하지도 않았을 거야."

"그래 이혼할 무렵의 너는 그랬지. 아이가 죽었을 때도 넌 포기하지 않는 듯이 보였어. 넌 그때 날 감동시킬 정도로 씩씩했었어. 하지만 요즘의 너를 봐! 한번 보란 말이야. 넌 열등감에 사로잡혀 있어. 그거 인정 못하니?"

열등감이란 이야기가 나왔을 때 허공을 바라보고 있던 혜완의 눈매가 번쩍이며 열을 띠었다. 선우와 함께 나가는 여류 시인을 질투했던 것은 열등감 때문이었을까. 하지만 혜완은 입만 굳게 다물고 있었다.

"이런 말 하면 너한테 또 상처가 될 줄은 알지만, 빌어먹을 그놈의 상처는 왜 그렇게 잘 생기는지……. 어쨌든 난 니가 이혼을 했고 아이를 낳아본 일이 있고 경환의 옛날 아내고 그런 거 생각 안 해. 그냥 내가 알았던, 그리고 지금 알고 있는 서혜완만 바라볼 뿐이야. 하지만 그런 걸 생각하는 쪽은 언제나 너야. 언제나 그것 때문에 그 빌어먹을 상처를 입는다고 날마다 질질 짜고 있고. 나는 도대체 어떻게 해야 할지 모르겠어. 내가 언제까지 버틸 수 있다고 생각하니? 니가 다 해결 못하는 열등감이 풀릴 때까지 강아지처럼 니가 무슨 짓을 하든 꼬리나 흔들고 있을까? 그래, 이 여자는 이혼을 한 상처가 너무나 크다. 아이도 죽었고 얼마나 슬펐을까? 그러니 그냥 내버려두자. 이렇게 생각할까? 대체 뭐야, 예전의 도도하던 서혜완이는 어디 갔어? 어디로 가고 이제는 이렇게 바보 같은 껍데기만 남아 있는 거야?"

혜완은 선우에게서 비켜나 앉았다. 선우가 말을 마치면서 남은 맥주를 마저 마셨다.

"너는 기억이 날지 모르겠지만 이혼을 하고 첫 번째 장편을 썼지. 처음으로 인터뷰 제의들이 오고 그랬어. 한번은 여성 잡지의 문학 담당 기자가 연락을 해왔더구나."

혜완이 태연하게 말을 시작했다. 선우가 혜완에게 뜻밖의 반응이 나오는 게 이상하다는 듯한 표정을 지었다. 그녀는 그런 선우를 모른 체하고 말을 계속했다.

"만나서 책 이야기를 했지. 하루 종일 인터뷰를 하다 보니까 조금 친숙해지기도 했고…… 인터뷰를 마치고 사진을 찍고 그가 물었어. 이건 개인적인 질문인데 왜 이혼을 했느냐고 묻더군. 난 대답하지 않았어. 그가 기자라는 신분이 떠올랐고 친하지도 않은 사람이었고. 그는 사진기자를 돌려보내고 차를 마시면서 내게 말했어. 저도 요즘 마누라하고 갈등이 많아요. 개인적으로 여자들의 심정을 알고 싶어요. 말하는 투가 너무 진지하길래, 사진기자도 갔길래 안심하고 대충 이야기를 했어. 그저 나 자신을 찾고 싶었어요. 일이 하고 싶었고 그랬어요. 한 달 후 여성지 광고가 신문에 나왔지. 이혼을 하고 소설 발표한 여류 소설가 탄생! 남편의 부당한 대우에 못 이겨 과감히 결혼 생활을 청산하고 어쩌구…… 그와 하루 종일을 걸려서 이야기했던 내 책에 관한 이야기는 양념처럼 얹혀 있었어. 나머지는 모두 스물몇에 이혼한 이 여류 작가라는 주어로 시작되어 있었어. 뭐랄까 꼭 브래지어 광고 모델이 되어서 잡지에 실린 기분이었어. 분했고 사람을 쉽게 믿어버린 내 자신에 대해 화가 치밀었지. 다시는 믿지 않을 거야. 나는 다짐하고 또 다짐했어. 하지만 곧 그 생각을 잊었지. 그저 내 소설이 그렇게 가치가 없던 것이었나. 그게 더 고민스러웠거든."

"그 이야기는 그때도 했잖아."

"그래 그랬지. 그리고 그제는 ㄱ출판사 편집장하고 저녁을 먹었어. 신세 진 일도 많고 그래서 내가 저번부터 저녁을 한번 내겠다고 졸랐던 터였거든. 그저께 겨우 같이 시간을 낸 거였는데 저녁을 먹다 보니 자연스레 맥주도 한잔 했지. 나는 그에 대해서 물어보고, 물어보다 보니까 부인 얘기랑 아이 이야기도 하고 나도 내 이야기를 했지. 술을 먹었기 때문이었을까. 자리가 편안해졌어. 그가 물었어. 혼자 사는 거 어때요? 내가 대답했지. 어떤 독신의 여류 시인이 그런 말 했어요. 혼자 산다는 건 비장한 자유라고. 하지만 난 그 비장함을 견디기가 좀 힘들군요. 저라는 인간이 별로 비장하지 못한 거 같아요. 잘 먹고 잘 마시고 헤어지는데 그가 말을 하더군. 이렇게 말이야, '혜완 씨 미안해요, 난 내 아내와 아이를 사랑해요.'"

잠시 말을 멈추고 혜완이 담배를 들었다. ㄱ출판사의 편집장을 잘 알고 있는 선우가 푸우 하고 웃음을 터뜨렸다. 혜완도 따라 웃다가 말을 이었다.

"나도 처음엔 그냥 웃었어. 그런데 웃다 보니까 이상한 생각이 들었어. 한 가정의 가장인 그가 아내와 애를 사랑한다는 건 좋은 일인데 왜 나한테 미안할까? 집에 와서 말야 한심하게도 내내 그 생각만 하고 있었어. 그건 대체 무슨 뜻일까? 내가 무슨 이상한 말을 했었나? 내가 연애를 하자는 것 같은 암시를 주었었나? 마음속으로 할 수 있다면 잠재의식까지도 샅샅이 뒤져보고 싶은 기분이었어. 하지만 너도 알다시피 그는 내가 남자로서 매력을 가질 만한 사람은 아니야. 그랬다면 혹시라도 기분이 덜 나빴을지도 모르지. ……그래…… 생각하다가 결론은 나지 않았지만 기분…… 그랬어…… 니 말이 맞아. 도도한 서혜완이었다면 미친놈 하고 말았겠지. 하지만 니 말대로 나는 자꾸 비뚤어졌고 그래서 다시는 그 작자에게 저녁 같은 건 내지 않겠다고 결심했어. 다시는 어떤 사람하고도 내 이야기를 하지 않겠다. 그는 별로 이상한 사람이 아니었어. 이십 대의 여자가 이혼을 했다는 일이, 그리고 소설을 쓴다는 일이 그토록 잘 팔리는 여성 잡지의 표제 기사가 될 수 있을 만큼 신기한 이 나라에서 남자들이 무슨 말을 할 수 없겠니. 그래, 도도한 서혜완이가 없어지고 바보 같은 껍데기만 남은 건 대개 이런 역사야, 알겠니?"

"ㄱ 출판사 편집장은 말이야, 그 사람 원래 그렇게 좀 소심한 데가 있어."

"그래 그 사람 소심해. 하지만 그 사람은 내가 책을 내기로 한 출판사의 편집장이야. 대범한 사람이 편집장으로 있는 출판사만 골라 거래할 수는 없잖아?"

장난스럽게 듣고 있던 선우가 자세를 바로 하고 혜완을 마주했다.

"그건 그렇지만 너도 한 가지 알아둬야 할 게 있는데, 너한테는 약간 말이야…… 남자한테 오해를 하게 할 만한 부분이 있어. 나야 오해 안 하지만 다른 사람들 말이야."

담배를 입에 가져가려던 혜완이 문득 동작을 멈추었다.

"그게 뭔데?"

반응이 생각보다 격렬했기 때문인지 선우가 입을 우물거렸다.

"말해봐. 그게 뭔데?"

"뭐라고 딱 꼬집을 수는 없지만 첫째로 말이야 넌 너무 잘 웃고…… 그리고 너무 정이 많아. 남자들은 그러면 가끔 오해해. 더구나 넌 지금 혼자고."

혜완이 입술을 물었다. 선우가 실수를 깨달은 듯 서둘러 입을 다물었지만 이미 늦은 듯했다.

"그래, 그래서? 그럼 남자들을 만날 때면 차도르를 쓰고 나갈까? 그도 아니면 장옷을 뒤집어쓰고 눈만 빼꼼 내놓은 채로, 아무리 우스운 일이 있어도 절대로 웃지 말고 근엄한 표정을 지은 채로 마치 사춘기에 들어선 열여섯 살 소녀처럼 인간적인 호의와 이성적인 호감도 구분하지 못한 채로 새침을 떨까?"

"그런 이야기가 아니구."

혜완은 눈을 감아버렸다. 불과 몇 년 전에 무수히 이런 상황들이 있었다. 무수히 이런 일로 싸우고 무수히 이런 일에 대해 변명하고. 하지만 서로 전혀 통하지 않던 대화들. 현관에 들어서자마자 그래서 남편은 혜완의 옷을 찢었던 것이다.

아이가 죽은 후 외식. 모처럼 그들은 다니던 학교 앞으로 나갔다가 동창들을 만났다. 대학원에 진학한 남편 경환이야 늘 보던 얼굴들이었겠지만 그녀로서는 하도 오랜만에 만난 친구들이라 경환이 저녁 식사 내내 입을 다물고 있던 것도 의식하지 못하고 있었다.

돌아오는 길에 택시에서 내리자마자 남편이 말했다.

—그렇게 재미있디?

심상찮은 분위기를 느꼈지만 혜완은 어눌하게 대답했다.

—반갑잖아. 난 거의 3년 만인걸.

—넌 왜 그렇게 잘난 척하니? 걔 부인 봐. 이야기가 길어지니까 먼저 일어나잖아. 난 그 자리에 있기도 싫은데 너 때문에 앉아 있었어. 내가 왜 그 재미없는 자리에 너 때문에 앉아 있어야 하지?

—먼저 가면 됐잖아?

—부인이 남자들 앞에서 히히덕거리는 걸 남겨두고 먼저 가는 미친놈이 어디 있니?

그는 정말로 화를 내고 있었다.

—그 아이들은 내 동창이야. 난 아이 낳고 기르고 하느라고 그 아이들이랑 만나지도 못했어. 너야 지겹게 마주쳤겠지만 난 정말 오랜만이었단 말이야. 걔 부인이 먼저 갔다고 하지만 그 여잔 우리 동창이 아니잖아. 또 설사 그 여자

가 먼저 갔다고 왜 나까지 그래야 해? 결혼 전에 우리는 매일 그렇게 앉아서 재미있게 이야기를 나누었잖아. 대체 왜 그러는 거야?

─제발 그렇게 따지지 좀 말아. 알겠니? 넌 결혼한 부인이야. 제발 다른 여자들처럼만 해! 다른 여자들처럼! 혼자서 뭐가 그렇게 잘났어?

그리고 그는 현관에 들어서자마자 옷을 찢었다. 뺨을 몇 대 맞고 혜완이 다리를 벌렸던 것은 폭력에 굴복했기 때문이 아니라 끝이라는 단어가 명확하게 떠올랐기 때문이었다.

혜완의 몸과 마음을 갈가리 헤집어놓고 그는 코를 골았다. 혜완은 웅숭그리고 욕실로 뛰어가 몸을 씻으면서 거울을 보았다. 거울 속의 여자는 울지도 못하고 숨만 컥컥거리다가 중얼거리기 시작했다.

─보기 싫었겠지. 아직도 젊은 제 부인이 다른 동창들이랑 마치 예전의 그 처녀 같은 얼굴로 떠드는 게 싫었겠지. 그래서 확인하고 싶었겠지. 네가 잘난 척해도 넌 내 소유물이야. 그걸 느끼는 데 섹스보다 좋은 건 없으니까. 신데렐라를 꿈꾼 일은 없어. 돈이나 명예를 욕심냈다면 저 인간하고 결혼하지 않았을 거야. 하지만 이건 아니야, 적어도 이건 아니야…… 아니야!

혜완이 기억할 수 있는 것은 그 아니라는 단어뿐이었다. 아마도 그때 이혼을 생각했었다면 결코 이혼 같은 건 하지 않았을지도 모른다. 하지만 혜완은 그 밤 내내 그저 아니라는 생각만 해댔다. 어쩔 줄 모르고 그저 중얼거리고만 있었던 것이었다.

"말이 지나쳤다면 미안해. 하지만 나도 남자야, 나도 가끔은 그냥 널……."

"그냥? 그냥…… 그냥 아무에게도 보여주고 싶지 않겠지. 네 앞에서만 웃고 네 앞에서만 재잘거리고 그렇게 하고 싶겠지."

"그런 뜻은 아니야 내 말은."

선우가 말을 우물거렸다. 혜완의 손가락 끝에서 길게 타들어간 재가 툭 하고 바닥으로 떨어져 내렸다. 선우가 혜완의 굳은 얼굴을 살피더니 손가락 끝에 침을 발라 재를 조심스레 집어 들었다. 어쩔 수 없이 혜완의 시선이 그 손을 따라 바닥으로 내려가면서 그의 때 묻은 흰 양말을 보았다.

어제 혜완의 집에 예고도 없이 들이닥쳤으니 갈아 신지 못했으리라. 하지만 혜완이 보기엔 선우의 양말에 밴 때는 생각보다 더 오래된 것들이었다. 머릿속으로는 전남편과 지금 선우가 남자로서의 편견을 들이대고 있는 것에 분개하면서 혜완은 또 한편으로 선우의 그 오래된 때가 묻은 양말을 희게 빨아주고 싶은 충동을 느꼈다. 혼자 살고 있으니 양말인들 제대로 빨아 신으랴 싶었던 것이다. 그러자 그 모순된 감정들이 혜완에게 혼란을 일으켰다.

이혼을 했던 건 바로 그 모순된 감정들 때문이 아니었을까. 아이의 죽음이 결코 제 탓이 아니었다는 걸 알면서도 남편이 그렇게 몰아세웠을 때 그녀는 죄책감 때문에 죽고 싶어 하곤 했었다. 여자로서의 의무에 대한 반감과 여자로서의 의무에 대한 거의 본능에 가까운 갈망.

어제 낮 경혜의 화장실에 들어가서 느낀 것과 흡사한 느낌이었다. 그 아이의 잘 손질된 화장실을 목격하고 근거 없는 질투와 설움을 느꼈던 것과 동일한 감정이었다. 하나는 그녀가 체득한 것이었고 하나는 그녀에게 이미 체득되어져 있었던 것이다.

"내 말은 우리들은 어머니들이 다른 남자들 앞에서 자주 웃거나 하면 안 되는 걸로 알고 자란 남자들이란 말이야. 대한민국의 그냥 보통 남자 말야. 내 말은 그런 뜻이었어."

"우리들은 어머니들이 그런 걸 보고 자랐어. 다른 점은 말이야, 우리들은 그런 어머니들의 생이 결코 행복하지만은 않다는 걸 알아차렸다는 거야. 너희 남자들은 그게 원래 그런 거라고 생각했던 거고, 단지 웃음이 문제 되는 게 아니고 말이야."

"그래 그렇겠지, 하지만……."

"그래 우리들은 그런 세대야. 우리의 어머니들은 딸들에게는 자신과 다른 생을 살라고 가르쳤고, 그리고 아들들에게는 아버지와 같은 삶을 살라고 가르쳤지. 그러니 우리가 부딪치는 건 어쩌면 당연해. 단지 나는 이제 이런 식의 이야기들이 피곤할 뿐이야. 정말 피곤할 뿐이야."

혜완은 담배를 끄고 머리를 부볐다. 선우도 입을 다물었다. 늦은 오전의 시계소리가 둘의 침묵 속으로 파고들었다. 혜완은 온몸에서 기운이 빠져나가는 걸 느끼며 머리를 뒤로 젖혔다.

언제쯤 이 여름이 갈까. 그녀는 벌판 위에서 아직도 이글거리고 있을 늦여름의 태양을 생각했다. 시들어가는 풀들 위로 내리쬐는 뜨겁고 건조한 햇볕과 혜완의 집 앞 로터리에서 붉은 혀 같은 꽃잎을 늘어뜨리고 시들어가는 칸나…… 여름도 아니고 가을도 아닌 이 어정쩡한 계절의 중간에 내가 서 있다.

그때 전화벨이 울렸다.

그러자 칸나도 햇살도 지워지고 혜완의 앞에 일상들이 다시 나타나기 시작했다. 이제 그만 지상으로 내려오라는 듯 울리는 전화벨 소리를 듣고 혜완은 천천히 다가가 수화기를 들었다.

"네에."

"……."

"서혜완입니다."

"저 박 감독입니다."

목소리는 오래 망설인 듯 신중하게 울렸다. 혜완이 당황스러운 얼굴을 짓자 선우가 빤히 혜완을 바라보았다.

"좀 뵈었으면 하는데요. 오늘 시간이 있으신지요."

그래 영선이가 있었지. 영선이가. 혜완은 박 감독과 약속을 정하고 전화를 끊으면서 자리로 돌아와 앉았다.

"선우야, 영선이 알지?"

"노영선이 말이야?"

"그래."

"잘 살지? 참 박 선배 좀 만나야 할 텐데. 난 그 선배가 꼭 성공할 줄 알았어."

선우는 일상적으로 말소리를 가다듬으며 말했다. 언젠가 선우가 영선을 두고 한 말이 생각났다.

—박 선배한테 영선이가 없었다면 어떻게 되었을까. 영선이는 정말 고향 같은 여자야. 나도 그런 생각을 했었는데 박 선배도 그렇게 말하더라, 고향 같은 여자라고.

"니가 좋아하는 그 고향 같은 영선이가 얼마 전에 자살을 기도했어. 니가 존경하는 그 박 선배와 같이 살던 영선이가 말이야."

"뭐? 왜?"

선우는 충격을 받은 듯했다.

"왜냐고? 글쎄…… 모욕감? 아니면 열등감, 아니면 자기 포기? 몰라, 하지만 막연한 느낌은 있어. 우린 그때 겁도 없이 오욕의 땅을 향해 떠났던 거야."

"오욕의 땅?"

선우가 되물었지만 혜완은 대답 없이 일어나 외출 준비를 시작했다.

짐승의 시간들

"여자가 있었다면서요?"

핸드백을 한쪽 의자에 걸쳐놓고 혜완이 침착하게 물었다. 박 감독이 줄담배를 피우다 말고 눈썹을 치켜떴다. 의외의 반응이었다. 혜완은 마치 유도신문을 준비한 수사관처럼 침착하게 다음 말을 기다리면서 종업원이 날라온 오렌지 주스를 마셨다.

"현우 엄마가 아직도 그렇게 이야기하던가요?"

박 감독이 영선을 현우 엄마라고 지칭하면서 신경질적으로 되물었다.

혜완의 추리력이 문득 갈피를 잃고 주춤거렸다. 하지만 그녀는 더 몰아붙이기로 결정했다. 아, 직, 도, 라는 말이 단서가 되어준 것이었다. 이럴 때는 침묵이 제일이었다. 섣불리 말을 꺼내면 이쪽에서 아무것도 모르고 있다는 사실을 들켜버리는 셈이었다. 혜완은 마치 다 알고 있다는 듯한 표정을 지으며 얇은 회색 니트 스웨터를 툭툭 털었다.

"여자들은 참 어처구니가 없군요. 그건 오해였다고 제가 누차 이야기를 했는데도."

몹시 분하다는 듯이 박 감독이 입술을 물었다.

"의부증이에요. 끊임없이 절 의심합니다. 생각해보세요. 사실 그날 정말 피해를 입은 건 저와 그 죄도 없는 심 양이에요. 어쨌든 이혼이 두려운 게 아닙니다. 저도 이런 식으로는 하루도 더 버틸 수 없다고 생각합니다. 다만 부부라는 게 뭡니까. 어떻게 그렇게 식은 죽 먹듯이 인연을 자를 수 있겠어요? 전 영선이가 저를 오해하고 있는 거…… 처갓집 식구들이야 그럴 수 있다고 해도…… 어쨌든 영선이하고만은 더 이야기를 나눈 다음에 정리를 해도 하고 싶어요."

박 감독은 카키색 사파리를 여미며 혜완을 바라보았다. 그가 혜완을 만나자고 한 것은 바로 그가 마지막에 한 말, 즉 영선이 이혼을 요구하고 있기 때문인 것 같았다. 아이들은 그의 어머니가 돌보고 있고 영선 혼자 병원에 박 감독을 발도 들여놓지 못하게 한 채로 단지 이혼 수속을 밟아

달라는 말만을 전해왔다고 했다. 아마도 그는 이혼한 경험이 있는 혜완이 무언가 조언을 했다고 생각을 했던 모양이었다.

영선이 이혼을 제의했다는 건 어떻게 생각하면 그건 너무도 당연한 귀결이었다. 자신을 죽여보려고 시도했던 여자가 그러면 병원에서 퇴원한 후 그와 방글거리며 살아갈 거라고 생각을 했을까, 이 남자는. 하지만 혜완은 말을 돌렸다.

"그날 정말 피해를 입은 건 박 감독님 말씀대로라면 감독님과 심 양이라고 하셨는데 하지만 박 감독님이나 그 심 양인지…… 그분은…… 자살을 기도하지는 않았잖아요?"

어쨌든 혜완은 입을 다물고 있는 영선 대신 이 남자에게 무언가를 캐내야겠다고 생각했고 그래서 지금 이 자리에서 아내의 친구인 혜완에게 누구인지도 모를 심 양이라는 여자를 두둔하는 박 감독에 대한 감정을 억누르면서 말을 그쪽으로 몰아붙였다. 박 감독이 미간을 찌푸리며 얼굴을 쓸어내렸다.

"잠시 오해를 했다고 누구나 그런 짓을 저지르지는 않아요."

"물론 잠시 오해를 했다고 누구나 그런 일을 저지르지는 않지요."

혜완은 그가 한 말을 따라 하면서 잠시 입을 다물었다.

이혼을 하고 한참 후 남편이 혜완에게 말했다.

─자, 이쯤이면 이제 반성하고 다시 돌아오지. 이젠 화가 풀릴 때도 되었잖아.

그는 말했었다. 마치 심각한 부부 싸움의 끝이라도 되는 듯, 그래서 자기가 먼저 문을 열 테니 이제 그만 화를 풀라는 듯했다. 화가 나다니. 혜완이 입만 커다랗게 벌렸다. 화가 난 것이라면 싸움을 했지, 이혼을 하지는 않았을 것이라는 걸 그는 알지 못하고 있었다.

─대체 알 수가 없어. 내가 바람을 피웠니? 상습적인 구타를 했니?

혜완은 그의 말에 동의했었다. 그가 바람을 피우거나 상습적인 구타를 했다면 물론 이혼을 결심하는 데 그리 오랜 시간을 끌지는 않았을 것이다. 하지만 그가 아직도 혜완이 왜 그렇게 못 견뎌했는가를 모른다는 사실이 결정적으로 혜완을 가로막았다. 그렇게 오랜 시간을 함께였으면서 그들은 완벽한 타인이었던 것이다. 함께한 세월이 새삼 서글퍼졌다. 지금 혜완의 앞자리에 앉아서 이혼을 할 수 없다고 말하는 박 감독 역시 영선을 전혀 이해하지 못하고 있다는 생각이 들었다.

"……언제나 어떤 일을 들여다보면 그것을 촉발해내는 동기와 그것의 배경을 이루는 역사들이 있는 거 아닐까요? 제 말은 박 감독님이 전혀 짐작도 못하시는 동기가 있을지도 모르고 그런 면에서 서로 충분한 대화가 있었다면 일이 그렇게까지는……."

"그래요. 문제는 단지 그날이 아닐 수도 있겠지요. 하지만 우린 사실 별거에 들어간 것이었고 그것이 그리 비관적인 별거는 아니었어요. 조금 감정을 식히자 그런 의미였죠. 우리의 대화는 너무 격렬해서…… 사람들은 그런 걸 부부싸움이라고 부르는가 봅니다만 사실은 대화가 거의 불가능했어요. 감정이 언제나 그 굴레를 맴돌았고 날마다 같은 말, 같은 결론…… 그래서 제가 제의를 했지요. 영선이도 흔쾌히 응낙한 것이었고 그런데 그날이 문제가 된 거예요. 그전에는 물론 제가 잘못한 일이 있겠죠. 왜 없겠습니까? 집안일도 소홀히 했고 직업상 집도 비웠어요. 그것까지는 부정하지 않아요. ……그게 서운하기도 했겠죠. 하지만 제가 다시 말하지만 그 여자는 일하러 우리 집에 왔어요. 정말 그럴 수밖에 없는 사정이 있었어요. 믿지 않으실지 모르지만 그 여자는 제 영화의 시나리오 작가였고 우리는 동료였어요. 그뿐이에요. 그런데 친정에 가 있던 애 엄마가 갑자기 들어오더니 소리를 지르기 시작했어요. 차마……."

박 감독의 얼굴에 붉은 기운이 몰리기 시작하면서 그는 잠시 말을 그쳤다. 격앙된 감정으로밖에는 기억할 수 없는 그날에 대해 그도 괴로워하는 것 같았다. 혜완은 그가 잠시 말을 끊은 사이 이야기를 정리했다.

그들 부부는 자주 싸웠다. 그들은 잠시 떨어져 있기로 결정했다. 박 감독이 영선에게 잠시 아이들을 데리고 친정에 가 있으라고 했다. 친정에 있던 영선은 잊어버리고 온 물건이 있다는 걸 알아냈는지도 모른다. 하지만 그녀가 집에 당도했을 때 박 감독이 심 양이라는 젊은 여류 작가와 함께 있었다. 영선은 소리를 지르기 시작했다.

"차마 입에 담을 수 없는 욕설을 퍼부었어요. 생각해보세요. 심 양은 단지 일 때문에 제게 온 것이었는데, 정말 맹세라도 할 수 있습니다. 아내가 그 여자를 모욕한 겁니다. 이루 말할 수 없는 모욕을…… 동네가 떠들썩했지요. 저는 잠자코 있으라고 소리를 쳤어요. 아마 어떤 남자라도 아내에게 그렇게 말했을 겁니다. 그렇지 않을까요?"

박 감독의 눈길이 처음으로 애타게 혜완을 향했다. 혜완은 그저 고개를 끄덕였다. 남들이 그렇게 할 수 있다는 말에 그녀는 동의했다. 박 감독은 손가락으로 얼굴을 쓸어내렸다. 얼마 전 병원에서 보았을 때보다 그의 얼굴은 더 초췌해 보였다. 깎지 않은 수염이 까칠하게 턱에 솟아 있었고 얼굴이 까맣게 타들어간 듯이 보였다. 무턱대고 그의 아내가 내 친구라고 그를 비난할 수만은 없겠구나 하는 기분을 혜완은 느꼈다.

"오해를 좀 진득하게 풀어주셔야 하지 않았겠어요?"

진부한 말이라는 걸 알면서도 그녀는 그렇게 말했다.

"하려고 했어요. 하지만 영선인 자초지종을 이야기할 시간도 주지 않았어요. 그러고는 다짜고짜 심 양의 멱살을 잡았어요. 제가 뜯어말리다가 영선이를 좀 쳤지요. ……결코 때린 건 아니고…… 영선인 그러자…… 마치 실성한 여자처럼……."

박 감독이 이야기를 끊고 긴 한숨을 내쉬었다. 그날의 광경들이 대충 혜완의 머릿속에 그려졌다. 차마 영선이가 그랬다고 생각하고 싶지 않은 광경이었다. 박 감독이 떨리는 입술을 물더니 다시 말을 이었다.

"이해할 수 없으시겠지만 저게 사람인가 싶더군요. 죄송합니다. 이런 표현을 애 엄마한테."

혜완은 주스를 마시다 말고 굳어진 채 박 감독의 말을 듣고 있었다. 영선이 눈앞에 있었다면 혜완 자신이라도 너 미쳤니, 하고 뺨이라도 한 대 때려줄 것 같은 기분이 들었다.

"어쨌든 심 양이 돌아간 다음 저는 영선이에게 우선 신경안정제를 좀 먹으라고 했어요. 그러자 영선인 술을 꺼내들더군요. 저도 좀 마셨죠. 그대로 있으면 잠이 안 오고 그러면 다음 날 일에 지장이 많을 것 같아서 그만 마시고 자자고 했어요. 이야긴 아침에 하자고. 하지만 영선인 듣지 않았어요. 제가 영선의 알코올 중독에 얼마나 지쳐 있는가를 아시면 제가 왜 그냥 잠이 들었는지 이해하실 겁니다. 저는 그저 생각했어요. 아침이면 맑은 정신이 돌아올 거고 그러면 늘 그랬듯이 나한테 사과하겠지. 원래 저런 여자는 아니니까, 부끄러워서 내 얼굴도 못 보겠지. 사실은 그것도 지겨운 기분이 들었지만 말예요. 어쨌든 저는 그런 생각을 하고 잠이 들었어요. 그런데 제가 잠든 사이에…… 사고가 일어난 거예요……. 그새를 못 참고……."

혜완의 입에서 먼저 한숨이 새어 나왔다. 이해 못할 일은 없다고 그녀는 생각하고 있었다. 별거 중에 남편이 젊은 여자와 한방에 있다면 누구나 그럴 수는 있을 것이다. 하지만 그렇게 행동하지 않을 수도 있다. 좀 더 뭐랄까. '교양 있게' 행동할 수도 있었을 것이다. 어린 시절 동네에서 심심풀이처럼 일어나곤 하던 사건들이 혜완에게 떠올랐다. 가끔 늙은 남자에게 얹혀사는 젊은 여자가 중년 여자들에게 머리채를 휘어잡히며 욕설을 듣기도 했다. 그것을 얼마나 혐오스러운 눈으로 바라보았던가. 때리는 여자, 맞는 여자……. 그럴 때면 남자들은 언제나 빠져 있었다. 여자들끼리 때리고 맞고 부수고. 영선이 구체적으로 어떤 행동을 시도했는지 알 수 없었지만 어쨌든 유쾌한 일은 아니었으리라. 그런 상황에서 순간적으로 영선을 혐오했던 박 감독을 혜완은 이해할 수 있을 것 같았다. 혜완이라도 영선을 혐오했을 것이었으니까.

박 감독은 그때까지 크림도 설탕도 타지 않고 두었던 커피에 크림을 붓고 설탕을 넣었다. 식어버린 커피에 들어간

크림이 둥둥 커피 잔 위에 떠 있었다. 이미 식어버린 커피에 하얀 크림은 섞이지 못한다. 남자와 여자의 이해심도 사랑이 있을 때만 가능하다. 혜완의 생각이 자꾸 비약하고 있었다.

박 감독은 크림이 잘 섞이지 않은 커피를 마시고 있었다. 생크림의 하얀 지방이 박 감독의 입가에 묻었다. 그러자 박 감독은 손을 뻗어 그것을 닦았다.

그들이 만난 호텔 커피숍 멀리 다리가 보이고 한강이 흐르고 있었다. 그때 종소리가 들렸다. 정강이까지 터진 H라인 스커트를 입은 아가씨가 '박상현 감독'이라는 글씨가 적힌 피켓을 들고 가까이 오고 있었다. 혜완이 먼저 그것을 발견했다. 박 감독이 혜완의 시선을 쫓아 피켓을 보더니 커피를 마시다 말고 서둘러 일어나 카운터로 다가갔다. 전화가 와 있는 모양이었다.

박 감독이 일어서자 정강이까지 터져 있는 H라인 스커트를 입은 여자도 피켓을 내리고 걸어갔다. 이 커피숍에서 아가씨들은 왜 저렇게 몸에 달라붙은 유니폼을 입고 있을까. 술도 아니고 커피를 마시는데 꼭 저런 옷을 입고 있어야 하나. 저런 옷을 입으라고 지시한 사람은 남자일까 여자일까. 저 아가씨들은 꼭 저 지시를 따라야 했을까. 그건 그녀들에게 불쾌했을까 아니면 아무렇지도 않은 결정이었을까. 불쾌했다면 지금쯤 계속해서 항의를 하고 있을까. 혜완은 거기서 생각을 그만두기로 했다.

혜완은 옆 테이블로 눈길을 돌렸다. 아직은 좀 철이 일러서 더워 보이는 시폰 스카프를, 하지만 모양새는 멋들어지게 휘감은 삼십 대의 여자가 앉아 있다. 그녀 곁으로 오십 대 후반의 남자가 다가와 앉았다. 둘은 낮은 소리로 이야기를 나누기 시작했다. 저 둘은 무슨 사이일까, 혜완은 물끄러미 그들을 바라보고 있다가 고개를 흔들었다. 선우의 말대로 자신이 자꾸 비뚤어지고 있는 것 같았다. 이 세상 모든 남녀가 다 이상스런 관계는 아니었다. 혜완은 자신의 시선을 거북해하는 그 삼십 대의 여자를 느끼고는 다시는 그녀를 바라보지 않았다.

그러자 이번에는 낯익은 얼굴이 눈에 띄었다. 동료 소설가인 장이었다. 그는 청바지 차림을 한 여자의 어깨에 손을 얹고 커피숍으로 들어오다가 혜완과 눈이 마주쳤다. 그러자 그는 어색하게 청바지 여자의 어깨에서 손을 떼었고 들떠 있던 청바지 여자의 얼굴이 겁을 먹은 듯한 시선으로 바뀌면서 혜완에게 향했다. 장은 애써 태연한 듯 표정을 폈지만 혜완은 장에게 눈인사를 보내고 시선을 돌려버렸다. 몇 달 전 혜완은 장의 결혼식에 참석했었다. 신부의 웨딩드레스 아래로 불룩한 배가 보였었다. 성당에서 신에게 결혼을 서약한 그의 신부는 지금쯤은 만삭이 되었을 것이다. 그렇다면 저 여자는 누구일까.

―장 말이야, 요즘 목하 열애 중이지.

언젠가 소설가들끼리 주고받던 농담이 생각났다. 불쾌한 얼굴로 누군가는 미친놈이라고 중얼거리기도 했었다.

혜완은 테이블 위에 놓여 있는 호텔 성냥을 만지작거리고 있었다. 대학 1학년 시절의 엠티가 생각났다. 강변에서 경혜의 어깨에 손을 올리고 있던 선배. 마음속으로 온갖 괴로운 상상들을 하다가 지쳐서 그를 용서해주고 그것도 모자라서 마음속으로 무수히 잘못을 빌었던 것이 생각났다. 경혜가 아니었다면 얼마나 더 오래 그런 짓들을 계속했을까.

―넌 비뚤어지고 있어.

선우의 말은 옳긴 했다. 혜완은 어떤 남자에게도 신뢰를 두지 못하고 있었다. 물론 그렇다고 이 세상 모든 인류를 신뢰하지 못하는 것은 절대 아니었다. 오히려 그녀는 더욱 강한 열망으로 이 세상을 사랑하고 믿고 싶어 하지 않았는가. 하지만 구체적인 예를 들어 혜완의 주변에 있는 인물들을 혜완은 믿지 않았다. 가끔 수줍은 얼굴로 혜완과 차를 마시는 남자들을 그러므로 혜완은 끝없이 경계하고 경멸하고 있었다. 그것은 지나친 자기방어라고 선우는 말했었다. 그러고는 급기야 너는 비뚤어졌다고 선우는 말해버린 것이었다.

장 앞에 앉은 여자의 시선이 간간이 머뭇머뭇 혜완에게

향했다. 겁을 먹은 눈동자였다. 어딘가에서 본 듯한 얼굴이었지만 혜완은 일부러 그쪽에는 관심이 통 없다는 표정을 지었다. 그러자 그녀의 겁먹은 시선이 다시금 안정을 찾기 시작하는 것 같았다.

만일 오늘 아침 선우와 함께 집을 나서는 것을 누가 보았다면 나는 저 여자처럼 겁먹은 얼굴을 했을까. 그건 분명히 아닐 거라고 혜완은 생각했다. 하지만 만일 마주친 인물이 남편이었다면…….

그렇다면 혜완은 당황했을 것이다. 남편은 이런 표정을 지을 것이다.

—그럴 줄 알았어. 그것이 이혼 사유였군.

그건 아니었지만 그가 그렇게 생각한다 해도 하는 수 없었다. 선우를 그렇게 끈덕지게 박대하는 것도 사실은 그것이 괴로웠기 때문이었을까.

그런 면에서 그녀는 비뚤어지고 있는지도 모른다. 하지만 비뚤어지는 것은 세상이 아닐까. 하지만 비뚤어진다는 것은 또 무엇인가. 장의 경우 그들은 결혼 서약을 했지만 지금 청바지 차림의 저 젊은 여자와도 무언가 서약까지는 아니겠지만 약속은 했을 것이다. 단지 결혼이라는 것이 보다 많은 사람들 앞에서 행한 공공연한 약속이라는 것만으로 그렇지 않은 서약보다 우위에 설 수 있는가. 하지만 몇 달 만에 서약을 뒤집을 수 있다면 그건 이미 서약이 아니라 무책임한 약속이 아닐까. 그렇다면 또, 몇 달이 아니라 몇십 년 만에 서약을 뒤집으면 거기에는 타당성은 있는가. 그렇다. 그렇다 해도, 만일 서약을, 약속을 어겨야 할 일이 있다면 거기에는 무언가 목숨을 걸 만한 비장감쯤은 있어야 하는 것 아닌가. 왜냐하면 그것은 결국 누군가에게 상처를 주는 일이 될 테니까. 존재 자체가 호소하는 위기도 없이 약속을 뒤집을 수 있는 게 쉽게 용납된다면 대체 우리들의 약속은 무엇인가.

어쩔 수 없이 혜완의 시선이 소설가 장에게로 향했다. 장은 혜완에게 등을 진 테이블에 앉아 있었다. 그의 하늘색 남방 셔츠 깃 하나가 구겨진 채로 접혀 있는 것이 혜완의 눈에 띄었다. 마치 완벽한 알리바이 뒤에 숨어 있는 치명적인 단서 같았다. 장의 앞에 마주 앉은 여자가 다시 힐끗힐끗 혜완을 훔쳐보고 있었다. 혜완은 고개를 돌려버렸다. 장의 아내가 이 광경을 목격했다면 그녀는 어떤 반응을 보일까. 그녀는 어떤 식으로든 충격을 받고 상처를 입을 것이다. 하지만 그녀는 제 몸을 칼로 그을까, 혜완은 그런 생각을 했다. 그런 각본은 아무런 설득력이 없을 것이다. 그렇다면 영선이 이것이 정녕 미치고야 말았구나……. 혜완은 그저 생각들이 머릿속을 흘러가는 대로 내버려두고 박 감독이 다시 돌아올 때까지 앉아 있었다.

"죄송합니다. 영화사로 들어가야 할 것 같은데요."

박 감독이 급한 전갈을 받은 듯 초조한 얼굴로 말했다.

"네, 그러시죠."

혜완이 백을 집어 들었다. 함께 마주 앉아 이야기할 시간도 없는 남자에게 영선이 소외감을 느낀 것일까, 혜완은 이런저런 생각을 했다. 주섬주섬 담배를 챙기다가 박 감독이 혜완에게 물었다.

"이혼하시니까 어떠세요?"

백을 챙기다가 말고 혜완이 그저 웃었다. 카운터로 걸어가면서 박 감독이 덧붙였다.

"내가 세상에 태어나서 사랑했던 사람은 영선이밖에 없어요."

혜완은 그가 호텔 문을 나서서 주차장까지 걸어가는 것을 물끄러미 바라보며 잠시 서 있었다.

며칠 후 혜완은 경혜와 만나 영선의 병원으로 갔다. 영선이 퇴원하는 날이었다. 영선의 친정 오빠는 그들이 당도하기 전에 먼저 영선의 짐을 가지고 병실을 나가버렸다. 그는 동생의 자살 사건에 대해 깊은 상처를 입은 듯 대학 시절부터 안면이 있던 혜완과 경혜에게도 거의 아는 척도 하지 않고 입만 꾹 다물고 있었다.

"망할 놈의 자식 오지 말랬다고 코빼기도 안 보여!"

영선의 친정어머니가 영선의 올케의 부축을 받으며 병실

을 나가면서 마지막으로 소리쳤다. 박 감독은 아침에 병원
비를 치르고는 그냥 가버린 모양이었다.

그리고 어머니마저 나간 후 간호사가 약을 타러 간 사이
혜완과 경혜, 그리고 영선은 병실에 막막히 앉아 있었다.
경혜는 창가에 기대서 자꾸 말리는 실크 스커트 자락을 펴
고 있었고 혜완은 혜완대로 소파에 앉아 '절대금연'이라는
글씨를 바라보며 담배 생각만 하고 있었다. 사복으로 갈아
입은 영선은 그 시퍼런 환자복을 입은 때보다는 훨씬 나은
얼굴로 침대에 비스듬히 걸터앉아 있었지만 눈 밑으로 드
리워진 그늘이 짙어서 한 3년의 세월이 먼저 영선의 얼굴
을 짓밟고 지나간 것처럼 보였다.

간호사가 약을 가져오고, 그리고 셋은 엘리베이터를 타
고 내려와 경혜의 차로 갔다. 혜완이 앞에 앉으려다가 영선
과 함께 뒷자리를 택했다. 왠지 영선을 혼자 놓아두어서는
안 될 것 같은 불안감이 혜완에게 엄습했던 것이다. 여자의
직감이 빠른 것을 혜완은 비애스럽게 생각하고 있었는데
왜냐하면 그것은 눈치를 보며 살아올 수밖에 없었던 오랜
세월의 결과라고 생각했기 때문이었다. 아니나 다를까, 차
가 출발했을 때 영선이 혜완에게 입을 열었다.

"나 안 죽어 혜완아. 좀 널찍하게 앉자."

듣기에 따라서는 농담이었지만 아무도 웃지 않았다. 혜
완은 그제서야 자신이 무의식적으로 영선에게 바짝 다가

앉았다는 걸 깨달았다. 영선이 차 문을 열고 뛰어내릴까 봐 겁이 났던 모양이었다. 경혜가 분위기를 깨닫고 뒤늦게 웃고 말았다. 하지만 그것도 그저 어색한 웃음일 따름이었다.

"어디로 가는 거지? 방이동? 아니면 혜화동?"

주차비를 지불하고 차들이 밀리는 병원 정문으로 천천히 나아가면서 경혜가 물었다. 방이동은 영선의 집이었고 혜화동은 영선의 친정이었다. 혜완의 시선이 영선에게 향했다.

"우리 바다나 보러 갈까?"

영선은 말을 비껴 대답했지만 갑자기 세 여자들 사이에 아주 짧은 한숨 같기도 하고 경탄 같기도 한 것이 스쳤다. 할 수만 있다면 그건 참으로 좋은 생각 같았다. 그러자 혜완은 그런 말을 하는 영선에게 왠지 모를 안도를 느꼈다.

"바다로 가지, 까짓거 뭐."

경혜가 차를 혜화동 쪽으로 몰았다. 영선은 시트에 등을 기대고는 잠자코 있었다. 아직 푸른빛을 잃어버리지는 않았지만 촉촉한 기운을 잃어버린 가로수들이 와와 차창을 스쳐 지나갔다. 대학 2학년 때였던가. 그들은 무거운 배낭을 메고 경포대로 떠난 적이 있었다. 여자들끼리의 여행이라는 것이 얼마나 불안했던지 그들은 해만 지면 민박집에 틀어박혀서 이야기만 하면서 보냈다. 한 명이 화장실을 가려면 한 명이 플래시를 들고 따라가주어야 했고, 그러면

방에 남은 한 명이 무서워서 셋이서 우르르 화장실로 몰려가곤 했다. 게다가 둘째 날부터는 태풍이 몰아치는 바람에 그들은 바닷가에 나란히 앉아서 바람만 실컷 맞다가 방으로 돌아오곤 했다. 하지만 그 태풍 구경도 제대로 할 수 없었던 것은 끊임없이 추근대는 남자들 때문이었다. 여자들끼리 몰려 있으면 추근대야 할 의무라도 느끼는 것처럼 끝없이 남자들이 몰려들었다. 눈만 마주치면 쫓아오는 바람에 나중에는 남자들만 보아도 시선을 하늘로 바다로 던지느라 웃지 못할 웃음만 짓곤 했다. 어떤 남자가 하나 찾아왔다가 침을 뱉고 돌아서며 말했다.

—미친년들 여자들끼리 오면 뻔한 거 아냐. 빼고 지랄들이야.

일정이 하루 더 남아 있었지만 그들은 서둘러 강릉을 떠났고 버스 안에서야 처음으로 안심하고 잠을 잘 수 있었다. 다 큰 처녀들이 코까지 곯아대면서 잠이 들었던 것이다. 그러고 나서 그들은 다시는 여자들끼리 여행을 가지는 않았다.

"경포대 생각나니?"

혜완이 무거운 분위기를 느끼며 물었다. 경혜가 하하 하고 먼저 웃었다.

"우리 나중에 날 잡아서 거기 한번 가볼까?"

영선의 얼굴에 처음으로 미소가 번졌다.

"애 우리 그때 정말 왜 그렇게 겁이 많았던 거니? 지금 생각하니 참 우습다. 요즘 같으면 남자애들 따라오면 재미있게 놀 텐데 말이야."

"그러니까 서럽다는 거 아니니? 요즘 우리가 가면 아마 오십 대 아저씨들이나 쫓아올까?"

경혜의 너스레에 혜완이 웃음을 터뜨렸고 영선도 웃었다. 웃음이란 좋은 것이어서 분위기가 한결 누그러졌고 이 자리가 병원에서 퇴원하는 친구를 맞는 자리가 아니라 반가운 모임이라도 갖는 자리인 것만 같았다. 영선이 말을 꺼낸 것은 그래서였을 것이다.

"경혜야, 우리 어디 가서 차라도 한잔 마실까?"

경혜가 룸미러로 혜완을 바라보았다. 어쨌든 영선은 아직 환자였으므로 혜완도 망설일 수밖에 없었다.

"나한테 집이 어딨니? 어디 가서 우선 차라도 한잔 마시자."

영선이 담담하게 말했다. 혜완이 눈짓으로 경혜에게 그런 뜻을 전했고 그래서 그들은 대학로에 있는 카페로 들어섰다. 경혜가 선택한 그 찻집은 호텔 로비처럼 널찍한 소파가 있어서 우선 영선이 좀 편안하게 앉아 있을 수 있을 것 같았다. 게다가 손님들의 연령층도 모두 삼십 대 이상이었다. 그들은 오랜만에 편안히 자리에 앉았다.

커피를 시키고 나서 서로 얼굴을 마주 대하고 나자 다시 어색한 분위기가 맴돌았다. 어쨌든 이제는 그저 예전에 만났듯이 그저 잡담으로만 좋을 자리는 아닌 것이다.

생각 탓이었겠지만 쌍꺼풀이 없이 퀭한 영선의 눈은 금방이라도 눈물이 터질 것 같은 표정이었다. 한때 혜완도 그런 표정을 짓고 앉아 있었던 때가 있었다. 이혼을 하고 부모님이 말년을 보내시는 고향집으로 내려갔을 때의 식사 시간. 혹시라도 누군가가 말을 시킬까 봐 혜완은 고개를 숙이고 꾸역꾸역 밥만 먹었다. 어머니라면 그래도 나았지만 아버지를 대한다는 것이 그녀로서는 몹시 힘겨웠다. 그 때는 그저 그냥 놓아두는 것이 상책이었다. 혼자 있는 시간들이 그때는 얼마나 소중했었는지. 하기는 생각해보면 그것도 이혼 후의 일이었다. 그 전에는 누가 곁에 있든 없든 그저 힘겨운 시간이었다. 숨쉬기조차 버거웠던 시간들이었으니까.

그들의 어색한 침묵 사이로 낮은 바이올린 소리가 들려왔다. 아니 첼로였는지도 모른다. 어쨌든 현악기의 현들은 떨려서 떨고 있는 사람들의 마음을 위로해주기도 한다. 혜완은 서두르지 않기로 했다. 그저 현악기들의 떨림에 귀를 맡기고 잠시 편안한 마음을 가지고 싶었다. 하지만 말을 꺼낸 것은 영선이었다.

"있을 곳을 좀 알아봐야겠어."

경혜가 호기심 어린 눈을 반짝 빛내며 영선을 마주 보

왔다.

"너 정말 헤어질 생각이니?"

영선은 대답 대신 눈길을 떨구었다. 혜완이 경혜에게 추궁하지 말라는 눈짓을 보냈지만 경혜는 무릎 위에 놓아둔 검은색 악어 백을 치켜올리더니 테이블 앞으로 바싹 다가앉았다.

"어디 여행이라도 하고 그래. 미쳤니? 이제껏 고생하고 이제 와서 누구 호강시키려고 그래? 너 내가 하는 말 야속하다고 생각하지 말고 들어. 난 니가 결혼할 때도 반대했지만 지금도 니가 헤어지는 건 반대야. 사람 사는 거 다 그래. 지금 니 심정이야 헤어지는 거 아니라 그 할아버지 짓이라도 할 것 같겠지. 못할 말로 박 감독도 너랑 지금이야 못 헤어진다 어쩐다 할지 모르겠지만 헤어지고 나서 금방 새장가 안 들 것 같니? 게다가 아이들은 새엄마 눈칫밥 먹일 거야? 안 돼 이혼은 안 돼. 니가 고생하는 꼴만 보지 않았어도 내가 이런 말은 안 한다."

아랑곳없이 말하는 경혜의 말을 담담히 듣고 있던 영선의 입가가 그러나 아이들의 이야기가 나왔을 때는 잠시 경련을 일으켰다.

"그래 우선 천천히 생각해. 급할 건 정말 아무것도 없어."

혜완이 어눌하게 덧붙였다. 영선이 대답 없이 혜완의 담뱃갑을 끌어다 담배를 뽑았다. 몸도 안 좋은데 하는 말을 하려다가 혜완은 입을 다물고 영선에게 불을 붙여주었다. 게다가 경혜까지 담배를 끌어당겼고 그래서 세 여자는 잠시 동안 아무 말 없이 담배만 피워대고 있었다.

"헤어질 이유야 만들면 없는 사람이 어디 있어? 우리도 이제 내일모레면 마흔이다. 너 실속 차려. 이젠 니 실속을 차리란 말이야. 지금부터 다시 시작하겠다고? 말이야 쉽지."

"아이들은 내가 키울 거야."

영선이 경혜의 말이 끝나기도 전에 대꾸를 했다. 경혜가 피식 하고 웃었다.

"뭐 해서? 니가 뭐 해서 애들 키우고 먹고살래? 여기 혜완이도 있지만 얘는 그래도 쥐꼬리만큼이라도 위자료 받아서 방 하나라도 얻었지만 얘는 없었잖아. 너 한국 사회에서 여자가 혼자 살면 온 국민이 달려와서 다 도와줄 것 같니? 등쳐먹을 인간들이나 없으면 다행이야. 아직도 그렇게 세상을 모르니?"

혜완의 나무라는 시선이 강하게 경혜에게 꽂혔다. 경혜는 급하게 담배를 빨아대더니 덧붙였다.

"난 입에 발린 소리는 안 해. 그게 현실 아니니? 지금 우리가 서로 듣기 좋은 소리 하고 있을 나이니?"

"알아들었어."

영선이 조용히 대꾸했다. 그러고는 혜완과 경혜를 차근차근 바라보았다.

"너희들의 의견을 들으려고 이야기하는 건 아니야……. 난 알아, 너희들이 왜 나를 말리는지. 아마 너희들이 나 같은 일을 당했으면 벌써 열 번도 넘게 이혼했을 거야. 하지만 너희들은 말리고 있어. 왜지?"

말투야 낮았지만 영선이 다그치듯 물었다. 경혜와 혜완 둘 다 입을 다물고 말았다.

"난 알아, 그건 너희들이 그렇게 생각하고 있기 때문이야. 난 아마도 견뎌내지 못할 거라고, 너희들보다 훨씬 약하고…… 그리고 무능하다고."

영선의 이야기는 낮았지만 강했다. 경혜와 혜완이 순간적으로 어깨를 움찔하고 말았다. 다는 아니었지만 부분적으로는 상당히 진실이었다. 혜완 자신이라면 제 팔을 긋기 전에 이혼을 했겠지만 영선에게는 그러지 말라고 설득하고 있는 것이다. 그녀의 말대로 그녀는 약했고 너무나 선량했다. 착하고 약하고 선량한 사람이 더구나 여자일 때 혼자서 살기는 힘들어진다. 혜완은 할 말이 없어서 영선이 담배를 짓이겨 끄는 손목에 남은 상흔만 보고 있었다.

"대체 니가 당한 일이 뭔데? 어디 얘기나 들어보자."

경혜가 다시 물었다. 세 사람의 자리에는 이제 무거운 한숨만 맴돌고 있었다. 영선이 손을 이마에 가져다 댔다. 푸른 실정맥이 훤히 비치는 손에는 링거 주사 바늘 자국이 울긋불긋 남아 있었다.

"니가 결혼 생활 하면서 혹시 헤어지고 싶은 순간이 있었다면 바로 그것들을 생각하면 돼. 내가 설명한다고 너희들이 알아들을까? 그 미묘함 말이야. 스스로가 짐승 같아지는 그 시간들…… 알아들을 수 없으면 그만둬."

영선이 이마에서 손을 내렸다.

스스로 짐승 같아지는 시간들…… 여자의 멱살을 잡고 남편에게 욕설을 퍼붓고 동네가 떠나가라 소리를 지르고…… 그랬겠지. 소리를 지르는 사람이나 보는 사람이나 그것은 짐승 같은 시간들이었을 것이다. 혜완은 힘겹게 입을 열어가고 있는 영선을 그저 무력하게 바라보고만 있었다. 그건 어쩌면 자신의 모습이었기 때문이었다. 옷이 찢기어지고 뺨을 맞으며 다리를 벌리고…… 그런 행동을 했던 남편 역시 그날을 기억하게 될 것이다. 그나 혜완 자신이나 두 사람 모두에게 그건 짐승 같은 시간들이었다.

"우리 두 사람에겐 이제 어떤 희망도 없어."

"그건 아니야."

불쑥 영선의 말꼬리에 반대를 해놓고 혜완은 난처해지고 말았다. 영선의 힘없는 시선에 갑자기 불꽃이 탁, 하고 튀어 오르며 혜완을 향했다.

"니가 그걸 어떻게 아니?"

"며칠 전에 만났었어."

혜완은 말꼬리를 흐렸다. 영선의 얼굴이 뻣뻣하게 굳어

지고 있었기 때문이었다. 하도 뻣뻣하게 굳어서 혜완이 순간적으로 영선 쪽으로 손을 뻗었다. 처음이었다. 영선은 뜻밖에도 혜완의 손길을 신경질적으로 거부했다. 차가운 그녀 손가락 끝의 감촉이 가시처럼 날카롭게 혜완에게 전해져왔다.

"뭐래디?"

"아무튼 널 굉장히 걱정했고, 그리고 오해가 있다고."

"그 말만 하디?"

혜완은 잠시 망설이다가 물을 한 모금 마시고서 입을 열었다. 어차피 보따리는 풀어헤쳐져야 했다. 지금 이 시간 이 장소에서 그것은 과연 옳을까 하는 생각이 스치고 지나갔지만 혜완은 내친김에 달려나갔다.

"심 양이라던가? 그 시나리오 작가 이야기를 했어."

"어쩐지! 내 생각이 바로 그거였어. 혜완아, 내가 너한테도 그랬지? 여자가 끼지 않는다면 웬만해서는 그런 일들이 일어나지 않을 거라고 내가 말했잖아?"

끼어든 경혜의 목소리는 의기양양했지만 그녀 자신도 얼굴이 몹시 굳어지고 있었다. 경혜 역시 제 처지를 생각하고 있을 것이다. 이 자리는 영선의 일을 의논하는 자리이지만 모두 제 생각에서 자유로울 수가 없다. 그러므로 서로의 감정들만 격앙된 채 잘못된 결론을 내릴 확률은 높아진다. 혜완은 일이 자꾸 공교로운 방향으로 나간다는 걸 느끼고 있었다.

"개새끼!"

영선의 입술이 뒤틀리며 힘겹게 욕설이 튀어나왔다.

"그래 헤어져! 여자가 끼였으면 나도 더 말리고 싶지 않아!"

경혜의 언성이 높아지기 시작했다. 저럴 때 경혜는 며칠 전 혜완과 마주 앉아서 남편의 여자 이야기를 할 때의 경혜는 아니었다. 그럼 경혜 넌? 묻고 싶었지만 혜완은 입을 다물었다. 인간은 어차피 이기적인가 보다 하는 생각도 들었다. 하지만 방관만 하고 있을 수도 없었다. 무슨 말이든 해야 한다는 절박함이 혜완을 엄습했지만 입을 열면서도 혜완은 이게 진실인가 하는 생각을 했다. 하지만 혜완은 그날 박 감독과의 만남에서 받았던 느낌을 믿어보기로 했다.

"박 감독은 그 여자와 자신이 아무 사이도 아니라고 말했어. 내가 보기엔 그 말은 진심인 것 같았어."

"아무 사이도 아니라고? ……그럴지도 모르지. 하지만 그건 아무 상관도 아니야."

영선의 얼굴이 다시 굳어졌다.

"정말이야? 아무 일도 아니면 그럼 헤어질 일이 뭐가 있어? 여자 문제만 아니면 눈감아줘. 이 세상 어떤 여자가 지 하고 싶은 대로 남편 부리면서 사니? 나도 참고 사는데……. 이 바보야, 아무 일도 아니라고? 그러면 살아…… 너도 알잖아, 나도 참고 사는데 니가 뭐하러 바보 같이······."

갑자기 경혜의 언성이 높아지더니 눈물을 터뜨리고 말았다. 그녀의 감정 변화가 하도 돌연해서 영선과 혜완은 위로할 생각도 하지 못하고 그저 멍하니 그녀를 바라보고 있었다.

"미치고 팔짝 뛰다가 그 작자를 죽이든지 자살을 하든지 해야 할 건 나야. 자다가도, 아이를 보고 있다가도 마치 물 밖에 내놓은 생선처럼 내 몸이 펄펄 뛰어오르는 거 같아. 니들 그런 거 알기나 하니? ······나쁜 것들······ 별것도 아닌 것 갖고 그렇게 야단이야! 니들이 언제는 행복했었니? 뭐가 불만이야? ······너희들 중에 태어날 때 딸이 태어났다고 집안에 잔치한 사람 있으면 손들어봐!"

격앙된 경혜의 목소리 때문에 커피를 나르던 웨이터들이 혜완의 자리 쪽을 힐끔거리며 지나갔다. 손들어보라는 경혜의 말이 하도 컸기 때문에 그들이 손이라도 들어줄 것 같은 표정이었다.

경혜는 아직 완전히 감정을 잃지는 않았는지 붉게 충혈된 눈을 깜박이더니 손수건을 꺼내 조용히 그것을 닦았다. 혜완의 입으로 한숨이 길게 새어 나왔다.

"내 얘기 해줄까? 난 그것들이 들어 있는 호텔 옆방에까지 들어갔던 사람이야! 니들이 뭐라고 해도 난 이혼 안 해! 니들 다 이혼하고 그래도 난 안 해! 끝까지 살아남아서 그

작자가 늙어서 기운 빠지고 반신불수 되어서 기어 다니는 꼴을 보고 말 거야. 그때 복수할 거야."

"그만해!"

혜완이 제동을 걸었다. 경혜의 괴로움을 이해하지 못하는 건 아니었지만 지금 이 자리에서 어쩔 수 없이 짜증이 치밀고 말았다. 혜완의 목소리가 하도 단호해서였던지 경혜가 손수건으로 눈물을 훔쳐내며 물을 들이켰다.

"난 너가 아니고 난 혜완이도 아니야. 내가 너였다면 참고 살았을 거고 내가 혜완이였다면 불란서에 도착한 첫해에 이혼했을 거야. 그게 이유야. 만일 아이들이 없었다면 난 그 인간을 죽이고 말았을 거야. 아이들만 없었다면……다시 돌아간다면 이번에는 애들도 죽이고 그 자식도 죽이고 말 거야. 내 말 알아듣겠니? ……그 자식은 내 인생 전체를 도둑질해갔어!"

영선의 눈에서 살기가 번득였다. 울던 경혜가 어이없다는 눈길로 혜완을 바라보았다. 영선의 격렬한 말에 잠시 넋을 빼앗겼던 혜완이 눈길을 돌리자 영선은 유리 컵을 들어 물을 마셨다. 물을 마시고 나서 영선은 다시 한번 말했다.

"이번에 돌아가면 정말 죽이고 말 거야."

―내가 이 세상에 태어나서 사랑했던 사람은 영선이 하나밖에는 없습니다.

박 감독의 말이 떠올랐다. 그때 그의 말이 거짓이라고

느껴지지는 않았지만 지금 그를 죽이고 싶다는 영선에게서 역시 격앙된 감정 이상의 진실은 느껴졌다. 어긋난 부부…… 게다가 경혜.

카페의 음악이 끝나고 새로운 곡이 시작되었다. 작은 간이 무대에 피아노를 치는 여자가 앉고, 사뿐한 운율로 누군가가 노래를 부르기 시작한 것이었다.

외로울 때 줄넘기를 하는 여자

설거지는 주로 혜완의 몫이었다. 혜완이 그렇게 배려를
한 것이었다. 혜완은 설거지를 마치고 싱크대에 남은 물기
들을 마른행주로 말끔히 닦아내면서 이런 설거지가 즐겁
다고 생각했다. 그것은 남편과 함께 있을 땐 전혀 느껴보
지 못한 감정이었다. 생각해보면 그토록 열렬히, 그리고 골
똘히 설거지에 대해서 생각했던 시간들이 신기하게 느껴지
기도 했다. 인간이 토기를 구워내기 시작한 구석기 시대 이
후 수만 년이나 반복되었을 그 일들에 왜? 라는 단어를 끝
없이 붙여댐으로써 그녀는 결국 지쳐버렸던 것이었다.

가사 노동이라는 것은 끝없는 반복이었다. 아침에 먹은 공기를 씻고 거기에다 또 밥을 푸고 국그릇을 씻고 또 국을 담고…… 그리고 빨래는 사흘마다의 반복, 같은 팬티와 같은 양말을 빨고 또 빨고 한 달에 한 번 김치를 담그고 또 1년에 한 번 장을 담그고…… 똑같은 그릇, 똑같은 냄비, 똑같은 양념…….

물론 그때도 설거지는 혜완의 몫이었다. 퇴근을 하고 발을 동동 구르며 시장을 보고 찌개를 끓이고 식탁을 차리고, 그런 반복들을 계속해나가고 있는 동안 남편은 신문을 보거나 세미나 준비를 하거나 혹은 논문을 쓰곤 했다. '왜'라는 질문을 퍼부었던 것은 바로 그런 남편의 존재 때문이었는지도 몰랐다. 그런 때마다 질투심이 솟아올랐고 결혼할 때 어머니를 졸라 장만한 접시들을 바라보면 한숨이 나왔다. 어머니는 이 접시들을 예쁘게 진열해놓고만 살아갈 것이라고 생각했을지도 모른다. 누구도 그렇게 살지 못한다는 걸 그녀 자신이 잘 알 텐데 말이다.

하지만 영선이 혜완의 집에 머무른 지 1주일 남짓, 혜완은 비로소 살아 있는 것 같은 느낌이 들었다. 그녀로서는 참으로 기이한 경험이었다. 그리고 그제서야 그녀는 늘 마음 한구석이 허전했던 것은 단지 돌아올 때마다 불이 꺼진 집 때문이 아니라 갑작스러운 일상의 박탈이 원인이라는 것을 깨달았다.

아이가 죽었을 때 차마 깨닫지 못했던 그 허탈감의 정체를 이제 혜완은 알아차린다. 낯선 골목길을 돌아 나올 때 혜완에게 눈물을 핑 돌게 만든 된장국의 냄새는 이미 냄새를 넘어서 따뜻한 저녁 식사에 대한 하나의 추억이었던 것이다.

부엌을 깨끗이 치우고 나서 혜완은 영선을 돌아보았다.

옥색 운동복을 헐렁하게 입고 단발머리를 참새 꽁지처럼 아무렇게나 묶은 영선의 뒷모습은 창가로 들어오는 빛을 역광으로 받고 있어서인지 소녀처럼 신선하고 평화로워 보였다.

"커피 줄까? 아니면 중국차를 끓일까?"

혜완은 노래를 부르듯 높은 톤으로 물었다.

창가에 놓인 소파에서 책을 읽고 있던 영선이 혜완을 돌아보았다.

"중국차 쪽이 좋을 거 같애."

혜완은 투명한 유리 주전자에 물을 담고 그것을 가스 불에 올려놓았다. 하지만 가스를 돌려 파란 불꽃이 붙여졌을 때 혜완은 화들짝 놀란 것처럼 뒤를 돌아보았다. 시집을 읽고 있던 영선의 실루엣이 문득 그녀에게 오랫동안 잊고 있었던 기억을 되살려주었기 때문이었다.

가끔씩 영선의 집에 놀러 가면 스콜피언스의 〈홀리데이〉를 크게 틀어놓고 그들은 제각기 아무렇게나 누워서 시집들을 읽곤 했었다. 노래가 주는 호소력도 좋았지만 나를 어디론가 멀리 떨어진 곳으로 데려가게 해달라는 그 노랫말의 가사가 그녀들을 공연히 한숨짓게 만들기도 했던 것이다. 아마도 그들은 오전엔 여성 문제 세미나에 참석했다가 오후에는 누군가가 자신들을 멀리 떨어진 햇빛도 찬란한 섬으로 데려가게 해달라는 기도를 은밀히 숨기고 있던, 그러면서도 그것이 결코 모순된다고 생각조차 해보지 않았던 소녀들이었는지도 몰랐다.

영선이가 고등학교 시절 백일장에서 심심찮게 입상한 경력을 가지고 있다는 것을 안 것도 그즈음이었으니까. 문학소녀들이라고나 할까, 경쟁적으로 시집이나 평론집을 사들인 것도, 그리고 김지하의 금지된 시들을 몰래 읽던 것도 그즈음이었다. 돈을 쓸 일이 생기면 언제나 이 돈으로 책을 몇 권 살 수 있을까를 생각했던 시절이었다. 책값이 그들이 지불하는 모든 돈의 가치를 재는 척도인 시절이었다. 혜완이 뒤늦게 소설가가 되었을 때 경혜가 스치듯 한 말이 그제서야 떠올랐다.

—어머, 너 그런 소질이 있었니? 난 영선이가 정말 작가가 될 줄 알았어.

그때 영선이 그런 재능이 있었지, 하고 오래 생각하지 않았던 것은 언제나 혜완의 일이라면 비꼬기부터 했던 경혜에게서 나온 말이었기 때문이었을 것이다. 혜완은 흐뭇한 모습으로 영선을 돌아보다가 찬장을 열었다.

영선이 혜완의 집으로 온 것은 영선 스스로가 올케가 있는 친정에 있기를 거북해한 탓도 있지만 영선의 동생 영미의 결혼식이 다음 달로 다가온 데도 그 이유가 있었다. 혼담이 오가고 혼수품이 쌓이는 집에서 견뎌내기가 힘들 것 같아 혜완이 먼저 제안한 것이었다. 영선은 혜완의 말이 끝나자마자 떨리는 손으로 입술을 훔쳐내면서 말했다.

—친구가 참 좋구나. 남자는 한번 헤어지면 그만이겠지만…….

혜완은 오랜만에 다기들을 꺼내 말갛게 씻어놓고 중국차를 끓였다. 예상보다 영선은 잘 적응하는 듯이 보였다. 다만 가끔 지나칠 정도로 멍해지는 것이라든가 그도 아니면 마치 사람을 두려워하는 대인기피증 환자처럼 지나치게 수줍어하곤 했다. 하지만 오늘 아침 영선의 기분은 맑아 보였다.

그렇다고 해도 곧 더 힘든 시간들이 오리라는 걸 혜완은 알고 있었다. 극복해냈다고 생각하고 돌아서면, 환영처럼 그 견딤들이 와르르 무너져 내리는 그 불안정한 시기들을 견뎌야 하리라. 하지만 어차피 그것은 영선의 몫이었다. 그녀가 남편과 아이들에게 돌아가든 그렇지 않든 말이다.

혜완은 탁자에 중국차를 내려놓고 영선과 마주 앉았다. 뜨거운 물에 설거지를 한 탓에 혜완의 코에는 땀방울이

송송 맺혀 있었다. 영선이 찻잔을 들다 말고 혜완을 바라보며 잠시 웃었다. 혜완이 흩어진 머리를 커다란 핀으로 다시 묶으며 미소를 지었다.

"너 남편하고 헤어지고 나서 처음 든 생각이 뭐였니?"

차를 한 모금 마시고 나서 영선이 물었다.

"무슨 생각이 드는데?"

혜완이 되묻자 잠시 머뭇거리던 영선이 대답했다.

"몰라…… 그동안, 그 결혼 생활 8년 동안 나는 어디 있었나. 그런 생각이 들었어."

혜완이 가만히 고개를 끄덕였다.

"생각해보니까 우리 둘의 결혼 생활은 그랬던 것 같애. 그 남자는 입을 열고 나는 그것을 행했어. 인정하고 싶지 않지만 어쩌면 충실한 하녀라고나 할까."

영선의 입매가 조소의 빛을 띠며 가볍게 일그러졌다. 혜완은 스스로도 그런 생각을 하지 않았던 것은 아니지만 막상 영선의 입으로 그런 표현을 듣고 나자 기분이 좋지 않았다. 그래서 혜완은 반쯤 남은 영선의 찻잔을 가득 채워주었다.

"어쩌면 결혼 생활이 그렇게 이어져왔는지도 몰라. 얼마 전에 〈까미유 끌로델〉이라는 영화를 보았는데 나는 알 수 있었어. 로댕이 왜 전부인을 버리지 않았는지. 예술을 할 때 그는 까미유 끌로델이라는 동료가 필요했지만 일상에서 그는 하녀가 필요했던 거야. 예술에 대한 토론은 날로 새로워지니까 파트너가 늘 일정할 필요는 없지만 반복되는 일상에선 누군가 익숙한 사람이 좋았을 거야. 가령 미역국을 끓일 때 그가 조개를 넣고 소금간을 하는 미역국을 좋아하는지 아니면 쇠고기를 넣고 참기름에 달달 볶아 간장간을 하는 미역국을 좋아하는지 말야. 애 아빠는 쇠고기 쪽을 좋아했거든. 나는 그가 좋아하는 그런 식의 입맛을 한백 가지는 넘게 알고 있었지. 어쩌면 그게 우리 결혼 생활을 유지시켰을 거야."

"남자 비위 맞추는 게 그렇게 억울했니. 참 그러면서 오래도 버텼다."

반쯤은 농담 삼아 일부러 말투를 가볍게 하려고 애쓰며 혜완이 물었다. 영선은 혜완의 의도를 알겠다는 듯 피식 웃었다.

"글쎄…… 아까도 말했지만 결혼 생활 어디를 찾아봐도 내가 없었어. 난 한때는 글도 잘 쓰고 공부도 잘하고 꽤 칭찬도 받았던 괜찮은 여학생이었는데…… 그 남자의 학비가 없으면 나는 어느덧 그 남자의 학비가 되고, 그가 배가 고프면 나는 그 남자의 밥상이 되고, 그 남자의 커피랑 재떨이가 되고, 아이들의 젖이 되고, 빨래가 되고…… 그 남자가 입을 여는 동안 나는 그런 것들이 되어 있었어. 나는 목욕탕 앞의 발닦개처럼 모든 사람들이 나를 밟고 가도록 내버려두었어. 하지만 그런 순간에도 말야, 난 누구보다 내가 똑똑하고 현명하고 그리고 나 자신을 지키는 여자라고 누가 물었다면 맹세라도 했었을 거야. 우습지 않니?"

영선은 희미하게 웃었다.

"이해해."

혜완은 물끄러미 영선을 쳐다보다 말고 고개를 숙였다. 그랬다. 그것을 떨쳐버리려고 몸부림치다가 여기까지 밀려온 것이었다. 아이가 죽어버렸던 것이다. 끝이 날 것 같지 않던 남편과의 그 격렬한 논쟁에서 갑자기 절대자가 나타나서 서혜완 너는 틀렸어라고 머리채를 잡아서 말해주기라도 했듯이.

둘 사이로 침묵이 파고들었다. 영선이 손에 쥐고 있던 뮈세의 시집을 혜완에게 들어 보였다.

"너 여기다가 줄 쳐놓았더라. 이 세상에서 내게 남은 유일한 진실은 내가 가끔 울었다는 사실뿐이다……. 그거 읽고 나서 생각한 거야. 근데 이상해. 난 눈물이 안 나. 요즘 그게 이상해."

"이상하긴…… 눈물은 한참 더 뒤에야 나와."

"한참 뒤에?"

눈물이 안 나오는 게 이상하다고 해놓고 혜완의 말이 끝나자마자 영선의 눈에 눈물이 아른거렸다. 영선은 서둘러 담배를 가져다 입에 물었다. 술도 담배도 영선이 하는 대로 혜완은 내버려두고 있었다. 그게 치료법이라고 혜완은 믿고 있었다.

누군가에게 소리치면서 억울해, 억울해 하고 울기도 하라고 말해준 것도 그녀였다.

—그렇게 하고 나면 사실 모든 건 제 잘못이라는 생각이 드는 거야.

하지만 영선은 그렇게는 하지 않았다. 언제나 혜완이 불편해할까 봐 조심하고 있었다. 혜완이 외출을 하고 돌아오면 밥을 지어놓고, 멸치도 볶아놓고 어느 날인가는 노란 장미를 한 다발 빈 커피 병에 꽂아놓기도 했었다.

"너 레즈비언에 대해서 어떻게 생각하니?"

혜완이 기분을 바꾸려고 영선에게 물었다.

"레즈비언?"

"그래 얼마 전에 페미니즘 평론을 공부하는 선배가 그 말을 하더라. 생각해보니까 그거 나쁜 일도 아닐 것 같애. 생각해봐. 여자들이랑 있으면 얼마나 알아서 남의 기분 맞추어주니? 편하구 셈 빠르고……. 술 먹구 들어와서 때리길 하나 밥 차려라 화장 지워라 야단을 하겠니. 니 말마따나 재떨이 가져와라 커피 끓여라 호령을 하겠니."

영선이 과장된 표정을 지으며 깔깔 웃었다. 혜완도 따라 웃다가 다시 말했다.

"그 선배 말이 한참 여성학에 빠져 있을 때 자기네 클럽 여자들이랑 레즈비언이 되기로 하고는 같이 여관에 갔대. 나름대로는 혁명적이고 비장한 첫날밤의 기분으로 말이야."

"그래서?"

"그래서 레즈비언이 되려고 갖은 노력을 해보았다는 거야. 남자랑 데이트할 때의 기분이 되려고 서로 노력을 하면서 옷을 하나씩 벗었대. 옷을 다 벗고 나서 어떻게든 그 혁명적인 시도를 성공시키려고 서로 눈치만 보다가 하나가 웃음을 터뜨리니까 결국 둘 다 못 참고 웃어버린 거지 뭐……."

"그 선배 그래서 지금은 뭐 해."

"으응 얼마 전에 결혼을 하기는 했어."

"여자랑?"

"아니 남자랑."

혜완도 영선도 오랜만에 한참을 웃었다.

"하지만 그건 자연에 위배되잖아."

영선이 웃음을 그치고 문득 말했다. 자연, 하고 발음을 할 때의 영선의 표정이 하도 자연스러워서 혜완도 잠시 입을 다물었다. 레즈비언이라니? 하기는 대학 시절 동성애에 대해 진지하게 논의를 한 적이 있었다. 혜완 역시 그러한 행위는 무언가 거부당한 인간들의 슬픈 반항심 같아서 싫다고 생각한 적이 있었다. 그런데 요즈음 혜완은 가끔 그런 생각들을 했다. 혜완 역시 슬프게 거부당한 인간의 부류가 되어버렸는지도 모른다.

혜완은 쓸쓸하게 웃었다.

"하기는 여자들이 그만큼 남의 입장을 배려하도록 교육받은 덕이겠지."

영선의 입에서 먼저 한숨이 배시시 나왔다. 혜완은 영선에게 재떨이를 밀어주고 나서 차를 한 모금 마셨다.

영선이 일어나 혜완의 오디오 세트의 테이프 스위치를 눌렀다. 슈베르트의 〈아르페지오네 소나타〉가 천천히 흘러나오고 있었다.

영선이 퇴원한 지 열흘이 좀 지났지만 그새 계절은 성큼 가을로 다가가고 있었다. 아파트 광장 가에 서 있는 플라타너스에서 벌써 철 이른 낙엽들이 떨어지고 있었다.

"죽었다 깨어난 것 같아. 세상이 참 아름다워 보여. 아침엔 말야 떨어지는 낙엽을 보고 눈물이 핑 돌더라. 중학교 때 사춘기 이래로 이래보긴 처음이야. 그러니 죽지도 못한 게 다행일까?"

혜완을 따라 시선을 창밖으로 던지고 있던 영선이 낮은 목소리로 입을 열었다. 함께 산 1주일 동안 애써 회피해왔던 문제들을 처음으로 스스로 끄집어낸 것이었다.

"너 그때 정말 죽으려고 했던 거였니?"

입을 열 때까지는 혼자서 정리하게 내버려두자고 작정했으면서 혜완은 불쑥 물었다. 물어놓고 혜완은 스스로 머쓱해지고 말았다. 자살을 기도했던 사람에게 이런 걸 물어보아도 좋을까 하는 생각이 들었던 것이다. 머쓱해지는 혜완 앞에서 영선이 설핏 웃었다.

"처음에 파리에서 살 때 3층 아파트에서 떨어질까 하는 생각을 처음 했었어."

담담하게 말을 이어가는 영선 앞에서 혜완의 얼굴이 먼저 굳어졌다.

"한국에 와서 이사를 지긋지긋하게 다니면서 난 언제나 생각하곤 했지. 7층짜리 집으로 이사 가면 말야 베란다에 나가서 멍하니 밖을 내다봤어. 여기서 떨어지면 죽을 수 있을까. 12층 집으로 이사 갔을 땐 여기서 떨어지면 정말 죽겠구나……. 그때 한참 우리 후배들이 태극기 휘감고 떨어져 죽을 때였는데 그게 미안해서 못 죽겠더라……. 나야 뭘 아냐마는 내가 이런 이유 하나 가지고 떨어져 죽으면 그 애들한테 미안할 것 같았어."

영선의 목소리는 담담했지만 가늘게 떨리고 있었다. 날마다 베란다에 나가서 멍하니 그 까마득한 추락을 꿈꾸면서 아이들을 둘씩이나 낳고 남편 뒷바라지를 하고 그랬을 영선의 모습을 생각하자 문득 소름이 끼쳤다.

"……왜 그런 생각들을 했어?"

"글쎄 늘 그랬던 건 아냐. 그러면서 난 그 없는 돈에 박 감독 보약을 지어다 달이고 그랬지. 하지만 가끔 그런 생각들이 들었어."

헤완의 머릿속으로 문득 영선이가 정말 우울증이 아닐까 하는 생각이 잠깐 스치고 지나갔다.

"참 왜 그런 생각을 했냐고? ……글쎄 언제서부터였을까? …… 처음엔 내가 파리 갔는데, 내가 2개월 늦게 도착했잖아. 영화 학교에서 우연히 후배를 만났지. 그냥 후배야. 자유라는 게 무절제한 잠자리라고 착각하고 사는 앤데…… 걔가 파리까지 와서 학교도 제대로 입학 안 하고, 반반한 얼굴로 남자들하고 자고 다니는구나, 그렇게 생각했어. 비웃는 마음이 많았고 그냥 그렇게 지냈지. 그 애가 대학 선배라고 우리집에 드나들길래 나도 외롭고 하던 차라 그냥 두었지. 어느 날 남편이 날 불러내더니 우리가 그렇게 걸어보고 싶어 하던 센 강변에서 말이야. 이름이야 좋아서 센 강변이지, 그 후배랑 실수로 한 번 잤다고 고백을 하더구나."

헤완이 더듬듯이 담배를 물었다. 센 강변에서 그런 고백을 듣는 영선의 마음이 어땠을까 하는 생각이 들자 성냥을 켜는 손이 자기도 모르게 떨렸다. 내가 헤완이었다면 파리에 도착한 첫해에 이혼을 했을 거라는 영선의 말이 그제서야 이해가 될 것 같았다.

"지금도 생각난다. 바람이 불고 을씨년스러운 날씨였는데, 난 정말 어떻게 해야 좋을지 모르겠더구나. 그래서 그냥 막 울었어. 그는 실수라고 말했어, 실수라고. 술에 너무 취해 있었고 그 후배가 자기 집에 조금만 바래다달라고 했다나…… 그는 사람들이 있는 것도 아랑곳 않고 내게 무릎을 꿇다시피 하더구나. 어떤 욕을 들어도 상관없다고 자기도 그 실수 때문에 너무나 괴로워하고 있었다고. 괴롭지 않았다면 시침을 뗄 수도 있었을 거라고 하더구나."

영선은 목이 타는 듯 차를 마셨다.

"실수였겠지. 나는 그가 정말로 괴로워하고 있다는 걸 알 수 있었어. 그리고 그는 그 후로는 나를 정말 아껴주었지. 하지만 난 그때 미친 듯이 그에게 욕설을 퍼붓거나 아니면 한국으로 돌아왔거나 해야 했어. 하지만 혜완아 난 정말 보따리를 쌌지만 비행기표는 끊지 못했어. 어떤 줄 아니? 어차피 한국으로 가도 어떻게 이혼을 하나, 이 사람…… 어렵게 유학 와서 학업이고 뭐고 때려치운다고 하면 어떻게 하나. 그러면 나는 그러지 말라고 다시 돌아오고 말 텐데. 헌데 말야 그보다 더 구체적으로, 참 기가 막히게도 돈계산이 앞서는 거야. 분명 내 슬픔이 거짓된 것은 아니었지만 한국에 가고 오고 그건 연극처럼 느껴졌어. 그리고 어차피 할 연극이라면 여기서 한 번쯤 눈감아주자, 그 비행기표 값이면 우리가 그렇게 먹고 싶어 하던 달팽이 요리도 먹을 수 있을 텐데…… 그 비싼 영화책 한 권 더 살 수 있을 텐데. 어쩌면 여름방학 때 남프랑스로 여행을 갈 수도 있을 거고."

영선은 힘없이 웃었다. 이해할 수 있었다. 왜 이해할 수
없겠는가. 혜완 역시 결혼 초에 처음으로 싸우고 집을 나갔
을 때 차마 친정에 갈 수가 없어서 근처의 여관 골목으로
들어섰던 때가 있었다. 그때 그런 생각을 했던 것이다. 저
여관비 하루치면 쇠고기가 한 근은 넘는데…… 그때 혜완
도 다시 집으로 멋쩍게 들어갔었다.

하지만 혜완이라면 그런 정황을 용서할 수 있을까. 대학
졸업식도 마다하고 따라간 길이었는데. 천리 먼 길 먼 타
국까지 동행한 아내에게 그는 그런 말을 했다는 것이었다.
불문과 시절 내내 머릿속으로 그려보던 그 파리의 하늘 아
래서 그 아파트의 베란다에 우두커니 서서 자살을 꿈꾸던
영선을 혜완은 그려보았다.

"문제는 나였어. 난 그를 용서했다고 믿었어. 그는 나를
정말로 사랑해주었으니까. 하지만 그 후배를 볼 때마다 나
한테 솟아나는 건 뜻밖에도 열등감이었어. 평소에는 아무
렇지도 않게 보아 넘겼던 그 후배의 눈웃음…… 남편과 셋
이서 마주칠 때의 어색함…… 내 병은 그때서부터 시작되
었지."

"그래서 그를 의심했니, 늘?"

"그랬던 거 같아."

"하지만 박 감독이 그 후에 그런 실수를 저지르지는 않

았잖아?"

"내가 아는 한에서는……."

영선은 혜완을 물끄러미 바라보았다.

"엄마 생각이 났어. 알잖아, 우리 아버지 돌아가시던 그 무렵의 일……."

혜완은 고개를 끄덕였다. 영선은 유달리 어머니와 사이가 좋지 않았다. 평생을 돈 한 푼 벌지 못했다는 그녀의 아버지. 그녀의 어머니는 보따리 행상부터 시작해서 후에는 혼자 스낵코너를 운영하면서 자식들을 공부시켰던 터였다. 명색이야 스낵코너 임대 계약서의 어엿한 임대인이었지만 그녀의 아버지가 하는 일이라고는 가끔씩 돈 많은 여자들과 바람을 피우는 일이었다고 했다. 영선이 대학 3학년 때였던가. 아버지가 중풍으로 쓰러져 집으로 돌아왔을 때의 일을 그녀가 울면서 혜완에게 털어놓은 적이 있었다.

아버지가 돌아오고 다행히 생명에 지장이 없을 만큼 회복되었을 때 영선은 어느 날 밤 뜻밖의 광경을 목격했다는 것이었다. 화장실에 다녀오는데 안방에 인기척이 심해서 살짝 엿본 것이었다. 인기척은 아버지의 신음소리였다.

영선이 들여다보니 어머니가 땀을 뻘뻘 흘리면서 아버지의 배 위에 타고 앉아 아버지의 목을 졸랐다는 것이었다. 영선의 어린 시절, 부부 싸움을 벌이다가 영선 어머니의 팔을 부러뜨리기도 할 만큼 건장했던 그의 아버지는 반쯤 돌아간 오른쪽 입술을 뒤틀며 신음만 뱉어내더라고 했다. 영선이 결혼을 서둘러 결심한 건 어쩌면 그런 집안의 숨 막히는 분위기 속에서의 탈출과 같은 의미가 아니었을까 하고 혜완은 그 후에도 가끔 생각하곤 했었다.

　　─우리 아버지 이해할 수 있어. 내가 아버지라도 우리 엄마 같은 여잔 싫어했을 거야.

　　그때 영선은 온갖 혐오스러운 형용사로 어머니를 표현하곤 했었다.

　　"……엄마 생각이 났던 건, 엄마의 그 행동을 이제서야 이해할 수 있었기 때문이야. 얼마나 억울했겠니. 젊은 시절 내질러놓은 자식들을 엄마에게 맡겨놓고 아버지 혼자 세상을 즐기다가 반신불수가 되자마자 돌아왔으니…… 난 엄마가 혐오스러웠지만, 물론 지금도 그렇지만 나 역시 별 수 없다는 생각이 들었어. 아버지 생각이 나면서 엄마가 결혼 전에 지긋지긋하게 결혼을 반대하던 게 떠올랐어. 엄마는 말했지. 얼굴 반반한 남자는 못쓴다, 너만 아는 남자 니가 이 세상에서 제일 이쁜 줄 아는 곰 같은 남자를 찾아야 해. 난 생각했었지. 여자 하기 나름이지. 엄마처럼 목소리 크고 엄마처럼 섬세한 데도 없는 사람은 내가 남자라도 싫을 거야. 엄마처럼은 안 될 거야, 죽어도…… 내가 파리에서 곧장 한국으로 돌아가지 못한 건 어쩌면 엄마에게 그 사실을 털어놓을 수 없다는 오기였는지도 모르지. 나는 생각했지. 엄마처럼 하지 말아야지, 아버지가 바람피운 건 고모님들 말씀대로 엄마가 너무 욕심이 많고 대가 세고 고집불통이고 여자답지 못하기 때문이라고. 내 인생의 목표는 어쩌면 엄마처럼 되지 않는 거였어. 난 그렇게 했지. 하지만 결과는 이거야. 엄마는 어쩌면 고집이 세고 대가 센 여자였었는지도 모르지만, 고집도 부리지 않았고 욕심도 내지 않으려고 했고 여자답게 살고 싶었던 나한테 그런 일이 닥친 건 무슨 까닭일까. 이번에 친정에 가서 엄마의 새색시 적 사진을 봤어. 새색시 적엔 우리 엄마도 수줍은 색시였더라……. 난 몰랐어. 엄마는 원래 저렇게 드센 사람이라고만 생각했었던 거야."

"그래 엄마는 엄마고……. 한 번의 외도가 오늘까지 널 괴롭히는 거야?"

영선이 일을 저지르던 날, 여류 작가와 함께 있는 남편 앞에서 그토록 흥분하던 영선을 혜완은 얼핏 이해할 수 있을 것 같았다. 영선과 남편의 일이기 전에 그것은 영선의 어머니와 아버지의 일이었고 그것이 영선의 머릿속에 떠올랐을 것이다. 그래도 그렇다고 해도…… 혜완은 다시 말했다.

"그날은 말이야, 그래서 그 여자 앞에서 그렇게 했던 거였니? 니 말대로 아무 사이도 아닌 것 같다고 했잖아. 박감독도 그렇게 말했고."

"그건 말이야, 혜완아 얘기가 훨씬 더 복잡하고 길어…….

좀 정리하고 싶어. 아직은 말하고 싶지 않은 이야기들이 너무 많아서."

영선이 입을 다물었다. 피곤한 듯했다. 화장을 하지 않은 얼굴에 기미가 짙어서 안경을 쓴 것처럼 보였다. 피부가 고와서 친구들의 부러움을 사던 영선을 생각하자 다시 한숨이 나왔다.

"너 선우 씨랑은 어떤 사이야? 정말 선우 씨가 네 이혼에 영향을 미친 거니?"

입을 다물고 있던 영선이 불쑥 말을 돌렸다.

멍청하게 영선의 기미 자국을 보고 있다가 혜완이 찻잔들을 치우기 시작했다.

"남편이 그렇다고 그랬지. 나도 모르겠어. 그랬나?"

연극 대사를 외우듯 혜완이 말을 하면서 하하 웃었다. 그렇기라도 했으면 좋겠다고 덧붙이려다가 말고 혜완은 입을 다물었다. 한 번도 그렇게 생각해본 적은 없지만 그게 아니라고 꼭 우길 이유도 없을 것 같았다.

"너 니 남편한테 그렇게 고생하고도 결혼이란 게 하고 싶니?"

영선이 뒤돌아서는 혜완의 뒤통수에 대고 물었다. 혜완이 찻잔들을 싱크대 위에 올려놓고 영선을 돌아보았다.

"난 아이가 갖고 싶어, 영선아."

잠시 침묵하고 있다가 불쑥 혜완이 대답했다. 뜻밖에 진지한 혜완의 말에 영선의 시선이 가만히 떨어졌다. 그제서야 오늘 아이들을 데리러 가기로 한 약속이 새삼 떠오르는 모양이었다. 어쩌면 영선이 오늘 아침 기분이 좋았던 것은 그 때문이었을 것이다. 아이들을 보러 가기로 한 날 영선은 늘 그랬다.

혜완은 시계를 올려다보다 말고 식탁 의자에 힘없이 앉았다. 영선은 그래도 보러 갈 아이가 있지 않은가. 그런 생각이 그녀를 한없이 우울하게 만드는 것 같았다. 그녀는 회색 체크 남방셔츠의 소맷단을 천천히 접어 올렸다. 마치 할일이라고는 그것밖에 없는 것 같았다.

"이런 생각을 했었어. 내가 아이를 낳으면 그게 누구든 우리 헌이가 다시 태어날 것만 같아. 불교도는 아니지만 그런 생각이 들어. 그러면 이번에는 내가 직장엘 나가지 않아도 돈을 벌 수 있으니까, 그 아일 내가 집에서 키우고 싶어. 우리 헌이가 죽은 건……."

"혜완아. 헌이가 죽은 건 정말 너 때문이 아니야. 헌이 아빠도 그래, 요새 세상에 대체 여자가 집에 있고 싶어 하는 사람이 어딨니? 그런 너를 그렇게 들들 볶았으니…… 그쪽엔 왜 책임이 없어. 너한테 자꾸 애를 죽였다고 그딴 말도 안 되는 소리를 한 건 자기도 양심의 가책을 느끼기 때문이었을 거야. 방법이 졸렬하지."

혜완은 대답이 없었다. 대신 서둘러 일어나 싱크대 앞으로 갔다. 그러고는 수돗물을 크게 틀어놓고는 그릇들을 씻었다. 물소리에 묻힌 그녀의 옆얼굴은 거의 표정이 없어 보였다. 영선은 아무 말도 하지 않고 외출할 차비를 차렸다. 영선이 옷을 갈아입고 거실로 나왔을 때 혜완은 소파에 앉아 담배를 피우고 있었다. 마치 인생을 다 살아버린 양로원의 노인처럼 그녀는 엄지와 검지로 짧게 필터를 잡고 있었다. 하얀 연기가 휘이휘이 피어오르고 있었다.

"같이 갈래?"

영선이 차마 혼자 혜완을 내버려두지 못하겠다는 듯 핸드백을 식탁에 올려놓고 혜완 옆으로 다가와 앉으며 물었다. 혜완은 무겁게 고개를 저었다. 영선은 헝클어진 혜완의 머리칼을 가지런히 쓰다듬어주다가 부드럽게 물었다.

"너 선우 씨 사랑하지?"

뜻밖의 질문을 받자, 혜완은 한쪽 다리를 소파 위에 올려놓고 의외로 순순히 고개를 끄덕였다. 마치 양순한 어린 아이가 부드러운 엄마의 질문에 대답하는 것 같았다.

"그럼 결혼해."

혜완은 이번에는 완강하게 고개를 저었다.

"선우 씨, 너랑 결혼할 용기 없대?"

혜완은 다시 자세를 바로 하더니 피식 웃었다.

"가봐. 날씨도 좋은데 어디 공원이라도 데리고 가라. 아이들 말이야."

혜완은 말을 돌렸다. 그때 인터폰이 울렸다. 혜완이 인터폰을 받자 뜻밖에도 박 감독의 목소리가 들렸다.

"아이들이 아침부터 보채길래 아이들을 데리고 제가 왔어요. 애 엄마는 있어요?"

혜완이 영선을 바꾸어주었다. 인터폰을 받는 영선의 얼굴에서 곤혹스러움과 밝은 빛이 뒤엉켜 지나갔다.

"애 아빠하고 같이 한번 시간을 보내봐. 날씨도 좋은데."

영선이 인터폰을 끊으려고 했을 때 혜완이 말했다. 영선의 얼굴로 기쁜 빛이 사라지고 딱딱한 긴장이 감돌았다.

"아니야. 박 감독은 간대. 내가 애들 데리고 운전하고 갈거야."

혜완은 영선을 복도까지 배웅했다. 앙증스레 차려입은 영선의 두 아들이 아파트 광장에 서 있는 게 내려다보였다. 자동차 곁을 뱅뱅 돌며 엄마를 기다리던 아이들은 현관으로 영선의 모습이 채 보이기도 전에 뛰어와 안겼다. 뒷모습이라 영선의 얼굴은 보이지 않았지만 그녀는 틀림없이 웃고 있으리라. 하지만 혜완은 순간적으로 복도 안쪽으로 한 걸음 물러났다. 자신이 여기서 그들을 보고 있는 것을 들켜서는 안 될 것 같은 생각이 들었던 것이다. 결코 행복하지도 않은 영선이 아이들을 만나는 광경이 마치 대단한 행복이라도 되는 듯 훔쳐보는 자신의 모습이 누추하고 청승스레 느껴졌다.

하지만 아파트 현관문을 열다 말고 혜완은 다시 복도 난간으로 갔다. 그러고는 이제는 정말 보아서는 안 될 것을 엿보는 사람처럼 살며시 광장을 내려다보았다. 차 문이 닫히고 하얀 배기가스를 뿜으며 영선의 차가 떠나고 있었다. 그리고 텅 비어버린 것 같은 광장에 낙엽이 두엇, 그 옆으로 떨어지고 있었다.

혜완은 짝사랑하는 사람이 떠나는 광경을 목격이라도 한 소녀처럼 안절부절못하고 거실을 서성였다. 뻐근한 통증이 명치께로부터 시작되고 있었다. 이 아픔의 징후가 무엇인지 그녀는 알고 있었다. 그랬기 때문에 이 통증이 더 많이 퍼져나가기 전에 그녀는 몸을 움직여보려 하곤 했었다. 그러나 이 아침, 통증은 혜완의 서툰 방어벽을 뚫고 제멋대로 퍼져 나가고 있었다.

아까 제 엄마인 영선에게 달려들던 두 사내아이의 모습이 아른거리기 시작했다. 살아 있으면 아이는 영선의 아이보다 조금 더 클 것이었다. 혜완이 영선보다 키가 컸으니까. 어쩌면 데려다놓고 아이들끼리 키 재기를 시켰을 수도 있을 것이다. 살아만 있었다면 말이다.

아이가 사고를 당한 것도 이 무렵이었다. 그날 아침 아이를 데리고 길을 나서면서 일찍이 추락하는 낙엽 한두 개를 목격했던 것이다. 목격하면서 혜완은 제 손 안에서 고사리 같은 손을 꼼지락거리는 아이 생각은 잊고 있었다.

그날 아침 아이를 데리고 집을 나선 건 남편에 대한 시위였다. 그리고 아이를 데리고 집을 나서는 혜완을 못 본척, 남편이 늦잠을 잤던 것 역시 출근을 강행하는 혜완에 대한 시위였다.

결혼을 하고 시댁에서는 생활비를 부쳐왔다. 남편의 대학원 등록금도 물론 시댁에서 댔다. 넉넉하지는 않았지만 궁핍하지 않은 생활이었다. 하지만 혜완은 무언가 일을 해보고 싶었다. 아이를 낳기 전에 다니던 출판사에는 자리가 없었고 그녀는 여기저기 전화를 해댔다. 그리고 대학 선배가 경영하는 편집 대행 회사에 어거지로 취직을 하던 날, 남편은 집으로 돌아온 혜완을 돌아보지도 않고 신문만 뚫어져라 바라보고 있었다.

—나 잘할게. 파출부 비용 벌고 남은 건 적금 들 거야. 아이들이 꼭 엄마랑 하루 종일 붙어 있어야 되는 건 아니잖아. 요는 애정의 질이 문제라구. 더구나 내년쯤이면 헌이 놀이방도 보낼 수 있을 거야.

남편은 대꾸 대신 침실문을 쾅 하니 닫고 들어가버렸다. 그 남편이 쾅 하고 닫고 들어간 침실문을 다시 열고 들어가 혜완은 눈을 감고 누운 남편의 손을 잡았다.

—당신 정말 그러지 마, 그러면 내가 너무 마음이 무겁잖아.

한껏 콧소리를 내고 있었지만 마음속 저 밑바닥으로 낮고 음울하게 수치심이 지나가고 있었다.

─니 마음대로 다 결정해놓고 이제 와서 왜 마음이 무겁니?

남편은 여전히 혜완을 돌아보지 않았다. 혜완은 다시 한번 그에게 매달렸다.

─나 일하고 싶어. 아이 낳고서 내가 집에만 있었던 것은 니가 좀 더 신중히 생각해보자고 그랬고, 나도 섣불리 결정하고 싶지 않았었고, 그래서 기회를 엿본 거였잖아. 난 아직 젊고…….

─무슨 돈이 그렇게 벌고 싶니? 생활비 모자라? 어머니한테 더 달라고 전화할까?

돈을 많이 버는 직장은 물론 아니었다. 파출부 아줌마의 비용을 빼고 나면 혜완의 교통비, 그리고 아주 적은 적금을 부을 수 있는 것만 해도 다행스러운 액수였다. 그렇다고 대단한 의미가 있는 직업도 아니었다. 편집실을 운영하던 선배는 가지가지 잡다한 책들을 끌어들였고 혜완은 어떤 때는 경멸을 아끼지 않은 채 재벌 총수의 자서전을 편집하기도 했었다. 하지만 일을 가진다는 것 자체가 혜완에게는 기쁨이었다. 여기서 편집 일을 좀 배워서 좀 더 의미 있는 책들을 내는 출판사로 옮기고 싶다는 꿈도 꾸었었다.

어느 날인가 아이를 낳고 친구들이 놀러 왔었다. 오랜만에 만난 친구들끼리 떠들다가 누군가가 농담을 했다. 어디 어디서 전화가 왔다던가…… 아직 미혼이거나 직장에 다니는 친구들이 까르르 웃었다. 무슨 소리야, 혜완이 어정쩡하게 따라 웃으며 물었다.

아이들이 설명을 했다. 모르겠니? 포항제철에서 온 전화는 철들라고 하는 거야 요 맹추야.

얼떨떨한 혜완을 보며 친구들이 다시 웃었다. 따라 웃으면서 혜완은 갑자기 눈시울이 뜨거워지는 것을 느꼈다. 출판사를 그만둔 후에도 그녀는 신문도 열심히 보았고 설거지를 미루면서도 TV 뉴스는 보았다. 하지만 세상은 그보다 빠르게 변하고 있었다. 여기저기서 터져 나오는 87년 민주화의 열기. 그리고 사람들의 움직임……. 그건 책에도 없었다. 그녀가 직장을 그만두고 나자 이제 사회를 알 수 있는 창구는 오직 남편밖에 없었다. 하지만 남편은 피곤해했다. 그도 강사하랴, 박사 과정 밟으랴, 그리고 민주 시민으로서 가끔 시위에 참가하랴, 힘겨웠던 것이다. 한때는 당당히 그와 토론을 하던 혜완은 그러므로 그의 어깨 너머로 세상을 바라보면서 아이의 기저귀를 개고 우유병을 소독하고, 그리고 집 안을 닦고 또 쓸었다.

어느 날도 남편과 실랑이 없이 출근하는 날은 없었다. 그도 끈질겼고 혜완도 고집스러웠다. 한번은 회식 자리에서 혜완이 맥주를 마시고 돌아온 날 남편과 혜완은 밤이 새도록 싸우기도 했다.

―그까짓 한심한 책들을 만들기 위해 아이를 버려두고 나가려는 니 저의가 대체 뭐야? 농담을 알아듣지 못한 게 그렇게 서러웠어? 유머 시리즈 목록 좀 뽑아다 줄까?

그까짓이라는 말만 꺼내지 않았더라도 늦게 들어간 미안함 때문에 참았을지도 몰랐다. 하지만 입술을 얇게 뒤틀며 눈을 내려깐 그의 표정이 혜완의 자존심을 건드렸던 것이었다.

―그래? 그러면 그까짓 무식한 교수 부인 장례식에 가서 사흘 밤이나 새는 니 저의는 뭐니? 대학원생이야? 교수 비서야? 그뿐이니? 그 교수가 술 좋아한다고 날마다 술에 곤드레가 돼서 들어오는 건 뭐가 대단한 일이니?

―아이를 키워놓고 나가란 말이야. 그땐 내가 말리지 않을게.

―그래 아이 키워놓고 마흔쯤 되면 온 세상에서 날 채용해주겠지. 아이 키우느라 수고했다고 칭찬해가면서. 안 그래? 넌 지금 비겁하게도 단지 내가 여자로 태어났다는 이유만을 들먹이고 있어. 너야말로 대학원에 한번 말해보지 그래? 아이 키우고 한 10년 후쯤 다시 공부하겠습니다, 하고 말이야.

―그걸 말이라구 하는 거야 지금?

―그래 그렇게 말도 안 되는 걸 넌 지금 나한테 강요하고

있는 거야.

—분명히 말하겠어. 니가 어머니이기를 또 여자이기를 포기한다면 나도 이제 상응하는 대우를 해주겠어. 알겠니?

—뭘 포기한다구?

—직장과 가정 둘 중에서 택하란 말이야. 난 그 꼴 못 봐.

—직장과 가정 중에서 선택하라니? 내가 남자랑 밤도망이라도 치는 거니? 왜 선택을 해? 둘 다 얼마든지 병행되는 거잖아. 난 둘 중의 어느 하나도 놓칠 수 없어.

—따지지 마! 한 번이라도 그냥 알았어, 하고 대답해보란 말야! 따지지 말구!

그리고 그들은 더 싸우지 않았다. 한 이불 속에 누워서도 깊은 잠에 빠져서도 서로 살갗 하나 건드리지 않고 자는 묘미를 그들은 잠결에서도 깨달았다. 그러고는 급기야 아이가 사고를 당한 것이었다.

그날따라 파출부가 늦었다. 좀 지각을 해도 좋으련만 혜완은 일부러 남편이 듣게 아침부터 수선을 피우며 출근을 서둘렀다.

정 안 되면 아이를 데리고 출근할 결심이었다. 하지만 아파트 정문을 나섰을 때 멀리서 파출부가 오는 게 보였고 동시에 혜완이 타야 할 버스가 길 건너에서 도착하는 게 보였다. 버스의 배차가 불규칙했던 터라 그 버스를 놓치면

십중팔구는 지각이었다.

혜완은 열 발자국쯤의 사이를 두고 다가오는 파출부를 향해 아이의 등을 밀었다.

—헌아, 아줌마 말 잘 듣고 놀아. 엄마가 올 때 맛있는 거 사올게.

아이가 파출부 아줌마를 향해 한 걸음 떼는 걸 보고 혜완은 뒤돌아보지도 않고 길을 건넜다. 길을 다 건널 때쯤 고막을 찢을 것 같은 급브레이크 소리가 들렸다.

—헌이 엄마 미쳤어? 몇 분이나 걸린다고…… 아이를 내 손에 맡기고 가야지.

병원 응급실, 파출부 아주머니는 시댁 식구들이 하나씩 도착할 때마다 쉬지 않고 정황을 설명해댔다. 누군가가 자신에게 아이를 죽였다고 수갑이라도 채우러 올 것처럼 그녀의 목소리는 점점 더 커지고 있었다.

—아, 내가 보니까 헌이 엄마가 뭐가 그리 급한지 애 손을 놓고 뛰어가더라구. 애는 벌써 찻길로 한 발을 내려섰구. 그때 트럭이 보였지. 왜 그랬는지 모르겠어. 아, 애들이란 게 엄마 따라가려는 게 당연하지.

그녀의 말은 모두 사실이었다. 혜완은 그저 병실 구석에 멍하니 앉아 있었다. 무엇이 그렇게 급했을까 생각했지만 급할 것은 아무것도 없었다. 지각을 해도 하루쯤 결근을 한다 해도 전혀 아무런 지장이 없는 직장이었다. 그저 말은 몫만 해놓으면 그만이었을 것이다.

쉴 새 없이 떠들어대는 파출부의 말도 귀에 들어오지 않았다.

—이것아 왜 그랬니? 니가 세상을 다 얻고도 아이를 잃으면 무슨 소용이니? 아이를 잃으면 무슨 소용이야. 명예, 부귀 그게 다 무슨 소용이냐고?

복도 한편에서 친정어머니는 혜완을 붙들고 낮게 울부짖었다.

—대체 왜 그랬어? 헌이 아비가 나가서 돈 벌어오라고 때리기라도 하디? 대체 얼굴을 어떻게 드니? 이 망할 것아! 만에 하나라도 잘못되면 그땐 어떻게 세상에 고개를 들래?

거짓말일 거야, 이건 거짓말일 거야, 어떻게 그렇게 짧은 순간에 내가 잠시 아이의 손을 놓았던 바로 그 몇 초 동안 이런 엄청난 일이 일어날 수 있단 말일까. 분명 소설도 아니고 영화도 아니고.

그녀는 미친 듯이 빌었다. 평생 한 번도 불러본 일이 없는 신에게 그녀는 빌었다. 제발 하루만 단 하루만 시간을 뒤로 돌려주세요, 장난이셨겠지요, 설마…….

아이가 태어나고 두 해 반 동안 그 무수한 수억 초라는 시간 중에서 그 몇 초 이외에는 그녀는 한 번도 아이의 손을 놓은 적이 없었다. 기다렸다는 듯이, 언제나 등 뒤에서 기회를 엿보았다는 듯이 불행이 그 몇 초 사이를 비집고 들어선 것이다.

다른 사람의 눈길 같은 것은 문제가 되지 않았었다. 그녀는 빌었다. 하느님 부처님…… 헌이만 살려주신다면 직장에도 나가지 않을게요. 제가 잘못했어요. 제가 다 잘못했어요. 전 어미 자격도 없습니다. 제가 빌게요. 뉘우칠게요.

그녀는 헝클어진 머리칼을 수습하려고도 않고 아이 옆에 붙어 앉아서 잘될 것이라고, 다 괜찮을 것이라고 중얼거렸다.

그리고 사흘, 의사는 아이를 포기했다. 순간 주위에 둘러선 눈길들이 일제히 혜완에게 쏟아졌다. 혜완은 실제로 그렇게 하지는 않았지만 몹시 억울한 용의자처럼 순간적으로 팔을 내젓고 싶어졌다. 이어 시어머니가 아직도 따뜻한 아이의 몸뚱이를 붙들고 울기 시작했다. 남편이 베이지색 잠바를 입은 채 한 손을 이마로 가져가면서 창가로 얼굴을 돌렸고 그리고 혜완의 친정어머니가 서둘러 병실을 빠져나가려고 돌아서는 것이 보였다. 선명하게 반복되는 슬로비디오처럼 혜완은 그 정황들을 기억하고 있었다. 지나치게 선명해서 혜완의 머릿속에서 그토록 오랫동안 반복 상영되었건만 다른 필름들처럼 낡을 기미도 보이지 않았다.

잔뜩 매를 맞고 난 사람처럼 온몸에서 기운이 빠져나갔다. 거의 끊어질 듯 팽팽히 늘어진 고무줄이 다시 원래의 상태로 돌아온 것처럼 혜완은 쭈그린 몸을 천천히 일으켰다. 그제서야 채 잠그지 않아서 졸졸거리는 싱크대의 수돗물 소리를 혜완은 들을 수 있었다. 혜완은 싱크대로 가서 물을 잠갔다. 빡빡한 수도꼭지를 잠그는 데는 있는 힘을 다해야 했다.

수도 소리까지 멈추고 나자 부풀어 오른 풍선 속에 갇힌 것처럼 아득한 느낌이 들었다.

혜완은 천천히 싱크대로부터 돌아서다가 무슨 생각이 났는지 TV가 놓인 장식장의 서랍을 뒤지기 시작했고 거기서 무언가 하나를 찾아내었다. 그러고는 서둘러 열쇠를 들고 집 밖으로 나갔다.

지난 몇 달 동안 혜완은 이 줄넘기 줄을 잊고 지내고 있었다. 그녀가 줄넘기를 시작한 것은 혼자 살기 시작했을 무렵의 일이었다. 그때 그녀는 창문이 주택가의 골목으로 나 있는 연립주택에 세를 들어 있었다. 어느 날 새벽 밤새 한잠도 못 자고 창을 열었을 때 희미한 새벽안개 속에서 중년의 여자가 여고생인 듯한 딸과 같은 운동복 차림으로 줄넘기를 하고 있었다. 창가에 선 채로 혜완이 나지막이 속삭였다.

─줄넘기를 하시는군요.

중년의 여자는 혜완의 소리를 듣지 못한 채 딸과 무슨 소리인가 주고받으며 나지막이 웃었다. 5월의 나무들이 봄바람 속에서 가만히 흔들리고 있었다. 팔랑거리는 나뭇잎

하나가 혜완에게 속삭이는 듯했다.

　―외로울 때는 줄넘기를 한답니다. 어쩌면 살고 싶어질 거예요.

　그래서 혜완은 그날 밖에 나갔다 오는 길에 줄넘기를 샀고 가끔씩 운동화를 꺼내 신고 줄넘기를 했었다.

　현관문을 나선 혜완은 어린이 놀이터로 갔다. 오전의 햇살이 비껴 들어올 뿐 아무도 없었다. 미끄럼 난간과 철봉들, 그리고 숨죽이며 늘어선 그네가 혜완을 바라보고 있었다. 그녀는 마치 그들에게 보여주려는 것처럼 자신 있는 표정을 지어 보였다. 그러고는 줄 끝에 이어진 나무 봉을 양손에 나누어 잡고 줄을 폈다. 그날처럼 나뭇잎들이 바람에 팔랑팔랑 흔들리고 있었다.

　때가 좀 묻은 흰 운동화를 신은 그녀의 발이 지상을 벗어나려는 듯 가볍게 뛰어올랐다. 하지만 그 발은 이내 중력에 끌리듯 다시 지상으로 돌아왔고 그녀의 발이 지상과 허공을 오가는 사이사이로 마치 운명의 채찍처럼 줄넘기줄이 파삭한 모래땅을 찰싹, 찰싹 때렸다.

그것은 선택이었다

"이렇게 갑작스럽게 만나자고 말씀드려서 죄송합니다. 실은 그전에도 몇 번 전화를 드렸었는데 집에 안 계시더군요. 바쁘신가 보죠?"

문연우라고 자신을 소개한 여자는 커피숍에 들어선 혜완이 자리에 앉자 미소를 지으면서 말했다.

"네에, 조금요."

다가온 아가씨에게 차를 주문하고 나서 혜완은 건성으로 대답했다. 줄넘기를 마치고 아파트에 들어서자마자 걸려온 전화는 아직까지 혜완을 당황시키고 있었다. 하지만

문연우라는 여자는 혜완에게 바쁘냐고 묻고 조금 그렇다
고 대답하자 입을 다물고 말았다. 그걸 물어보려고 혜완을
불러낸 것은 물론 아닐 터였다.

　나이는 삼십 대 후반 정도 되었을까. 그녀가 소개하지 않
아도 혜완은 그녀가 서울에서 살고 있는 선우의 큰누이라
는 걸 알아차렸다. 중학교 선생을 그만두고 지금은 방송국
의 주부 리포터를 하고 있다던가. 그래서 그런지 그녀에게
는 삼십 대 후반으로는 보이지 않을 만큼 화려한 분위기가
엿보였다. 대담하게 귀 위로 자른 머리가 어울리는 여자.
자주색 실크 재킷에 넓은 초록색 스카프, 벽돌색 립스틱
선이 분명한 입매가 선우를 닮았을 뿐 인상이 주는 느낌은
달랐다. 선우가 파르스름한 이파리 같다면 이 여자는 모란
꽃 같다고나 할까. 짙은 화장 때문인지도 모른다. 전화 목
소리에서도 이미 감지했지만 성격이 꽤나 깐깐하고 분명한
걸 좋아하는 듯했다. 주문을 할 때 커피라는 '피'의 발음이
영어의 에프 자와 유사하도록 애쓰는 게 그걸 말해주고 있
었다. 자신이 똑똑하다는 걸 지나치게 내세우는 게 흠이
되긴 하겠지만 돈거래나 일을 하기에는 좋은 동료일 것 같
다고 생각하다가 혜완은 하마터면 웃을 뻔했다. 아가씨가
커피를 날라오고 그걸 혜완의 앞 탁자에 톡, 하는 소리와
함께 놓아주자 갑자기 이 정황이 무얼 말하는지 느껴졌기
때문이었다.

―골치 아파. 니가 나랑 결혼을 한다고 말을 꺼내기도 전에 아마 삼류 영화 같은 장면이 연출될 게 틀림없어. 난 그게 지겨운 거야. 니네 부모님이 시골에서 올라오시고, 날 불러내고 내 앞에서 우리 아들을 포기해달라고 눈물지으시고, 그러면 나는 이해한다고, 제가 선우 씨를 포기하겠어요, 하고 울고…… 너무 우습다. 하긴 요즘 같은 세상에 가끔은 상투적이지만 순진한 드라마를 구경하는 것도 재미있겠지?

언젠가 선우에게 그런 말을 한 적이 있었다. 선우는 그 말에 대한 대답 대신,

―그럼 그것만 해결해주면 되는 거야?

하고 물었다.

시골에서 올라오신 부모님을 바라보는 곤욕은 아니니 마음을 놓아야 할까. 하지만 혜완이 생각보다 침착하게 커피를 마시고 있는 것은 언젠가는 이런 상황과 마주쳐야 한다는 생각이 늘 마음속에 자리하고 있었기 때문은 아닐까.

커피를 마시다가 눈이 마주치자 혜완은 먼저 고개를 숙였다. 숙이면서 혜완은 자신이 떨고 있다는 것을 깨달았다. 앞에 앉은 상대방의 입에서 무슨 말이 나오든 당당하게 제 발이지 당당하게 맞서자고 생각했지만 눈길은 또 탁자에서 미끄러져 길쭉한 나무 마루가 깔린 다방 바닥만 바라보

고 있었다. 몇 시간 전 어린이 놀이터에서 지상을 떠나려 가볍게 오르던 그녀의 발이 이제는 코가 뾰족한 구두 속에 들어앉아 있다. 이런 정황들, 앞으로 저 벽돌색 립스틱을 바른, 선우를 닮은 저 입으로 튀어나와 무수히 혜완을 할퀴고 지나갈 그런 말들에 대한 두려움을 느끼면서 혜완은 발을 가만히 의자 밑으로 끌었다.

"생각보다 훨씬 앳돼 보이네요. 그리고 이쁘고…… 정말 이십 대 후반쯤으로나 보여요."

말의 서두를 사교적으로 꺼내면서 누이가 웃었다. 생각 같아선 마치 탁구 게임을 시작하듯이 그쪽에서 하고 싶은 말 그리고 자신의 입장을 한 번씩 똑딱똑딱 주고받고 나서 아줌마 여기 게임비 얼마예요 하고 묻고 싶었다.

"선우가 며칠 전에서야 혜완 씨와의 관계를 실토하더군요. 그것도 제 매형한테 말예요."

여자는 말을 꺼내면서 야릇한 웃음을 띠며 혜완을 바라보았다. 혜완은 그저 네에, 하는 표정으로 그녀를 바라보고 있었다.

"시골 노인네들한테는 물론 알리지도 못했어요. 지금 날짜 잡기만 기다리고 계시거든요. 선우 집사람 될 사람은 물론 인사까지 다 드렸고 노인네들이야 그저 손주 바라시니까 사람이 좀 말랐다고 걱정을 하시지만 말이에요. 아 내가 이거 말이 너무 두서가 없었나? 선우가 선을 봤고 마음에 든 색시가 드디어 나타났거든요. 내가 예전에 교편 잡던 학교의 국사 선생인데, 선우가 말 안 하던가요?"

여자가 도화지 위에 그려놓은 듯이 생글거리는 표정을 바꾸지도 않고 말했다.

"……들은 것 같아요."

갑자기 당황하며 혜완이 대답했다. 마치 조명이 켜진 무대에서 상대 배우가 이제까지 연습한 것과는 전혀 다른 대사를 뱉었을 때 느껴질 수 있는 그런 당황감이었다. 선우가 마음에 들어하는 색시라는 말이 귓가에 뱅뱅 돌았다. 혜완의 시선이 다시 툭 떨어지다가 넓적한 꽃무늬가 그려진 이 다방의 찻잔에 박혔다. 모란 커피숍이라는 글자가 전화번호와 함께 그 찻잔의 뒤쪽에 보였다. 아까 누이를 보고 모란을 떠올린 것은 아마도 이 다방의 상호 때문이었을 것이라고 혜완은 생각했다. 하지만 생각과는 달리 입이 바싹바싹 말랐고 혜완은 그래서 혀를 내밀어 입술을 한번 훔쳤다.

전혀 모란같이 생기지 않은 주인인 듯한 중년의 여자가 주방 쪽에서 나와 카운터로 다가가면서 기지개를 켜고 있었다. 넥타이 차림의 남자가 천천히 문을 열고 들어와 다방을 살피고 있었다.

"요즘 고민을 하도 하는 것 같길래 내가 매형한테 시켜서 술을 좀 먹이라고 했죠. 아니나 다를까 순순히 말을 하더라는 거예요. 선우 걔가 아시다시피 대책 없이 낭만적인 데가 있잖아요. 아마 그쪽, 서혜완 씨라고 했죠? 그쪽한테 잠시 마음을 두었지만 새로 나타난 우리 정 선생도 마음에 들고 그래서 고민을 하는 모양이에요. 나도 내일모레면 마흔인데 그런 일을 왜 이해 못하겠어요."

"하시고 싶은 말씀을 하시지요."

길어질 것 같은 말을 자르며 혜완이 되물었다. 하지만 어느덧 그녀는 말을 더듬고 있었다. 입술에서부터 시작된 떨림이 온몸으로 퍼져나가고 있었다. 혜완은 떨지 않으려고 입술을 지그시 눌렀다. 혜완을 바라보고 있던 누이는 마치 당돌한 여학생을 바라보는 것처럼 잠시 놀란 표정을 짓다가 곧 다시 태연한 표정을 지었다.

"남자 형제 있으면 알겠지만…… 오빠나 남동생 있어요?"

여자는 말을 돌렸다. 왜 저 여자와 나 사이에 이런 질문들이 오가야 하나 생각하면서 혜완은 아니오, 하고 대답했다.

"저런…… 그러면 여자 형제만……."

"네."

"그래요? 그러니 잘 이해를 못하겠구나. 그렇지만 소설을 쓴다니 말을 들어봐요. 소설가들은 남의 마음을 잘도 이해하니까. 혜완 씨 남동생이 어떤 이혼녀와 잠시 뭐랄까, 사랑에 빠졌다는 건 너무 소설 같은 표현이고, 눈이 맞았다는 건 너무 천박하고…… 어쨌든 그래서 같이 몸도 섞고 그랬다고 칩시다."

여자는 서슴없이 말했다. 딴청을 부리려 애쓰던 혜완의 눈길이 탁자 한구석에 가서 붙박인다.

"그렇다고 해서 혜완 씨는 남동생한테 그러면 그 여자와 결혼해야 한다고 할 수 있을까요. 나도 그 심정을 이해 못 하는 건 아니지만 여기가 스웨덴도 아니고…… 또 나야 이해한다 쳐도 시골에 계시는 노인네들이 삼대독자가 이혼녀하고 결혼한다고 하면…… 아니 그 얘긴 중요하지 않으니까 그만두기로 하고."

누이는 커피 잔을 들어 한 모금 마셨다.

"……내 말은 선우가 아까도 말했지만, 요즘 애들같이 영악하지 못하고 바보 같은 데가 있어서 혹시 걔가 우리 정 선생이랑 혼인을 한다고 하면 서혜완 씨가 상처 입지나 않을까 해서 걱정을 하는 모양이에요. 제 매형한테 그렇게 털어놓았나 봐요. 걔는 아마 서혜완 씨가 혹시 무슨 충격을 받는다면 제가 생각한 결혼까지도 포기할 애예요, 알지요?"

먹은 것이 체한 것 같았다. 아침에 영선이와 함께 나누어 먹은 미역국이 뻣뻣하게 일어서는 것 같았다. 혜완의 손이 자신도 모르게 명치께로 향했다.

─선을 봤어, 중학교 선생이야.

─마음에 들지 않은 모양이구나.

—마음에 들었어.

—그랬으면 넌 나하고 자지 않았을 거야.

—왜 그렇다고 생각하지?

—그건 우리가 아주 어리고 그랬을 때 우린 희망을 가져보았던 세대였으니까.

그건 무슨 해괴망측한 발상이었을까. 선우에게 왜 그런 말을 했었을까. 혜완은 그제서야 자신이 선우를 믿고 있었다는 걸 깨달았다. 적어도 혜완에게 거짓말을 하지 않으리라는 믿음을 그녀는 선우에게만은 가지고 있었다는 말이다. 아무도 믿지 못한다고 위선자라고 소리친 것은 그러므로 절절한 신뢰의 표시였을까.

"내 말 너무 야속하게 듣지 말아요. 난들 이런 자리가 좋겠수. 색시도 앞날이 창창하구. 게다가 애까지 잃은 시절을 보냈으니 힘들겠지. 하지만 아까도 말했다시피 지금 여기는 스웨덴도 아니구…… 내 말 이해하겠죠?"

그녀의 전화를 받고 옷을 갈아입으면서, 그리고 아파트 광장을 나와 버스를 탈 때까지만 해도 이런 말을 들으리라고는 생각도 하지 않았었다. 시골 부모님이 올라오셨다면 차라리 연민의 눈으로 그분들을 이해했으리라. 그러고는 말하려 했다. 선우 씨는 오랜 친구일 뿐이에요. 걱정하시는 것만큼 심각한 사이가 아니라구요.

친구라는 말이 어색하게 들릴까 봐 버스 손잡이를 붙들

고 여러 번 친구, 친구라는 발음까지 중얼거리지 않았던가. 하지만 이건 혜완이 생각한 상황 중의 최악이었다. 이건 사랑하는 둘 사이를 떼어놓으려는 간곡한 부탁도 아니고 협박도 아니고 갑자기 혼자서 고민했던 모든 상황 밖으로 그녀를 확 떠미는 것 같은 그런 느낌이었다. 갑자기 생각의 두서가 사라졌고 혜완은 그저 명치끝이 아팠다. 타는 듯이 아팠다.

"게다가 전남편이랑은 같이 다 친구였다면서요? 막말루 다 세상 사람들이 뭐라고 하겠어요. 우리 선우가 댁을 꼬여내서 결혼했다구 하지 않겠수? 그건 정말 망신이야. 서혜완 씨도 그 정도는 알 만한 지성인이잖아. 내가 소설책도 재미있게 읽었지. 그래서 나온 거야. 이 정도 책을 쓸 사람이면 내가 하는 말을 조용조용 알아듣겠구나 하고 말야."

여자는 혜완의 얼어붙은 듯한 자세가 선우에 대한 집착의 표시라고 생각하는 것 같았다. 그래서 혜완을 설득하기 위해 서두르는 나머지 다급한 반말투가 되어가고 있었다. 여자 역시 혜완의 침묵 앞에서 조금은 당황하고 있는 것 같았다. 혜완의 첫 장편 소설을 재미있게 읽었다는 이야기 같은 건 지금 이 자리에서 전혀 어울리지 않는 말이었으니까.

혜완의 고개가 더 수그러졌다. 제 가슴속에서 소리들이 아우성치고 있었다. 그 알 수 없는 아우성들이 혜완의 가슴을 때리며 지나갔다.

"잘 알아들었습니다."

제 가슴속의 아우성을 참아내며 혜완이 말했다. 하지만
입을 다문 혜완의 뺨이 씰룩이고 있었다. 오늘 아침 영선
이 선우를 사랑하느냐고 질문했을 때 순순히 고개를 끄덕
인 것조차 견딜 수 없는 치욕으로 그녀에게 떠올랐다. 아니
모든 것이 치욕이었다. 저 여자의 초록색 스카프, 모란이라
는 글씨가 새겨진 이 다방. 마치 죄인처럼 떨고 있는 자신
의 모습. 아까 전화를 받고 나올 때 결코 유쾌한 결말이 오
리라고 생각하지 않았으면서도 혜완은 당황하고 있는 자
신을 느꼈다. 고등학교 시절 어처구니없는 일에 연루되어
정학을 받을 때도 이렇게 떨지는 않았었다. 그때는 자신이
있었고 우격다짐을 하듯 죄를 추궁하는 선생들 앞에서도
그들을 경멸해줄 만한 오기도 있었다. 그래서 어쩌면 선우
는 그런 말을 했는지도 모른다.

—그 도도한 서혜완이는 대체 어디로 간 거야?

"그래요. ……알아들었다니 됐어요. 글 많이 쓰고……
그리고 한 가지 오늘 내가 혜완 씨 만났다는 건 선우한테
는 말하지 말아요."

여자는 백을 챙기면서 다시 처음 만났을 때의 생글거리
는 얼굴로 말했다.

혜완의 눈길이 처음으로 여자와 정면으로 마주쳤다. 여

자가 원하는 것은 단순한 일이었다. 동생을 지켜내기 위해 누나가 가지는 지나친 보호 본능일 수도 있었다. 그런 여자를 다 이해할 수도 있었다. 하지만 여자는 그 단순한 목적을 위해 혜완조차 제 가슴속에서 꺼내기 겁내는 기억들을 무당처럼 불러들이는 것이었다. 아이의 죽음, 남편, 그리고 선우와의 잠자리, 여자는 아마도 알 수 없겠지만 아들을 낳지 못해 평생을 설움 속에서 지낸 혜완의 친정어머니까지.

"걱정하지 마세요. 저, 저는 선우 씨와는 그리 심각한 사이가 아닙니다."

혜완은 연습해두었던 말을 겨우 뱉었다. 여자가 만족한 듯이 빙그레 웃었다.

하지만 그걸 신호 삼기라도 하듯이 혜완의 자제심이 둑처럼 무너져 내리기 시작했고 그 징조처럼 입술이 덜덜 떨렸다. 미역 줄기, 시커먼 미역 줄기, 아침에 영선을 위해 혜완이 국을 끓였던 미역 줄기…… 혜완의 어머니가 혜완을 낳고 셋째마저 딸이라는 소리를 듣고 차마 입에 넘어가지 못해 국그릇에 얼굴을 박고 죄인처럼 먹었다는 미역 줄기가 포도 넝쿨처럼 목구멍으로 기어 올라오는 것 같았다. 혜완은 토할 것만 같아 급히 한 손으로 입을 막았다.

"죄송합니다. 일이 있어서 이만……."

"아니에요. 오히려 내가 실례가 됐었던 것 같은데."

여자는 어색하게 웃었다.

결코 서두르려고 하지 않았지만 일어나 백을 들었을 때 가볍게 탁자의 턱에 발이 걸렸고 그래서 혜완은 비틀거렸다. 흔들리던 탁자에 있던 찻잔들이 가볍게 흔들리는 소리가 들렸다. 곁에 앉아 있던 사람들이 잠시 시선을 던졌지만 여자가 흔들리는 탁자를 움켜쥐었고 그래서 모든 것이 평온해졌다.

다방을 나왔을 때 화사한 햇살이 보도로 쏟아지고 있었다. 너무 화사해서 마치 투명한 사이다 거품처럼 창백해 보였다. 혜완은 천천히 숨을 들이켜보았다. 그리고 약방에 들어가 병에 든 소화제와 알약을 사 먹었다. 그러고는 다시 약국을 나와 걷기 시작했다.

걷다가 돌아보니 밤이었다. 언제나 밤은 그렇게 왔다. 켜켜이 조금씩 내리는 것이 아니라 누군가가 커다란 솜이불을 후루룩 펼치고 그것이 내려앉듯 짧은 시간에 어둠이 거리를 덮는 것이다. 거의 푸른색에 가까운 어둠 속에서 거리에 밝혀진 불빛들이 영롱했다. 그제서야 다리가 아프고 피곤하다는 사실이 생각났다. 혜완은 거리의 공중전화에서 집에 전화를 걸었다. 여러 번 신호가 갔지만 받는 사람이 없었다. 영선은 아직도 돌아오지 않은 모양이었다. 혜완은 받는 사람 없는 전화를 끊고 나서 이제 서서히 짙어가는 어둠 속에 우두커니 서 있었다. 한낮에 나오느라 혜완의 옷은 얇았다. 혜완은 한 팔을 쓸어내리면서 구멍가게에서 나오는 불빛에 의지해 수첩을 폈다. 누구든 곁에 있어주었으면 하는 생각이 들었던 것이다. 혜완은 ㄱ란부터 차례차례 전화번호들을 찾아나갔다. 혜완이 그의 이름을 부르면 전화기 먼 곳에서 따뜻하게 대답해줄 누군가를 찾고 싶었다.

수많은 전화번호들이 혜완의 손가락 사이로 스쳐 지나갔다. ㄱ, ㄴ, ㄷ……. ㅁ란, 선우의 이름이 있는 곳에서 그녀의 손가락은 잠시 머뭇거렸지만 다시 재빠르게 장을 넘겼다. 그리고 ㅂ란부터 아주 천천히 수첩을 넘겨보았다. 하지만 금방 ㅎ란이 나타났다. 혜완은 설마 하는 표정으로 다시 ㄱ란을 펼쳤다. 그리고 이번에는 조금 더 느린 속도로 수첩을 넘겼다. 얼마 전 쌍둥이를 낳은 친구, 남편 따라 대구로 내려간 친구…… 이번에도 역시 ㅎ란이 나타났다. ㅎ에는 황미현이라는 이름이 하나 달랑 적혀 있었다. 그녀는 혜완의 중학교 동창이었다. 그녀는 미국지사로 발령이 난 남편을 따라 한국을 떠난 지 벌써 6개월이나 된 사람이었다. 길거리 구멍가게 앞의 불빛에 의지해 수첩을 뒤지고 있던 혜완의 허망한 표정 위로 천천히 눈물이 고였다.

대체 이 많은 사람들의 전화번호를 왜 적어놓았을까 하는 생각이 들었다. 언제 무슨 용건으로 수화기를 들기 위

해 적어놓았을까. 그들은 결코 아무 상관도 없는 이들이었
다. 생각이 나지 않는 이름들도 있었다. 아주 잠시였지만
혜완은 그들이 혹시라도 반가운, 하지만 자신이 잊고 있었
던 따뜻한 이들은 아니었을까 하고 생각했지만 이내 다시
실망하고 말았다. 혜완은 주머니를 뒤져 십 원짜리를 찾아
내 경혜의 집에 전화를 걸었다. 그곳 역시 전화를 받지 않
았다. 혜완은 시계를 들여다보았다. 6시 45분, 혜완은 전화
를 끊었다.

　회사원인 듯한 사내들이 갑자기 차가워진 밤바람에 어
깨를 옹송그리며 술집으로 우르르 몰려 들어갔다. 그들도
서로의 전화번호를 알고 있을 것이다. 하지만 마음이 쓸쓸
할 때 불러낼 수 있는 전화번호를 그들은 몇 개나 간직하
고 있는 것일까.

　혜완은 수첩을 백 속에 집어넣고 천천히 걷기 시작했다.
문득 고등학교 1학년의 그 춥던 봄이 생각났다. 사람을 가
리던 혜완은 그해 봄이 다 가도록 함께 하교할 친구를 만
들지 못했었다. 다른 소녀들보다 수줍은 것도 아니었지만
이상하게 사람을 사귀는 데는 서툴렀다. 그때 학교에서 버
스를 타야 하는 정류장까지의 긴 길을 걸으면서 혜완은 혼
자라는 사실을 견디기가 힘들었다. 새로 사귄 아이들이 분
식집이나 국화빵집에서 떡볶이에 쫄면을 먹으면서 친숙해
지던 무렵이었다. 귀갓길의 혜완도 배가 고팠지만 여학생

혼자 분식집에 들어가서 무엇을 먹는다는 일은 혼자 걷는 일보다 스무 배쯤은 더 끔찍한 일이었다. 중학교 때 단짝이었던, 하지만 추첨에 의해 다른 학교로 배정된 친구 생각을 하면서 그녀는 그 길을 오르내렸다. 새로 맞추어 입은 교복의 색깔만큼이나 낯설던 봄이었다. 그때 집에 돌아오면 혜완은 중학교 동창인 미현에게 전화를 걸어 한 시간도 넘게 수다를 떨었고, 그리고 책상 앞에 앉아 또 그녀에게 편지를 썼다. 아마 사춘기 소녀의 감상들이 그 편지 속에 가득 차 있었을 것이다. 혜완은 하지만 한 가지 구절만은 기억해낼 수 있었다.

— 미현아, 난 내 발등만 보면서 걷는다. 낯선 사람들, 낯선 학교, 낯선 선생님들…… 낯선 것은 그것이 무엇이든 내게는 형벌이야.

혜완은 낯익은 카페의 문을 밀고 들어갔다.

테이블이 비어 있어서 한산했다. 혜완은 카운터 앞에 앉아 맥주를 마셨다. 맥주를 마시고 나자 갑자기 몸이 와들와들 떨려왔다. 어떤 식으로든 그 선우의 누이라는 여자에게 대꾸를 해주어야 했지 않았을까 하는 생각이 들었다.

— 왜 이래요. 나도 댁의 그 대책 없이 낭만적인 동생을 귀찮아하는 사람이라구요.

라든가, 그도 아니면 그녀의 눈이 휘둥그레지도록,

— 두고 보세요. 당신이 그럴수록 난 선우 씨와 결혼하고

말겠어요. 그래요 선우가 날 이혼시켰어요. 책임자라구요.

라든가, 라든가.

혜완이 어떤 대꾸도 하지 못했었던 것은 그런 대꾸들이 유치하다고 생각했기 때문이 결코 아니라 늘 중요한 일에 닥치면 특히 그것이 모욕일 때 머릿속이 하얗게 변해서 아무 생각도 못하는 성격 때문이었다. 갑자기 혜완은 전화기로 달려가고 싶은 충동에 사로잡혔다. 선우에게 전화를 하거나 아니면 그 문연우라는 선우의 누이에게 전화를 해서 이제라도 다시 무언가 대꾸를 해주고 싶은 생각이 들었던 것이다.

하지만 산다는 건 언제나 말해야 할 곳에서 할 말을 하지 못하고 말하지 말아야 할 곳에서 말을 꺼내는 실수의 반복이었다. 누구든 그랬을 것이다. 그래서 나이 든 할머니들을 만나면 누구나 자신의 인생을 소설에 비견하는지도 몰랐다. 이미 그 상황 속에서 소설만큼 멋들어지게 생을 살아버린 사람은 더 이상 쓰고 싶을 여지가 없을 테니까.

"언니 어쩌면 아는 척도 안 해요?"

턱을 괴고 생각에 빠져 있는 혜완의 곁으로 누군가가 다가와 앉았다. 시를 쓴다는, 문단에서 혜완을 꽤 따르던 후배였다. 전작이 좀 있었는지 후배의 눈가가 발그스레했다. 혜완이 웃으면서 자세를 약간 여유 있게 비켜주었다.

"언니 무슨 일 있죠? 그죠?"

후배는 제가 가지고 온 맥주 잔을 혜완 앞에 밀어놓고 두 손으로 잔을 채워주며 말했다. 문단에서 제일가는 미모로 소문이 나 있는 그녀의 얼굴이 혜완을 향해 미소를 지었다. 무언가 나, 당신을 좀 어루만져주고 싶어요 하는 얼굴이었다. 아니면 혜완 혼자 그렇게 생각해보는 것인지도 모른다. 혜완은 우연한 만남이 반가운 듯 후배에게 마주 웃어 보였다.

"왜 그런 생각을 했어?"

"그냥 언니 얼굴에 그렇게 씌어 있어요."

후배는 깔깔 웃었다.

"아까 창가에 앉아서 길거리 구경을 하고 있었는데 어떤 여자가 나만큼이나 착잡하게 걸어오더라구요. 반가워 살펴보니까 글쎄 언니잖아요."

"나만큼이나 착잡하게?"

혜완이 되물었다. 후배는 손톱을 세워 그것을 살펴보는 것같이 딴청을 부리더니 혜완에게 물었다.

"오늘 ㅈ출판사 갔다가 대낮부터 술판이 벌어졌는데 나 정말 남자들하고 술 마시기 싫어요, 언니……."

후배는 약간은 어리광을 피우는 듯 얼굴을 찡그렸다. 몇몇 남자들이 그녀를 집요하게 따라다닌다는 소문이 떠올랐다. 찡그린 얼굴조차 그녀는 아름다웠다. 혜완은 그저 초상화가처럼 그녀의 얼굴을 살폈다. 그리고 아름다운 것 앞에서 마음이 풀어지고 있는 걸 느끼는 것이었다.

"언니, 난 가끔은 내가 아주 흉측하게 박색이었으면……
아니 흉측한 건 좀 너무했나? 어쨌든 아주 못생기거나 남의
눈에 뜨이지 않거나 그렇게 생겼으면 하는 생각을 해요."

스물여섯 살이라는 후배는 조잘거리며 말했다. 때에 따
라서는 그런 말들이 제 자신의 미모를 자랑하는 유치한 말
로 들릴 수도 있겠지만 뭐랄까 혜완을 언니처럼 대하는 막
내 동생의 분위기가 배어 있어서 혜완은 자신도 모르게 미
소를 지었다. 어쩌면 혜완 자신이 지금 그녀 앞에 나타난
사람들에게 무조건 호의를 가지고 싶어 하는 것이 이유였
는지도 모른다.

"그건 또 무슨 소리야? 너 안 이쁘잖아."

혜완은 의도적으로 후배와의 이야기에 몰두했다.

"그건 또 그런가?"

후배는 또 예의 깔깔 웃었다.

"언니 내 말 좀 들어봐요. 내가 오늘 낮 술자리에서 왜 빠
져나왔냐면 말예요. 글쎄 오늘 처음으로 글 쓰는 어른들하
고 인사를 했어요. 내가 고등학교 때부터 끼고 다니던 그
시집의 주인공들 말이에요. 내가 얼마나 기뻤는지! 근데 술
자리에 앉자마자 이 사람들이 날 보고 하는 말…… 왜
그렇게 이쁘냐는 거예요, 그러면서 이쁘면 글 못 쓰는데 하
고는 돌아가면서 나보고 술을 따르라는 거예요. 미인이 따

른 술은 맛있다나 어쩐다나, 물론 악의가 없었다는 거 알아요. 하지만 거기에 다른 여류 시인들도 몇이 앉아 있었거든요. 그 사람들한테는 그런 말을 하지 않았어요. 그 시인들도 기분 나쁘고 나는 나대로 기분 나쁘고, 왠지 모욕감 같은 게 막 들어서 먼저 나오고 말았어요. 언니 이해할 수 있어요?"

"귀여우니까 그러셨겠지."

혜완이 어색하게 웃었다.

"그럴지도 모르지만 내 얘길 한번 들어보세요. 처음에 대학 졸업하고는 어떤 출판사에 시들을 들고 갔어요. 그러고는 애타게 기다렸지요. 언니도 그 기분 아시죠? 그러다가 다시 찾아갔더니 그 편집장이 내게 시들을 돌려주면서 뭐라고 했는지 아세요. 글쎄 시는 그만두고 자기랑 연애나 하자는 거예요. 그때 그 모욕감…… 언니 거꾸로 생각을 해봐요. 사람들이 술집에서 모였을 때 잘생긴 남자 시인을 두고 여자들이 말하기를 왜 그렇게 잘생겼냐? 잘생겼으면 글 못 쓰는데, 그러니 이리 와서 술이나 한잔 따라보시죠. 미남이 주는 술 먹으면 기분 좋을 텐데 한다고 생각해봐요. 그렇게 말하는 여자들 보기나 했어요? 그런 거 보면 대한민국의 남자들 다 반성해야 돼."

후배는 분개하고 있었다. 주인 여자가 내놓은 팝콘을 한 주먹 쥐어 입에 훌훌 털어 넣는 그녀는 그러나 그렇게 분한 얼굴은 아니었다.

"여자 얼굴이 예쁘다는 건 하지만 우리 사회에서는 아직도 유리해."

혜완이 대화가 끝날까 봐 겁이 나는 것처럼 재빠르게 말했다.

"알아요. 얼굴 때문에 면접에 떨어진 친구들 여러 번 봤어요. 하지만 시를 쓰는 데는 불리해요. 물론 일반적으로 얼굴이 예쁘다는 건 유리하긴 하죠. 적당히 편한 자리에 취직 잘 되고 취직되고 나선 시집 잘 가고 시집가고 나선 분리수거를 열심히 하고……."

"분리수거?"

"네에, 쓰레기 분리수거요."

후배가 맥주잔을 들어 마셨다. 그러고는 이야기가 잘 통하지 않는다는 듯 혜완을 빤히 바라보았다.

"우리나라 여자들이 칭찬받는 건 처음 봤다니까요. 좋은 일이기두 하죠. 국가적으로 이익이 된다니까. 하나뿐인 지구에게도 좋고…… 하지만 언제까지 여자들이 쓰레기를 분류하느라 시간을 보내야 하는 거죠? 오히려 쓰레기를 분리하지 않아도 될 만큼 근본적인 걸 바꾸어놓아야 하는 거 아녜요? 얼마 전에 텔레비전에서 분리수거를 잘하는 아파트가 나온 일이 있어요. 우유 팩을 오려서 귀퉁이 맞추어 모아서 차곡차곡 쌓아놓고 병마개, 주스 마개…… 내

방의 장롱 속보다 정리가 잘 되어 있더라구요. 그걸 보고 있노라니까 갑자기 소름이 끼쳤어요. 제 말의 요지는 여자들의 자유라는 게 사실은 우유 팩을 눈 딱 감고 쓰레기통에 그냥 처박느냐 아니면 깨끗이 씻어서 한 면을 잘 오린 다음 말려서 분리수거에 참가하느냐에 그치는 건 아닐까. 그런 생각이 들었다는 거예요."

혜완은 천천히 맥주잔을 들어 마셨다. 방송국 주부 리포터라는 말이 목구멍에 걸렸다. 다시 가슴 한구석이 뻐근해졌고 그 위로 마셔버린 맥주들이 출렁거리고 있는 것 같았다.

"참 오늘 ㅈ출판사에 문선우 선배도 오셨던데 언니 어때요? 결혼 안 하세요?"

후배가 다시 물었다. 혜완은 물끄러미 후배의 투명한 갈색눈을 바라보았다.

"죄송해요. 당돌한 줄은 알지만 실은 저번에 사람들이 두 분이 곧 결혼하실 거라고 하는 소리를 들었길래."

후배는 혜완의 일그러지는 표정을 재빠르게 살피며 덧붙였다.

"글쎄…… 결혼해버릴까?"

혜완이 자조적으로 웃었다. 후배의 얼굴에 다시 밝은 빛이 반짝 하고 지나간다.

"좋을 것 같아요. 사실 그동안 이혼하거나 상처한 남자 선배들이 미혼 여성하고 재혼하는 건 너무 당연하게 여겨졌잖아요. 여자도 그럴 권리가 있다는 걸 보여주면 좋을 것 같아요."

이미 결혼 잔치라도 벌인 듯 후배는 밝게 웃었다. 마주 바라보고 웃다가 혜완은 쓰게 입맛을 다셨다.

일군의 남자들이 우르르 몰려 카페로 들어섰다. 그들의 양복 상의에서 들큰한 갈비 냄새가 풍기는 걸 보면 어디 가서 불고기에 저녁이라도 먹고 이리로 몰려오는 것 같았다. 눈길을 어디다 둘지 몰라서 당황하던 혜완이 남자들이 다 자리를 잡고 난 다음에야 고개를 들었다. 그러고 나서 그녀는 자신이 선우를 찾고 있었다는 사실을 깨달았다. 선우를 만나서 거짓말이겠지, 누나가 다 꾸며낸 거겠지, 하고 묻고 싶어지는 것이었다. 하지만 그다음엔. 설사 그의 누나가 다 꾸며낸 것이라 해도 혜완은 그다음 상황을 견뎌 자신의 과거 때문에 또다시 일방적으로 구정물을 뒤집어쓴 듯한 느낌을 가져야 한다면 그땐 정말 벌떡 자리에서 일어나서 머리채라도 휘어잡고 소리라도 지를 수 있을 것 같았다. 그녀가 아직까지 한 번도 뱉어보지 않았던 그 무수한 욕설과 모욕의 말들을 선우건 그의 누이에게건 퍼부을 수도 있을 것 같았다.

"내가 말예요, 문선우 선배라면 그 정도는 멋있을 줄 알았어요. 남자들 말루만 여성해방 여성해방 운운하면서 실은 집에 들어가면 엉덩이 딱 붙이구 앉아서 마누라 식모 부리듯 하잖아요."

"어떻게 그렇게 잘 알지?"

"왜 몰라요. 우리가 자라면서 본 세상의 모든 남자들이 그런 모습이었는데요 뭘……. 그런 권리를 그렇게 쉽게 포기하고 싶겠어요. 저번에 남자 선배들 모여서 하는 말이 한백 년 전에 태어났으면 얼마나 좋겠느냐는 거예요. 그러면 첩도 둘 수 있고 말 안 듣는 여자는 사흘마다 두들겨 패고 그랬을 거라는 거죠. 요즘 여자들은 왜 그렇게 따지고 드는 게 많은지 피곤하다나요. 전 말예요, 너무 놀라서 그 선배들 얼굴을 하나씩 뜯어보았다구요. 아무리 술자리지만 그런 말들을 하다니…… 기가 막히지 않으세요?"

후배의 말은 끝이 없었다. 혜완은 약속이 있는 듯 시계를 들여다보았다. 눈치가 빠른 후배가 자리에서 일어섰다.

"약속이 있으신가 봐요."

"으음……."

혜완은 지폐를 꺼내 계산을 하고 자리에서 일어났다.

하지만 길을 나서자 막막했다. 바람이 불 때마다 마른 나뭇잎들이 안쓰럽게 가지에 붙어서 와사사 와사사 하는 소리를 냈다. 혜완은 천천히 걸었다. 아까부터, 후배를 따돌리기 더 전부터 제 자신 속에서 치받치고 있던 충동들을 그녀는 그제서야 인정했다.

그리하여 길을 건너고 한 정거장쯤 걸어 종로에 있는 선우의 사무실이 가까워졌을 때 그녀는 마음속으로 내기를 걸었다. 만일 이 늦은 시각 거의 9시가 다 되어가는 이 시간에 선우가 사무실에 있다면 그에게 모욕을 갚아줄 기회를 가져도 좋다는 이야기고 그렇지 않다면 오늘 이 시간 이후로 모든 것은 끝이다.

사람들이 쌀쌀해진 밤공기에 어깨를 움츠리며 신호등을 기다리며 서 있었다. 어깨에 팔을 올리고 데이트하는 남녀들, 보따리를 든 아낙네, 먼 곳을 바라다보며 서 있는 중년의 신사…… 문득 혜완은 생각했다. 우리가 기다리고 서 있는 파란불은 들어와줄 것인가. 파란불이 들어와서 달리던 자동차를 모두 멎게 하고 사람들로 하여금 안전하게 길을 건널 수 있게 해줄까. 혜완은 이상스런 초조함에 사로잡혀서 사람들을 둘러보았다. 사람들은 태연한 표정이었다. 그러자 혜완도 조금 마음이 놓였다. 그리고 사람들의 확신처럼 곧 파란불이 들어왔다.

그녀는 자신의 괴상한 불안을 누가 훔쳐보기라도 한 것처럼 얼굴이 붉어져서 천천히 길을 건넜다.

건물 아래서 올려다본 선우의 출판사엔 불이 환했다.

선우는 놀랄지도 모른다. 갑자기 들이닥친 혜완에게 여전히 그 미소를 띠며 어서 와, 라고 그 특유의 약간 쉰 듯한 저음의 목소리로 답할지도 몰랐다.

혜완은 건물 입구에서 갑자기 발을 멈추고 갈팡질팡 생각을 가다듬었다.

생은 언제나 갑작스럽게 불어닥치지 않았던가, 언제나 제멋대로 그녀가 어떤 준비도 하기 전에 생은 그녀의 머리칼을 잡아 다른 골목길로 내팽개치지 않았던가. 그러나 갑작스레, 더 돌아보지 말고 해치워버리자. 돌연히 다가온 이 이별의 기회를 다시는 놓치지 말고, 놓치고 나서 이 가을밤을 또다시 잠 못 이루지 말고. 그녀는 걸음을 천천히 내딛었다.

그러나 생이 그녀를 예까지 데려와 팽개쳐버린 것이 사실이라 해도…… 그렇다고 해도…… 모든 것이 그녀의 손을 거쳐서 지나갔다. 선택은 어쨌든 그녀가 했던 것이다.

그녀는 천천히 출판사의 문을 밀었다.

불행하지 않다

문을 열자 집 안이 난장판이라는 게 한눈에 들어왔다. 엎어진 식탁 의자, 시큼한 토사물 냄새, 그리고 던져져 박살난 화병…… 경혜가 발치에 비를 던져놓고 들어서는 혜완을 멍청하게 바라보고 있었다. 역시 어이가 없다는 듯 혜완이 경혜를 바라보자 경혜가 혜완을 향해 피식 하고 웃었다.

"무슨 일이야? 넌 언제 왔니?"

혜완이 의자를 세워놓으며 물었다. 하지만 경혜가 대답을 하기도 전에 혜완이 일으켜 세우려던 의자는 또 쓰러졌다. 혜완이 살펴보니 의자 다리 중 하나의 끝이 부러져 있었다. 혜완은 하는 수 없이 의자를 뉘어놓고 스웨터를 벗었다. 경혜는 머리가 아픈 듯 한 손을 이마에 갖다 대면서 진통제를 찾았다.

"거기 TV 스탠드 서랍에."

하다가 혜완은 입을 다물고 말았다. 서랍 역시 아귀가 잘 맞지도 않게 비뚤게 닫혀 있었다. 원목 가구의 한 귀퉁이가 칠이 벗겨져나간 게 눈에 띄었다. 혜완은 TV 스탠드로 다가가 서랍을 열었다. 거칠게 서랍이 열렸지만 그 안은 뒤죽박죽이었다. 아마도 뽑혀져 나왔던 걸 대강 집어넣은 모양이었다. 혜완은 머리를 귀 뒤로 넘기며 잠시 망설이다가 그 잡동사니 속에서 진통제 두 알을 꺼내 경혜에게 내밀었다. 경혜는 잔뜩 피곤한 얼굴로 진통제의 상표를 살피더니 도로 탁자에 그것을 내려놓았다.

"기다려. 물 줄게."

"타이레놀은 없니?"

"그건 없는데……."

"그만둬, 난 그걸 먹어. 하기는 진통제 스무 알쯤 있어도 골치가 나을 것 같지가 않다."

혜완은 벗은 스웨터를 들고 침실로 들어갔다. 머리가 광녀처럼 엉킨 영선이 아무렇게나 쓰러져 자고 있었고 침실 바닥에는 채 다 닦아내지 못한 토사물 자국이 번져 있었다. 시큼한 술 냄새가 좁은 침실을 진동시키고 있었다.

혜완은 스웨터를 행거에 걸고 스커트도 벗었다. 그리고 옷을 갈아입은 다음 거실로 나왔다. 경혜가 냉장고에서 주스를 꺼내 병째로 마시고 있었다. 혜완은 식탁 위에 놓은 바구니에서 고무줄을 꺼내 머리를 묶고 깨진 화병의 잔해부터 치웠다. 치우다 보니 여기저기에 깨진 병 조각이 보였다. 술병들이었다.

"커피나 우선 한잔 마시자."

혜완이 오히려 침착하게 말했다.

"넌 애를 지키려면 잘 지킬 것이지 대체?"

경혜는 몹시 신경질적인 목소리로 말을 꺼내다가 한숨을 내쉬고는,

"그래, 커피 마시자. 커피 좋지."

하고는 혜완이 문 앞에서 가지고 들어온 조간신문을 거칠게 펼쳤다.

커피를 놓고 마주 앉았을 때 경혜가 신랄한 표정으로 혜완을 살폈다.

"대체 어디서 자고 오는 거니?"

혜완은 묵묵히 커피를 마시다가 그것을 조심스레 탁자에 놓았다.

"여관에서."

경혜가 어이가 없다는 듯 입을 다물지 못하고 있다가 다

시 물었다.

"또 그 글쟁이들하고?"

"아니 어떤 글쟁이하고."

경혜의 커다랗게 쌍꺼풀진 눈이 몇 번 믿을 수 없다는 듯 깜박였다.

"혜완아, 지금 농담할 때가 아니야."

혜완은 경혜에게서 고개를 돌리고 말았다. 농담이 아니었다. 어젯밤 선우에게 갔고 그를 불러내 술을 마셨고 그리고…… 오늘 아침 혼자서 여관 문을 나서면서 혜완은 적어도 자신을 제외한 세상은 조금이라도 평온을 유지해주어야 한다는 생각을 했었다. 적어도 한 번쯤은 자신의 마지막 혼돈을 참아주어야 한다는 생각이 들었던 것이다. 경혜에게 아무렇게나 대답하고 있는 건 그런 생각들 때문이었고 모든 세상에 대한 알 수 없는 반감 때문이었다.

"니가 전화라도 하기를 얼마나 기다렸는 줄 아니? 정말 악몽이다. 악몽이야! 너 영선이를 맡고 있으면서 이렇게 무단으로 외박해도 되는 거니? 미리 나한테 연락이라도 해주던가 말이야."

말을 하다 보니 경혜는 갑자기 화가 나는 모양이었다.

"연락할 처지가 못 되었다고 했잖아!"

혜완도 지지 않고 날카로운 목소리로 맞받아 대꾸했다.

"왜 니가 화를 내니? 화를 낼 사람이 지금 누군데?"

두 여자는 싸움이라도 하듯 날카로운 시선을 주고받았다.

"너한테 내는 게 아니야…… 그냥 화가 나. 언제까지 이런 번거로운 일상들이 닥칠 것인지 말이야. 언제쯤이면 좀 마음 놓고 편안히 살 수 있을지 막막하고. 그래서 화가 나는 거야!"

"영선이보고 와 있으란 건 너였잖아! 이제 와서 그게 번거롭다면 대체 어쩌자는 거니?"

"영선이가 번거롭다는 이야기가 아니야."

혜완은 말을 하다가 입을 다물었다. 어쨌든 전화도 없이 외박한 것은 혜완의 잘못이었다.

"미안해, 그게 어쨌든 미안해. 하지만 어제 초저녁에 전화를 했는데 너도 없고 영선이도 전화를 안 받고 그랬어. 그냥 그랬던 거야. 나도 외박까지 할 생각은 없었어. 일이 그냥 그렇게 된 거야. 무슨 일이 일어난 건지 내가 잘 모르겠지만…… 그냥."

두서없이 말을 하다 말고 혜완은 어지러운 집 안을 둘러보았다. 경혜가 다시 손을 이마에 가져갔다. 그러고는 아까는 먹지 않겠다던 진통제를 입에 털어 넣었다. 혜완은 깍지를 낀 손을 두 무릎 위에 얹었다.

"언제 왔니?"

"어젯밤에."

"무슨 일이야? 대체…… 영선이가 이런 거니?"

"그럼 내가 그랬겠니?"

경혜는 쌀쌀하게 대꾸했다. 혜완은 입을 다물었다.

멋쩍은 기분이 된 혜완이 라디오를 켰다. 주부를 대상으로 한 아침 프로가 흘러나오고 있었다.

—결혼 2주년을 자축하고 싶어요. 직장에서 힘든 우리 그이와 이 음악을 듣고 싶습니다. 영등포에서 아름이 엄마가 보내주신 엽서입니다.

둘은 아무 말 없이 라디오 소리를 듣고 있었다.

—남편 따라 멀리 캐나다로 간 그래서 만나지 못한 지 벌써 오 년이나 되는 여고 시절의 친구 누구누구에게 이 엽서를 띄웁니다. 강남구 대치동에서 이만희 씨 엽서였구요, 다음에는…… 가을이 되니 왜 이리 마음이 심란한지 모르겠어요. 아이들도 잘 크고 남편도 건강한데 말입니다. 한 잔의 커피를 여유롭게 마시며 음악 듣고 싶어요.

"저놈의 프로 사연은 어쩌면 10년이 지나도록 매일 똑같니?"

경혜가 입을 열었다. 그러고 보니 대학 3학년 땐가 여성 프로의 스크립터로 일하는 선배를 돕기 위해 경혜는 아르바이트를 했었다. 엽서를 정리해주는 일이었다. 그래서 방학이면 혜완과 영선도 가끔 이 프로를 들었던 것이다. 경혜의 말은 맞는 것 같았다. 10년 전에도 여자들은 이 비슷한 사연이 적힌 엽서를 보내곤 했었다.

음악이 흘러나오자 혜완이 경혜 앞으로 와서 앉았다.

"내가 어젯밤에 잠 못 자고 곰곰 생각해봤는데, 영선이 재 정말 정신병인가 봐. 나 어제 재가 하는 꼴 보니까 박 감독 이해하겠더라. 내가 친구지만 대체 사람인가 짐승인가 싶고…… 대체 언제부터 재가 저렇게 된 거니?"

"차근차근 이야기를 좀 해봐."

"나도 친정집에 연지 맡기고, 애 아빠 세미나차 미국 갔잖니. 10시쯤인가 집에 들어왔는데 전화가 온 거야. 전화를 받자마자 영선이가 막 우는 거야. 애들을 집에 데려다주고는 발길이 떨어지지 않는 걸 돌아왔다구 말이야. 애들 들여보내는데 큰애가 귀를 잡아당기더니 엄마 오늘 밤엔 엄마가 다시 집으로 돌아오는 꿈 꿀래요, 하더라나. 어린것이 떼도 안 쓰고…… 나도 어민데 그 심정이 오죽했겠니? 안 된 마음에 우선 좀 자라고 동정을 해주고 끊었지, 자려는데 아마 1시쯤 넘었나, 저것이 전화를 하더니 나한테 위선 자라고 바락바락 소리를 지르지 않겠니? 그러고는 우는 거야. 말을 시키려는데 벌써 혀가 돌아갔더라구, 그리구 뭐 억울하다나, 이제 더 이 세상을 견딜 힘이 없다든가 뭐라면서 이상한 소리를 하는데 꼭 저게 또 죽을 것 같더라구. 보아하니까 곁에 너도 없는 것 같구…… 그래서 밤 1시에 달려왔지. 운전하고 오면서 별의별 생각을 다 했다. 문이 열리지 않으면 경찰에 신고를 해야 되겠다, 박 감독한테도 전화를 하고 그래야 되겠다. 그런데 문은 또 순순히 열어주더라구. 벌써 마룻바닥에다 여러 번 토해놓았구, 방 안은 발 디딜 틈 없이 깨진 유리병 천지구, 발까지 다쳐서 질질 피가 흐르는 맨발에다⋯⋯."

경혜는 어젯밤의 정황을 다 설명하기도 싫다는 표정으로 입술을 앙다물고 창밖을 바라보았다. 화사한 한국의 가을 하늘이 펼쳐져 있고 반쯤 열린 창틈에서는 차가워서 신선한 가을바람이 스며들고 있었다. 바라만 보기에는 아름다운 아침이었다.

"참, 사람 마음이란 게 이상도 하지. 안 죽어서 다행이다 싶은 건 둘째구 갑자기 왜 그렇게 화가 나는 거니? 아니 그렇게 전화로 난리를 피웠으면 죽든가 말든가 해야지 문은 또 왜 그렇게 순순히 열어주니?"

"어쨌든 좀 말리지 그랬니?"

"내가 구경만 했겠니? 겨우 뜯어말려서 집 안 다 치우고 재워놨는데 갑자기 정말 미친 여자처럼 뛰쳐나오더니 화병을 깨는 거야. 참 기가 막혀서⋯⋯ 나도 미친년처럼 혼잣말로 그랬어. 그래 니 맘대로 해봐라 내가 졌다 졌어. 그러고 말았다니까."

경혜는 갑자기 깔깔대며 웃었다.

"참 넌 복도 많다. 영선일 맡은 건 넌데 험한 꼴은 나 혼자 보았으니까."

"미안하다."

"미안한 게 문제가 아니라 대책이 안 서는 거야. 이혼하려면 다 그러는 거니? 너도 그랬어?"

"가끔은 그렇게 하고 싶은 때가 있었지."

"그래도…… 넌, 넌 그렇게는 안 했잖아."

경혜는 의외로 순순히 영선에 동조하는 혜완의 말에 약간 당황하는 듯했다.

"니가 어떻게 아니? 다른 사람한테 그랬을지. 어쨌든 너한테 전화는 안 했지."

"그러길래 그럴 거면 왜 이혼을 하느냔 말이야. 그것도 좋아. 이혼했으면, 이혼하기 전보다는 잘 살아야 되는 거 아니니? 응."

"……어쨌든 지금 영선이 상태는 잘 모르겠어. 단순한 이유는 아니었던 것 같애. 말 못하는 게 많으니까 그런 식으로라도 풀어야 했을 거야."

"하긴 영선이가 어젯밤에 이상한 말을 하긴 했어."

"뭐라고?"

"우리 1학년 때 그 선밴지 뭔지 그지 같은 자식 있잖아. 그 얘길 하더라. 나도 처음 듣는데…… 그 선배한테 자기가 먼저 편지를 보냈었다는 거야."

"무슨 뚱딴지같은 소리야?"

혜완이 팔짱을 고쳐 끼며 물었다. 10년도 넘은 기억을 끄집어냈다는 게 믿겨지지가 않았다.

"자기가 대학 방송국 들어가서 그 선배를 좋아하게 돼서 자기가 먼저 편지를 보냈대. 그 선배가 한 번도 자기한테는 먼저 만나자든가 커피를 마시자든가 하지 않았다는 거야. 그러면서 소리를 지르는 거야. 난 니들보다 이쁘지도 않았고 말솜씨도 없었어. 모임 시간에 내가 남자들을 바라보고 있으면 그들은 너희 둘을 바라보고 있었어. 이러는 거야. 참, 사춘기 소녀도 아니고 기가 막혀서 무슨 대꾸를 하겠니? 그래서 어젯밤에 곰곰이 생각해보니까 우리들 둘이 데이트한답시고 돌아다닐 때 영선이 혼자 도서관에 남겨두기가 미안했고 그랬던 거 생각나지? 박 감독 만나기 전까지는 그랬잖아. 그게 영선이한테 영향을 주었을까?"

경혜가 자신도 믿기지 않는다는 듯 그러나 오래 생각한 말처럼 천천히 말을 이어나갔다.

"그러면서 하는 말이 자기는 박 감독한테 모든 걸 다 주었는데 남은 건 걸레 같은 몸뚱이라고 세상의 남자들을 다 때려죽여야 한다나 어쩐다나. 미친것, 그러면 그때 그냥 남편을 죽일 것이지."

혜완이 어이가 없다는 눈길로 경혜를 바라보았다. 말이 좀 심했다고 느낀 모양인지 경혜가 입을 우물거렸다.

"어쨌든 지겨워. 사람을 놀래켜도 유분수지."

말을 하던 경혜도 듣고 있던 혜완도 입을 다물었다.

데이트를 하려고 나가는 친구들의 뒷모습을 바라보던 영선이…… 그것이 오늘의 영선이 모습에 영향을 주었을까, 그랬을지도 모른다. 왜였을까, 특히 대학 1, 2학년 때는 모두들 남자 친구를 두어야 한다는 강박관념 같은 것이 존재했었다. 둘뿐인 친구들이 모두 데이트를 하러 갔다면, 그래서 그 붐비던 도서관 자리가 텅 비어 있는 열람실에 앉아 있어야 했다면, 그리 유쾌한 기분은 아니었으리라. 결혼을 하고 아이를 낳고 끊임없는 일상의 삶들에 시달리면서 가끔씩 어쩌면 공허하게 보였던 그 시간들이 사실은 일생에서 다시 오기 힘든 자기만의 시간이었다는 생각을 하기도 했지만 그 스물몇 살 시절에는 그럴 수도 있었을 것 같았다. 그래서 박 감독을 만났을 때 영선은 그렇게까지 헌신적일 수도 있었던 걸까.

어쨌든 영선이 그런 콤플렉스를 가지고 있었다는 건 놀라운 일이었다. 오히려 데이트를 나가느라 훨씬 독서량이 적었던 혜완 자신이 영선에게 열등감을 느끼곤 하지 않았던가.

아버지에 대한 영선의 증오, 어머니에 대한 혐오감이 영선을 스스로를 포기하면서까지 박 감독에게 헌신적인 여자가 되도록 만들었다는 것이 한 번쯤은 혜완의 머리를 스치고 지나갔다. 영선은 늘 입버릇처럼 말하곤 했었으니까 말이다.

―어머니가 기구한 삶을 살아왔다는 거 알아. 하지만 아버지를 꼭 욕할 것도 못 돼. 내가 아버지라도 우리 엄마 같은 여자는 싫겠다.

　그래서 영선인 어머니와는 정반대의 여자가 되기로 결심했던 것일까. 남편을 위해서 언제나 상냥하기로 한 여자. 말하자면 착한 여자…… 그래서 파리로 달려간 그녀에게 박 감독이 외도를 고백했을 때도 그렇게 순순히 비행기표 값을 걱정하면서 용서를 했던 걸까. 학비가 모자라자 솔선해서 제 학업을 그만둔 걸까. 하지만 거기서부터 제 병은 시작된 것이라고 영선은 말하지 않았던가.

　혜완은 머리를 쓸어 넘겼다.

　"어쨌든 나 눈 좀 붙이고 갈게. 한잠도 못 잤어. 니 집에 수면제 없지?"

　경혜가 힘들게 일어나며 물었다. 혜완은 고개를 저었다. 경혜는 소파에 누워 눈을 감았다. 혜완은 침실로 들어가 차렵이불을 꺼냈다. 영선이 끄응, 하는 소리를 내며 돌아누웠다. 그녀가 차 던진 이불 밑으로 핏자국이 보였다. 살펴보니 발바닥에 작은 상처가 나 있었다. 자기도 모르게 나오는 한숨을 막으며 혜완은 이불을 가지고 거실로 나와 경혜에게 덮어주고는 창가로 가서 반쯤 열린 문을 닫았다.

　"너 만나는 남자 있니?"

　눈을 감고 잠시 몸을 뒤척이던 경혜가 불쑥 혜완에게 물

었다. 혜완의 눈길이 쭈뼛 치켜지며 경혜의 눈 감은 얼굴을
바라보았다

"있어, 없어?"

경혜는 몸을 뒤척여 소파 팔걸이에 제 얼굴을 얹어 혜완
을 바라보며 물었다.

"다른 사람 속여도 난 못 속인다. 말해봐."

혜완은 식어버린 커피 잔을 들고 그것을 한 모금 마셨다.

"있었어."

"있었어? 그럼 지금은?"

경혜의 호기심에 반짝이는 눈을 보며 혜완은 담배를 물
었다. 입이 몹시 썼다.

"헤어졌어. 어제."

혜완은 담배에 불을 붙이며 얼굴을 찡그렸다. 경혜가 재
미있다는 표정으로 일어나 앉았다.

"그러면 어제 같이 있었다는 남자가 그 남자야?"

"왜 그러는데?"

혜완은 말꼬리를 흐렸다. 경혜가 차렵이불을 무릎에 두
르고 일어나 앉으며 말을 시작했다.

"어젯밤 늦게 3시쯤인가 전화가 왔었어. 난 또 넌 줄 알
고 허겁지겁 받았지. 그랬더니 웬 남자가, 니 목소리가 아
니라서 그랬는지 좀 놀라면서 서혜완 씨 안 계시냐고 묻는
거야. 순간적으로 없다고 해야 할지 어떨지를 결정 못하겠

더라구. 아무래도 니가 혼자 사는 여자니까 아직 안 들어왔다는 말을 하면 혹시 다음에 널 이상하게 생각할까 하는 생각이 들었어. 그래서 잔다고 했지. 세상 남자들 다 뻔하잖니? 이유야 어떻든 여자가 외박했다고 하면 이상하게 생각하는 거 말이야."

경혜는 대단한 변호라도 하는 듯 의기양양한 목소리였다.

"그랬더니 이 남자가 갑자기 우물거리더니 말을 안 해. 내가 누구시냐고 물었지. 그랬더니 자기 이름은 대책 없는 낭만주의잔데…… 널 좀 깨워달라는 거야. 없는 너를 어디서 깨우겠니. 그래서 내가 안 된다고 했지. 지금 막 잠들었다고…… 그랬더니 갑자기 그러면 그 서혜완이한테 '참 잘났다!' 이 말을 전해달라는 거야. 술을 좀 먹은 모양인데 어찌나 우습던지. 대체 누구야? 말투를 보니까 너랑 무슨 일이 있던 사람이구나 하는 생각이 들었어. 맞지? 유부남? 아니면 홀아비? 그도 아니면…… 총각?"

"문선우."

스무고개 놀이라도 할 듯 달려드는 경혜의 목소리를 여지없이 잘라버리며 혜완이 짧게 대답했다. 의외로 쉽게 나오는 대답에 경혜의 입술이 놀라움으로 벌어지고 있었다. 혜완은 경혜에게서 시선을 돌렸다. 대책 없는 낭만주의자라고 말했다는 게 이상했다. 선우와 술을 마시기는 했지만 필름이 끊어질 정도로 취하지는 않았었다. 그리고 선우에게 누이를 만난 일은 분명코 말하지 않았던 것이다. '대책 없는 낭만주의자'라면 그의 누이가 그를 표현하기 위해 선택한 말이 아니던가.

"아니 그 문선우 말이니? 2학년 때 강집당했던 그 얼굴 희던 아이?"

경혜의 질문은 계속되었다. 혜완은 갑자기 몰려드는 피곤을 느꼈다.

경혜처럼 그녀도 어젯밤 한잠도 자지 못했다. 혼자서 뒤척이던 여관의 그 비닐 깔린 침대를 빠져나오지 못했던 것은 이상한 무력감 때문이었다.

"어머, 문선우라니? 그게 언제 적 이야긴데……. 걔가 아직도 널 좋아하는 거니? 90년대판 순애보가 탄생하겠구나."

"아직도 날 좋아했던 게 아니구…… 그냥저냥 세월 지내다 보니까 내가 다시 혼자가 되어서 나타난 거구 그런 거야."

피곤하다는 듯 짧게 말을 끊었다. 어젯밤에는 느끼지 못했는데 혀끝에 좁쌀만 한 돌기가 돋아 있었다. 날카롭고 단단한 가시처럼 말을 할 때마다 그것이 쓰려왔다. 혜완은 담배를 끄고 남은 커피를 마셨다.

"하긴, 요즘 순애보가 있겠냐마는. 근데 왜 헤어졌니?"

혜완은 대답하지 않았다. 문선우라는 이름을 경혜 앞에서 뱉어버린 것이 후회스러웠다.

"그래, 더 말 안 해도 알겠다. 왜 헤어졌겠니? 자신이 없었던 게…… 총각 이혼녀 하나 데리고 놀다 만 거겠지."

'데리고 논다'는 말 앞에서 혜완의 얼굴이 잠시 치켜지다가 말았다.

선우의 누이 문연우가 뱉은 말들이 다시금 생생히, 그 모란 커피숍의 찻잔까지도 떠오르는 것이다. 뾰족한 구두 속에서 가만히 움츠려들던 자신의 발.

"내가 너 무슨 사고 칠 줄 알았다. 내 그랬지 사람 조심하라고."

혜완은 대답하지 않았다.

경혜는 잠시 침묵을 지키더니 다시 이불을 쓰고 누웠고 곧 가늘게 코 고는 소리가 들렸다.

혜완은 커피 잔을 개수대에 가져다 놓고 그것을 오래 씻었다.

선우의 출판사 문을 밀었을 때 사람들이 여럿 둘러앉아 빼갈에 중국요리를 먹고 있었다. 그녀가 마음속으로 내기를 한 대로 선우는 거기 있어주었지만 그렇게 많은 사람들이 함께 있을 경우에 대해서는 생각을 하지 못한 것이었다.

어쩔 수 없이 천연스러운 표정을 하며 그 자리에 끼었고 그날 선우의 출판사에서 새로 나온 여성 문제를 주제로 한 단편 소설집 이야기를 했고, 예전에 박 감독과 이야기를 나누던 호텔 커피숍에서 마주쳤던 소설가 장이 혜완의 눈길이 거북하다는 표정으로 어색하게 젓가락질을 하고 있었다.

그리고 누군가가 물었다.

―서혜완 씨 정말로 이혼한 이유가 뭡니까?

혜완 하나 건너편에 앉았던 선우가 그 순간 고개를 숙이며 옆자리의 문인에게 술을 따랐다. 혜완이 멋쩍게 웃었다.

잔을 씻던 혜완의 손길이 그 자리에서 멈추어 선다. 그랬다. 그녀는 대답했던 것이었다.

―글쎄요. 아마도 대책 없는 낭만 때문이었나요?

혜완의 기억은 자꾸 그 밤으로 거슬러 올랐다. 그때 대책 없는 낭만이라는 말을 썼었다. 하지만 그건 제 자신을 가리킨 말이 아니었던가. 물론 선우에 대한 또 그의 누이에 대한 비아냥거림이었지만 선우가 그걸 알아들었을 리는 없었다.

그리고 사람들과 왁자하게 어울려 술집엘 갔었다. 환기가 잘 되지 않아서 담배연기가 안개처럼 뿌옇던 그 술집.

한 여자가 있었다. 사람들의 왁자지껄함에 시달린 혜완이 고개를 돌렸을 때 늦은 밤 시간 카운터에 혼자 앉아서 여자는 술을 마시고 있었다. 혜완은 사람들 틈에 비스듬히 앉아서 그 여자를 바라보고 있었다. 왼쪽 눈썹께부터 눈 아래까지 푸르스름한 멍이 어두운 조명 속에서도 보였다. 나이는 혜완 또래나 되었을까. 직감적으로 혜완은 생각했다. 남편에게 매를 맞고 집을 뛰쳐나왔구나. 혜완은 알고 있었다. 매를 맞은 여자 특유의 몸짓을 말이다. 그녀의 몸에서는 아직 다 배어 나오지 못한 눈물 때문에 습기가 감돌고 있는 것처럼 보였다. 그래서 그녀가 아주 작게라도 몸을 움직이면 온몸에서 젖은 빨래를 짜는 것처럼 쉽게 눈물이 터져 나올 것만 같았다. 하지만 여자가 잠시 화장실에 다녀오려고 몸을 움직였을 때 그녀는 눈물을 떨구는 대신 몹시 고통스럽다는 듯 천천히 팔다리를 움직였다. 여자가 그렇게 화장실로 떠나고 난 후 선우와 혜완의 눈이 맥주병이 어지러운 둥근 탁자를 사이에 두고 마주쳤다. 선우는 말하는 것만 같았다.

—넌 비뚤어지고 있어.

혜완은 얼른 눈을 내리깔고 생각했다. 자꾸만 나쁜 쪽으로 이 세상을 바라보고 있는 것만 같아 혜완은 문득 겁이 났다. 그러고는 생각했다. 저 여자는 어두운 밤길을 걷다가 어딘가에 몸을 부딪혔는지 모른다. 하필이면 눈두덩이를 부딪히고, 그래 눈두덩을, 맞은 게 아니고 부딪혀서 아팠고 그 아픔 때문에 눈물을 흘렸기 때문에 그 여자는 슬퍼 보이고 온몸이 아프고 그럴지도 모른다.

혜완은 고개를 떨구었다.

그렇게 혼자서 카페에 앉아 있었던 일이 생각났다. 그때 혜완은 안경을 쓰고 있었다. 혹시나 눈 주위의 푸른 멍이 보일까 봐 안경을 걸쳐 쓰고, 그리고 아는 사람이 올 리 없는 변두리 카페에 앉아서 오래도록 수치심이라는 것에 대해서 생각했었다.

사람들이 흩어졌을 때 가로등만 창백한 길을 선우와 혜완은 걸었다. 혜완이 먼저 입을 열었다.

ㅡ여관에 가고 싶어.

선우가 의아한 눈으로 혜완을 바라보았다. 혜완은 아래로 향하고 싶어 하는 자신의 시선을 선우에게 애써 붙박아놓았다. 하지만 눈 속에서 비수처럼 날카로운 빛마저 감추지는 못했다. 선우가 물었다.

ㅡ차라리 집에 가는 게 어떨까? 난 이야기가 좀 하고 싶은데.

ㅡ말했지만 집엔 영선이가 와 있어. 난, 너하고, 자, 고, 싶, 어.

문득 혜완의 머릿속에 영선이 생각이 났었다. 들어가지 못한다고 전화를 해주지 않은 생각이 들었던 것이다. 혜완은 시계를 들여다보았다. 벌써 1시가 넘어가고 있었다. 자고 있는 영선을 깨우는 건 더 좋지 않을 것 같은 생각이 들었다. 그래서 혜완은 영선의 생각을 지웠고 선우를 앞서서 성큼성큼 걸었다. 선우는 혜완의 의도를 미심쩍어하는 것 같았다. 그래서 여관이라는 간판을 발견하고 현관문을 밀 때까지도 자꾸 혜완의 표정을 살폈다. 혜완은 재킷 주머니에 두 손을 찌르고 무표정한 얼굴을 하고 있었다.

종업원이 숙박계를 내밀자 선우는 민철우라는 이름을 적어 넣었다. 혜완은 그가 거짓 이름, 거짓 주소, 거짓 주민등록번호를 거기에 기입하는 것을 놓치지 않고 보고 싶었다.

하지만 종업원이 선우가 기입한 가짜 숙박계를, 그 역시 진실인지 여부를 전혀 확인하려고 하지 않고 돌아갔을 때 혜완은 갑자기 이 모든 삶들이 하나의 적당한 연극인 것만 같아졌다. 지금 자신이 하고자 하는 일 또한 하나의 연극이 아닐까. 서혜완이 아니라 신혜련쯤 되는 여자의 치졸한 연극.

그 연극의 대본은 이런 것이었다. 누이로 하여금 자신을 모욕하도록 한 민철우라는 남자로 하여금, 어쩌면 수줍은 여학교 선생과 곧 결혼을 할 민철우로 하여금, 신혜련과 함께 약속도 없고 사랑도 없는 육체행위를 하게 하고 싶었던 것이다.

혜완은 넓은 쑥색의 가을 재킷을 벗어 의자에 걸쳐두고 선우에게 다가가 그의 목에 팔을 둘렀다. 반쯤은 이 상황을 신뢰할 수 없다는 선우의 얼굴이 가깝게 다가왔다. 혜완은 그의 입술에 제 입술을 눌렀다. 선우가 그녀를 침대에 뉘었고 선우의 손길이 점점 더 빨라지기 시작했을 때 혜완은 제 온몸의 세포가 하나, 둘씩 감은 눈을 뜨고 이 초라한 여관방의 정사를 지켜보고 있는 것을 느꼈다. 뜨고 있던 두 눈을 서둘러 감았지만 허사였다. 마주치는 살갗이 죽순 껍질을 비비는 것처럼 깔끄러워서였을까, 그도 아니면 이 치졸한 연극의 파국을 누구보다 잘 알고 있는 까닭이었을까. 희미하게 웃기조차 하고 있던 혜완은 갑자기 울음을 터뜨리고 말았다.

선우가 몸을 일으키며 혜완을 바라보았다. 혜완은 두 손으로 담요를 움켜쥔 채로 잠시 울었다. 선우가 피워 무는 담배의 냄새가 콧물 때문에 막힌 코로 조금씩 흘러들었다.

—왜 그래?

선우는 몹시 불쾌한 얼굴이었다. 그는 작은 불을 켜며 물었다. 혜완은 대답하지 않았다. 실패야……라는 생각이 머리를 맴돌았다. 이어서 대체 뭐가 실패지? 누군가가 속삭이는 것만 같았고 거기 이어서 또 다른 누군가가 물었다. 실패는 이미 오래전의 일이 아니었던가…….

물끄러미 혜완을 바라보다가 선우는 거품이 다 빠져버린 맥주를 마셨다.

—아무리 애를 써도 널 정말 이해할 수가 없어. 희망을 품었던 내가 어리석었던 것 같아.

—타락조차 실패야.

—나하고 타락하려고 여기 오자고 했니?

선우가 어이없다는 듯이 물었다. 그는 이제 혜완을 향해서 모멸의 표정을 감추려고도 하지 않았다.

혜완은 똑바로 누운 채로 천장만 집요하게 바라보고 있었다. 선우가 겉옷을 입다 말고 주먹으로 여관의 벽을 내리쳤다. 쿵, 하는 작은 울림이 들렸다. 충혈된 눈으로 선우가 천천히 혜완을 돌아보았다.

—말해봐, 너 정말 나하고 타락했었다고 생각하는 거니?

—아니었었나?

혜완은 울음을 그치고 침대에서 몸을 일으키며 소리쳤다.

—그랬다면 정말 타락이었다고 생각해!

선우는 혜완을 향해 일별조차 던지지 않고 여관을 나가버렸다. 문이 닫히는 소리가 들리고 나서 선우가 멀어져가는 발걸음 소리가 희미하게 들려왔다.

그제서야 혜완은 몸을 뒤척여 천천히 여관 침대에 엎드렸다. 용서할 수 없었던 것은 선우도 아니고 모란꽃같이 화사하던 그의 누이도 아니었다. 그녀가 용서할 수 없었던 것은 어쩌면 그의 누이 앞에서 수치스러워하던 자신이었다. 고개도 들지 못하고 눈길 한번 당당히 맞서지 못하고 죄인처럼 고개를 떨구고 있던 자신이었다. 이혼에 대해서 그렇게 자신이 없었다면 선우를 사랑하는 것에 대해서 그렇게 자신이 없었다면 처음부터 그 아무것도 저지르지 말았어야 했다.

설거지를 한 컵들을 가지런히 엎어놓고 혜완은 창가로

가서 커튼을 닫고 경혜가 잠든 소파에 두 손을 얹고 거기에 얼굴을 묻었다. 이상하게 카페에 혼자 앉아 있던, 눈두덩이 시퍼렇게 멍들었던 그 여자가 생각났다. 물끄러미 바라보는 혜완의 시선을 피하며 당황하는 여자의 눈길이 아래로 깔렸었다.

그때 문득 혜완은 어떤 사람도 언제나 불행한 건 아니라는 생각을 했다. 한때 그렇게 오두마니 앉아서 이 세상 모든 불행이 자신에게만 쏟아져 내린다고, 마치 하늘이 무너지듯이 쏟아져 내린다고 생각했던 자신은 지금 여기서 그녀를 바라보고 있지 않은가 말이다. 웃고 있는 사람이 언제나 행복한 건 아니듯이 울고 있다고 언제나 슬픈 것은 아닐 것이다⋯⋯. 그러므로 그 여자는 혼자서 그 밤에 카페에서 멍든 눈으로 술을 마시면서 생각했을지도 모른다.

불행한 건 어쩌면 오늘 일어난 하나의 사건일 뿐이라고.

왠지 마음이 편안해지는 것을 느끼면서 혜완은 무거운 눈꺼풀을 감았다.

─널 배고 꿈을 꾸는데 커다란 매가 내 품으로 날아오더라. 꼭 아들인 줄 알았지. 발길질이 어떻게나 심하던지⋯⋯. 정말 아들인 줄 알았어. 처음으로 니 아버지한테 친정에 가서 좀 쉬고 오겠다고 큰소리를 쳤지. 겨울이었단다. 그 시절 겨울은 왜 그렇게 춥던지 방 안에 물그릇을 놔두고

자면 아침에 그릇의 물이 꽁꽁 얼어 있었으니까.

해산일이 다가오는데 갑자기 겁이 나는 거야. 아무리 매꿈을 꾸었더라도 그리고 점쟁이가 아들이라고 짚어주기는 했지만 혹시나, 하는 생각이 나니까 한시도 지체할 수가 없었단다. 만일 이번에도 또 딸을 데리고 들어가면 니 할머니가 날 아예 집에 들이지도 않을 것 같아서 겁이 났단다. 그래서 니 외갓집에서 부랴부랴 나와 걸었지. 눈보라가 치는 밤이었는데…….

한 십 리 길을 걸었나 갑자기 기미가 느껴지는 거야. 길바닥에 애를 낳는 건 아닌가 겁이 나서 뛰었지. 그 남산만한 배를 움켜쥐고 말이야. 그리고 겨우 집에 들어와서 문지방을 넘자마자 널 낳았단다. 낳고 나서 차마 뭐예요, 하는 말이 안 나오더구나. 겁이 났던 거지. 니 할머니가 방문을 소리 나게 닫고 나가는 걸 보고야 네가 딸인 걸 알았단다. 그때까지만 해도 난 아들인 줄 알았다니까. 아들인 줄만 알았지. 니가 아들이었으면 얼마나 좋았겠니?

바늘로 간간히 머리를 긁적여 기름을 바르며 어머니는 혜완을 돌아보았다. 언니들은 다 어디로 갔을까, 혜완은 새로 바른 창호지 문에 선명하게 부각되는 아기 손바닥 같은 단풍잎을 바라보고 있었다. 단풍잎은 가지마다 피처럼 붉게 타고 혜완은 그만 마을 앞의 깊은 수로에 빠지고 말았다. 단풍잎을 따던 그녀의 등을 밀며 얼굴이 새까맣던 그

머슴애는 말했다.

─너같이 까부는 기집애는 맛을 좀 봐야 돼.

물속으로 천천히 가라앉으며 혜완은 이끼 낀 돌무더기와 사그라든 수초 뿌리들을 보았다. 몸이 바닥에 닿았을 때 그녀의 발끝이 사뿐히 진흙 바닥에 닿았고 이어 할머니의 얼굴이 보였다.

마루에는 작은집의 남자 사촌들이 보란 듯이 앉아 있었다. 어머니는 그들을 위해 국을 끓이며 코를 훌쩍였다. 혜완은 어머니가 왜 저렇게 코를 많이 흘리는지 그때는 이해할 수 없었다. 그저 어머니가 시래기를 숭숭 썰어 담은 그 가마솥의 된장국 냄새가 좋았던 것이었다.

"그만 일어나."

혜완은 화들짝 눈을 떴다. 진한 된장국 냄새가 났다. 경혜의 얼굴이 보였고 이어 영선의 뒷모습이 보였다. 영선은 국 냄비를 열어 간을 보고 있었다.

"깨어보니까 영선이가 밥 해놓고 국을 끓이고 있지 뭐니?"

혜완을 깨운 경혜가 상황을 설명했다. 아까 소파에 엎드려 자던 혜완의 머리에는 베개가 받쳐 있었고 몸 위에는 침실에 있어야 할 이불이 덮여 있었다. 아마도 그것 역시 영선이 한 일 같았다. 혜완은 천천히 일어나 이불을 대강 치우고 식탁으로 갔다. 시금치 된장국에 고등어구이, 김구이. 게다가 매운 풋고추를 곁들인 명란젓에 참기름 냄새까지 풍겼다. 미묘한 눈길을 주고받던 경혜와 혜완이 자리에 앉았고 영선이 마지막으로 자신의 국을 식탁에 놓고 의자에 앉았다.

"시장에 나가니까 고등어 물이 좋길래 구웠어. 먹자."

영선이 먼저 숟가락을 들었고 세 여자는 아무 말 없이 밥을 먹기 시작했다.

아침을 먹고 영선은 빨래를 걷었다. 비가 내리기 시작했던 것이었다. 경혜가 서둘러 돌아가지 못했던 것은 그 때문이었다. 물론 혜완에게 우산을 빌려 주차장까지 가서 제 차를 몰고 돌아갈 수도 있었겠지만 경혜와 혜완은 그저 말없이 앉아 빨래를 걷고 있는 영선의 뒷모습만 바라보고 있었다.

저 돌연한 심경의 변화들은 대체 뭘까, 하는 눈빛으로 가끔 서로를 쳐다보았지만 이내 서로 눈을 돌렸고 경혜는 자리에서 일어나 거울 앞으로 가서 화장을 고치기 시작했다. 그러고는 경대 앞에 놓아두었던 귀걸이를 달았다. 어젯밤 늦게 경황없이 달려오는데 귀걸이는 언제 달았을까. 혜완은 문득 우스웠지만 그게 경혜답다는 생각을 했다. 영선은 베란다에서 거실로 들어와 차근차근 빨래를 갰다.

아침에 누구보다 먼저 일어나 국을 끓이고 김을 굽고, 그리고 빨래를 걷는 것, 그것은 어쩌면 세 여자 중에서 영선에게 가장 어울리는 일이었다. 영선은 마른 수건을 반으로 접고 또 그것을 세 등분으로 차곡차곡 접었다. 화장을 마치고 친정에 있는 제 딸 연지에게 통화를 한 경혜가 영선 앞으로 다가와 앉았다.

"어디 얘기 좀 해봐."

영선이 개어놓은 빨래를 제 무릎에 얹고 경혜를 빤히 바라보았다.

"너 어젯밤에 니가 뭐 했는지 생각이나 나니? 저 의자 다리 부러진 거랑 보이지?"

대답이 없는 영선에게 더 바짝 다가앉으며 경혜가 빨래 개어놓은 것을 흐트려버렸다. 영선이 다리가 부러진 의자를 바라보다가 흐트러진 빨래 쪽으로 눈길을 돌렸다.

"……미안해."

"지금 미안하다는 말 듣자는 거니? 내가? 오늘은 세상없어도 얘기를 들어야겠다. 대체, 대체 왜 이러는 거니? 박 감독인지 뭔가 좀 불러와볼까? 대체 어떻게 했길래 널 이렇게 만들어놓은 거니?"

경혜는 작정이라도 한 듯 긴 남방셔츠를 입은 영선의 손목을 걷어 아직 다 아물지 않은 상처를 세 사람 앞에 헤집어놓았다. 순간 영선의 시선이 경혜에게 가서 꽂혔다. 꼭 이렇게까지 할 필요가 있을까 생각했지만 혜완은 방관자처럼 영선의 손목에 그어진 붉은 지렁이 자국 같은 상처를 보고 있었다. 영선이 무표정하게 소맷자락으로 상처를 덮었지만 혜완의 눈에 그 상처의 잔영이 아른거렸다.

"……술, 좀 주, 줄래?"

죄인처럼 고개를 숙이고 있던 영선이 떨리는 목소리로 말했다. 경혜와 혜완의 눈길이 마주친다.

"마시지 마. 그냥 견디어봐. 그리고 이야기를 해봐."

경혜가 조금은 어눌해진 목소리로 말했다. 영선의 눈길이 간절하게 혜완을 향했다.

"조금만 줘…… 조금이면 돼."

"그러지 말고 신경안정제를 먹어보지 그러니?"

"신경안정제, 안정제 하지 마! 난 환자가 아니야."

혜완이 신경안정제라는 말을 다 마치기도 전에 영선이 소리를 지르기 시작했다. 혜완과 경혜가 멍하니 영선을 바라보았다.

"그 인간이…… 그, 이, 인간이 나, 만 보, 보면 신경안정제를 먹으라고 말했어……. 그, 그날도…… 너희들은, 제발…… 나한테 그러지…… 마."

신경안정제라는 말이 그토록 영선에게 알레르기를 일으킬 줄 몰랐던 혜완과 경혜가 멍청하게 영선을 바라보았다.

망설이고 있던 혜완이 일어서서 양주병을 꺼내왔다. 경혜가 혜완을 가로막았다.

"주지 마! 견디어야 돼. 혼자 술도 없고 약도 없이 버텨야 된다구. 넌 친구라는 애가 고작 술이나 갖다 주고."

경혜의 눈길이 날카롭게 혜완과 맞섰다.

"마시게 해."

혜완도 의외로 강경했다.

"안 돼! 너 모르니? 쟤 알코올 중독이야."

"마시게 해!"

지지 않고 혜완이 소리쳤다. 경혜가 어이없다는 눈길로 혜완을 바라보았다. 혜완이 고집스레 잔을 가져다 영선에게 내밀었다. 경혜가 다시 잔을 빼앗았다. 혜완이 경혜를 똑바로 마주 보았다.

"나도 한때 알코올 중독이었어. 누구나 빠져나올 수 없는 시기가 있고 혼자서는 견딜 수 없는 시기가 있어. 신경이 끊어져버릴 것 같은 때가 있단 말야. 눈앞에 자기의 신경이 보여. 거의 마모되어서 실낱처럼 연결되어 있는 신경이 누군가 아주 가느다란 실을 가져다 비비기만 해도 톡, 끊어져버릴 것만 같은 때가 있어. 무조건 금지만 한다고 되는 건 아니야. 영선인 이겨낼 수 있을 거야. 넌 영선일 못 믿니?"

혜완과 경혜가 언쟁을 그친 건 갑작스러운 울음소리 때문이었다. 영선이 마른 빨래에 얼굴을 묻고 흐느끼고 있었다.

"미, 미안해 혜완아……. 나 때문에 너희들 싸우지

마……. 나 술 안 마실게……. 나 하나만 죽으면 되잖아."

혜완과 경혜의 입에서 동시에 한숨이 터져 나왔다. 멀리서 들리던 빗소리가 갑자기 가까워졌고 그리고 천둥소리가 들렸다.

"그래서 죽으려고 했니? 너 하나만 죽으면 된다고 생각해서?"

영선을 감싸던 혜완이 그녀 특유의 약간은 신랄한 목소리로 물었다. 영선이 흐느낌을 멈추고 고개를 들었다. 혜완을 바라보는 영선의 눈빛에는 원망이 가득 담겨 있었다. 너마저 하는 눈빛, 혜완은 냉정한 눈초리로 영선의 눈길을 받았다. 그래, 나마저야. 나마저 널 경멸하게 될 것 같아, 하는 생각을 영선이가 제발 알아차려주었으면 하는 표정이었다.

"그래서 죽으려고 했던 건 아니야."

"그런 연극이라도 해서…… 남편의 마음을 돌려보려고, 적당히 동정표라도 얻어보려고…… 그런 거니?"

영선의 슬픈 눈빛에 흔들릴 것 같은 마음을 다잡으며 혜완이 질문의 고삐를 조여나갔다. 영선이 술잔을 입에 가져다 댔다.

"아니…… 그것도 아니야."

"그럼 뭔데?"

경혜가 다시 다그치고 들었고 영선은 술잔을 내려놓고

천천히 고개를 숙였다.

"내가 그를 죽이면…… 그는 미친 부인한테 살해당한 당대의 착한 남편이 되는 거야. 하지만 내가 자살을 하면 사람들은 생각하겠지. 어떻게 했길래, 대체 부인에게 어떻게 했길래 부인이 자살을 했을까? 점잖기만 한 그의 몸가짐을, 총명해만 보이는 그의 얼굴을 의심하게 될 거야……. 설사 진실이 밝혀지지 않는다 해도…… 사람들은 무언가가 있다는 건……."

"그게 뭔데?"

지켜보고 있던 경혜가 다그쳤다. 팽팽한 긴장이 세 사람을 감돌았다. 영선의 입술이 달싹거리다가 다물어졌다. 그리고 그 입에서 처음에는 낮게 이윽고 높은 울음소리가 터져 나왔다.

"내가 너만 보면 속이 터져! 울지 마. 지겨워. 정말 지겨워. 여자 울음소리는 지겨워. 정말 지겨워."

망연히 앉아 있던 경혜가 중얼거리듯 말했고, 그리고 거기에 응답하듯 이번에는 좀 더 분명하게 천둥소리가 들렸다. 아주 가까운 곳이었다.

"자, 그날에 대해서 이야기를 해봐. 박 감독이 왜 신경안정제를 먹으라고 했니?"

냉정한 얼굴로 혜완이 물었다. 흐느끼는 영선의 모습을 바라보고 있던 경혜가 딱하다는 듯 머리를 감싸쥐었다. 혜완은 집요하게 물었다. 무언가 박 감독의 말 말고 다른 무엇이 있다는 생각이 들었다. 그렇지 않다면 정말 영선이가 미친 것이었다.

"정리가 안 되는 대로 이야기를 해봐. 여긴 논문 제출하는 곳이 아니야. 그날 신경안정제에 대해서."

영선이 눈물을 거두고 천천히 고개를 들었다. 혜완이 따뜻하게 표정을 바꾸며 술잔을 내밀었다. 영선이 잔을 들고 단숨에 그것을 마셨다.

"그날 너는 친정에 있다가 무언가 잊어버리고 온 물건을 찾으러 집으로 간 거였겠지? 그런데 박 감독이 그 심 양인지 하는 그 여자와 함께 있었던 거고……."

눈물을 그친 영선이 침착하게 혜완을 바라보았다.

"혜완아 나…… 잊어버리고 온 물건 찾으러 간 거 아니야."

"……나 그에게 사과하고 싶었어. 터무니없이 계속되어온 그에 대한 내 의심과…… 그런 것들…… 아이들하고 다시 한번 잘 시작해보고 싶다고, 그가 원한다면 무릎이라도 꿇고 빌기 위해서 찾아간 거야."

"그런데 그 사람이 여자랑 있었구나. 하지만 아무 일도 없었다면서?"

경혜가 영선에게 가까이 다가앉으며 물었다. 술잔을 잡은 영선의 손이 알코올 중독자의 그것처럼 덜덜 떨었다.

"열쇠를 밀었는데 문이 열리지 않았어. 안에서 걸쇠를 채

위놓은 거지. 순간 너무 불길한 생각이 들었어. 그래도 설마 하고 벨을 눌렀는데…… 그런데 공교롭게도 벨이 고장 난 거야. 그 며칠 전에 아이들이 장난치다가 고장 났었거든……. 안에서 무슨 소리가 들렸어. 여자가 웃는 소리 남자의 이야기 소리. 문을 두드렸지. 문을 두드렸어, 한참 동안이나…… 내게는 참으로 긴 시간들이었어."

얇고 큰 영선의 윗입술이 뒤틀렸다.

"그 안에서 그럼 둘이 뭐 하고 있었던 거니?"

경혜가 흥분한 어조로 물었다. 영선이 고개를 숙였다.

"문이 열렸지. 난 그때까지는 그래도 의심하지 않았어. 순간 내 침실에서 여자가 얼굴을 내미는 거야. 한 번도 본 일이 없는 노처녀 작가라는 여자가……."

듣고 있던 두 여자가 동시에 한숨을 내쉬었다. 잠깐 긴 침묵이 그들을 내리눌렀다.

"들어갔지. 여자는 맨발이었어. 벗어놓은 스타킹이 거실 한쪽에 보이더라구. 왜 거실의 벽지가 다 노랗게 보이는지 알 수 없었어. 그때는 숨을 쉴 수가 없었고 무슨 말도 꺼낼 수가 없었어. 남편이 나보고 좀 앉으라고 하더군. 그제서야 말문이 터졌어. 내가 여자에게 말했지. 당신이 누군지 모르지만 박 감독하고 할 이야기가 있으니까 좀 나가달라구……. 여자가 나에게 묻더구나, 당신 누구지요? 난 대답하지 않았어. 내가 대답해야 했었을까? 그때 박 감독이 대답했어. 우리 애기 엄마야, 그러자 여자가 말했어, 아아 그 별거하신다는 그분? 별거라니? 난 집을 떠난 지 겨우 이틀이 지났을 뿐이야……. 내가 박 감독을 바라보았지, 박 감독이 나보고 좀 나가라는 거야……. 자기가 곧 따라 나갈 테니 밖에서 기다리라구……. 내가 소리쳤지, 그래 내가 소리쳤어, 여긴 내 집이야……. 적금 붓고 콩나물 다듬고 그렇게 해서 마련한 내 집이야……. 그러곤 애원했어. 여보 이 여자 좀 나가게 해줘요. 당신하고 정말 당신하고 할 이야기가 있어요. 박 감독은 얼굴을 찌푸렸어. 당신 지금 너무 흥분된 상태야. 이분은 일하러 오셨어. 망신스럽게 굴지 좀 말아. 신경안정제를 좀 먹지그래? 그러자 나는……."

영선이 술잔을 놓고 혜완의 손을 잡았다. 손은 몹시 뜨거웠다.

"나는…… 나도 모르겠어. 여자가 그 여자가 우리 집 소파에 걸터앉았어. 얼마 전에 산 흰색 소파에…… 내가 그토록 평소에 윤이 나게 닦은 그 소파에 맨발로 걸터앉았어. 가죽에 때가 묻을까 봐 아이들도 못 앉게 했던 그 소파에 그녀가 앉아 말했어. 오해가 있으신 것 같은데 전 박 감독님하고 아무 사이도 아니에요. 단지 일을 하려고 왔어요……. 내가 박 감독에게 말했어. 여보, 저 여자보고 저 소파에 앉지 말라고 해요. 저건 아직 크레디트 할부금도 다 붓지 않은 거예요…… 12개월 할부로 샀으니까 10개월이

나 돈을 더 내야 해요. 아이들도 못 앉게 했었어요. 여보, 제발 저 여자를 저 소파에서 내려오게 하세요. 제발……. 박 감독이 말했어, 소파가 뭐 어쨌다고? 내가 다시 말했어. 여보 제발, 제발 저 여자를 소파에서 내려오게 해줘요! 박 감독이 날 끌어내리려고 했어, 내가 소리쳤어, 여보! 거기엔 우리 현우랑 현수도 함부로 앉지 못하게 했어요! 저 여자를 제발……."

경혜가 한숨을 내쉬었다. 혜완은 잡고 있는 영선의 손바닥에 축축이 배어나는 땀을 느꼈다.

"너 정말 미쳤구나. 그런 상황에서 대체 소파가 문제니?"

경혜가 짜증스레 말했다.

"나도 알아…… 소파라니? 그 상황에서 소파를 문제 삼다니…… 다른 여자가 그랬다면 나도 미쳤다고 생각했을 거야. 근데 그때는 그 생각이 들었어. 박 감독이 내 멱살을 잡아끌었지. 여자가 말했어. 감독님 대체 부인한테 왜 그러세요. 놔두세요, 말씀하시게…… 그러자 박 감독이 내 멱살을 놓았어……. 여자가 느긋하게 소파에 앉아서 말했지. 물어보실 말 있으면 다 물어보시지요? 마누라는 멱살을 잡히고 여자는 느긋하게 앉아 있었어. 내가 물었지. 언제 왔냐고…… 여자가 대답했어. 어제저녁에요. 내가 물었지. 그럼…… 여기서 잤어요? 그러자 그녀가 소파에서 다리를 꼬면서 말했어. 물론이요. 내가 다시 물었어. 내 침대에서? 그녀가 대답했어, 네……. 내가 박 감독을 쳐다보았지. 그는 베란다를 향해 등을 돌리고는 담배만 피우고 있었어. 그가 말하더군. 심 양이 소파에서 잔다는 걸 내가 침대에서 자라고 했어……. 손님을 소파에서 주무시게 할 수는 없잖아? 기다렸다는 듯 그녀가 말했어. 그래요. 전 침대에서 자고 감독님이 소파에서 주무셨어요. 여자가 말하더군. 물론 섹스는 안 했어요, 이제 됐어요?"

"얘, 너 칼을 들고 그 심 양인지 그 계집애를 찔렀어야 되는 거 아니니? 응? 어디서 그런 미친년이 있어?"

경혜가 붉어진 얼굴로 말했다.

"그래 그럴지도 몰라…… 그래, 나도 알아. 그 사람 예의 바른 사람이야. 설사 너희들이 우리 집에 놀러 온다 해도 그렇게 대접해주었을 사람이야……. 단 한 사람 자기 아내에게만은 빼놓고, 아주 예의 바르지……. 그래서 내가 물었지, 대체 무슨 일인가요. 박 감독과 당신의 시나리오 작업은 한 달 전에 끝나지 않았나요? 여자가 대답했어. 비디오 잭 때문에 왔어요. 그녀는 비디오 잭 때문에 왔다고 했어. 비디오테이프에 TV 녹화를 하기 위해선 그것을 연결하는 비디오 잭이 있어야 하는데 그게 없어서 왔다는 거야. 그녀는 내게 자랑스레 신문에 쳐놓은 동그라미를 내밀었어. 이 프로들을 녹화하고 있었던 거예요. 우리 집에 마침 그게 없었거든요. 또 물어보고 싶으신 거 물어보세요……. 그러곤……."

"말이나 되니? 전파상에 가면 구할 걸 가지고! 아니 그리고 그게 설사 없었다 해도 말이나 되니? 응? 마침 부인 친정 간 날 그게 고장이 나서 방이동까지 온 거야? 그래서 어떻게 했어 입을 쫙 찢어버리지 않구?"

경혜가 얼굴을 찌푸리며 말했다. 잠시 끊어진 대화 사이로 빗소리가 쏴아 하고 밀려들었다.

"그래, 나도 그렇게 말하고 싶었어. 알고 있는 모든 욕을 퍼붓고 싶었어……. 하지만 난 박 감독 쪽을 보았지. 그는 소파에 비스듬히 누워서 무표정하게 우리 둘을 바라보고 있었어. 별거한다는 말은 분명 그가 했겠지? 나는 그가 이 상황을 즐기고 있다는 생각이 들었어. 그냥 그런 생각이 들었어……. 지가 사람이면 자신의 아내가 그런 모욕을 당하도록 놓아두지는 않았을 거야……. 하지만 그는 구경을 하는 표정을 짓고 있었어."

혜완이 고개를 돌렸다. 박 감독에게 이야기를 들었을 때 박 감독도 분명히 이 정황에 대해 이야기를 했었다. 그땐 얼마나 우아한 이야기였던가……. 그땐 영선이가 얼마나 어이없고 미친 듯이 보였던가. 혜완은 머리를 부볐다.

"내가 말했지. 어쨌든 나가달라고. 그 여자가 말했어. 박 감독님 제가 나가야 하나요? 전 이 프로 녹화는 다 마쳐야 돼요. 감독님 시나리오에 도움이 되거든요. 사모님 전 일을 가지고 있는 여자예요. 집에만 계신 분이 이해하시지 못하는 일의 세계가 있어요. 박 감독이 말했지. 심 양 우리 집 사람이 원래 좀 우울증이 있어요. 물론 일을 다 마치고 가세요."

비명이 터져 나온 건 경혜의 입이었다. 혜완 자신도 아까부터 가슴속으로 자꾸 싸늘한 것이 흘러내리는 것을 느끼고 있었다.

영선은 천천히 술을 마셨다.

"그걸 그냥 놔뒀어? 머리채라도 잡아서 패대기를 치지, 응?"

"그게 아냐. 왜 거기 서 있었니? 일단 나오고, 박 감독 말대로 나와서 좀 감정을 정리하고 그리고 따져도 되잖아?"

혜완이 힐난하듯 물었다. 친구의 입으로 친구가 당한 모욕을 듣고 있는 게 가슴이 아파서 그녀의 목소리에는 더욱 힐난조가 강했다.

영선이 떨리는 손으로 덤벙덤벙 담배를 끄며 말했다.

"그래 난 그냥 그 자리를 뛰쳐나왔어야 했어…… 하지만 그럴 수가 없었어……. 그래야 한다는 걸 알고 있었지만…… 혜완아 어떠니, 니가 소설을 쓴다면 여자는 순순히 뛰쳐나오겠지. 그러곤 담담하게 이별을 고하겠지? 그러면 인생은 참 멋있을 거야, 그렇지 않니?"

영선의 눈으로 쉴 새 없이 눈물이 흘러내렸다. 문득 혜완은 죄인처럼 고개를 숙였다. 그렇지 않았다. 생은 훨씬 더 유치한 부분을 많이 가지고 있는 것이라고 선우와 헤어지면서 자신도 생각하지 않았던가…… 영선의 빈 잔에 이번에는 경혜가 술을 채워주었다.

"여자가 침실로 들어가서 다시 녹화를 시작하더구나……. 난 뛰어 들어가서 그 여자 멱살을 잡았어……. 그런데 왜 그렇게 말이 안 나오니? 말이 나오질 않았어…… 막막했어…… 생각해봐, 여자의 멱살을 잡아놓고 막막했던 거야. 여자가 말했어…… 남편에 대해서 그렇게 자신이 없으신가요? 전 박 감독님이 불쌍해요. 좀 더 좋은 부인을 만나셨더라면 훨씬 더 크실 수 있는 분인데…… 남자는 여자 하기 나름 아니에요? …… 영화계에서 사람들이 뭐라고 하는 줄 알아요? 박 감독님이 알코올 중독이 된 부인 만나서 고생하신다고들 해요……. 혜완아, 경혜야 그건…… 그건 내가…… 내가, 이 딸이 우리 엄마한테 하던 소리 아니었니?……."

다시 더 가까운 곳에서 천둥소리가 울렸다.

"그리고 달려온 박 감독이 여자의 멱살을 잡고 있는 날 때렸지. 그는 수치스러워하고 있었어. 날 때린 것이 수치스러운 게 아니라 제 동료 앞에서 때리는 모습을 보인 게 수치스러웠던 거야…… 나로 말하면 마지막 보루로 남겨놓았던 그의 뒷모습을 여지없이 보아버린 것 같은 그런 느낌이었어. 나 역시 수치스러웠지. 맞은 것도 수치스러웠지만, 인생에 대해서 아무것도 모르는 그 여자아이 앞에서 맞은 것도 수치스러웠지만 그런 그를 위해 바친 내 사랑이 수치스러웠어……."

영선은 거기서 말을 그쳤다.

빗소리만 멀리서 들렸다. 혜완은 가슴속에 흘러내렸던 싸늘한 것들이 고여서 활활 타오르는 것을 느꼈다. 싸늘한 액체인 석유에 불이 붙듯이 박 감독은 분명 말했다.

―제가 태어나서 사랑했던 것은 영선이 하나뿐입니다.

그렇다. 그의 이야기는 사실이라고 해도, 그는 사랑하는 영선이를 놓아둔 채로 영선의 후배와 잠자리를 하고, 시나리오 작가 앞에서 영선을 모욕했다. 그것이 사랑인가…… 그럴 수도 있을 것이다. 술을 먹고 행패를 부리던 영선의 아버지가 가끔 술에 취해 영선의 형제들을 앉혀놓고 이야기했다지 않는가.

―이놈들아 내가 너희들을 얼마나 사랑하는지 알아?

물론 그것도 거짓이 아닐 터였다. 아버지가 자식을 사랑한다는 게 그것이 거짓말이라고 말할 수 있겠는가…… 혜완은 가슴속에서 달아오르는 열기가 양 볼로 퍼져나가는 것을 느꼈고 그래서 두 뺨을 감쌌다.

하지만 그렇다고 자살을 기도하다니. 그런 사소한 일은 분명 모욕이었지만 그래도 사소한 사건이었다. 하지만 영선은 사소한 사건 하나에도 치명적으로 상처 입을 만큼 약해져 있었던 것이었다. 그걸 헤아리지 못한 것은 적어도 박 감독의 잘못이었다. 하지만 그렇게 되기까지 영선은 어떤 과정을 거쳤을까. 적어도, 적어도 착한 영선이를 그렇게 만들기까지의 과정은 분명히 존재할 것이었다. 단지 밥을 하고 빨래를 하고 유학을 포기한 채 그의 뒷바라지를 한다고 해서 모두 이런 식으로 손상되지는 않는다. 혜완은 묻고 싶었지만 영선은 입을 열어 그날의 마무리를 지었다.

"그래서 술을 마셨어. 그는 내게 정신병원엔 언제 갈 거냐고 묻더군. 의부증을 참을 수가 없다고 말했어. 일하는 두 남녀를 의심하는 그런 교양 없는 여자는 참을 수가 없다는 거야. 맹세코 자신은 그녀와 아무 일도 없었다면서 단지 비디오 잭이 필요한 사람에게 그것을 빌려주었을 뿐이라고, 녹화가 되는 비디오 잭이 하필이면 침실에 있었을 뿐이라고…… 그는 알지 못했어. 설사 그가 그녀와 어떤 사이였다 하더라도 내게 정말 필요했던 것은, 내게 정말 필요했던 것은 자존심이란 걸 그는 몰랐던 거야. 내가 이혼을 요구했지. 그는 말했어. 니 알코올 중독은 충분히 이혼 사유가 되니까 자신도 그게 좋다는 거야. 그러곤 침실 문을 소리 나게 닫고 들어가서 잠을 자더구나. 설마 했는데…… 잠시 후 코 고는 소리가 들렸어. 코를 골았어……. 그 소리가 천둥처럼 우주를 울리는 것 같았어. 나는 칼을 들었지. 아까 이야기하던 대로 그를 알코올 중독에 우울증이 있는 미친 부인의 희생자로 만들고 싶지 않아서……. 죽을 사람은 나였던 거야. 내가 죽어야 그가 더 이상 착한 남자가 되지 않는 거야. 이래도 내가 정신병원에 가야 하니?"

아내, 정부, 그리고 친구

하늘은 낮고 음울했다. 빗소리는 쉬지 않고 들려왔고 나무들이 보도를 향해 우수수 우수수 이파리들을 쏟아붓고 있었다. 혜완은 버스에 올라타기 위해 주머니를 뒤지면서 다시 한번 통장에 남아 있을 잔고를 헤아려보았다.

가뜩이나 요즘은 글을 쓰지 못했고 영선까지 얹혀 있었기 때문에 예상보다 지출이 많았다. 불황의 바람을 타 그녀의 첫 책은 창고에 가득 쌓여 있었고 그래서 혜완에게 겨우 생활을 유지하게 하던 인세마저 지급이 중단되었던 것이었다. 며칠 전 작은언니의 전화를 받았을 때 우물거린 것도 그 탓이었다. 다음 달에 있을 어머니의 회갑을 위해 자매들이 돈을 걷기로 했다고 작은언니는 말했다. 지방에서 교사를 하는 언니 역시 그리 넉넉한 생활은 아닐 터였다.

—너 추석 때도 엄마 아부지한테 아무것도 안 해드렸지? 집에 안 가더라도 그쯤 신경 쓸 수 없니?

원래 마음씨가 착했던 작은언니는 조심스레 말했지만 나무라는 의도가 혜완에게는 느껴졌다.

혜완은 어떻게든 돈을 마련해야겠다고 생각했고 그래서 오늘은 출판사에 가보려는 것이었다. 우선 계약을 하면 얼마간의 목돈을 손에 쥘 수 있고 그 압박감 때문에라도 글을 쓰게 될 수 있을 것이라는 막연한 계산이었다. 하지만 막상 버스를 타고 나서야 어떻게 이야기를 꺼낼 수 있을까 막막했다.

며칠 전에도 한번 이런 결심을 하고 출판사에 찾아갔다가 차마 이야기는 꺼내지 못하고 출판사 사장이 좋아하는 개고기만 억지로 먹고 돌아온 적이 있었다.

—어떻게 하든 남한테 신세 지지 않을 방법을 찾아야지.

영선은 요즈음 혜완이 외출한 틈이면 혜완이 쓰는 컴퓨터 앞에 앉아 무언가를 쓰고 있었다. 혜완이 잠시 보려고 하면 마치 문학소녀처럼 그것을 감추곤 했었다.

어엿하게 대학을 졸업한 여자가 서른이 넘어 취직을 할 곳은 정말 없었다. 혜완이 몇 군데 출판사에 영선의 취직

자리를 알아보아주었지만 모두 허사였다. 우선 경험이 없었고 여자 직원들은 지금 있는 인원으로도 충분하다는 것이었다.

—여자들이 말이야 대충 좀 그만두고 그러면 좋을 텐데 기를 쓰고 출근을 한단 말이야.

어떤 선배는 전화를 끊으며 그렇게 말했다.

—시집가기 전에 잠시 머무르는 직장으로 생각하는 것보단 건강하고 좋잖아요?

혜완이 대꾸하자 선배는 글쎄…… 말꼬리를 흐리며 웃었다.

영선에게 어떻게든 직업을 얻어주려는 혜완의 시도가 실패로 돌아간 것을 눈치챈 영선은 그때부터 무언가 결심을 한 듯 컴퓨터 앞에 앉아 있었던 것이다.

—소설을 쓰니?

혜완이 묻자 영선은 그저 수줍게 웃고만 말았다.

—잘 써봐, 라이벌 하나 생기면 나도 질투가 나서 잘 써질 것 같아.

하지만 혜완이 얼핏 보았을 때 영선은 번호를 매기고 있었다. 생각해보니 시나리오를 쓰는 것 같았다. 어쨌든 영선은 그날 밤의 소동 이후 술도 마시지 않았고 다시 예전의 착실한 생활로 돌아가는 듯이 보였다. 경혜의 말에 따르면 언제 다시 터질지 모르는 화약고 같았지만 그래도 컴퓨터 앞에서 열중하는 모습이 보기가 좋았던 혜완은 그대로 영선을 놓아두고 있었다.

버스 정류장에서 내려 혜완은 출판사까지 긴 길을 걸어 올라갔다. 최근에 새로 독립을 한 황 선배를 찾아가려는 것이다. 그는 전에 혜완을 만난 자리에서 한번 찾아오라고 간곡하게 부탁을 한 일이 있었다.

문을 열자 낯익은 얼굴이 눈에 띄었다. 하필 소설가 장이 황 선배와 바둑을 두고 있었다. 혜완은 어설프게 인사를 하고 그들이 바둑을 두고 있는 소파 한편에 앉았다. 접은 우산에서 빗물이 주르르 흘러내렸다.

"어머, 우산 여기까지 가져오시면 안 돼요."

커피를 날라오던 급사 아이가 혜완의 우산을 빼앗듯 챙기며 힐난하듯 말했다.

"미안해요."

혜완은 엉거주춤 일어나 우산을 입구의 양동이에 꽂았다. 양동이 위의 칸막이에는 얼마 전에 나온 황 선배의 출판사 책표지가 커다랗게 붙어 있었다. 영화로도 상영이 되어 인기를 끌었던 외국 소설의 번역본이었다. '외설이냐 예술이냐'라는 광고 문안이 사람들을 끌었다는 그 영화.

혜완은 그제서야 자기가 출판사를 잘못 찾아왔을지도 모른다는 불안감을 느꼈다.

"비 많이 오지?"

황 선배는 눈을 바둑판에 고정시킨 채, 스치듯 물었다.

"네."

그 말을 하기 위해 여기까지 온 것은 아니었지만 혜완은 순순히 대답하고 나서 잡지들을 뒤적였다. 5공 시절 수위가 높은 정치 기사 때문에 정간을 당하기도 했던 잡지였다. 무심히 뒤적이던 잡지 한편에 여자의 누드 사진이 보였다. 긴 머리를 늘어뜨린 여자의 사진이 몇 페이지 실려 있었다.

벌거벗은 여자가 낙엽 위에서 뒹구는 사진들.

"좋지?"

혜완이 넘기던 여자의 나신을 슬몃 엿보던 황 선배가 장난스레 물었다. 소설가 장이 혜완의 눈길을 애써 피하며 어색하게 따라 웃었다.

"어때 요즘 좀, 많이 쓰나?"

바둑은 바둑대로 두면서 황 선배는 혜완에게 말을 걸었다.

"잘 안 돼요."

실은 그것 때문에 왔어요. 계약금을 좀 주시면 써볼게요, 하는 말이 목구멍에서 빙빙 돌았다. 혜완은 급사 아이가 날라온 커피를 한 모금 꿀꺽 삼키면서 하고 싶은 말을 함께 삼켜버렸다.

"우리랑 일 좀 해보자…… 일거리가 좀 있는데."

"뭔데요?"

"으음…… 영화로 나올 시나리오를 소설로 번안하는 거야. 말하자면 원작 소설을 나중에 쓰는 거지. 제목은 '백 번째 남자.'"

커피 잔을 놓다 말고 그녀는 그를 바라보았다. 농담하자는 거 아니야라는 표정이어서 혜완은 문득 어색해졌다. 키가 아주 작아서 당찬 느낌을 주는 황 선배가 바둑돌을 하나 놓으며 혜완 쪽으로 돌아앉았다.

"요즘은 그런 게 잘돼. 기획 소설이라고 하는 건데 말이야. 저번에 혜완이가 여성 문제 쪽에 관심이 있다고 해서……."

제목이야 바꿔 해도 되는 것이겠지. 혜완은 자꾸 작은언니의 전화를 생각하면서 가만히 고개를 끄덕였다. 우선 어머니 환갑에 빈손으로 내려갈 수는 없었다. 아버지 환갑은 혜완의 이혼 때문에 모두가 침울해서 겨우 식사만 하고 끝냈기 때문에 혜완의 부담감은 그만큼 컸다.

"요즘 노처녀들 많잖아. 콧대 높은 노처녀가 선을 보면서 남자들을 찾아 헤매다가 결국 진실한 사랑이라는 게 뭔지를 깨닫고 결혼을 하게 되는 거야. 어때? 요즘에 사람들은 그런 걸 찾거든. 요즘 같은 세상에 골치 아픈 거보다는 뭔가 희망적이고 순수하고 약간은 복고풍의 것 말이야."

"진실한 사랑이라는 게 뭔데요?"

머릿속으로 끊임없이 아니다, 아니다 하는 생각이 들었지만 혜완은 그에게 물었다.

"그야 돈 많고 지위 높은 남자가 아니라 정말로 여자를 아껴주는 그런 남자를 만나는 거야……. 그래서 콧대가 높던 여자는 아주 좋은 남자, 돈도 별로 없지만 진실한 남자를 만나는 거야. 그 사이사이의 에피소드들도 재미있지 않겠어?"

황 선배는 다시 바둑판으로 눈을 돌리며 물었다. 소설가 장의 안쓰러운 눈길이 혜완과 마주쳤다.

"백 번이나 선을 볼 정도로 결혼을 하려고 기 쓰는 여자가 진실한 남자를 발견할 수 있겠어요? 아주아주 좋은 남자가 세상에 있겠으며, 또 발견한들 뭐 그리 행복하겠어요? 어차피 돈도 없고 지위도 없으면 그 여자의 꺾인 콧대만 허망해질 텐데…… 이왕 그럴려면 콧대 높은 여자가 돈도 많고 지위도 있는 그런 남자를 만나는 스토리가 낫잖아요? 그게 사람들한테도 더 희망적일 테고 말예요."

묵묵히 말을 듣고 있던 소설가 장이 먼저 웃음을 터뜨렸다.

바둑판을 열심히 내려다보고 있던 황 선배가 힐난의 눈길로 혜완을 바라보았다.

"넌 그게 탈이야, 왜 그렇게 비뚤어졌니?"

황 선배는 혀를 끌끌 차며 말했다.

"아니 제 말은 이왕 허구일 거면……."

"이 세상에 왜 그런 남자가 없겠어. 바로 여기 있잖아."

황 선배는 손가락으로 자신 있게 자신을 가리켰다.

혜완은 고개를 숙이면서, 문득 그가 탈춤을 추던 여러 해 전 가을을 생각했다. 횃불이 타오르던 노천극장에서 그는 판을 이끌고 있었다. 탈춤의 마지막 장면, 주인공이었던 그가 경찰에 뭇매를 맞고 죽자 동료들은 그를 상여에 태우고 구슬피 장례를 치렀다. 그러자 상여 속에 말없이 죽어 있던 그가 돌연 상여를 박차고 일어나며 횃불을 들었다. 캄캄한 1983년의 어느 가을 밤, 노천극장을 빈틈없이 메운 관중들은 숨을 죽였다. 풀벌레 한 마리조차 울지 않았던 그때…… 혜완은 무엇인가가 뒤통수를 서늘하게 훑고 지나가는 것을 느꼈었다. 누가 먼저랄 것도 없이 흥분한 학생들이 일어섰고 스크럼을 짰다. 그때 그는 황 선배의 이름을 물었었다. 감히 이름을 물어보기에도 경외스러운 이름의 선배. 그는 그 탈춤 이후 시위를 주도했고 졸업을 하기도 전에 감옥엘 가고, 그리고 다시 나와 문화 운동을 이끌던 사람이었다. 그랬던 그…… 그는 이제 이 출판사에 앉아 바둑을 두며 혜완에게 '백 번째 남자'라는 소설을 써보라고 권유하고 있었다.

"그게 싫으면 말이야, 니 이혼담을 글로 써보면 어떨까. 이혼 수기 말이야. 요즘 이혼하는 부부들도 많은데 적나라하게 심경을 밝히는 거야. 그러면 괜찮을 것 같지 않니? 적 나라하게……."

헤완의 얼굴이 설핏 굳어졌다. 적나라하게 밝히는 건 또 무엇일까.

헤완은 굳은 얼굴을 억지로 펴서 다시 웃었다. 상황이 잘 감지되지 않았다. 한동안 그를 만나지 못했었고 이렇게 가까운 곳에서 이야기를 나누기 시작한 것도 얼마 되지 않았지만, 물론 책의 구매 부수를 좌우하는 요즈음 젊은이들은 사회과학 서적을 보기보다는 락카페에 가서 춤을 추는 것을 더 좋아한다지만, 5공 시절 수위 높은 기사를 실었다고 정간을 당한 잡지가 여자의 누드를 실어 다시 판매 부수를 올리고 있다지만 그렇다 해도 그의 입에서 이런 소리가 나올 줄은 생각도 하지 않았던 것이었다. 소설가 장이 당황하는 헤완을 설핏 바라보다가 바둑돌을 소리 나게 내려놓았다.

"내가 졌어."

싱겁게 바둑판이 깨어졌고 세 사람은 커피를 마시며 잡담을 나누었다.

헤완은 자신이 찾아온 이 어색한 사무실에서 얼른 나가고만 싶어졌다. 외설이냐 예술이냐라는 카피가 적힌 소설의 표지가 걸린 이 사무실의 분위기가 헤완을 한없이 주눅 들게 만들고 있었다. 그래서 소설가 장이 일어섰을 때 그녀는 급하게 그를 따라 일어섰다.

"황 선배하고 저런 이야기 처음 해보시는 거예요?"

건물 현관 입구에서 우산을 펴며 장이 물었다. 딱하다는
어투였다. 혜완은 피식 웃으며 빗속으로 장을 따라 나섰다.

"요 몇 년 새 황 선배 참 많이 변했어요. 저도 이젠 그저
바둑이나 두려고 찾아와요."

"다들…… 그렇잖아요?"

"그래도 혜완 씬 꽤 당황하시는 거 같은데요."

웃으려는데 세찬 바람이 휘익 불어왔다. 혜완은 백을 고
쳐 메며 쥐색 바바리 깃을 올렸다.

"제가 늘 표정을 감추지 못하고 그래요."

"너무 크게 생각 마세요. 먹고살려다 보니까 그렇게 되겠
죠. 우리 세대는 어째 내내 혼란이네요."

혜완도 장도 입을 다물고 약간 떨어져서 빗속을 걸었다.
짧은 대화였지만 혜완은 왠지 장과 친밀함을 느꼈다. 장의
말마따나 내내 혼란인 세대이기 때문일까. 하지만 버스 정
류장이 가까워졌을 때 혜완은 장이 자신을 거북해하고 있
다는 것을 깨달았다. 그래서 그녀는 급한 일이라도 있는 것
처럼 버스가 오는 방향만 바라보고 있었다.

배가 부른 여자가 임신복을 입고 장을 봐서 집으로 돌아
가고 있었다. 결혼식 날 부른 배로 웨딩드레스를 입고 있던
장의 부인이 기억조차 희미하게 떠올랐고 어쩔 수 없이 호

텔 커피숍에서 마주친 장과 그가 사귄다는 여자의 얼굴이
떠올랐다. 생각이란 게 묘한 걸까. 장이 혜완을 물끄러미
바라보다가 입을 열었다.

"어디 약속이 있으세요?"

"아니에요. 왜요?"

"……절 거북해하시는 거 같아서요."

숨긴 감정을 들킨 듯 혜완이 웃었다. 장의 말은 약간 빗
나가긴 했었다. 그를 거북해하는 게 아니라 그가 혜완을
거북해할까 봐 거북해하고 있었던 것이다. 하기는 어쨌든
거북해하는 건 마찬가지였다. 이제 뒷모습을 보이는 임신
부가 임신부 특유의 그 느릿느릿하고 약간은 방심한 걸음
걸이로 멀어지고 있었다.

그런 일이 있었다. 헌이를 가진 지 7개월쯤 되었을까. 신
문을 파는 아이가 왔었다. 그 아이는 다른 아이들보다 유
난히 혀가 풀어진 목소리로, 결국 신문을 팔아달라는 요
지의 연설을 하고 난 다음 버스에 들어찬 사람들의 무릎
위로 신문을 내려놓기 시작했다. 그리고 그 아이가 끝에서
두 번째 열의 좌석에 앉은 혜완에게 다가왔다. 아이는 버
스가 흔들리는 데 따라 몸이 휘청하는 듯하더니 팔꿈치로
혜완의 젖가슴을 강하게 눌렀다. 느낌은 분명 의도적인 실
수라는 것이었지만 설마, 임산부인 자신에게까지 그 어린
나이에 그런 짓을 할까 싶어 혜완은 들고 있던 가방을 방

어적으로 다시 무릎 위에 올려놓았다. 아이가 신문 값을 받기 위해 혜완 쪽으로 다시 다가왔을 때 혜완은 신문을 돌려주면서 가방을 살짝 들었다. 이번에는 버스가 흔들리지 않았지만 아이는 기술적으로 가방을 밀쳐내며 팔꿈치로 다시 혜완의 가슴을 눌렀다. 그러고는 태연히 혜완의 귀에 속삭이는 것이었다.

—그래봤자 니가 어쩔 거야?

여고 시절 버스 안에서 혹은 대학 시절 만원 전철 안에서 몇 번 그런 일을 당했던 경험이 없는 여성이라면 아마도 대한민국 여성이 아니겠지만 갑자기 피가 얼굴로 솟구쳤고 생각 같아선 일어나서 그 아이의 멱살이라도 잡고 싶었지만 혜완은 그저 분을 삭이며 멍청히 당하고 있는 수밖에 없었다. 아이가 7개월 된 자신의 배라도 걷어찬다면 하는 생각이 들었던 것이다.

"어제 아내가 아이를 낳았어요."

장이 혜완에게 말했다. 말을 마치면서 약간 두툼한 그의 입술이 굳게 다물렸다. 축하한다고 말을 해야겠다고 생각했지만 왠지 말이 튀어나오지 않았다.

"어디 가서 차나 한잔 하실래요?"

"그러죠…… 그리고…… 저…… 축하해요."

장이 걸음을 멈추었다. 그러고는 혜완의 축하가 아이의 탄생에 관한 일이라는 걸 그제서야 생각했듯이 아아, 하며 웃었다.

"아들이에요."

근처의 간이 커피숍에 들어가 혜완과 자신의 몫의 커피를 날라다 놓고 장이 말했다.

"좋으시겠어요."

"글쎄요."

장은 설탕 봉지를 뜯어 커피 잔에 와르르 붓고는 천천히 그것을 저었다. 커피에서 오르는 김이 그의 손가락 사이로 사르르 퍼져나갔다. 참으로 예민해 보이는 손이었다. 희고 길쭉하고 가느다란 손가락.

"전 오히려 딸을 원했더랬는데 낳고 보니까 잘됐다는 생각이 들었어요. 이 험한 세상에 딸을 낳는다면 너무 끔찍할 것 같아요."

장은 커피를 마시며 웃었다. 남편도 그녀가 아이를 낳았을 때 그런 말을 했었다.

—딸이었다면 난 아마 밤마다 한숨도 자지 못했을 거야. 어릴 때는 어릴 때대로 자라서는 자라서 대로.

비바람 부는 곳에서 따뜻한 커피숍으로 들어서자 나른한 기분이 되었고 혜완은 일부러 블랙으로 커피를 마셨다. 혜완 쪽으로 말하면 딸을 가지고 싶었다. 딸을 낳아서 한번 여자라고 주눅 들지 않게, 니가 아들이었으면 얼마나 좋았겠느냐는 말도 듣지 않게 씩씩하게 키워보고 싶었다. 하지만 그것조차 이젠 헛된 꿈이었다. 혜완은 담배를 한 대 물었다. 장도 커피만 마실 뿐 말이 없었다. 사람들이 한여름의 소나기처럼 내리는 비를 피해 하나둘씩 커피숍으로 몰려들었고 그들이 문을 열 때마다 빗길을 달리는 자동차 소리가 문틈으로 달려들었다.

문이 열리고 또 닫히고 사람들이 들어가고 나가고 한참을 그럴 동안 장은 창밖만 보고 있었다. 길 건너편 가게들에서 네온사인이 빗속에서 영롱하게 빛나고 있었다. 혜완이 담배 한 대를 다 피웠을 무렵 장이 무겁게 입을 열었다.

"저번에 마주쳤던 그 여자……"

고개를 숙이고 담배를 끄던 혜완의 손이 문득 재떨이 위에서 멎었다. 그랬다. 장이 혜완을 거북해한 것도 혜완이 장을 거북해한 것도 그 여자 때문이었다. 혜완은 담배를 끄고 물을 한 모금 마셨다. 장이 손가락으로 얼굴을 쓸어내리더니 말을 이었다.

"헤어졌어요."

"……"

"아마 서혜완 씨 때문일 거예요."

혜완이 의아한 표정으로 장을 바라보았다.

"그날 호텔 커피숍에서 마주치고 난 다음에 어느 날 헤어지자고 하더군요. 혜완 씨가 자꾸 쳐다보는데 이상하게 자신이 없더래요. 물론 혜완 씨는 그러지 않았겠지만 자꾸

자기를 힐난하는 것 같고…… 그다음에 출판사에서 혜완 씨를 볼 면목이 없다면서…….”

그랬었다. 그녀는 선우 출판사의 여직원이었다. 어쩐지 낯이 익다는 느낌을 받았던 것이 생각났다. 친절하고 잘 웃고 수줍던 그 여자. 나이가 스물이나 되었을까. 여상을 졸업하고 첫 직장이라고 했던 경상도 말씨를 애써 숨기던 소녀.

“아니에요. 제가 힐난의 눈빛으로 바라보았을 거예요. 아무래도 이 나이가 되면 자꾸 부인의 입장에서 생각하게 되니까요. 친구들도 그렇고, 모두들 한 남자의 부인들이고 그러니까요. ……그래요, 제가 힐난했을 거예요.”

“그럴까요?”

장은 입을 다물고 식은 커피를 들어 그것을 마셨다.

“이제 와서 혜완 씨한테 변명하는 건 아니지만 세상에 태어나서 그렇게 강한 감정을 느껴본 건 처음이었어요.”

“몰래 하는 사랑이 원래 그런 거 아닌가요? 로미오와 줄리엣도 양가가 그렇게 원수진 사이가 아니라면 그토록 서둘러 목숨까지 바칠 이유는 없었겠죠.”

“저도 그런 생각은 합니다만…… 모르겠어요. 실제로 그럴지도 모르죠.”

장은 입을 다물었다. 혜완은 잠시 후회에 빠졌다. 이야기를 좀 더 차분하게 들어주어야 했던 것 같았다.

"결혼 전이었다면 어떻게 취할 방도가 없었을까요?"

혜완이 장이 무는 담배에 불을 붙여주면서 물었다.

"……하긴 그땐 저도 당황하고 있었어요. 게다가 이미 전 결혼 날짜를 받아놓은 상태였고 혜완 씨도 이해하시겠지만 결혼이라는 건 한번 양가에 통고를 해놓으면 당사자들의 마음을 다시 차근차근 헤아려볼 필요도 없이 흘러가는 거잖아요?"

혜완은 가만히 고개를 끄덕였다. 그건 사실이었다. 양가에 인사를 드리고 나면 결혼은 두 당사자의 손을 떠나 떠들썩한 집안의 행사가 되어버린다.

"아내에 대해서는 죄책감은 있지만 전 가장 노릇을 하지 않은 적은 없어요. 아내에 대해선 친구 같은 사랑이랄까. 우정 같은 것도 가지고 있고 전…… 설거지도 잘해주고 직장에 다니는 아내를 위해서 밥도 합니다. 우린 뭐랄까 동지 같은 관계라고나 할까요, 형제 같은 사이라고나 할까……"

"제가 뵈니까 매일 밖에 계시던데 언제 그렇게 집안일을 도우셨어요?"

"가끔…… 하죠. 집에 있을 땐."

"하기는요, 남자는 설거지 한 번 하고 몇 년 동안 말하죠. 난 언제나 집안일을 돕고 있다고…… 하지만 또 여자가 어느 날 동창회에 갔다가 늦으면 남자들은 이렇게 말해요. 내 아내는 매일 나가 돌아다녀……"

장이 다시 웃었다.

"혜완 씬 저의 아내랑 비슷한 데가 있군요."

"그래서 그런 이야기하는 아내가 왠지 정이 안 가신다는 거예요?"

"글쎄요…… 부부라는 게 다분히 생활의 냄새가 많이 나는 사이 아닙니까? 여자들이 이런 이야기를 들으면 분개하겠지만 아내에 대한 것과는 또 다르게 남자한테는 그런 감정이 있어요. 그런 감정을 그녀에게 느꼈던 겁니다. 전 아직도 그녀를 사랑하고 다시 돌아오기를 바라고 있어요."

"……그 처녀가 왜 헤어지자고 했는지 알 것 같군요."

담배연기를 내뿜느라 약간 찌푸려 있던 장의 눈이 순간 혜완을 쏘아보았다.

"그런 태도는 부인에게도 그 아가씨에게도 견딜 수 없는 걸 거예요. 아직 앞길이 창창한 그 아가씨 생각도 해야죠."

장이 담배를 눌러 껐다.

"그럴까요?"

혜완은 단호하게 고개를 끄덕였다.

"전 그녀를 대학에도 보내주고 그리고 앞으로 한평생 사랑해줄 자신도 있었어요."

"그리고 평생 독신으로 살면서 부인 있는 남자를 기다리게 하려고요? 그 아가씨의 이름은 무엇이죠? 아내? 정부? 친구는 물론 아니구요……. 그러다가 둘의 마음이 식으면 그 세월은 어디 가서 보상받나요?"

"혜완 씬 보상받기 위해서 사랑을 합니까?"

장이 불쾌하다는 듯 말했다. 그건 아니지만…… 혜완은 입을 다물고 말았다.

"대체 일부일처제라는 게 인간의 본성에 얼마나 어긋나는 겁니까. 한 인간이 어떻게 한 이성만을 평생 사랑하고, 그렇게 산다는 게 가능하기나 한 이야깁니까? 안 그래요?"

"글쎄요, 모두가 그런 생각들을 가지고 있고 모든 사회가 그것을 편견 없이 바라보고 그러면 괜찮겠죠. 아이의 성이 꼭 아버지를 따르지 않아도 자랑스러울 수 있고 여자가 혼자서 아기를 키우면 사람들이 그 엄마를 기특하게 여겨주는 그런 사회라면 가능하겠죠."

"사회 탓이 아니라 여자들의 생각이 남자들보다 더 봉건적인 것 같아요. 그 아가씨도 그렇고, 조금은 그런 편견에서 자유로울 수 있을 텐데……."

"지금은 오히려 약간은 봉건적인 게 여자들한테 유리해서 그래요. 여자들이 스스로 봉건적이라기보다는 말이죠. 제 생각은 그래요."

장은 입을 다물었다. 말이 통할 것 같았던 상대가 의외로 강경하게 고집을 부리자 낙담해하는 것 같은 표정이었다.

"사랑하신다면 아가씨를 설득해보세요. 부인께도 알리

고 양해를 구하시고요."

"비꼬시는 겁니까?"

장은 드디어 화가 나는 것 같았다. 말해놓고 보니 비꼰
것 같았지만 혜완은 미안한 표정을 짓지 않았다.

"비꼬는 게 아니라 전 그 아가씨 말이 전적으로 옳다고
생각해요. 자신 없는 짓은 하지 마세요. 다른 사람들하고
마주치면 숨고 싶은 그런 짓은 우리 좀 안 하고 사는 게 좋
지 않아요?"

갑자기 문연우와의 만남이 떠올랐다. 수치심 때문에 얼
굴이 벌게져서 이런 자신 없는 짓을 내가 왜 저질렀던가
미칠 듯이 후회했으면서 장에게 설교하고 있는 것이다. 감
히, 자신 없는 짓은 말라고 말이다. 혜완은 혼자서 가만히
웃었다.

"전 세상의 도덕 같은 건 염두에 두지 않아요."

"그쪽은 아니지만 그쪽의 애기 엄마가 혹은 그쪽이 사랑
하는 그 아가씨는 그걸 염두에 두어요……."

"모든 것이 혼란이군요."

장은 허탈한 표정을 지었다. 대체 두 여자를 동시에 사랑
하는 게 왜 나쁘냐는 표정이었다. 더 나아가서 왜 여자들
이 자신을 몽땅 차지하려고 고집을 부리는지 모르겠다는
표정이었다. 그러므로 혼란스럽다는 그의 말은 솔직한 심
경일 것이다. 선우 생각이 났다. 여선생과 혜완과…… 맞선

과 오래전에 만난 친구의 전부인과의 연애와…….

"동구가 무너지고 소련이 붕괴되고 그러니 혼란스럽겠죠."

혜완이 말하자 장이 화가 난 표정을 지우며 잠시 웃었다.

"그런지도 모르죠."

"그래요, 정말 그럴지도 몰라요. 동구가 무너지니까 아무 여자들이랑 자도 되는 것 같은, 마치 여자랑 자는 게 철학적 고민이라도 되는 것 같은 소설들이 젊음이라는 이름을 달고 겁도 없이 팔려나가고 있잖아요."

혜완은 마음의 갈등을 감추기 위해 좀 빠른 듯이 말을 이어갔다. 하지만 장 역시 제 생각에 잠기는지 입을 다물었다.

그리고 둘은 커피숍을 나왔다. 장이 육교를 건너 길 건너편으로 사라지고 난 후에도 혜완은 오래 거기 서 있었다.

비가 내리고 있었다. 비를 타고 바람이 몰아치면 노란 은행 이파리들은 무더기로 추락했다. 며칠째 종일 추적거리며 내리는 가을비였다. 이 비가 그치고 나면 날이 차가워지고 사람들은 주머니마다 손을 찌르고 서둘러 밤길을 걸어 집으로 돌아가리라.

그러면 또다시 춥고 긴 겨울이 올 것이다.

혜완은 어둠 속에 서 있는 공중전화에 들어가 경혜에게 전화를 걸었다. 경혜에게 돈 이야기를 하는 수밖에 없을 것 같아서였다.

겨울이 와도 생활은 남는다. 원고료를 세고 판매 부수를 걱정하고…… 낡은 바바리를 입은 채 진열장에 걸린 새로운 유행의 바바리 코트를 바라보고, 그런 생활은 끝없이 이어지는 것이었다.

초여름 날의 장미

커다란 여행 가방은 소파 위에 팽개쳐져 있었다. 그리고 들어서는 혜완을 맞으며 경혜가 불을 켜자 그것은 환하게 보였다. 연한 갈색 가죽 가방이었다.

"왜 불도 안 켜고 있었어. 연지는?"

혜완은 가운 차림으로 힘없이 맞는 경혜를 살피며 물었다.

"외갓집에 있어."

경혜는 눈길을 잔디빛 카펫 바닥에 떨어뜨리며 대답하고는 연분홍 실크 가운을 다 여미려고 하지도 않고 소파에 주저앉았다. 혜완이 슬몃 경혜를 보았을 때 그녀는 손을 들어 눈가에 번진 화장을 닦아냈다. 운 것 같았다. 혜완은 모른 척 자리에서 일어서서 부엌 쪽으로 가서 커피포트를 가스레인지에 얹었다.

"담배 가진 거 있니?"

경혜가 혜완을 바라보고 있다가 물었다.

"백 속을 뒤져봐."

혜완은 경혜의 톤 높은 목소리가 가라앉는 것을 모른 척 하고 일부러 무심하게 대꾸했다.

"연지 아빠는 대체 언제 오는 거야."

혜완이 경혜의 시무룩한 표정을 바라보며 물었다.

"지 오고 싶으면 오겠지……."

경혜는 심드렁한 목소리로 대답하고는 담배를 물었다. 찻잔에 커피를 타면서 혜완은 경혜에게 무슨 일인가 일어 났음을 알았지만 잠자코 입을 다물고 있었다. 겁이 났던 것 이다. 아마 분명 또 무슨 일인가 일어났을 것이고 아마도 그것은 나쁜 일일 것이다. 그래서 커피를 끓여가지고 소파 로 돌아왔을 때 마치 보란 듯 내팽개쳐져 있는 경혜의 여 행 가방을 살며시 거실 바닥으로 밀어놓았다. 경혜의 눈길 이 가방을 따라오는 걸 느꼈지만 혜완은 그저 커피 잔을 들었고 무심히 한 모금을 마셨다.

"너 혼자 있는 줄 알았으면 영선이 이리로 오랄걸 그랬 다. 집에 있기가 갑갑한 것 같던데."

"오라고 그래, 저녁이나 먹고 가. 자고 가든지."

그때 전화벨이 울렸다. 전화벨이 울리기 시작하는 바로 그 순간에 맞추어 경혜가 가볍게 몸서리를 쳤다. 경혜는 천천히 전화로 다가갔다. 혜완은 직감적으로 경혜가 누군가의 전화를 몹시 기다리고 있다는 것을 알았다. 혜완도 한때 전화를 기다리면서 전화벨이 울리기만 하면 저렇게 몸을 떨었었다. 경혜가 수화기를 들었다. 수화기를 드는 경혜의 손가락이 떨리고 있었다.

"여보세요…… 으응 연지니?"

친정으로부터 온 전화인 모양이었다. 순간적으로 경혜의 얼굴에 실망의 빛이 스치고 지나갔지만 경혜는 딸과의 통화를 하면서 아이 가진 어미 특유의 미소를 짓고 있었다. 연지, 엄마 얼만큼 보고 싶어? 맘마는 먹었니? 그랬었어? 멍멍이도 보구?

영선조차도 아이들과 통화를 할 때는 그런 미소를 지었다.

전화를 끊고 나서 경혜는 담배를 손가락에 낀 채로 거실 바닥에 길게 누웠다. 길다란 재가 카펫 바닥에 툭, 하고 떨어져 내렸다.

"왜 안 물어봐?"

경혜는 재를 수습할 생각도 없이 그 자세로 천장을 보고 누워 혜완에게 말했다. 혜완의 눈길이 어쩔 수 없이 여행 가방으로 가서 닿았다.

"내가 왜 이러구 있는지 물어보고 싶지 않아?

"……안 물어봐도 말할 거잖아."

경혜는 마치 인생을 다 살아버린 여자의 표정을 짓고 있었다. 혜완은 경혜 옆으로 다가가 그녀의 손가락 사이에서 혼자 타고 있는 담배를 가져다 재떨이에 껐다. 경혜는 그제서야 가운을 여미며 일어나 앉았다. 미장원에 다녀온 듯한 머리는 어딘가에 몹시 부벼댔는지 까치집처럼 부숭부숭했다.

"안 물어봐도 말한다고? ……내가 늘 그랬었나?"

"그래, 말을 꺼내는 쪽은 너였지. 하지만 니가 늘 말을 꺼냈기 때문에 해결되는 게 더 많았어. 넌 언제나 꺼내고 보여주고 터뜨리고 그래서 문제를 해결하게 하는 장점을 가졌잖아."

"내가?"

경혜는 쓸쓸하게 웃었다. 그러고는 자리에서 일어나 카펫 위에 다리는 쭉 뻗고 소파에 등을 기댔다. 연분홍색 실크 가운으로 내비치는 경혜의 몸은 우윳빛이었고 같은 여자인 혜완 자신이 바라보기에도 아름다웠다. 적당한 키, 적당히 오른 살…… 졸업할 무렵에 경혜는 살이 많이 올랐더랬다. 크지 않은 키였기 때문에 살이 오른 몸집이 금방 드러났고 작은 얼굴에 살이 붙자 왠지 심술이 잔뜩 나 있는 것처럼 보이기까지 했으니까 말이다.

도서관 의자에 붙어 앉아서 공부를 했기 때문이라고 경혜는 말했었다. 하지만 경혜는 대학을 졸업하던 첫해에 방송국 필기시험은 통과했지만 최종 면접에서 떨어지고 말았다. 집안이 어려웠던 탓에 가지고 있던 교사자격증으로 집 근처의 사립학교에서 출산휴가를 받은 여교사 자리를 잠시 때우는 자격으로 불어 교사를 하기도 했던 경혜는 어느 날 놀라우리만큼 날씬해진 몸매로 나타났다. 그동안 모은 돈으로 헬스클럽에 다녔다고 경혜는 별로 부끄럼 없이 말했다. 그러고는 그다음 해 방송국 아나운서 시험에 당당히 합격했다. 동창생들은 그것이 헬스클럽 때문일 것이라고 수군댔다.

　―어차피 여자 아나운서에게 필요한 것은 입이 아니라 얼굴이잖니.

　라든가.

　―도서관에 붙어 있지 말고 헬스클럽에 다녀야 했어.

　하는 말들을 혜완도 들었다. 똑같은 졸업장에 더 나은 학점을 가지고도 '단지 여자라는 이유 때문에' 입사 원서를 들고 거리를 헤매던 동창들이 많았던 시기였다.

　그런 의미에서 경혜는 영특했다. 그녀는 이 사회가 자신에게 어떤 부분을 요구하는지 정확히 파악했던 것이다. 그것은 필기시험에서 요점 정리를 잘하는 것과 같은 능력이었다. 적어도 한국에서는 그랬던 것이다.

"영선이 오라고 그래. 우리 청요리나 시켜 먹고 오늘 노래나 부르고 놀까?"

경혜가 담배연기를 후후 내뿜다 말고 흥흥 웃었다. 그러지 않아도 또 밤늦게 영선을 집에 혼자 남겨둔 것이 불안했던 혜완이 집에 전화를 걸었다. 영선으로부터 곧 출발하라는 대답을 듣고 나서 혜완은 전화를 끊었다.

돈 이야기는 결국 하지 못했다. 아까 장과 헤어져 전화를 걸었을 때 경혜의 목소리가 하도 우울해서 차마 꺼내지 못한 것이었다. 경혜는 피우다 만 담배를 비벼 끄더니 침실로 들어가 옷을 갈아입는 것 같았다. 갈아입으면서 경혜는 아주 단순한 멜로디를 흥흥거렸다. 혜완은 마시다 만 커피잔을 들고 식당 쪽으로 갔다. 서울의 불빛들이 강 아래로 길쭉하게 곤두박질쳐 있었고 강변로에는 차들이 밀려 있었다. 비가 그쳐서인지 불빛들은 맑고 영롱했다. 혜완은 식탁에 한 손을 얹고 오래 그 강의 풍경들을 바라보고 있었다. 남편이 있었다면, 그는 지금 지방 대학의 전임강사가 되었으니 돈 이야기를 하기 위해 출판사를 방문하고 또 잔뜩 울어 부숭한 눈을 하고 있는 친구에게 찾아와 이렇게 입을 우물거리지 않아도 됐을 것이었다. 하지만 그것은 혜완의 선택이었다. 다만 그 선택 속에는 예기치 않던 상황들이 늘 포함되어 있는 것이었고 사람들은 가끔 그것을 운명이라고 부르고 싶어 했다.

혜완은 주방을 둘러보았다. 커다란 냉장고 한편에 밤이라든가 완두콩 혹은 포도 모양의 자석으로 붙어 있는 계획표들이 보였다. 연지 보모료 지급이라고 쓴 메모라든가, 혹은 아파트 관리비 명세표 등등. 그리고 그 냉장고 위에는 커다란 대바구니에 마른 장미가 한 다발 꽂혀 있었다. 경혜는 집 안을 꾸미거나 정돈을 하는 데 재주가 많았다. 영선이 아이들을 키운다든가 김치를 담근다든가 하는 데 뛰어났다면 말이다.

침실에서 나온 경혜가 거실로 나와 냉장고에서 우유를 꺼내 들었다. 아마도 목욕을 하는 데 사용할 모양이었다. 맨발로 카펫을 디디며 경혜는 낮고 음울한 멜로디를 웅얼거리고 있었다.

대학 시절 노래를 부르던 경혜의 얼굴이 떠올랐다. 분명 지금 경혜가 웅얼거리는 저 낮고 음울한 노래는 아니었었다. 대학 방송국에서 엠티를 가거나 아니면 술집을 가거나 사람들은 경혜가 노래 부르는 것을 좋아했다. 경혜는 언제나 허벅지에서 발끝까지 다리에 꼭 달라붙는 청바지를 입고는 술집의 벽에 비스듬히 기대 노래를 부르곤 했었다.

─섬 세이 러브 잇 이스 어 리버……

그녀는 언제나 같은 노래를 불렀다. 아니, 혹은 다른 노래를 불렀지만 혜완이 기억하지 못할 수도 있었다. 어쨌든 그녀의 〈더 로즈〉라는 노래는 그녀의 약간은 높고 가는 목소리와 잘 어울렸고 뭐랄까 감동적이었다. 학교 앞 철길이 보이는 2층 다방 한구석에 앉아서 고구마 튀김을 집어 먹으며 영선과 혜완이 그 가사를 수첩에 적어 따라 부르기도 했었다. 기억이 정확하다면 그것은 이런 노래였다.

어떤 사람들은 말하네
사랑은 부드러운 갈대가 잠긴 강 같은 거라고
다른 이들은 말하네
사랑은 영혼을 피 흘리게 하는 면도칼 같다고
하지만 나는 말할 테야 사랑은 한 송이 꽃
그리고 그 씨앗을 뿌리는 사람은 오직 당신이지…….

대학교 1학년다운 호기심과 약간은 과장된 청승스러움과, 그리고 청춘에 대한 가슴 뛰는 희망들. 그들은 제 가슴에도 틀림없이 장미의 씨앗을 뿌려줄 사람이 나타나서 저녁이면 불이 환한 양옥집에서 핫케이크를 구워 먹으며 이런 노래를 부를 것이라고 믿고 있었던 것이다. 장미 한 송이를 예쁘게 포장해서 파는 학교 앞 간이 화원에서 붉은 장미를 사서 경쟁하듯이 제 방에다 걸어 말린 것도 어쩌면 그런 꿈에 대한 동경 때문이었는지도 몰랐다. 사랑은 누군가가 다가와서 문득 제 가슴에 장미꽃 씨를 뿌리는 것이고 그 꽃씨가 봄비에 젖어 연한 이파리를 틔우면 비로소 감동으로 떨리는 그 무엇이라고 생각했었던 것이다. 그리고 경혜의 호사스런 주방에는 이제 마른 장미가 초여름 날에 싱싱했던 제 아름다움을 박제한 채로 놓여져 있다.

대학을 졸업하고 7년, 혜완은 더 이상 경혜가 그 노래를 부르는 것을 듣지 못했었다. 그리고 혜완 역시 친구들 앞에서는 더 이상 노래를 부르지 않았다. 그 장미라는 노래의 가사도 먼지 낀 책상 서랍 깊이 묻힌 오래된 수첩의 뒷모퉁이에 처박힌 채였다.

대신 혜완은 어느 날 아기를 데리고 병원에 다녀오다가 햇볕이 쏟아지는 옛 대학 교정을 바라본 일이 있었다. 핏빛 장미 넝쿨들이 드리워진 담장에 초여름 햇살만 내리쬐고 있었다. 그 빛이 너무 강렬해서 혜완은 아이를 안고 택시 안에서 갑자기 울고 싶은 감정에 사로잡혔었다. 이 초여름 싱싱한 햇살 같은 청춘이 가고 다시는 오지 않는다는 생각이 들었던 것이다. 생각해보면 그때 그녀의 나이 스물여섯. 청춘에 대해 아직 서러워하지 않아도 좋을 나이였었다. 그리고 스무 살 〈더 로즈〉라는 노래를 부르던 그들도 그렇게 과장된 청승스러움을 보이지 않아도 좋았으리라. 왜냐하면 청승스러움과 서러움은 그 후에도 충분히 그들의 몫이 될 것이기 때문이었다. 어둠 속에서 혼자 여행 가방을 내팽개치고 울고 있던 경혜와 비 쏟아지는 출판사 입구에서 돈 때문에 친구에게 전화를 걸었던 혜완.

한 시간쯤 지난 뒤 영선이 도착했고 그들은 중국요리 대신 라면을 끓여 먹었다. 경혜도 어느 정도 감정이 가라앉은 표정이었다. 경혜는 화사한 이태리풍의 조각이 치장된 장식장에서 브랜디를 꺼내 혜완과 영선에게 한 잔씩 내밀었다.

"라면 안주에 먹는 술치고는 너무 고급스럽다."

혜완이 농담을 했고 영선은 경혜의 눈치를 보며 조심스레 그것을 마시기 시작했다. 아마도 그날 밤 소동을 피운 일이 내내 마음에 걸리는 모양이었다.

세 사람이 잡담을 하며 브랜디를 마시고 있는 동안 다시 전화벨이 울렸다. 멋들어진 술잔을 쥔 경혜의 손이 다시금 떨리는 것을 혜완은 보았다. 경혜는 무엇인지 모를 그 일에, 저 여행 가방을 팽개치게 한 그 일에 내내 사로잡혀 있었던 것 같았다. 경혜가 수화기를 들었다. 아아, 하는 한숨이 경혜의 입 밖으로 뛰쳐나오려다가 다시 들어가는 것 같았다. 전화를 건 사람은 경혜의 남편인가 보았다. 떨리던 경혜의 손이 차분히 멎고 한숨을 억누른 도톰한 입술은 일상적으로 차분해지고 있었다. 지극히 일상적인 모습이었다. 돌연한 변화들을 경혜는 풍부하게 소화해내고 있는 것 같았다. 꼭 끼는 청바지를 입고 비스듬히 벽에 기대어 노래를 부르던 경혜, 딸 연지에게 전화를 걸던 경혜, 울고 있던 경혜, 남편의 전화를 지극히 일상적으로 받고 있는 경혜. 하지만 그 어느 모습도 경혜는 아닐 것이다. 그 모든 것이 다 합쳐진 것, 그것이 경혜의 모습일 것이다. 대학을 졸업할 무렵 경혜가 혜완에게 물었었다.

—같이 방송국 시험 안 볼래?

혜완은 고개를 저었다.

—왜?

—웃을 수가 없어서.

—그게 무슨 소린데.

—아나운서들은 맨날 웃고 있잖아. 난 내가 싫은 일 있으면 하루 종일 화를 내고 있어야 직성이 풀리거든.

—난 뭐 웃기 싫을 때도 잘 웃을 수 있다는 말같이 들리는구나. 하지만 그것도 소질이지.

농담이었지만 사실이기도 했다. 싫은 사람이 인터뷰 상대자로 나온다면 혜완은 그것이 아무리 카메라 앞일지라도 싫은 표정을 지을 것만 같았다. 내가 싫다고 남들에게 싫은 표정을 보여줄 수는 없을 것 같았다. 하지만 경혜는 할 수 있었다. 나쁜 느낌이 전혀 없이 그것은 소질이었고 어쩌면 어른스러움이었다. 어른이 된다는 것은 어쩌면 웃고 싶지 않을 때도 웃어야 된다는 걸 자연스레 깨닫는 일인지도 모르니까 말이다.

남편과 통화를 마친 경혜는 소파 뒤로 몸을 잔뜩 구부리더니 무언가를 잡아채었다. 혜완이 바라보니 전화 코드였다.

"……그렇게까지 할 필요가 뭐 있어?"

마치 경혜가 전화를 기다리고 있다는 것을 안다는 듯 혜완이 말했다. 말하면서 혜완은 피하려 했던 경혜의 이야기를 드디어 내가 시작하게 하는구나 하는 생각을 했다. 하기는 말을 시키지 않아도 경혜가 무슨 말인가 꺼내고 싶어 한다는 것을 알고 있기는 했다. 하지만 듣고 싶지 않았던 것도 사실이었다.

"안 그러면 미쳐버릴 것 같아."

경혜는 들고 있던 전화기 코드를 내팽개치면서 말했다.

"무슨 일이야? 너 남편하고 또?"

잠자코 있던 영선이 끼어들었다.

"얘 왜 그러니, 혜완아."

"몰라."

영선의 눈이 그제서야 여행 가방으로 향했다. 연한 갈색 가죽 가방이 혼자서 세 여자의 시선을 받고 있었다.

"너 도망치려고 했구나!"

상황하고 전혀 맞지 않게 영선이 갑자기 소리쳤다. 자못 감동스러운 어투였다.

"내가 무슨 죄졌다고 도망을 가니?"

말투는 아주 날카로웠다.

세 여자는 모두 입을 다물었다. 수정으로 만든 듯 불빛에 빛나고 있던 브랜디 병의 마개를 뽑아서 탁자에 올려놓고 경혜가 제 잔을 가득 채웠다.

"그래 어디 돌아가면서 주정 부려보자. 오늘은 내가 할 테니까 다음번에 혜완이 니 차례야. 됐지? 그럼."

경혜는 원래 술을 잘 마시지 못했다. 어쩌다 맥주를 한 잔쯤 마시면 가슴이 뛰고 얼굴이 화끈거린다고 푸념을 하곤 했었다.

경혜는 반쯤 마셔버린 제 잔을 탁자에 올려놓고 머리를 탁자에 기댔다. 아닌 게 아니라 한바탕 사설을 늘어놓을 셈인 모양이었다. 혜완은 핑계를 대고 이 자리를 빠져나가고 싶었다. 영선의 일, 그리고 자신의 일만으로 머리가 터져나갈 듯했다. 아마도 경혜는 또 말할지도 모른다.

—그놈의 인간이 또 여자를 갈아치웠어. 밤엔 나한테 손가락 하나 안 대. 니들 그거 아니? 여자로서 그 모욕감 알기나 해? 내가 어디가 어떻다고? 목욕하면서 난 생각한단다. 내 몸이 아직 이렇게 싱싱한데, 이렇게 이쁜데…… 한때 방송국에서는 연애하자는 남자들 줄줄이 따라다녔어. 그런 게 주제도 모르고.

그건 초여름 장미 같은 이야기였다. 그들은 이제 서른한 살이 넘어가는 나이였고 언제까지나 담장 위에서 웃고만 있어도 좋은 그런 나이는 아니었다. 낙서 가득한 학교 앞 술집 벽에 등을 기대고 〈더 로즈〉라는 노래를 청승스레 불러도 청승스럽지 않은 그런 나이가 아니었다.

하지만 경혜가 입을 열었을 때 혜완은 자기도 모르게 경혜 쪽으로 시선을 붙박았다.

"……나 남자가 있었어."

경혜는 남자가 있었다고 했다. 물론 남자는 어디든 있었다. 젊은 남자, 늙은 남자, 그리고 나온 배를 걱정하는 중년의 남자들…… 하지만 경혜는 남자가 있었다고 했다. 그건 경혜가 자기 남편에게 여자가 있다는 말과 동의어였다. 더구나 그는 한때 그녀들 셋에게 상처를 주었던 대학 방송국의 그 선배라고 말했을 때 혜완은 하마터면 웃을 뻔했다. 얼마 전까지만 해도 경혜는 추억 속의 그를 가리켜 '그지 같은 선배'라고 말하지 않았던가. 그 말을 하던 그때도 그럼 경혜는 그와 만나고 있었다는 이야기가 된다. 영선이 어이없다는 듯 약간 큰 입을 벌리고 한참이나 경혜를 바라보았다.

"방송국에 근무하는데 우연히 복도에서 마주쳤지. 광고회사에서 PD로 일하고 있다더라. 아직 미혼이라고. 난 그때 연지 아빠하고 선을 본 후였거든. 그가 저녁을 내고 나 보고 같이 자고 싶다고 하더라. 같이 잤지. 난 어차피 처녀가 아니었었거든. 그리고 다음 날 아침에 그에게 말했어. 사실은 한 달쯤 후에 결혼할 거라고."

발그레한 경혜의 뺨에 보조개가 파였다. 그녀는 풀어진 얼굴로 하하 웃었다.

"너무 통쾌하더라. 옛날에 날 버릴 때 어쩌면 나는 그런 복수를 생각하고 있었거든. 그보다 훨씬 더 멋있고 훨씬 더 뭐랄까, 부자이고 그런 남자를 만나서 코를 납작하게 해 주고 싶었던……."

"너 어쩜…… 연지 아빠가 그래서 너 미워하는 거 아니니?"

영선이 그 큰 입술을 다 벌리지 못하고 경혜에게 말했다. 경혜가 술이 올라서 붉어진 얼굴로 영선을 향해 찌푸린 얼굴을 지었다.

"자기는 결혼 전에 딴 여자들하고 안 잤니? 그딴 걸로 왜 날 미워해? 넌 결혼 전에 박 감독하고 손도 잡아본 일 없니?"

"손이야 잡았지만 난…… 어떻게 딴 남자하고……."

"넌 아직도 그렇게 촌스럽니?"

"초, 촌스럽다고?"

혜완이 흥분하고 있는 영선을 제지하고 말을 이었다.

"가만 있어봐 영선아, 그래서?"

"난 결혼하고는 꽤 정숙한 편이었다. 연지 아빠가 원하길래 방송국도 그만두고 연지를 낳은 거야. 그러곤 너희들 알다시피 남편한테 딴 여자가 있다는 걸 안 거야. 너희들 그 기분 모르지? 정말 하늘이 노래지고 밤마다 철조망 속에 머리를 집어넣고 자는 기분이었어. 영선이 너 박 감독이 여자랑 한 집에 있는 거 보고 칼부림하고 그랬지? 아마 니가 내 경우 당했으면 그 자리에서 도끼를 들었을 거다, 안 그러니?"

술기운 탓이었을까. 경혜는 제법 농담까지 하고 있었고 술기운 탓이었을까. 세 여자들은 갑자기 배를 잡고 웃기 시작했다. 웃을 이야기가 결코 아니라는 걸 알았지만 세 여자는 웃음을 그치지 않았다.

"아무튼…… 어느 날 대판 싸움을 벌이는데 대체 다른 여자를 만나는 이유가 뭐냐고 했더니 이 작자 하는 말이……."

경혜는 웃다 말고 입술을 깨물었다. 잠시 침묵이 흘렀다.

"내가 아이를 낳은 후부터 같이 잠자는 게 재미가 없다는 거야. 재미가 없대!"

영선의 입술이 일그러졌고 혜완이 들고 있던 술잔을 천천히 탁자로 옮겼다.

"사람이 미치고 팔짝 뛸 일 아니니? 재미가 없다니! 딴사람 애도 아니고 자기 애를 낳았는데! 그래서 내가 멱살을 잡고는, 그런 넌 이 자식아 넌 재미 삼아서 결혼했느냐고 물었지. 정말 눈이 뒤집히더라, 창피스럽고……. 그랬더니 자기는 결코 이혼 같은 건 집안 창피해서 안 하는 사람이니까 나보고도 밖에 나가서 재미있게 적당히 즐기라는 거야. 뚫어진 입이라고 그런 말을 하더라구. 그것도 얼마나 조리 있게 말하는지, 나중에는 정말 내가 다른 데서 재미만 찾으면 이 세상에 아무 문제도 없는 것처럼 느껴지는 거야."

경혜는 다시 웃기 시작했다.

이번에는 영선과 혜완은 웃지 않았다. 경혜는 웃다 말고 눈물을 훔쳐냈다. 망연히 바라보던 영선의 눈에 눈물이 고이기 시작했다. 혜완은 고개를 숙였다. 초여름의 잔디 같은 카펫 위로 방금 경혜가 흘린 브랜디의 술방울이 까맣게 배어들고 있었다. 경혜는 얼마나 무수히 마음속으로 저런 피를 쏟아냈을까 하는 생각이 들었다.

"무지렁이면 말도 안 해, 그 인간 대한민국 최고 학부를 나온 엘리트야. 지금이 1890년이면 말도 안 해. 1990년에 말이야. 니들도 생각해봐라. 어디 가서 그런 말을 누구한테 하겠니?"

물론 경혜는 할 수 없었을 것이다. 혜완도 영선도 할 수 없었겠지만 경혜는 더더욱 할 수 없었을 것 같았다.

"그래서 정신과에 갔었던 거니?"

혜완이 조용히 물었다. 경혜가 천천히 고개를 끄덕였다.

─ 우리가 진정으로 우리의 말에 귀를 기울여주는 친구를 한 사람이라도 가지고 있다면 결코 정신병원에 가지는 않아도 될 거야.

혜완은 언젠가 경혜가 한 말을 떠올렸다.

영선은 고개를 숙이고 뚫어져라 한곳을 응시하고 있었다.

"집안일을 하다가도 멍청하게 서 있었다. 거울을 보면 내가 할머니가 되어버린 것만 같았구. 그리고 남는 생각은 그거였지. 미칠 것만 같다고 말이야…… 다른 건 괜찮았어. 내가 한 여자로서 자존심이 짓밟힌 건 참을 수가 없었어. 그래서 우연히 생각해냈지. 그 선배 말이야. 전화를 하고 만났어. 그사이에 결혼을 했다고 하더라. 내가 말했어. 자고 싶다고…… 처음엔 딱히 그럴 생각은 아니었는데 말이 나왔어."

"그, 래, 서, 너…… 남편 아닌 다른 남자하고?"

영선이 경혜에게 말했다. 서로의 경멸 어린 표정이 마주쳤고 이내 팽팽해졌다.

"그래, 남편 아닌 딴 남자하고 잤어. 영선이 또 너 혜완이, 난 분명히 말하지만 난 니들하고 달라. 난 니들처럼 행복해지려고 기를 쓰는 사람이 아니야. 난 알고 있었어. 우리가 태어났을 때 딸을 낳았다고 잔치 벌인 사람 있으면 나와보라고 그래!"

"또 그 소리. 잔치 안 벌였다고 아무렇게나 살아도 되니? 그건 핑계가 안 돼. 내가 니 사정 모르는 건 아니지만 어떻게 그렇다고 남편이랑 똑같이……."

영선은 의외로 강경했다.

"영선아, 그런 이야긴 좀 나중에 하자."

혜완이 끼어들어 경혜의 이야기를 지속시켰다.

"그래, 니들 날 어떻게 생각하든 간에 그 남자랑 자고 나서 내가 뭘 했는 줄 아니? 창피한 줄도 모르고 불을 켜고 그의 표정을 살폈어. 그는 분명 나에게…… 아무튼, 남편하고는 다른 표정이었어. 그리고 계속 만났지. 그가 다시 만나자고 했을 때 구겨져 있던 이 세상이 확 펴지는 기분이 들었어. 나도 한 여자로서 아직은 그렇게 망가지지 않았구나……. 그리고 계속 만난 거야."

경혜는 말을 마치고 술을 한 모금 더 마셨다. 술이 오른 그녀의 목덜미에 붉은 반점이 얼룩덜룩하게 배어 나왔다.

"……사람이란 게 말야, 남녀 관계는 참 이상해. 분명 그를 사랑하는 것도 아니었고 떨어져 있을 때 그를 생각하는 것도 아냐. 그러니 만나면 할 말이 없어. 그가 자기 마누라 이야기를 하겠니? 내가 우리 남편 이야기를 하겠니? 만나면 적당히 어두운 카페에 가서 술 좀 마시고 저녁 먹고 그러곤 여관으로 직행이야. 시간이 지나면서 그것도 못할 짓이라는 생각이 들었어. 하지만 끊지 못했지. 그냥 그랬어. 여기서 이 사람마저 놓치고 나면 그냥 더할 수 없는 나락으로 떨어져버릴 것 같은 그런 심정이었어."

"연지 아빠한테 들키지는 않았고?"

영선이 고개를 들고 천천히 말했다. 경혜가 대답 대신 멍한 시선을 허공에 붙박았다.

"들키면 어떠니? 어차피 끝장난 집안인데…… 더구나 그 인간 지 여자하고 바람피우기 바빠서 나 같은 거 감시나 하겠니?"

"헤어진 건?"

"그래, 날마다 헤어져야겠다고 생각했지만 잘되지 않았어. 내가 여행을 좀 가자고 했지. 뭐랄까 좀 더 인간적인 그런 만남을 갖고 싶었어. 처음부터 그게 아니었다 해도 그래도 헤어지고 난 후에 좀 즐거운 시간이 있었다는 기억이 있었으면 하는 생각을 한 건 아마 감상 때문이었겠지만……

어쨌든 여행을 가기로 했지. 비행기 예약을 하고 오늘 아침에 떠나기로 하고 연지 친정에 맡기고 짐을 쌌지. 새벽에 전화가 왔어. 그 사람 하는 말이 아내가 갑자기 산기를 보인다는 거야. 첫아이를 가졌다는 말을 했었는데…… 조산이었나 봐, 아홉 달째라고 하더라. 지금 병원이라면서 다급한 목소리였어."

"세상에…… 마누라 만삭인데 여행을…… 어쩌면 그렇게 나쁜 인간……."

영선이 분개한 목소리로 말했다. 경혜가 피곤한 듯 머리를 쓸어 올리다가 영선을 바라보았다.

"나쁘기로 치면 놀아난 나도 나빠. 알겠니 영선아?"

놀아났다는 말을 거침없이 뱉으면서 경혜는 자조 섞인 미소를 지었다. 영선이 입을 다물면서 혜완을 바라보았다.

혜완은 아까부터 말없이 담배만 피워대고 있었다.

"그래서 여행을 포기했지. 비행기표도 취소하고 앉아 있었는데 아까 오후에 전화가 왔어. 잠깐 만나자는 거야 병원이라면서 그 앞으로 오라나? 나갔지. 그 선배 하는 말이 마누라가 분만실 들어가는 걸 보고는 나한테 미안해서 전화를 했다는 거야…… 나한테 미안해서. 나도 인간이야. 나도 아기를 낳아봤어. 그 아픔, 온몸이 갈가리 찢어지는 것만 같은 그 고통…… 니들도 알잖아. 갑자기 그 여자한테 미안했어. 그리고 내 앞에 앉아서 나한테 미안하다는 말을 태연히 하는 그 인간에 대해 분노가 치밀었어."

말을 마치면서 경혜의 목이 잠겨가고 있었다.

"세상에, 내가 지금 뭐 하고 있나 하는 생각이 들었어. 세상에! 나는 뭐니? 나 역시 여자들 때문에 그렇게 고통을 당했으면서 내가 그런 짓을 하고 있다니? 여행이 다 뭐니? 여자는 가랑이를 벌리고 애 하나 낳아보겠다고 피눈물을 쏟고 있는데 좋은 기억을 남기기 위한 여행이라니! 세상에!"

경혜는 긴장이 풀어진 두 팔을 탁자 옆으로 늘어뜨리고 울었다. 곁에 있던 영선이 따라 울기 시작했고 혜완도 충혈된 눈으로 담배를 껐다. 아직 울고 있는 두 친구를 물끄러미 바라보며 코를 훌쩍 들이켰다.

아니다. 경혜는 울어서는 안 된다. 사랑이든 아니었든,

한때의 바람이 끝났으면 그것이 어떤 것이었든 그것이 끝났으면 그냥 또 생글거리면서 의사이자 교수인 사람의 사모님으로 살아가면 되는 것이었다. 그저 친구 중에서 가장 무사히 — 꼭 행복하게가 아니고 그저 무난히 — 살아주어야 했다. 그런데 경혜는 울고 있었다. 세상에 내가 같은 여자로서 그런 짓을 하다니, 라고 말하면서 울고 있는 것이다.

모퉁이를 돌아섰을 때 순간적으로 눈이 내린 것만 같은 착각에 사로잡혔다. 곁에서 함께 걷고 있던 영선이 짧게 탄성을 지른 것도 그런 생각을 했기 때문인 것 같았다. 비에 젖은 아스팔트 위로 나트륨등이 비추어서 그런 풍경을 잠시 자아낸 모양이었다. 아직 가을이었다. 오후부터 내린 비때문에 떨어진 낙엽들이 발밑에 수북했다.

둘은 아까 막차에서 내린 후 말없이 걸어서 집으로 돌아오고 있었다. 아파트 앞길엔 이미 차가 끊기고 둘의 그림자만 길게 뻗었다. 멀리서 손님을 내려준 택시가 반대편 길로 사라지고 있었다. 남편을 기다리는지 삐죽한 여자의 그림자가 택시를 쫓다가 다시 서성거리고 있었다.

"혜완아 우린 왜 이렇게들 살까?"

아주 한참 만에 영선이 입을 열었다.

"경혜 말대로 딸인 우리가 태어났다고 잔치한 집안은 물론 없었겠지만 우린 부모님 속도 별로 안 썩였고 우린 공부도 잘하는 편이었고 우린 나름대로 야심들도 있는 여자들이었잖아. 그런데 우린 왜 이렇게까지 되었을까? 응?"

그랬다. 베티 프리단, 로자 룩셈부르크, 시몬느 베유, 혹은 클라라 체트킨, 그도 아니면 프리드리히 엥겔스…… 그녀들을 열광시켰던 혹은 다방에 앉아 토론하게 만들었던 여성해방 이론서들…… 졸업을 앞두고 그녀들은 둘러앉아 말했다. 이다음에 우리가 함께할 수 있는 일이 뭐가 있을까. 누군가가 말했다. 여성지를 만들어보면 어떨까…… 연예인들 가십이나 요리 비법을 싣는 책이 아니고 진정으로 교양 있는 여성들의 지침서. 자신의 삶을 자기 것으로 당당히 살아나가는 여자들을 위한 잡지.

그해 여름 학생회관 노천 휴게실의 그 덥던 바람, 그리고 바람을 타고 불어오던 비닐 지붕의 고무 냄새들.

경혜가 말했었다.

—영선인 원고를 쓰고 혜완인 편집을 하고, 그리고 내가 사장을 하면 어때? 내가 우선 돈을 많이 벌어올 테니까. 그도 아니면 돈 많은 남자를 물어올게.

진정한 여성해방을 위한 여성지를 만들기 위해 돈 많은 남자를 만나고 싶다는 소망조차 그들에게는 모순되게 보이지 않았다. 그들은 누구보다 당당하고 행복하게 생을 살아갈 자신들이 있었다. 돈이 많지 않을지 모르지만 적어도

그리 큰 명예는 없을지 모르지만 그들은 한 가지 문제에
대해서만은 자신이 있었던 것이다. 어떤 경우에도 인간적
으로 모욕을 당하지 않고 살아갈 수 있다는 사실을 말이
다. 하지만 그들은 마치 본보기라도 되는 듯이 지금 각자의
절망으로 울부짖고 있었다.

영선에게 무슨 말인가 대꾸를 하려고 고개를 돌리던 혜
완이 그대로 고개를 숙이고 말았다. 누구도 행복하지만은
않다고 누구도 불행하지만은 않다고 스스로에게 그토록
다짐했건만 그래서 불행이라는 건 단지 나날의 사건일 뿐
이라고 생각하려 애썼지만 정말 우린 왜 이렇게까지 되었
을까, 그런 생각이 들었던 것이었다.

어머니라는 이름에 대한 우리들의 기억

그 파란 비닐우산은 플랫폼의 쓰레기통 옆에 세워져 있었다. 혜완은 짐을 들고 기차를 타면서 그 비닐우산을 바라보고 있었다. 며칠째 비도 내리지 않았는데 누가 우산을 버리고 갔을까. 그리고 기차가 떠나기 시작했다. 혜완은 기차 안에서 읽으려고 사 들고 간 잡지들을 뒤적이면서 자신이 버려진 것들만 찾아내고 있다는 걸 깨달았다. 이 청명한 가을날 차창으로 스치는 맑은 공기이거나 푸드득푸드득 떨어져 내리는 플라타너스의 커다란 이파리거나 혹은 길가에 핀 코스모스 같은 것에 눈길을 주어도 좋았을 것

이다. 비도 오지 않는 날 저렇게 버려진 파란 비닐우산이
아니고 말이다.

　—언니, 나 선우 형 봤어요, 극장에서 어떤 여자하고…….

　출판사에서 마주친 후배가 차를 마시면서 혜완에게 말
을 건넸다.

　—근데 둘이 굉장히 서먹해하는 것 같았어요. 선우 형
은 나랑 눈이 마주치니까 어쩔 줄 모르던데? 내가 언니한
테 이를 거라고 생각했나? ……하기는 이렇게 고해바치고
있지만 말이에요.

　혜완은 잡지를 폈다. 대통령 선거를 앞두고 어지러운 정
치판의 일과 여배우의 스캔들과 그리고 박 감독의 영화 촬
영 소식이 적혀 있었다. 어쩔 수 없이 혜완은 책에서 눈을
떼고 영선을 생각했다. 영선은 시나리오를 쓰고 있었다. 그
것을 써서 당당히 독립을 하고 난 다음에 정식으로 이혼을
하겠다고 혜완에게 말했던 것이다.

　그런 영선에게 돈 이야기를 물어볼 수도 없어서 혜완은
그동안 붓고 있었던 적은 적금을 해약했다. 어차피 요 몇
달 수입이 없어서 붓지 못하고 있던 적금이었다.

　기차는 한강철교를 지나고 있었다. 멀리 63빌딩이 보였
고 가을 강물이 넘실거리며 그 아래를 흐르고 있었다. 이
상하게 고향으로 가는 길은 늘 그저 여행을 떠나는 것만
같은 기분을 주었다. 돌아가는 게 아니고 말이다.

중학교 교사이던 아버지는 혜완이 여섯 살 나던 해 서울로 발령이 났고 두어 해 전 아버지가 정년퇴직을 하시기 전까지 서울에서 살았다. 아버지는 퇴직금으로 받은 돈으로 고향에 땅을 사서 묘목도 기르고 사슴도 키우고 하실 계획을 세웠지만 땅을 사는 과정에서 사기를 당하는 바람에 덩그런 저수지 옆에 달린 집만 한 채 아버지의 몫으로 남게 되었다. 작년 추석 집에 내려갔을 때 아버지는 저수지에서 붕어만 낚고 있었다. 혜완이 아버지를 찾으러 저수지에 가보니 아버지는 살림망에 가득 든 붕어들을 다시 강물에 놓아주고 있었다. 붕어를 잡고 그것을 놓아주고 다시 그것을 잡고……

─아들만 있었어도 애비가 이런 사기는 안 당했을 거다!

여든이 넘도록 정정하신 할머니는 아버지의 사기를 아들과 연루시키며 어머니에게 화를 내고 있었다.

평일이어서 그런지 기차는 좌석이 많이 비어 있었다. 어쨌든 서울의 그 번거로움에서 탈출하는 기분이 혜완을 잠시 들뜨게 했다. 그래서 혜완은 잡지를 덮고 어린 시절을 떠올렸다.

문풍지를 흔들고 지나가는 바람이 차가운 이런 가을날이면 언니들하고 아랫목에 앉아서 어머니의 이야기를 듣곤 했다. 광에서 꺼내온 차가운 고구마도 날로 깎아 먹고 오징어도 구워 먹으며 윗목에 앉아서 바느질을 하던 어머니는 말했다.

　—어미같이 집구석 무지렁이는 되지 말고 넓은 세상에 가서 당당하게 살아라. 자기 일을 가지고 살아라.

　다행히 혜완의 세 자매들은 모두 공부를 잘했다. 그리고 어머니의 말을 기억해서인지 큰언니는 일찌감치 약사가 되었고 작은언니 역시 교사가 되었다. 다만 어머니를 닮아서인지 모두 딸만 둘씩을 두었다. 혜완이 헌이를 낳았을 때 어머니는 혜완의 병실에 앉아서 아는 사람 모두에게 전화를 걸었다.

　—얘가 아들을 낳았어요. 난 얘는 꼭 아들을 낳을 줄 알았다니까요.

　어머니 당신이 아들을 낳았다 해도 그렇게 기뻐하지는 않을 것 같았다. 하지만 같은 병원 병실에서 어머니는 하나뿐인 당신의 외손자가 어린 생명을 마감하는 것도 보았다. 시어머니가 헌이를 부둥켜안고 눈물을 흘리기 시작했을 때 어머니는 서둘러 병실을 나가지 않았던가. 어머니는 그 어렵게 낳은 아들을 지키지 못한 딸이 죄인이라고 생각했던 것이었고 그 딸의 어머니라는 것 또한 거역할 수 없는 당신의 죄라고 생각했던 것이었다.

　이혼을 하려고 했을 때 어머니는 말했다.

　—무조건 니가 빌어야 한다. 넌 어쨌든 헌이를 죽게 만들었어. 그 귀한 아들을!

그러나 혜완이 이혼을 감행했을 때 어머니는 말했다.

─잘했어. 잘했어…… 어차피 한 번 사는 세상, 여자라고 죽어지낼 필요 없다……. 이 어미는 못나서 참고 살았지. 하지만 이혼 같은 건 생각도 안 해봤단다. 그저 쫓겨날까 봐, 아들을 못 낳는다고 쫓겨날까 봐 늘 불안했지……. 아니 딱 한 번 이혼을 생각해본 일이 있었지. 널 낳고 하도 배가 고파서…… 니 할머니가 밥을 많이 먹는다고 구박을 하고, 쌀은 떨어지고 너희들 셋은 밥상에 달라붙어서 울고…… 그때 처음으로 이혼이 하고 싶었단다. 하지만 할 수 없었지. 이 어미는 배운 것도 없었고 친정에 가봤자 내 처지가 어떻게 될지 뻔했으니까. 하지만 너희 세대는 다르잖니?

다르다면서 너희 세대는 이혼을 해도 괜찮을 것이라면서 어머니는 딸 앞에서 울었다. 울다가 혜완의 마음이 상할까 봐, 혜완의 일 때문에 친정에 다니러 온 두 언니들하고 몰래 울었다. 울면서 어머니는 다시 말했다.

─재를 그때 사내로 낳았어야 되는데. 고집이 세고 그런 아이를 아들로 낳았어야 했는데…….

기차는 천안역에 도착했다. 혜완은 기차를 내렸다.

거의 1년 만의 귀향이었다. 천안역 앞에서 고향 마을로 들어가는 버스를 타고서야 혜완은 비로소 집으로 간다는 실감을 했고 멀리 버스 시간을 기다려 마중 나온 어머니의

긴 치맛자락을 보았을 때 그래서 어린아이처럼 버스에서
뛰어내렸다.

"엄마."

어머니는 얼른 혜완의 짐을 받아 들었다.

"무겁지도 않은데 뭘…… 됐어요."

"직장도 없는데 일찍 와서 엄마가 해주는 밥 먹고 그러
지 뭘하라고 이제 와?"

"으응…… 어떻게 하다 보니까 그렇게 됐네."

엄마 영선이 알지? 왜 엄마가 보고는 늘 아들 있으면 며
느리 삼고 싶다고 말하던 그 영선이. 그 영선이가 엄마 우
리 집에 와 있어. 한 번 자살을 기도했거든. 엄마도 그렇게
죽고 싶던 때가 있었나.

혜완은 생각하면서 어머니의 손을 잡았다. 어머니의 손
은 거칠었지만 따뜻했다.

"얼굴이 영 못쓰게 됐구나."

어머니는 말하고 한숨을 쉬었다. 혜완 자신은 늘 아무렇
지도 않다고 생각하고 있었지만 어머니는 늘 혜완에게 얼
굴이 상했다는 것이었다. 체중이 좀 줄었을 때나 체중이
불었을 때조차…… 혜완은 아무 말도 하지 않았다. 아까
버스에서 내려 멀리서 어머니를 발견했을 때 이젠 어머니
에게서 더 이상 여자를 발견할 수가 없었다. 어머니는 이제
누가 보아도 할머니가 되어 있었다. 세 자매의 결혼식 사진

속에 들어 있는 어머니의 얼굴을 비교해본 일이 있었다. 마치 한 인간이 어떻게 나이를 먹고 어떻게 할머니가 되어가는가를 말해주는 것처럼 어머니의 얼굴은 차례차례 늙어갔다. 하지만 혜완이 1년 만에 돌아온 이 가을날처럼 어머니가 늙었다는 생각을 해본 일은 없었다. 그러자 혜완의 머릿속에 문득 죽음이라는 단어가 떠올랐다. 어머니도 죽을 것이다. 그리고 그날까지의 시간은 분명 이제껏 혜완이 어머니와 살아온 나날들보다 적게 남아 있을 것이었다. 그중 단 며칠을 어머니를 위해 보낼 것인지도 알 수 없었다.

어머니의 일생이, 아직도 시어머니를 모시고 사는 어머니의 일생이, 아들을 낳지 못해 늘 쫓겨날까 봐 혹은 아버지가 바람이라도 피울까 봐 마음 졸이며 살아온 어머니의 일생이 혜완에게 처음으로 무게를 가지고 다가왔다.

코스모스와 들국화가 핀 집 앞길을 혜완은 어머니의 손을 잡고 걸었다.

"올해는 단풍이 얼마나 이쁘게 들었는지 모른다, 좋지?"

어머니는 멀리 집 뒤에 늘어서 있는 나무들을 가리키며 말했다. 어머니의 죽음을 생각하고 있던 혜완은 잠시 머뭇거렸다. 죽음, 단풍, 그리고 가을이었다. 하지만 죽음은 꼭 순서대로 찾아오지는 않는다. 헌이도 죽었지 않은가 말이다. 그 아이는 겨우 두 살이었다. 겨우 두 해를 살고 그리고 남은 이들의 가슴속에 깊은 상흔을 남기고 떠났다.

"엄만 아직도 그런 게 느껴져?"

혹시라도 자신의 생각이 어머니에게 옮겨질까 봐, 그래서 죽은 손자의 생각에 어머니가 젖게라도 될까 두려워서 혜완은 재빨리 말했다.

"내가 저 단풍 드는 걸 앞으로 몇 번이나 더 볼까 그런 생각이 들었던 게다."

어머니 역시 죽음을 생각하고 계셨던 모양이었다. 하지만 그들은 집에 당도했고 고소한 전유어 냄새와 참기름 냄새 등을 옷에 묻힌 식구들의 마중을 받자 그 생각들은 일상 속에 묻혀버렸다.

집에 들어가자 모든 게 여전했다. 할머니는 여전히 곱게 쪽을 지고 아랫목에 앉아 계셨다. 아직도 TV 프로 중에서 군인들을 대상으로 한 프로들을 열심히 보시면서 말하신다고 했다.

─아들들이 저렇게 많은데 왜 우리 아들은 하나도 없느냔 말이다.

약국을 경영하는 큰언니는 조카 둘을 데리고 먼저 도착해 있었다. 혜완은 큰언니의 몸이 심상치 않다는 것을 깨달았다. 아마 세 번째 아이를 가진 모양이었다.

혜완은 옷을 갈아입고 부엌으로 들어갔다. 어머니가 혜완에게 잡채를 내놓았다. 급하게 하지 않아도 좋을 것이었지만 혜완을 위해서 특별히 먼저 만들었다고 했다.

혜완은 집에 오면 언제나 부엌에 머물렀다. 입식으로 고쳐서 식탁에 앉을 수도 있어서였지만 어머니나 언니들이랑 그저 사는 이야기들을 하는 게 좋았다. 참기름 이야기도 하고 김치 담그는 이야기도 하고, 그리고 무엇보다 부엌은 신성한 노동의 장소가 아니던가. 주방과 분리된 유한 계급의 식탁이 아니라 그들은 마늘도 까고 감자 껍질도 벗기면서 사는 이야기들을 했던 것이다.

"아버지는?"

"애들 데리고 낚시 가셨어."

큰언니가 과일을 바구니에 담아 식탁에 놓으면서 혜완에게 말했다.

"셋째 가진 거야?"

큰언니는 혜완의 질문에 쑥스럽게 웃었다. 둘째 조카가 벌써 초등학교 1학년, 큰언니는 그동안 여러 번 임신을 했고 그리고 아이를 지운 눈치였다. 임신 초기에 검사를 해서 그것이 여자아이면 소파수술을 감행한 것이었다.

―미쳤어, 언니. 그 아이들이 모두 명인이 경인이 같은 아이들일 텐데, 언니가 단지 그 아이들 얼굴을 못 보았다는 이유로 그렇게 죽일 수가 있어?

―죽인다고?

언니는 뜻밖의 단어라는 듯 천천히 혜완에게 되물었다.

―그래, 그건 살인이야. 임신 두 달째 아이 사진도 못 봤

어? 손가락도 있고 발가락도 있고, 소리도 들을 수 있대. 언니 약사니까 더 잘 알 거 아니냔 말이야?

─시끄럽다! 어디서 말하는 것 좀 봐. 그럼 니 언니보고 또 딸을 낳으라는 말이냐? 구박받을 딸이라면 차라리 아무것도 모를 때 죽는 것도 괜찮다.

뜻밖에도 그때 어머니는 강경했었다. 단산을 했던 언니의 마음을 뒤흔들어 다시 임신을 시작하게 한 것도 어머니였다.

─그럼 엄만 나는 왜 낳았어? 나도 뱃속에 있을 때 죽여버리지.

성격이 좀 냉정하고 사리가 바르던 큰언니 역시 아들 앞에선 뜻밖으로 완강했다.

─너 아들 낳았다고 유세하는 거니?

혜완은 입을 다물었다. 그런 대답이 언니 입에서 나올 줄은 꿈에도 생각하지 못했었던 까닭이었다. 동생들의 학비를 위해서 좋은 성적에도 불구하고 지방 대학의 장학생으로 들어간 언니였다. 아마 큰언니의 그런 배려가 없었다면 둘째 언니와 혜완은 대학에 다니지 못했을지도 몰랐다. 그런데 이제 와서 언니는 말하는 것이다.

─겪어보지 않은 사람은 몰라.

세 자매 중에서 가장 미모가 빼어났던 언니의 얼굴은 나이 탓이 아니라도 많이 상해 있었다.

"이번엔 아들이란다."

어머니가 잡채 곁에 된장국을 놓아주며 혜완에게 자랑스레 말했다.

"어머 잘됐네!"

호들갑스레 기쁨을 표시하는 수밖에 없었다. 어쨌든 언니에게 그것이 필생의 숙제라면 푸는 수밖에 없지 않을까 생각했던 것이다. 하지만 아들이라는 저 조카가 태어나기 위해서 대체 얼마나 많은 여자 조카들이 죽어갔을까 생각하니 혜완은 갑자기 입이 썼다. 아마도 친구들과의 토론 자리라면 혜완은 말했을지도 모른다.

—여자들은 말이야. 이 사회에서 멸시당해도 싸다구! 자기들과 같은 성을 낳아서 좀 더 권리를 회복시켜줄 생각은 안하고 남자를 낳아서 다른 여자들을 구박하는 꼴을 보고 싶다는 거 아니니? 딸을 낳는다고 구박하는 사람들이 있으면 그런 구박을 하는 사람의 부당함과 싸워야지 아부를 하다니.

하지만 가족은 어쩔 수 없이 접어두어야 하는 부분이 있는 것이었다.

혜완은 아버지에게 가보겠다는 이야기를 꺼내고 자리에서 일어났다.

"아버지 커피 좀 갖다 드려라."

어머니가 말했고 어머니가 커피를 끓이는 동안 혜완은

마당으로 나갔다.

할머니는 고추를 펴서 멍석에 말리고 계셨다. 할머니는 어머니와 언니들이 아니라고 극구 말씀을 드렸지만 혜완이 시집에서 소박을 맞은 것이라고 믿고 있었다. 그 귀한 아들을 죽게 한 주제에 '죽어지내지는 못할망정 큰소리를 치다가 쫓겨났다'는 것이었다.

"어디 가려구?"

"아버지한테 인사하러 가요."

"그래…… 니 아비가 얼마나 심란하면 혼자 날마다 낚시질이겠니? 이런 때 아들만 턱하니 있었어도 며느리가 음식장만 다 할 텐데. 딸들이라고 와서 어미 일만 시켜먹으니."

혜완은 배시시 웃었다. 어쨌든 고향에 온 것이었고 설사 그것이 혜완을 아프게 하려는 의도였다 하더라도 마음이 상하지 않는 건 왜일까. 찔레꽃 가시에 찔렸다고 마음 아파하는 사람이 없듯이 말이다. 난 너무 오래 타향을 헤매었구나, 그런 생각도 들었다.

"할머니는…… 요즘 며느리들이 뭐 며칠 전부터 내려와서 일하는 줄 알아요? 시어머니 시켜먹기는 마찬가지라구요."

"뭐야?"

"할머니는 손주 며느리가 없어서 몰라요. 요즘엔 시어머니들이 시집살이 한다는 말 못 들었어요?"

302

할머니는 혜완을 가볍게 흘기고 나서 허리를 펴고 일어섰다.

"그건 요즘에 못된 것들이나 그러는 거지."

"작은집 보세요. 그 집 며느리들 나중에 설거지밖에 더해요? 작은어머니 혼자 끙끙대시잖아요? 게다가 나중에 시어머니가 병이 들면 서로 미룬다니까요. 요즘 TV 드라마에도 맨날 나오잖아요."

혜완은 점점 더 짓궂어지고 있었다. 고추 멍석 옆에 쭈그리고 앉아서 느긋하게 할머니와의 대화를 즐기고 있었다. 가을 햇살 하나도 아깝다는 할머니의 손길이 혜완의 마음을 왠지 푸근하게 만들어주고 있었다.

"할머니는 모르시지만 제가 요즘 이야기 해드릴게요. 내친구 시어머니가 아주 부잔데 그 집은 아들만 셋이래요. 시아버지는 돌아가시고 시어머니가 중풍으로 쓰러지셨는데 이 시어머니를 간호하는 며느리가 아무도 없더라는 거예요."

할머니는 미심쩍은 눈으로 혜완을 바라보며 멍석 한편에 쭈그리고 앉았다.

"그래서 말예요, 그 시어머니가 생각을 했대요. 내가 젊은 시절에 아들만 셋을 잘도 낳는다고 우리 시어머니한테 그렇게 귀여움을 받았는데 이게 대체 무슨 망조란 말이냐. 세상에 말하기도 창피하고, 옳다 내가 한 가지 꾀를 내야겠다. 그래서 꾀를 냈는데요."

말을 이어나가면서 혜완은 문득 할머니에게 옛이야기를 듣던 시절을 떠올렸다. 할머니는 그때 혜완이 그랬던 것처럼 얌전히 이야기에 빠져들고 계셨다. 이제 너무 어른이 되어버린 손녀의 이야기를 어린아이처럼 듣고 있는 것이다. 혜완은 왠지 모르게 눈시울이 뜨거워졌지만 말을 이어나갔다.

"그래서는 큰아들을 불러서는 자기가 가지고 있던 돈을 주면서 긴히 쓸 일이 있으니 금은방에 가서 두 돈짜리 금반지로 바꾸어 오라고 시켰대요.

그 시어머니는 그 반지들을 이불 속에 넣어두고 며느리 하나를 불렀어요. 그리고 하루 종일 간호를 하게 한 다음 돌아가는 길에 다른 사람 몰래 반지 하나를 꺼내 주었대요. 그랬더니 그다음에 어떻게 되었겠어요?"

"아니 그 망할 것들이 반지를 받더란 말이냐?"

할머니는 담배를 피우다 말고 혜완에게 되물었다.

"그럼요, 그러곤 다음 날엔 세 며느리가 아침에 동시에 도착을 했더래요. 그러고는 하는 말이 서로 시어머니를 간호하겠다고 하더라나요? 그래서 시어머니는 모든 마을 사람들을 불러서 이런 광경을 보여주고 며느리들한테 번호를 매겨주었대요. 그 며느리들은 요즘 세상에 볼 수 없는 효부들이 되었던 거죠. 물론 반지 이야기만 쏙 빼고요."

"설마…… 아니, 세상이 그렇게까지 되었단 말이냐?"

혜완은 할머니의 거친 손을 잡고 있다가 일어섰다. 보온병에 커피를 담아 어머니가 그녀를 불렀던 것이다.

"할머니, 이제 엄마한테 아들 이야기 그만하세요. 제가 보기엔 엄마랑 할머니랑 같이 늙어가시는 것 같은데…… 이러다가 할머니가 엄마 며느린 줄 알겠어요. 할머니가 하도 고우셔서……."

"저런 망할 것 오랜만에 이 할미한테 하는 이야기 좀 봐라!"

할머니가 펄쩍 뛰었고 혜완은 마치 어린 시절로 돌아간 것처럼 깔깔 웃으며 저수지로 향했다. 할머니는 혜완의 뒷모습에 대고 뭐라고 더 잔소리를 늘어놓다가 다시 고추들을 뒤적였다.

아버지의 파라솔 옆에는 작은 비닐 돗자리가 깔리고 조카아이 둘이 과자를 먹으며 할아버지가 낚은 고기들을 구경하고 있었다. 학교 개교기념일이 겹쳐서 토요일 하루 학교를 빠지기로 하고 오늘 아침 일찍 집에 도착한 아이들은 혜완을 보자 멀리서 달려왔다. 아이들의 손에는 가지가지 색의 들국화와 갈대꽃이 한 아름 안겨 있었다. 아이들은 오랜만에 상봉하는 막내 이모에게 할 말이 많은가 보았다. 둘째 경인이는 혜완의 소설 광고가 실린 신문을 선생님에게 보여주었다고 했다.

"무엇이 되고 싶은가 하는 시간이었는데 내가 커서 이

모 같은 소설가가 되겠다고 했어. 그랬더니 선생님이 칭찬해주셨어. 그런데 우리 선생님은 이모 책은 못 읽어본 모양이야."

"이모는 별로 유명한 소설가는 아니야. 우리 경인이는 이모보다 더 훌륭한 소설가가 꼭 될 거야."

"그럼 이모 나중에 이모 책 꼭 나 한 권 줘. 우리 선생님 가져다드리게, 응?"

아이들의 재잘거림은 끝이 없었다. 혜완은 들꽃에 둘러싸인 두 조카를 안아주며 걸었다. 만일 명인이나 경인 같은 예쁜 조카들을 뱃속에서부터 그것도 단지 여자아이라는 이유만으로 살해한다면…… 하는 생각이 문득 혜완을 스쳐 지나갔다. 그러자 갑자기 가을 공기가 서늘하게 느껴져서 혜완은 두 조카들의 어깨를 꼭 껴안았다.

"이 녀석들이 시끄럽게 굴면 붕어 다 도망간다."

혜완이 오는 것을 보고 아버지가 떡밥 미끼를 갈아끼우며 웃었다.

"아버지, 저 왔어요."

"그래."

혜완은 커피를 내밀어 아버지에게 한 잔 따라드렸다.

"할아버지 붕어 많이 잡았다, 볼래?"

아버지의 살림망에는 제법 치급이 되는 붕어들이 가득 들어 있었다. 명인과 경인은 할아버지의 눈치를 보면서 잡

힌 붕어들을 구경하는 맛에 지루한 줄도 모르고 저수지에
붙어 있는 것 같았다. 아버지는 커피를 마시면서 멀리로 낚
시를 던져 넣었다.

"이모, 우리 엄마 남자 동생 가졌대."

큰 명인이가 입을 열었다.

"그래서 내가 이름을 헌이라고 짓자고 했어, 이모."

작은 경인이가 입을 열었을 때 명인이가 경인의 종아리
를 꼬집었다. 그러고는 재빨리 혜완의 눈치를 보았다. 아이
들은 겨우 두 해를 그들과 같은 세상을 살았던 헌이를 아
직도 기억하고 있었다. 혜완이 언니 집에 아이를 데리고 갔
을 때 고추를 구경하겠다고 하다가 제 엄마에게 혼이 났던
기억을 그들은 아직 잊고 있지 않은 모양이었다.

"난 헌이처럼 이쁜 아이가 아니면 동생이라도 귀엽지 않
을 거야."

제 언니에게 종아리를 꼬집히고도 경인이 다시 말했다.

"할머니한테 가서 저녁 준비해놓으라고 그래라!"

아버지가 처음으로 입을 열었다. 이모의 어두운 얼굴을
눈치챈 큰 명인이가 먼저 일어섰다. 혜완은 두 아이를 불러
서 천 원짜리 지폐를 한 장씩 나누어 주고는 머리를 쓰다
듬어주었다.

아이들의 재잘거리는 소리가 멀어졌다. 아버지가 보온병
을 혜완에게 내밀었다.

"너도 한잔 마시려무나."

혜완은 아버지에게 보온병을 받아 커피를 마셨다. 멀리 녹색 수면 위로 아버지가 던져놓은 찌가 영롱했다. 아버지와 딸은 말없이 그 고요를 바라보며 앉아 있었다.

큰언니의 나이가 올해 서른일곱이니 아버지와 어머니는 거의 서른여덟 해를 같이 살아왔던 것이다. 혜완이 아는 아버지는 늘 말이 없었다. 술도 드시지 못하고 그저 담배만 즐기셨다. 할머니의 말대로 어디 가서 곁가지에 아들 하나 만들지 못하는 그런 분이셨다. 헌이가 죽었을 때 아버지는 서울로 오시지 않았다. 혜완은 그런 아버지가 고마웠다. 부모에게 손주가 죽는 꼴을 보인다는 건 너무나 잔인한 일이 될 것 같아서였다.

어머니는 말했다.

─밤에 니 아버지가 안 보여서 놀랐지. 일어나 보니까 니 아버지가 마당에서 뭔가 태우고 계시잖니. 보니까 헌이 사진들이었다. 얼마나 맘이 안 좋으셨으면 그날 저녁에 할머니 드리려고 담가놓은 매실주를 두 잔이나 잡숫고 계시더라.

"니 어미한테 뭘 사주고 싶은데 혜완이 니 생각에는 뭐가 좋겠니?"

찌를 바라보고 있던 아버지가 새로 담배를 물며 혜완에게 물었다. 혜완은 생각에서 깨어나 아버지를 바라보았다.

"니 엄마하고 사는 동안 생각해보니까 한 번도 선물을 해준 적이 없었던 거 같다. 우리 세대가 다 그렇겠지만…… 내가 뭘 좀 해주고 싶구나. 니 엄마가 평소에 뭘 갖고 싶어 하는 것 같은 눈치 없었니?"

"글쎄요."

혜완은 남은 커피를 마시고 그것을 내려놓은 다음 천천히 말했다.

"여행이라도 가세요…… 신혼여행처럼."

혜완의 말에 아버지가 멋쩍게 웃었다. 혜완도 가만히 따라 웃었다. 어머니와 아버지의 신혼여행…… 혜완 자신의 생각에도 어쩌면 멋쩍은 생각이었다.

"생각해보면 우리는 그저 사느라고 부부 사이라든가 그런 거에 대해서 거의 시간을 가지지 못했다. 나도 젊은 한때는 가끔은 이쁜 여자들한테 눈도 주고 니 엄마를 외롭게 만들었지만…… 지금은 그게 후회스럽구나. 하지만 우린 너무 고달팠다. 밥이라든가 옷이라든가 너희들 등록금 대는 일만 생각했지. 너희 어머니라고 왜 내가 미운 때가 없었겠니? 하지만 네 엄마는 견디어낸 거다. 혜완이 니가 헌이 아비하고 헤어진다고 할 때 나는 한번 견디어보라고 말해주고 싶었단다. 산다는 게, 남자와 여자가 만나서 산다는 게…… 절대로 쉬운 일은 아니란다. 하지만 나는 지금 와서 그저 참고 견디어준 네 엄마가 소중하다. 젊은 시절에는 사랑도 하고 미워도 했지만 지금은 그저 건강한 게 고맙고 살아 있는 게 고맙고…… 남은 생애 동안 누구보다도 소중한 친구라는 생각이 든단다."

혜완은 고개를 숙이고 아무 말도 하지 않았다. 아버지는 갑자기 왜 이런 말을 꺼내시는 걸까. 하지만 고개를 드는 혜완의 눈에는 처음으로 눈물이 고였다.

"무슨 말씀 하시려는지 알아요 아버지."

"아니다, 설교하려는 게 아니다. 그저 니가 결혼 생활을 힘겨워했을 때 내가 이런 말들을 네게 해주어야 했던 것은 아닐까 하는 생각을 한 거다. 딸한테 아비가 이런 말을 하는 게 어떻게 느껴질지 모르지만 이 사회에서 이혼한 여자가 혼자 산다는 건 보통일은 아니다. 막말로 노처녀하고는 달라, 과부하고도 또 다르지. 나는 네 성격을 안다. 넌 너무 자존심이 강하지. 그런 너에게 그런 시선들을 감당하게 하느니 차라리 참고 살라고 말해주고 싶었던 거다. 남녀 간의 사랑이란 건 아무리 길어야 3년이면 끝난다. 그 나머지는 모두가 인고의 세월이란다. 아이들을 낳고 아이들의 밥을 생각하고 미래를 생각하고…… 하지만 지나고 보니 그게 옳았다는 생각이 든다."

혜완은 문득 어떤 여자의 실루엣을 떠올렸다. 혜완이 고향을 떠나기 직전 읍내에서 아버지와 함께 걷고 있던 여교사. 투피스를 입은 몸매가 아주 가냘퍼 보였던 여자. 어느 날 그녀는 길을 가던 혜완을 불렀다. 그리고 무엇인가 물어보았고, 그리고 혜완에게 빵을 사주었다. 신이 났던 혜완이 그 빵을 가지고 집으로 들어갔을 때 어머니는 빵 봉지를 마당에 팽개치면서 난데없이 혜완을 때렸다.

그날 밤 어머니와 아버지는 오래 싸웠던 것 같고 큰언니가 책상 서랍 속에 감추어두고 아꼈던 땅콩을 꺼내 작은언니와 혜완에게 나누어 주었다. 고소한 땅콩을 서둘러 먹느라 이부자리는 땅콩 껍질로 까끌거렸지만 아무도 입을 열지 않았던 그 기억들.

그러고는 고향을 떠나 서울로 갔다. 그리고 그 여자의 모습을 혜완은 다시는 볼 수 없었다.

아버지에게도 젊은 날은 있었으리라. 아버지에게도 아련한 기억 하나쯤은 있었으리라. 하지만 혜완은 알고 있었다. 아버지는 결코 그녀와 사랑을 저지를 만한 용기는 없는 사람이었다. 하지만 이제 와서 혜완은 생각한다. 어쩌면 아버지는 그녀와 사랑을 저지르지 않을 만한 용기를 가진 사람이었다고 말이다.

하지만 어머니 쪽을 생각하면 서글퍼지는 것이다. 어머니에게도 분명 젊은 날은 있었지만 어머니에게 아련한 기억 하나쯤 남길 만한 사람은 있었던가. 아니, 그런 기억들 대신 어머니는 그저 버림받을까 봐, 아들을 낳지 못했다고 아버지에게 버림받을까 봐, 벌벌 떨면서 젊은 날을 보내지 않았던가. 어머니에게는 결코 결혼 생활에 끈이 되어주지 못하는 세 딸이 있었을 뿐이었다. 큰언니에게 중절 수술을 시켜가면서까지 아들 낳기를 바라는 어머니의 집착을 그러고 보니 나무랄 수도 없었다.

─세상이 아무리 바뀌어봐라. 남자는 남자야. 아들 바라지 않는 남자 있는 줄 아니? 더 늦기 전에 낳아야지. 돈 있으면 애들은 키운다.

"헌이 아비는 가끔 만나니?"

아버지가 조심스레 입을 열었다. 결국 아버지가 하고 싶은 말은 그것이었다. 참고 사는 것도 나쁜 방법은 아니라고 전에 없이 긴 말을 꺼낸 것은 아마도 그와 재결합 이야기를 조심스레 건넬 의도에서 나온 것 같았다.

"……아니요…… 그 사람…… 결혼했는걸요."

아버지는 놀라는 듯했다. 하지만 말없이 낚시를 거두어 떡밥을 달았다.

"그래? 놀랍구나."

아버지와 딸은 입을 다물었다. 하늘 멀리서 기러기떼가 날아가고 있었다. 아버지는 일어나 멀리로 낚시를 던졌다. 혜완은 앉은 자리에서 갈대를 꺾어 손에 들었다.

"이제 어떻게 할 거냐? 영영 혼자 살 거냐?"

아버지는 떡밥이 묻은 손을 수건에 씻으면서 혜완에게 물었다.

"어떻게 하면 좋을까요, 아버지?"

혼자 살 거냐고 딸에게 묻는 아버지의 어투가 뭐랄까, 너무 처량해 보여서 혜완은 오히려 빙긋 웃으며 말했다.

아버지는 딸에게서 고개를 돌려버렸다. 어머니는 말했다. 언젠가 서울 혜완의 집에 다니러 왔다가 아마도 선우의 전화를 바꾸어주면서였을 것이다.

―혼자 살아라. 혼자 살아. 또 결혼해서 설거지하고 살림하느라고 울고불고하지 말고 혼자 살아라. 니가 지금 재혼하면 대접받고 살 것 같니? 니가 또 구박받을 생각을 하면 이 어미는 잠이 안 온다. 세상 잘못 만났다 생각하고 혼자 살아. 멋있는 남자들이랑은 가끔 연애나 하면서…… 살고 싶은 남자 있으면 살아도 보고.

혜완은 물가에서 찰랑거리는 잔물결들을 바라보며 잠시 앉아 있었다.

"엄만 저보고 연애나 하면서 혼자 살래요."

"니 엄마가 그런 소리를 하디?"

아버지는 의외라는 표정이었다.

"저도 놀랐어요. 그뿐인 줄 아세요? 살고 싶은 남자가 있으면 살아도 보고 그러라는데요. 엄마, 생각보다 너무 진보적이죠?"

혜완은 깔깔대며 웃었다. 아버지는 따라 웃지 않고 입맛만 다셨다. 바람이 불 때마다 마른 갈대들이 와사삭거리며 흔들렸다. 짧은 늦가을의 해가 건너편의 작은 산 너머로 기울자 성큼 냉기가 몰려들었다. 혜완은 스웨터를 여미며 지는 해를 바라보고 있었다.

"……전 아이를 낳고 싶어요 아버지."

잠시 후 혜완이 무겁게 입을 열었다. 아버지는 이번에는 정말 충격을 받은 듯 혜완 쪽을 바라보았다. 아이가 죽은 것도, 이혼을 한 것도 육아에 대한 너의 부담감 때문이 아니었니? 아버지는 묻고 있는 듯했다. 혜완이 시선을 떨어뜨렸다. 아버지는 고개를 돌려버렸다. 혜완은 아버지의 진흙 묻은 낚시 장화만 보고 있었다. 아이가 낳고 싶어요, 라는 말은 아버지 앞에서 감히 꺼내는 게 아니었나 하는 생각이 들었다. 하지만 혜완은 계속해서 입을 열었다. 고향이기 때문에 아버지가 있고 날아가는 기러기가 있고, 그리고 시든 국화들…… 방금 생각했던 어머니의 죽음, 아버지의 청춘.

"…… 결코 아이를 방기할 생각은 아니었어요. 하지만, 스물다섯에 아이 엄마가 되었을 때 난 겁이 났어요. 신기하고 예쁘고 감격스러우면서…… 난 아이가 무서웠어요. 아이를 낳더라도 결코 집 안에 눌러앉아 있고 싶지는 않았었는데 아이가 내게 그것을 방해하는 어떤 징조가 되는 것처럼 보였어요."

늦가을의 햇살 아래서 아버지의 그을은 얼굴이 굳어져

가고 있었다. 아버지 앞에서 이런 이야기를 꺼내는 건 처음이었다. 아니, 어떤 사람 앞에서도 이런 이야기를 꺼내는 것은 처음이었다. 하지만 그 이야기들이 한 번도 혜완의 가슴속에서 지워진 적은 없었다. 아버지는 고기가 입질을 하지도 않는 낚싯대를 공연히 꺼내 다시 물속으로 던졌다. 가볍게 풍당 하는 소리가 저수지의 적막을 깼고 누웠던 찌가 오색 빛깔도 영롱히 오뚝이처럼 일어섰다가는 물에 잠겼다.

"아버지 난…… 꿈을 꾸었댔어요. 헌이를 낳고 집에서 몸조리를 할 때였는데…… 꿈속에서 난 헌이를 안고 어디론가 가고 있었어요. 걷다 보니 아주 깊은 산속이었어요. 아주 아늑한 동굴이 있대요. 헌이를 데리고 그곳으로 들어갔죠. 동굴 한편에 물이 흐르고 난 거기다 헌이를 뉘었어요. 내가 말했죠. 여긴 사슴도 있고 토끼도 있고 꽃도 있단다. 엄마가 돌아올 때까지 여기서 크고 있거라. 갓난아이를 그 동굴에 두고 나오는데 왜 그렇게 홀가분했을까요. 너무 홀가분해서 깡총깡총 뛰면서 산을 내려왔지요. 도회에 나왔는데 사람들이 내게 물었어요. 아이는 어디 있지? 대체 아이는 어디 있는 거야? 그 사람들의 묻는 서슬이 하도 퍼렇길래 나는 거짓말을 했어요, 난 아이가 없어요. 하지만 바라보니까 여자들이 모두 아이를 업고 안고 그것도 모자라서 머리에 이고 일들을 하고 있었어요. 그제서야 나는 내가 한 행위가 아이를 버린 것이었다는 걸 깨달았어요. 그 제서야 깨달은 거예요. 혼자서 우유도 타놓지 않고 아이를 산속에 놓아두다니…… 누가 데려가버리면 어쩌려고 정말 어쩌려고…… 난 다시 산으로 미친 듯이 달려갔어요. 하지만 아이가 없었어요. 분명 갓난아이가 거기 없었어요. 걷지도 못하고 기지도 못하는 아이가 없었던 거예요. 산을 헤매고 물을 건너고 울면서 헌이의 이름을 불렀어요. 미칠 것만 같다는 표현을 거기에 아무리 써도 모자라는 그런 심정이었어요. 그러다 거울을 보니까 내가 할머니가 되어 있었어요."

아버지는 담배를 더듬어 찾았다. 당황하는 탓이었는지 손이 떨리고 있었다. 내가 왜 이런 이야기를 아버지 앞에서 하고 있나. 이 좋은 날, 이 좋은 풍경 앞에서 나는 왜 이런 이야기를 하고 있나 하는 생각이 다시 스쳐 지나갔다. 살림망에 갇힌 붕어들이 철썩 몸을 뒤척이는 소리가 멀리 퍼졌다.

"……난 아니라고 생각하려고 했었다. 니가 헌이를 죽인 게 아니라고 하지만…… 그래, 하지만, 그렇게 하고도 또 아이가 가지고 싶단 말이니?"

아버지의 목소리는 떨리고 있었지만 노여움이 배어 있었다. 어미로서 제 임무를 방관한 딸에게 아니 딸 이전의 여자에게 보내는 준엄한 질책 같았다. 혜완이 아버지를 바라보았다. 아버지는 죄를 고백하는 듯, 눈물 고인 딸의 눈에 그러나 연민을 보내지는 않았다.

"생각이 아니었어요. 꿈이었어요. 분명…… 하지만 이 세 상에서 자기 일을 가진 어머니가 모두 아이를 버리는 어 머니와 같은 의미는 아니에요. 헌이가 죽은 것은 단지 사 고였을 뿐이에요. 헌이가 죽지 않았다면 그 꿈도 잊어버리 고 말았을 거예요. 산후에 흔히 있는 우울증의 일종이라 고 웃으며 이야기했을지도 몰라요. 하지만 헌이는 죽었고 다른 사람 앞에서 난 내 탓이라고 말해왔고 또 그렇게 생 각했던 것도 사실이었지만 억울했어요…… 억울했어요. 그 날 헌이 아빠는 내게 시위를 하면서 자고 있었고…… 나 는 그런 시달림에 쫓기고 있었어요. 직장엘 나갔지만 늘 아이가 내 등에 매달려 있는 것만 같았어요. 불안했고 늘 불안했어요. 파출부 아줌마가 수면제나 먹여서 애를 재 우는 건 아닐까, 혹시 지금 아주머니에게 이유 없이 매를 맞고 있는 건 아닐까…… 남자들이 직장에 나가면 집안일 같은 건 다 잊어버린다죠? 집에 들어서며 남편은 날 몰아 세웠어요. 하지만 나는 내가 되고 싶다는 생각을 했어요. 아버지가 사랑했던 서혜완이라는 인간이면서 일을 가진 헌이의 떳떳한 엄마이고 싶었어요. 그런데 헌이가 죽은 거 예요. 기가 막히게도 어미가 보는 앞에서 죽어버린 거예요. 난 억울하다는 생각을 했어요. 왜 내가 죄인인가요 아버지.

그런 나는 다시 아이를 낳고 싶다는 생각도 하면 안 되는 건가요."

혜완은 마치 반항하는 여학생처럼 말했다. 아버지가 이 세상 남자들을 대표해서 넌 죄인이야, 라고 손가락질이라도 한 것처럼 혜완의 어조는 강렬했다. 이해받고 싶었다면 언니들이라든가 그도 아니면 어머니에게 꺼내야 좋을 말이었다. 아버지가 아니라……

격렬한 혜완의 말투에 놀란 듯 아버지가 어이없다는 표정을 짓고 있었다.

"모르겠어요, 아버지…… 하지만 그럼에도 불구하고…… 내가 헌이를 죽였다는 생각을 해요…… 욕심을 부리지 말았어야 했어요. 행복한 가정과 나만의 일, 두 가지를 모두 가진다는 건 불가능한 일이라는 걸 알았어야 했어요."

혜완은 두 무릎에 얼굴을 묻고 흐느껴 울었다. 아버지는 울고 있는 딸을 외면해 자리에서 일어났다. 혜완이 눈을 떠보니 아버지는 뒷짐을 지고 들길을 걷고 있었다.

왜 이런 이야기를 아버지 앞에서 느닷없이 꺼냈는지 자신도 알 수 없었다. 고향이기 때문이었을까. 언니의 새로운 임신 때문이었을까. 그도 아니면 이 자연 앞에서, 그리고 아버지 앞이었기 때문이었을까, 아까부터 자꾸만 밀려드는 생각들이 소용돌이치고 있었다. 혜완은 눈물을 닦으면서 어떤 동화를 떠올렸다.

초등학교 1학년 교실 나른한 햇볕. 성격이 엄하고 몸매가 뚱뚱한 여자 선생님…… 선생님은 「어머니」라는 동화를 이야기해주셨다. 아마 안데르센의 동화였던가…… 아이를 빼앗아간 악마와 싸워 아기를 되찾는 어머니의 이야기였다. 그저 몇 가지 이미지로 혜완의 머릿속에 남아 있는 그 이야기는 그런 것이었다.

아이를 잃어버린 어머니는 아이를 찾아 나선다. 아이의 행방을 가르쳐주는 이들은 어머니에게 대가를 요구했다. 거위에게 물어보니 거위는 어머니에게 손을 달라 하고 누구는 어머니에게 눈을 달라 하고 가시밭길을 지나는 어머니의 발은 피투성이가 되고 우물에선가…… 어머니는 드디어 자기 아이를 알아볼 수 있는 눈마저 뽑히고…… 어머니는 아기를 찾는다.

어쨌든 그 이야기는 슬프고 감동적이었다. 선생님은 말씀하셨다. 어머니의 은혜는 그렇게 큰 것이란다. 하지만 그때 혜완이 감동했던 것은 어쩌면 어머니의 희생보다 엽기적인 그 이야기의 내용이었는지도 모른다. 피, 뽑힌 눈알, 가시밭길, 무서운 여선생님의 목소리, 주황색으로 비추어들던 햇빛.

선생님은 그것이 어머니의 마음이고 희생이라고 했다. 그건 초등학교 1학년생이 이해하기보다는 그저 받아들여야만 했던 너무도 가슴 벅찬 희생이었다.

그리고 혜완 자신이 어머니가 되기 전까지 혜완은 그 슬프고 감동적인 이야기를 잊고 있었다. 어떤 어머니든 대개는 아이들에게 헌신적이었다. 혜완조차도 어머니는 당연히 그러해야 한다고 생각하고 있었다. 어머니의 희생을 소재로 한 숱한 이야깃거리들은 어디든 널려 있었다. 둘째 언니의 결혼으로 휘청해진 집안에서 결혼을 하겠다고 떼를 쓴 것도 어쩌면 그 때문이었다.

어머니라면 어떻게든 자식이 원하는 바를 들어주어야 한다고 생각했던 것이다. 고시 공부를 하는 아들을 위해 자신의 병을 숨기고 죽어가는 어머니들의 일화도 있지 않은가 말이다.

어쩌면 전남편 경환이 혜완을 몰아붙인 것도 그 때문이었다. 아이를 위해서 눈을 뽑아주고 광야를 헤매지는 못할망정 아이를 생판 낯모르는 파출부의 손에 맡기고 나가 돌아다닌다는 건 이미 어머니로서의 자격을 잃은 터였다. 그에게 그런 혜완의 모습은 이미 어미가 아니었다.

하지만 어머니가 되었을 때 혜완은 생각하곤 했었다. 그 감격스런 동화 속에는 분명 근본적인 물음이 빠져 있는 건 아닐까?

악마가 아기를 가져갈 때 다른 사람들은 어디 있었던가? 아기의 아버지는? 친척들은? 사회는? 모두 무엇을 하고 있었나? 그리하여 그녀가 다시 아이를 찾으러 나섰을 때 그들은 어디 있었는가? 왜 그녀 혼자서만 발을 찔리고 눈을 뽑아내는 고통을 치러야 했나? 다른 이들은 어디 있었는가? 대체 어디 있었는가?

잠시 마음을 정리하고 자리로 돌아온 아버지가 다시 낚싯대를 던졌다. 잔잔한 녹색의 수면 위에서 오뚝이 같은 찌가 물속에 잠겼다가 일어나고 또 일어섰다.

혜완은 고향에서의 첫날을 그렇게 보냈다.

어머니가 생각한 딸에 관한
몇 가지 이야기

잔치가 끝난 밤은 그 밤대로 오붓한 법이다. 체면상 참석했던 손님들은 돌아가고 가까운 친지들은 남아서 오랜만에 친밀한 시간들을 갖는다. 잔치에 남은 음식들을 데우고 찌개를 새로 끓이고 집 안은 사람들로 가득해서 어떤 방에서도 혼자서만 호젓하게 쉴 공간은 없다.

남자들은 안방에서 술과 화투판을 벌이고 여자들은 여자들대로 부엌과 부엌에 붙은 작은 방에서 잔치에 쓰고 남은 떡과 과일들을 먹으며 이야기꽃을 피웠다. 그리고 조카들은 아랫방 문을 잠그고 공주놀이를 한다고 저희들끼리 깔깔거리며 웃고 있었다.

어머니는 잔치 때 입었던 고운 한복은 벗어버리고 평상복 차림으로 부엌과 안방을 오가며 딸들에게 음식 시중을 지시하고 있었고 아직 젖먹이가 있는 작은언니만 빼고 큰언니와 혜완이 가스레인지 앞에서 음식들을 챙겨 냈다.

"동서, 우리 영완이 아들 낳게 생겼어."

보석 이야기, 집값 이야기. 그러다가 어머니가 큰언니를 가리켜 말을 뱉은 것은 아마도 평생 아들을 낳은 작은동서에게 짓눌렸던 어머니의 질투심 때문이었을 것이다. 어머니는 딸들을 앉혀놓고 이야기하곤 했었다.

—명절이면 니 작은엄마가 아이를 업고 와서 일을 하는데 아들을 업고 있는 게 왜 그렇게 보기 싫으니? 그러면 니 할머니가 부엌으로 들어와서 말을 하는 거야. 작은애는 가서 애나 봐라.

둘째 니가 그 집 큰아들하고 동갑이었으니 애를 보려면 나도 얼마든지 볼 핑계가 있었지. 하지만 난 한 번도 쉬어보지는 못했단다. 한번은 니 작은엄마가 잠깐 나갔는데 애가 울더라구. 내가 가서 기저귀를 보니까 이놈이 오줌을 잔뜩 쌌어. 내가 기저귀를 갈아주면서 고추를 만져도 보고 기저귀를 갈아주는데, 니 할머니가 문밖에서 날 엿보고 있는 거야. 왜 그렇게 서럽던지…… 할머니는 내가 시샘이라도 해서 아이를 어떻게 하진 않을까 하는 얼굴로 날 감시하고 있었던 거지.

"그래요 형님……. 잘됐네요."

작은어머니는 혜완의 사촌 여동생인 정완이 낳은 손주를 업고 어머니와 마주 보고 웃었다. 작은집은 위로 아들을 둘 낳고 아래로 혜완과 두 살 차이 지는 딸 정완이 있었다.

언제였던가. 혜완이 대학 3학년 무렵 서울에 대학 입학시험을 치르기 위해 혜완의 집에 들렀던 두 모녀는 몹시 풀이 죽어 있었다. 정완의 성적으로는 어느 대학도 갈 수가 없다는 것이었다. 우격다짐으로 서울에 있는 4년제 대학에 응시를 했으나 정완은 결국 낙방을 하고 말았다.

작은어머니는 혜완의 손을 잡고 눈시울을 적셨다.

—형님은 어쩌면 딸아이들을 그렇게 잘 가르쳤어요. 내가 속상해서 죽겠어요. 4년제 대학을 나와야 대학 나온 신랑이라도 만날 거 아니에요? 혜완이 넌 어떻게 그렇게 공부를 잘했니?

어머니는 그때 진심으로 작은어머니를 동정했지만 그때처럼 작은어머니 앞에서 뿌듯해한 적은 없었다.

하지만 상황은 정완이 결혼을 했을 때 다시 바뀌어버렸다. 아마도 정완이 결혼을 한 것은 혜완이 이혼을 하던 해였다. 대학 입시에 실패하고 빈둥거리고 있던 정완은 에어로빅 강사가 되었다고 했다. 그러다가 작은어머니가 맹장 수술을 하기 위해 병원에 있을 때 그곳에서 서무를 보던 그 병원 원장의 아들의 눈에 띄었고 결혼을 하게 된 것이다.

입시 원서를 들고 혜완의 집을 찾았던 그 우울하던 정완의 모습은 이제 찾아보기가 힘들었다. 정완은 천안에서 가장 부잣집의 며느리가 되었고 그 이듬해에는 보란 듯이 아들을 낳아 다시 한번 어머니의 가슴을 아프게 만들었다.

작은어머니는 정완이 아들을 낳았을 때 다시 말했다.

─그러길래 여자는 공부 잘해도 소용이 없는 거야. 우리 정완이가 사실 공부는 못했지만 여자답고 이쁘잖아. 아, 우리 사위가 막말루다 대학은 못 나왔지만 서울서 최고 대학 나온 의사들이 그 밑에서 다 굽신거린다고 하대.

큰조카 명인이가 과자그릇을 들고 부엌으로 들어왔다. 각자의 쓸쓸한 기억에 잠겨 있던 사람들이 의도적으로 명인을 환영했다. 혜완이 조카의 그릇에 수북하게 과자를 담아주었다. 어머니와 함께 식탁 한편에서 술을 마시고 있던 작은어머니가 명인이를 불렀다. 그러고는 주머니에서 만 원짜리 지폐를 내어주었다.

"작은어머니 그러지 마세요. 애 버릇 나빠져요"

큰언니가 제지했지만 작은어머니는 명인의 머리를 쓰다듬어주며 돈을 쥐어 아이들 방으로 보냈다. 제 엄마의 눈치를 보다가 좋다는 언니의 고갯짓이 떨어지자 신이 난 명인이 아이들 방으로 뛰어 들어갔고 작은어머니가 입을 열었다.

"형님, 이제사 말이지만 큰집 딸들 다 공부 잘하는데 우리 아이들 공부 못해서 대학 줄줄이 떨어졌을 때 애들 아버지한테 내가 구박받은 거 말도 못한다구요. 다 내 머리를 닮아서 그런다나 어쩐다나 하면서…… 형수님 애들 키우는 것 좀 본받으라고."

"아이 참 서방님도 주책이야. 그게 어디 동서 탓이야? 나라고 애들한테 뭐 한 거 있나. 지들이 알아서 다 공부한 거지."

얘기의 시작은 그랬다. 어머니의 환갑날이었고 축하해주는 옛 이야기로 시작된 것이었다. 그리고 알아서 공부를 잘했다는 말을 해놓고 어머니는 몹시 흐뭇한 표정을 지었다.

"아유, 그래도 형님이 딸들이라도 배워야 한다면서 가르친 덕이지요. 옛날 같아봐요, 어디 딸 셋 대학 보내는 집이 있는가?"

"그래도 요새 세상은 안 그렇잖아. 여자도 배워야지. 그래도 기집애들 공부 잘해야 소용없어. 혜완이 저것 대학 들어갈 때 난 그래도 판검사라도 될까 기댈 했는데 제일 속을 썩이잖아."

작은어머니는 술을 따랐고 아버지보다 술을 잘하는 어머니는 기분 좋게 술을 받았다.

"속을 썩이긴 지도 다 생각이 있는 거지. 혜완이가 뭐 어때서요? 하기는 아, 내가 자랑하는 건 아니지만 우리 정완이가 시집가는 거 보고 애 아버지 구박이 싹 없어진 건 사실이에요. 사위가 사람 좋지, 인물도 잘생겼지. 우리 정완이 서울에 후진 대학 보냈더라면 어디서 그런 사위를 얻어요? 고작해야 선생 나부랭이한테 걸려서 봉급생활이나 안 하겠어요?"

부부가 함께 교사 생활을 하고 있는 작은언니가 아이에게 귤을 까 넣어주다 말고 작은어머니를 바라보았다. 정완이 자신이 무안해서 아이를 받아 들며 어머니의 옆구리를 쿡 찔렀지만 작은어머니는 아랑곳없었다.

"그때 대학 떨어진 정완이 붙들고 기차를 타는데 왜 그렇게 속에서 열불이 나던지 내가 쥐어박으면서, 이것아 혜완 언니 반만큼이라도 공부를 잘해봐라 하고 구박을 했었죠. 하지만 그게 아니었던 거 같아요. 그래서 내가 요즘은 기집애들 보고 그래요. 니들 공부 잘할 필요 없다. 인물이 반반하고 사람이 착하면 부잣집 착한 아들들이 연애를 걸 거고…… 그래야 팔자가 핀다고. 기집애들 공부 잘해야 소용없어요. 가만히 보면 공부 잘하는 여자들이 팔자가 제일 쎄다니까. 봐요, 명인 어미도 이제 아들 가지니까 사람이 확 피잖아요. 게다가 혜완이며 다 얼마나 공부를 잘했어요? 그게 다 소용없다구요. 내가 뭐 형님 들으라고 하는 소리는 아니지만……"

"아이, 엄마 왜 이래?"

어머니의 얼굴이 심상치 않게 굳어지는 걸 재빠르게 눈치 챈 정완이 작은어머니를 끌어냈고, 어머니의 얼굴이 하얗게 질렸다.

"그, 그래서 자네 지금 나한테 주장하는 게 뭔가?"

제 자랑이라고 한 것이 어머니를 노엽게 한 것을 작은어머니는 그제서야 알아차린 것 같았다.

"아니 난 뭐 그저, 세상이 그렇다는 거."

"뭐야! 뭐가 어쩌구 어째! 지금 조카들 앞에서 그걸 말이라고 하나?"

소리가 커지기 시작했고 사촌 누이들은 서로의 얼굴만 살피며 제 어머니를 말렸지만 소용이 없었다. 뜻밖의 상황에 아버지와 형부가 부엌으로 고개를 내밀었다.

"아니 내가 뭐 못할 소리 했어요. 현실이 그렇다는 거죠. 제일 공부 잘한 혜완이가 제일 속을 썩인다고 형님이…… 형님 입으로 그러지 않았어요. 난 그 말에 동조했을 뿐인데 왜 그렇게 화를 내세요, 화를 내시길! 형님은 예전부터 보면 내 말을 꼭 그렇게 고깝게 여기시더라."

"뭐 예전부터?"

"그래요, 할 말은 합시다. 예전에 내가 큰아들 덜컥 낳았을 때도 그랬고 큰애가 백일해에 걸려서 죽을 둥 살 둥 할 때 뭐라셨어요? 남자애들이 명줄이 약하다고 안 그러셨냔 말이에요. 내가 그때 가슴이 뛰어서 차마 형님한테 대꾸도 못했어요. 이제 같이 늙어가는 처지니 어디 할 말은 하고 삽시다."

늦게 달려온 작은아버지와 사촌들이 와서 작은어머니를 다른 방으로 격리시켰다.

"아니 이 사람이 좋은 날 왜 이래. 아들들은 내가 낳았지, 임자가 낳았어?"

작은아버지가 작은어머니에게 호통을 치는 소리가 들렸다. 각기 다른 방으로 격리된 두 어머니가 울고 있었다. 아들을 낳았건 그러지 않았건 어머니들은 좋은 날에도 눈물이 많은 법이었다.

"얘, 작은아버지 덕에 작은어머니가 아들 낳으셨단다. 우리집은 어머니 때문에 딸 낳고…… 얘기가 좀 이상하지 않니?"

부엌에 남은 자매들을 보며 큰언니가 농담을 했고 그래서 모두들 웃으며 식탁에 앉았다.

"아유, 노인네들 정말 귀엽다!"

"미안해 언니들, 어머니들 저러게 놔두고 우리라도 술이나 한잔하자. 이거 괜히 내가 미안하네."

정완은 자신이 사온 캔맥주를 식탁에 늘어놓았다.

"얘 미안하긴 뭐 미안하니? 너라도 잘사니까 좋지. 그나저나 작은어머니 니네 형제들 대학 떨어졌을 때 꽤나 마음 상하셨었나 보다. 우리 엄마가 그때 그렇게 유세를 떨었었나?"

작은언니가 정완과 혜완에게 술을 가득 부어주며 웃었지만 귤을 쥐고 먹는 작은딸을 씁쓸하게 바라보았다.

"엄마는 왜 저러는지 몰라. 작은어머니 말이 맞지 뭐. 정완아, 안 그러니? 우리 셋 꼴을 봐라. 난 이 나이에 배가 부르고 둘째는 둘째대로 사는 게 힘들고 혜완인……."

큰언니가 안줏거리들을 장만해주며 말했다. 하지만 분위기는 더 어색해졌을 뿐이었다. 그래서 눈이 마주치면 서로들 어색하게 웃기만 했다.

혜완은 슬그머니 일어나 어머니의 방으로 갔다. 불쾌한 얼굴로 아버지가 방에서 나오고 계셨다.

"니 엄마가 요즘 술만 먹으면 좀 주사가 있다. 가서 좀 진정시켜줘라."

혜완은 눈물 콧물을 닦느라 정신없는 어머니를 방 한구석에 서서 묵묵히 바라보았다. 급히 벗어둔 환갑 한복이 방 한구석에 팽개쳐져 있었고 어머니는 울다 말고 들어선 혜완을 바라보았다.

"좀 앉아봐…… 천장 안 무너진다."

"엄마, 좋은 날 왜 그러세요. 작은엄마 원래 좀 그러시잖아요."

어머니가 겨우 진정시켰던 눈물을 다시 터뜨렸다.

"이것아 내가 니가 이혼만 안 했어도 이렇게 서럽지가 않아. 저것들이 뒤에서 니가 소박맞았다고 얼마나 찧고 까부는지 아니? 그깟 딸 병원집에 시집보낸 게 뭐가 그리 잘났니?"

"잘났지 뭐 얼굴도 이쁘고…… 조카딸이 잘살면 됐지. 엄마는 그게 그렇게 샘이 났어, 참."

혜완이 어머니에게 베개를 받쳐주며 말했다.

"이것아, 그러길래 너도 국으로 있다가 의사 집에서 선이라도 들어오면 시집을 갈 것이지, 뭐한다고 그렇게 일찍 시집을 가서 이 어미 속을 썩여? 니가 정완이보다 인물이 못하니? 키가 작니? 게다가 넌 남자들도 가기 힘든 대학에 장학생으로 들어갔었는데 니가 뭐가 모자라서."

혜완은 어머니를 보다가 웃음을 터뜨렸다. 울던 어머니가 혜완을 가볍게 흘겼다.

"에미 눈에 피눈물 나오게 한 것도 모르고 웃어!"

"엄마 참 애기 같은 데가 있다 응? 그러니 내가 안 우스워? 오늘이 엄마 환갑날인데…… 엄마가 애기같이 굴다니…… 난 엄마 말대로 한 거야. 엄마가 그랬잖아. 꼭 자신의 일을 가지라고 말이야."

"망할 놈의 기집애, 지 에미 우는데 하는 말이라고는…… 그래 날 원망해라! 모든 게 언제나 어미 탓이지, 그래 모든 건 언제나 에미 탓이야."

어머니는 더 말하지 않았고 혜완은 얇은 이불을 꺼내 어머니를 눕혔다. 어머니는 언제나 옳았다. 잘못된 일은 대개는 '에미'라는 사람의 탓이었다.

잔치가 끝나고 형제들과 친척들이 돌아간 다음에도 혜완은 사흘을 더 고향집에 머물렀다. 떠나는 날 아침은 기온이 쭉 내려가서 혜완이 새벽 산책에서 돌아왔을 때는 안개에 온몸이 젖어 있었다. 집으로 들어가려다 말고 혜완은 뜰에 있는 의자에 앉았다. 차가운 안개 알갱이가 얼굴에 부딪는 것이 오히려 상쾌했다. 멀리 논둑에는 하얗게 얼어붙은 듯 시든 국화가 무더기로 쓰러져 있었고 수확이 끝난 옥수숫대들이 유령처럼 하얗게 서 있었다.

서울로 돌아가는 것을 망설였던 것은 그 전날 오후에 걸려온 두 통의 전화 때문이었다. 그 전화는 고향에 와서 사람들 사이에서 오랜만에 쉬고 있던 혜완을 다시금 그녀가 있던 일상으로 불러내는 것만 같았다.

첫 번째 전화는 영선의 것이었다.

언제 올라올 것인가를 묻던 영선은 혜완이 날짜를 대자 뜻밖에도 반색을 하는 것이었다.

─어떻게 하니? 아마 나 그날 집에 없을 거야. 너 오는데 된장찌개라도 끓여놓아야 되는데…… 어디 가냐고? 그건 비밀.

영선의 목소리는 아주 밝았다. 혜완은 가만히 웃었다. 아마도 그동안 써놓은 시나리오를 영화사에 가지고 가는 것이리라. 박 감독과 그곳에서 만나면 괜찮을까, 하는 우려가 잠시 들었지만 혜완은 영선의 용기를 칭찬해주고 싶었다. 하지만 영선은 뜻밖에도 말을 돌렸다.

—혹시 문선우 씨 전화 안 왔었니? 글쎄 어젯밤 늦게 우리집에 찾아왔어. 전화를 몇 번 했길래 너 없다고 그 말만 했더니 내가 거짓말하는 줄 알고 찾아온 거야. 술에 취해서. 그러곤 언제 오냐고 물어보길래 모른다고 했지. 아파트 문을 열고 있다가 들어오라 하기도 뭐해서 망설이고 있는데 왜 그렇게 불쌍한 얼굴을 하니? 그래 내가 너희 시골집 전화번호를 가르쳐주려고 하니까 안다고 하더라. 나한테 무슨 말인가 할 듯 할 듯 하다가 그냥 돌아갔어. 너 화났니? 내가 시골집에 갔다는 말 괜히 한 건가?

그래서 혜완은 그날 오후 내내 아버지와 함께 낚시를 했었다. 하지만 저녁에 돌아왔을 때 어머니는 혜완에게 전화가 왔었더라는 말을 하지 않았다. 일부러 선우의 전화를 피하려 한 것이었지만 혜완은 자기도 모르게 기운이 쭉 빠지는 것 같았다.

그런데 그날 밤 선우가 전화를 한 것이었다.

—몇 시 차야? 역으로 마중 나갈게.

선우는 대뜸 말했다.

어머니와 아버지 식구들까지 TV를 보고 있던 거실이었기 때문에 혜완은 억지로 존댓말을 쓰며 웃을 수밖에 없었다.

―아니 그러실 필요 없는데요.

―피하지 마. 할 말이 있어. 마지막이라도 좋아. 니가 평소에 좋아하는 대로 우리 서로 좀 당당하게 굴자.

선우에게 끊어놓은 기차표 시간을 이야기했던 것은 선우가 이야기했던 대로 피하지 않을 만큼 용기가 있어서가 아니라 어쨌든 그를 만나야겠다는 생각을 했기 때문이었다.

혜완은 연보라색 운동복을 입은 채로 뛰어서 부엌 뒤쪽으로 들어갔다. 어머니가 튀기는 마른 가자미 냄새가 온 부엌에 고소하게 퍼졌다. 혜완은 커피포트에 물을 올려놓고 어머니의 뒷모습이 보이는 식탁에 앉았다.

"커피, 커피…… 그놈의 커피 좀 고만 마셔라."

혜완은 고향을 떠나는 이날 아침 왠지 늘 하는 어머니의 잔소리까지 정겹게 느껴졌다. 그래서 커피를 타놓고 음미하듯 천천히 마셨다.

"엄마, 나 서울 가지 말고 엄마랑 여기서 살까."

어머니는 살풋 웃으며 혜완을 돌아보았다.

"그러면 좋지. 엄마가 해주는 밥 먹고 여기 자연 구경하면서 글 쓰면 좋지 않니?"

혜완은 말을 꺼내놓고 정말 그러고 싶다는 생각을 했다.

여기서는 서른한 살짜리 여인네도 아니고 이혼녀도 아니고 영선의 대책 없는 청승도 없고 미워할 수만은 없었던 경혜의 속물적인 슬픔도 없고…… 그리고 선우도 없다. 선우가 없다. 혜완은 입술을 깨물며 잔을 내려놓았다. 밤마다 혼자서 가능한 모든 상상을 했었다. 그의 결혼식, 혹은 그의 아내 혹은 그의 약혼자…… 그리고 마주쳐야 할 상면.

"넌 내가 한 말 때문에 의기소침해진 거냐?"

어머니는 환갑날 일어났던 소동이 마음에 걸린 모양이었다.

"응. 그날 나 쇼크 먹었다."

서른이 넘은 혜완은 짓궂은 막내딸답게 어머니를 놀렸지만 어머니는 뜻밖에도 진지했다.

"혜완아, 그날 엄마가 한 말은…… 맘 쓰지 마라. 넌 소설가니까 엄마가 다 말 안 해도 이해할 수 있지?"

어머니는 식탁에 마주 앉아 딸의 얼굴을 빤히 바라보았다. 혜완은 소설가까지 들먹이며 말을 하는 어머니가 우스워서 얼핏 웃었지만 진지한 어머니의 시선 앞에서 멋쩍게 시선을 떨구었다.

"엄만 정완이 같은 딸 열이라도 안 부럽다. 사람의 일이란 건 알 수 없는 거다. 인생은 긴 거고, 난 누가 뭐래도 니가 자랑스럽다. 어쨌든 넌 소설가고, 예술가야. 넌 니 힘으로 살아가는 여자다. 지금은 니가 돈 때문에도 고생하고 그러지만 니 나이에 인생은 알 수 없는 거야. 그 나이때는 누구도 교만하거나 누구도 실망할 필요가 없는 거다."

혜완은 시선만 떨군 채 그냥 웃었다.

"아버지는 어떻게 하실 작정이래요? 이 뒷산에 작은 묘목이라도 우선 심으셔도 소일이 될 텐데."

혜완은 말을 돌렸다.

어머니가 한숨을 쉬며 자리에서 일어났다.

"그놈의 자식들이 순진한 영감 꾀어내서 땅 사기 쳐먹고…… 생각하면 기가 막히지만 할 수 있니? 아버지는 이 저수지라도 건졌으니 유료낚시터 허가를 얻겠다고 뛰어다니시는데…… 대형 주차장이 없으면 그것도 허가가 힘들단다. 얼마 전에 절에 갔다가 부처님한테 빌었다. 만일 택하라고 하시면 난 널 택하겠다고…… 우린 살 만큼 살았고 밥이야 굶겠니? 아버지 사업이야 어떠니? 돼도 좋고 안 돼도 그만이야."

"엄마……."

의식하지 않으려고 했지만 목이 메었다.

"어떻게 다 달라고 하겠니? 어떻게 감히 모든 게 다 내 맘대로 이루어지길 바라겠니? 신은 모든 걸 그렇게 다 주시지는 않는다. 그래서 난 널 택했던 거다. 부디 네 자신을 귀하게 여기고, 아무리 어려워도 섣부른 생각 먹지 말아라……."

그때 하필이면 영선의 생각이 났다. 어머니는 행여나 딸이 자살이라도 할까 봐 며칠 정도 전화통화를 하지 못하면 불안해 잠 못 이루곤 했다. 영선의 자살 사건 앞에서 울부짖던 그녀의 어머니가 떠올랐다.

어머니는 보따리를 들고 버스 타는 곳까지 혜완을 따라나왔다. 보따리에는 인삼을 꿀에 잰 거며, 고추장 단지며, 고춧가루며 그런 것이 들어 있었다. 만일 혜완이 그만 싸라고 짐짓 신경질을 부리지 않았다면 하염없이 수가 늘어났을 그 보따리를 어머니는 혜완에게 건넸다.

어머니의 말대로 먼 산에 단풍이 고왔다.

"엄마, 만약에 나한테 조금이라도 예술가적 기질이 있다면 틀림없이 엄마를 닮아서일 거야."

"별 소릴 다 한다. 나 같은 무식한 여편네가 뭘 아니?"

어머니는 아니라는 듯 웃었지만 기쁜 듯했다. 물론 어머니에게 좋은 소설가란 건 어서어서 잘 팔리는 책을 써서 TV 연속극으로 방영되는 그런 걸 의미하는 것이었지만 말이다. 하지만 혜완은 생각했다. 만일 어머니에게도 교육의 기회가 있었고 어릴 때부터 동화책들이 있었고 그랬다면……

버스가 왔고 그것을 탔을 때 혜완은, 어머니가 불공을 드리면서 아버지에 대한 소망을 버리고 잘되기를 바랐던 딸은 역에서 기다리고 있는 선우의 생각에 잠기기 시작했다. 어머니는 싸늘한 바람을 피하기 위해 팔짱을 끼고 혜완을 올려다보고 있었다.

그러자 낚시터에서 생각했던 동화의 끝부분이 갑자기 혜완의 머릿속에 떠올랐다. 그 동화는 거기서 끝난 것이 아니었다. 잃어버린 자신의 아이를 찾기 위해 모든 걸 빼앗기고 눈도 빼앗기고 찾아간 어머니에게 아이는 말했었다.

—이런 몰골의 사람은 우리 어머니가 아니야.

차가 떠나기 시작했고 어머니의 모습이 작게 멀어져갔다.

노을을 다시 살다

혜완은 이렇게 말하려고 했었다.

─나는 생각했지 처음부터 우리들은 인연이 아니었던 거야……. 그 말은 선우 너도 무슨 뜻인 줄 알고 있겠지……. 둘이 서로를 생각한다는 것은 서로를 아끼고 서로를 그리워한다는 것은 사랑의 조건은 될지 모르지. 양가의 부모님들이 적극적으로 밀어준다면 결혼의 조건이 될 수도 있겠지. 하지만 그중의 어느 하나라도 빠졌을 경우 그건 그저 불행한 추억으로 남을 뿐이야. 난 괜찮아. 우리 어른스럽게 헤어지자.

그것도 아니면 혜완은 말하려고 했었다.

　―누나의 말에 가슴이 아팠던 것도 사실이었지만 얼마든지 이해할 수 있어. 이혼을 결심할 때 그 정도 일도 계산하지 못했던 것도 아니야. 모욕 같은 건 누구나 겪어. 다만 우리들은 그것을 덜 겪으면서 살 만한 환경이었고 따라서 그것에 익숙하지 못했기 때문에 호들갑을 떨 뿐이야. 그저 호들갑을 떤 것뿐이야. 걱정하지 말고 가서 잘 살아. 우린 친구로 남을 수도 있잖아. 그게 우리에게 더 어울릴지도 모르고.

　하지만 선우를 따라 들어선 레스토랑에 마주 앉았을 때 혜완은 온몸이 떨리고 있는 걸 느낄 수 있었다. 만일 피부가 맛을 느낄 수 있다면 아주아주 떫은맛이 온 피부를 통하여 배어들고 있는 것 같은 그런 느낌이었다. 하지만 혜완이 더 참을 수 없었던 것은 레스토랑에 마주 앉았고 그리하여 어쩔 수 없이 그 떫은 피부의 감각을 느끼면서 선우와 눈이 마주쳤을 때 선우와 자신의 눈에서 감돌았던 그 미소였다. 혜완은 재빨리 마주치는 시선을 피하면서 시험을 보러 들어선 것처럼 기차 안에서 정리했던 자신의 감정을 다시 한번 점검했다. 한 치라도 벗어나게 하고 싶지 않았다. 제발이지 아주아주 무감각하게 자신을 만들어달라고 기차 안에서 내내 두 손을 꼭 부여잡고 기도까지 한 터였다. 더 이상은 그런 감정의 물결 속에 빠져들고 싶지 않았다. 녹슨 폐선에 물결이 부딪히듯 그저 무심히, 무심히 이 어려운 시간들을 넘기고 싶었다. 그러나 지금 마주 앉은 선우의 눈에 비치는 저 미소는 무엇인가. 그것은 그리움이었고 그저 마주 앉은 사람의 가슴속에 투사될 수밖에 없는 따뜻함이었다.

혜완은 바람 부는 레스토랑 밖의 거리를 묵묵히 바라보았다. 평소에 레스토랑 같은 곳에는 가지 않던 선우가 이리로 자신을 끌고 온 것부터가 심상치 않았다. 그래서 둘은 역에서 실랑이를 벌였었다. 혜완 쪽은 어머니가 싸준 무거운 보따리를 들고, 사람들이 왁자왁자 오가는 그 서울역 광장에서 선우와 이야기를 끝내고 싶었다. 그편이 어떤 감상도 스며들지 않을 것이기 때문이었다. 비닐로 지붕을 이은 포장마차에서 아주머니들이 시뻘건 고춧가루에 버무린 떡볶이를 뒤적이고 피곤한 여행자들이 순대에 막소주로 허기를 달래는 그런 곳이 이별의 장소로서 가장 어울릴 것 같았기 때문이었다. 하지만 선우는 혜완의 짐을 빼앗아 들었다. 그는 의외로 강경했다.

—내 말은 이야기를 하자는 거야. 이런 곳에서는 팔짱 끼고 헤헤 호호 웃으며 연애를 하든가 아니면 싸움을 할 수밖에 없어.

웨이터가 식탁만큼 큰 메뉴판을 선우에게 가져다 펼쳐놓았다. 선우는 마치 오랜만에 외식이라도 하러 나온 신혼부부처럼 혜완의 의향을 이것저것 물어보며 주문을 했다.

웨이터가 사라지자 선우가 한참 혜완을 바라보다가 입을 열었다.

"배고프지?"

그녀가 어이없다는 시선으로 선우를 바라보았다. 선우는 담뱃갑을 꺼내면서 한 대를 내밀었다. 혜완은 묵묵히 그것을 받았다. 불까지 붙여주고 나서 선우는 다시 말했다.

"생각해보니까 너한테 이런 음식을 사준 일이 한 번도 없었어. 물론 내 체질에 맞지도 않는 곳이긴 하지만 넌 좋아했잖아. 너무 내 생각만 했던 것 같아…… 어떠니? 나 반성 많이 했지."

선우는 소년처럼 웃었다. 첫 데이트를 나온 소년이 소녀 앞에서 뻐기는 것처럼 수줍음도 눈가에 어렸다. 혜완은 문득 선우를 사랑했었다는 생각을 했다. 남편과 헤어지고 혼자서 이를 악물고 있었을 때 선우가 곁에 있었다. 마치 그렇게 이를 악물지 않아도 세상은 따뜻한 곳이라고 말해주는 것처럼 선우는 혜완의 상처를 조금씩 아물게 도와주었다. 남편의 결혼 소식을 전해주고 그리고 갑자기 울음을 터뜨린 혜완을 처음 안아주었을 때 혜완은 선우가 입고 있었던 그 커피색 브이넥의 촉감까지 기억하고 있었다. 그것을 기억할 수 있었던 것은 어쩌면 너무도 오랜만에 한 인간에게 따뜻함을 느꼈기 때문이었다. 그리고 그의 품이 따뜻했었고 따뜻하다는 이유만으로 혜완은 더 이상 슬퍼만 하지 않아도 좋았던 것이었다.

그렇다. 그리고 언제나 선우가 있었다. 글이 잘 써지지 않을 때, 까닭 없이 우울할 때 공연히 내리는 비를 탓하며 전화를 하면 선우는 달려 나와 그렇게 말했다.

─그럼 오늘은 나하고 소주를 마시자. 그러면 무언가 떠오를 거야. 떠오르지 않아도 좋잖아. 이렇게 좋은 친구하고 맛있는 안주도 먹고.

그러면 혜완은 깔깔거리며 선우 앞에서 이야기를 조잘거렸다. 친구들 이야기, 문단에 떠도는 갖가지 에피소드들…… 그것이 그가 설사 이미 알고 있었던 것이었다 하더라도 선우는 혜완과 함께 웃어주었다.

관계가 악화된 것은 결혼 이야기가 나온 후였다. 그것은 갑자기 혜완의 가슴속에 두려움으로 다가왔다. 그 봄날 선우가 이상한 밥집의 떠들썩한 분위기 속에서 청혼을 한 후 혜완은 갑자기 선우가 낯설어진 것이었다. 생각해보면 남편이라는 이름이 두려웠는지도 모른다. 아내라는 이름의 자리, 혹은 어머니라는 이름의 자리, 며느리라는 이름의 자리. 두려웠던 것은 선우가 아니라 그렇게 여러 이름으로 점수 매겨진 그 자리들이었다. 아니, 그 자리들 때문이 아니라 선우와는 상관없이 저질러졌던 어떤 기억들.

"부모님들 안녕하시지?"

선우가 침묵하고 있는 혜완 쪽으로 몸을 기울여 탁자에

팔꿈치를 괴고는 물었다. 혜완은 마른 입술을 축였다.

"그걸 물어보려고 당당하게 만나자고 했니?"

생각보다 말은 더 퉁명스럽게 튀어나왔다. 선우가 마치
자신의 인내심을 시험하겠다고 결심이나 한 사람처럼 잠시
굳어졌던 얼굴을 펴고 가만히 웃었다.

그때 웨이터가 수프 접시를 날라왔다. 둘은 어색한 대화
를 그치고 각자의 자리에서 웨이터가 날라다 주는 수프 접
시만 바라보고 있었다. 전혀 시장기가 동하지 않았지만 혜
완은 후추 병을 들어 그것을 조금 치고는 수프를 먹기 시
작했다.

"오늘 출판사 사람들한테 물어봤어. 어떤 레스토랑이 제
일 분위기를 내기에 괜찮느냐고? 그랬더니 여기를 가르쳐
주는 거야. 근데 별로다……"

선우는 건물 5층에 자리 잡아서 동숭동 대학로가 훤히
내려다보이는 화려한 레스토랑을 둘러보며 말했다. 그랜드
피아노 앞에 긴 드레스를 입은 여자가 막 자리에 앉고 있
었다. 그 여자는 피아노 앞에서 잠시 숨을 멈추더니 곧 손
을 건반에 올려놓았고 이윽고 천천히 피아노를 치기 시작
했다. 낯익은 선율, 비틀즈의 〈예스터 데이〉였다.

혜완은 그 선율을 들으면서 말없이 수프를 다 비웠다.

그러자 기다렸다는 듯 웨이터가 샐러드를 날라왔고 이
윽고 빵과 메인 디시를 날라왔다. 혜완은 천천히 그것들을

씹었다.

"맛있게 먹어. 너무 화난 표정으로 먹으면 체해."

선우가 포크를 들며 혜완에게 다시 말했다. 혜완은 막 생선 튀김 하나를 입에 넣으려다 말고 선우를 빤히 바라보았다. 선우가 무거운 표정으로 포도주 잔을 들었다.

"내가 양식 못 먹었을까 봐 그게 걱정되어서 만나자고 한 거니?"

선우는 이번에는 웃지 않고 마치 소처럼 계속해서 음식물을 입에 집어넣었다. 혜완은 포크를 내려놓고 머리를 쓸어내렸다.

웨이터가 다가와서 샐러드 접시를 집어 들었다. 갑자기 혜완은 이 자리를 뛰쳐나가고 싶은 충동을 느꼈다. 자꾸만 다가와서 접시를 놓고 가져가고 접시를 놓고 가져가는 이 서양식이 말할 수 없이 짜증스레 느껴졌던 것이다. 한 상을 그득히 차려놓고 이것저것 먹어가며 싫도록 이야기를 해도 좋은 그런 한식 식사가 좋다는 생각이 들었다. 국을 먼저 먹든 김치만 먼저 먹든 누군가 지키고 서 있다가 접시를 가져가는 일 따윈 없는 그런 식사 말이다. 하지만 선우가 그런 식사를 고집했을 때 가장 싫어했던 건 자신이 아니었던가.

선우가 포크를 놓았고 다시 웨이터가 다가와서 접시를 치웠다. 이제 식탁에 포도주 병과 잔만이 남았을 때 다시 웨이터가 다가왔다. 혜완은 제발 이제 그만 와달라고 소리라도 지르고 싶은 기분이었다. 하지만 웨이터는 간단한 마른안주를 작은 대바구니에 담아 식탁 위에 놓고는 절을 꾸벅했다.

"뭐 불편한 점이 있으시면 또 불러주십시오."

당신이 자꾸 와서 불편한 점이 없냐고 물어보는 게 불편해요, 라고 말을 할 수는 없었다. 웨이터가 쟁반을 들고 멀어져 갔다.

잔뜩 찌푸린 혜완의 얼굴을 바라보다가 선우가 생각에 잠긴 듯이 두 손을 관자놀이에 가져다 놓고 시선을 떨구었다. 봐, 내 인내심에도 한계가 있어 하는 몸짓이었다. 혜완은 안주 바구니에 담긴 마른 새우 하나를 들었다가 다시 바구니에 내려놓았다. 선우가 천천히 고개를 들었다.

"누나에게 이야기를 들었어."

갑자기 무대에서 내려온 배우처럼 선우는 웃음을 거두고 입을 열었다. 딴청을 피우고 있던 혜완은 자신의 등줄기가 쭈욱 하고 굳어지는 것을 느낄 수 있었다. 영선이 소동을 피우고 경혜가 울고 집에 내려가고 하는 동안 잠시 잊었던 지난 일들이 일기장을 펼치듯, 새삼 자맥질하는 것처럼 기억의 이편으로 머리를 내밀었다. 다시 피부들이 떫은 맛을 전하고 있었다. 너무 떫은 감을 먹으면 그것은 아픔의 맛으로 느껴지듯이 혜완의 몸에서 힘이 쭉 빠져나가면서 떨리기 시작했다. 혜완은 떨리는 것을 멈추려고 온몸에 힘을 잔뜩 주었다. 우리들은 그저 모욕을 당할 기회가 적었기 때문에 호들갑을 떨었을 뿐이라고 선우에게 말하고 싶었지만 익숙해지기 전까지 모욕은 모욕이었고, 그리고 떨림은 떨림이었다. 그리고 언제면 대체 모욕에 익숙해질 것인지는 혜완도 알 수 없었다.

"누나도 본래 그렇게 나쁜 사람은 아니야. 널 만나고 와서 후회가 됐던 모양이야."

자맥질하듯 머리를 내미는 것은 단지 기억만이 아니었다. 그의 누이가 그녀를 만나 이야기한 그 내용이 아니라 그때의 감정과 그 이후의 감정까지 갑자기 혜완에게 생생하게 다가왔다. 그제서야 혜완은 자신이 그 여선생이라는 여자의 존재를 애써 무시하고 있다는 것을 깨달았다. 그리고 그것을 끝내 묻지 않은 것은 자신의 마지막 자존심 때문이라고 생각하고 있었다. 인생은 결코 자존심이나 고상한 분위기가 아니라는 걸 알아버렸으면서 혜완은 버티고 있었던 것이다. 정말 부모님에게 인사를 드렸니? 그리고 내게 와서 꼿꼿한 서혜완이가 되라고 이야기한 거니? 그렇게 묻고 싶은 거였다. 선우에게 웨이터에게 짜증이 치민 것은 어쩌면 그 때문이었다. 아마도 여선생이 마음에 들었다면 넌 나와 자지 않았을 거라고 선우 앞에서 겁도 없이 말해버리고 난 후, 보란 듯이 선우는 그렇지 않다는 것을 보여주지 않았던

가. 게다가 그의 누이가 있고 게다가, 게다가 혜완 자신은 자신을 위해 아버지의 사업도 포기하겠다고 신 앞에서 맹세한 어머니를 두고 선우를 생각하지 않았던가.

"무슨 일이 벌어졌는지 나도 짐작이 갔어. 누난 워낙 좀 그런 데가 있어. 뭐랄까 허영심이 있고…… 내가 내 누나 이렇게 말하는 건 어떨지 모르지만 누난 나조차도 경멸하고 있어. 누난 날보고 대책 없는 낭만주의자라고 늘상 말하곤 했지. 그날 밤 출판사에서 니가 그 말 꺼냈을 때부터 뭔가 짚이는 게 있었어. 그리고 그날 밤 너는 나하고 타락하고 있다고 말했지. 그래서 알아차렸지. 내 말 알겠니? 난 우리 누나 때문에 니가 마음 상하는 게 싫었어."

혜완은 팔짱을 낀 채로 선우의 이야기를 듣고 있었다. 그저 아까부터 떨리는 제 몸을 가누느라 혜완의 표정은 딱딱하게 굳어 있었다.

"누나가 했던 말 어떤 말이든지 우선은 다 잊어버려. 난 내 입으로 네게 말해주고 싶었어."

"듣고 싶지 않아."

혜완은 진심이라는 것을 표현하기 위해 한 단어 한 단어에 힘을 주면서 말했다.

"그래도 들어야 돼."

"아니!"

혜완의 어조는 강렬했다. 그녀는 말을 뱉어놓고 갑자기

어쩔 줄을 모르겠다는 듯 대바구니 속의 마른 새우를 꺼내 어적어적 씹었다.

"듣고 싶지 않아. 충분했어. 너희 누나로도 충분해. 너까지도 그 말을 한다면 난 정말 너한테 화를 내고 말 거야. 소리를 지르고 그럴지도 몰라."

"내 말을 다 듣고 난 다음이라면 그렇게 하든지 말든지 해!"

선우의 목소리는 낮았지만 강했다. 두 사람의 눈이 팽팽하게 마주쳤다.

"포도주 잔을 던진대도 좋아."

선우가 덧붙였다. 농담이었지만 둘 다 웃지 않았다.

한참 시선을 내리깔고 있던 혜완이 피식 웃었다. 그러고는 조롱기가 섞인 얼굴로 선우를 바라보았다.

"그 여선생이랑 니가 결혼을 하든 말든 나랑 상관없어. 내가 왜 그런 이야기를 니 입으로 시시콜콜 듣고 있어야 하니? 분명히 너에게 말했을 텐데."

선우가 무표정하게 혜완의 말을 듣고 있었다.

"니가 그 여자를 집에 데리고 가서 인사를 시키든 말든 매형이란 사람에게 만일 여선생이랑 결혼하면 서혜완이가 질질 짜고 다닐까 봐 그게 걱정이라고 했든 말든 아무 상관도 없어. 이건 정말로 진심이야, 정말이야."

진심이라고 말을 하는데 입술이 자꾸 뒤틀렸다. 그래서

혜완은 포도주 잔을 들어 그것을 오래도록 마셨다.

"그래 알아. 그건 니 진심이라는 거……."

선우가 다시 말했다. 혜완은 입술을 물었다.

"하지만 분명히 말해서 여선생하고 일이 공교롭게 되느라 고향 집에서 마주친 일은 있지만 매형한테 그런 이야기를 하진 않았어. 너도 그건 알고 있잖아. 난 적어도 그런 사람은 아니야. 더구나 니 성격을 내가 모르니? ……얼마 전에 경환이한테 갔었어. 집에 말이야……. 아이 백일이라고."

마주친 눈길을 피하며 선우가 말을 돌렸다. 혜완은 포도주 잔을 천천히 식탁에 내려놓았다.

"그래 니가 경환이 이야기 꺼내는 거 싫어하는 줄 잘 알지만 들어. 경환인 변했어. 설거지도 하고 앞치마를 두르고 말이야. 그리고 강의가 없는 날은 아이를 일주일에 세 번은 자신이 본다는 거야. 애기 엄마는 세 번 대학원 강의를 들으러 나가고."

혜완은 고개를 들지 않았다. 벌써 애가 백일인가. 그 애가 혹시 죽은 아이를 닮지 않았느냐는 말을 꺼낼 수 없었다. 아마도 선우는 이해하지 못할지도 몰랐다. 경환이가 일주일에 세 번 아이를 본다는 건 분명 놀랄 만한 일이었지만 설사 그가 대학 강의를 팽개치고 자신의 새 아내와 역할을 아주 바꾸어버렸다고 해도 그것이 혜완을 당황하게 만들지는 않았을 것이었다. 그래서 혜완은 그저 고개만 숙이고 마른안주가 담긴 대바구니만 바라보고 있었다.

"물론 혜완이 너하고 살 땐 그렇지 않았지. 하지만 지금 경환인 그렇게 하고 있었어. 뒤집어 말하면 경환인 너와 살 때도 그렇게 할 수 있었단 거야."

혜완의 눈빛이 순간 칼날처럼 선우를 쏘아보았다.

"너 굉장히 비겁하다고 생각 안 하니?"

"경환이가 그랬던 게 니 탓이라고 말하는 게 아니야. 경환인 너랑 이혼한 후 자신을 반성했던 거야. 니가 경환이 탓이라고 모든 걸 미루는 동안 경환인 지방에 내려가서 혼자 살면서 반성했던 거야."

"그래 경환인 반성할 만하니까 반성을 했어. 그렇다고 나한테 그런 말을 하지 마. 내가 무얼 반성해야 됐지? 그래. 그런 사소한 잘못들은 있었어. 하지만 어떻게 반성을 해야 하지? 아아, 그래 아이를 파출부에게 맡기고 직장에 나가서는 안 돼. 다시는 그런 나쁜 짓은 하지 말아야지, 할까? 아이의 손을 놓다니……. 난 아이의 손을……."

혜완은 거기서 말을 멈추었다. 선우의 말을 마구 비틀어서 대꾸하고 싶었지만 목이 메어서 더 말을 할 수가 없었다. 어떻게 아이가 죽던 날의 일을 감히 비꼬는 데 사용할 수가 있단 말일까. 선우와의 대화의 끝은 언제나 이런 식이었다. 옛 이야기를 꺼내면 언제나 목이 먼저 메어버렸다. 그런 면에서 선우는 비겁했다. 선우는 언제나 혜완이 그 마지막에 가서 목이 멘다는 걸 알면서 언제나 그 이야기를 시작하는 것이었다. 선우가 길게 한숨을 내쉬었다.

"하지만 혜완이 너는 이미 그에게 다시 시작할 수 있는 기회를 빼앗았어. 그는 그 반성의 결과를 새 아내에게 적용할 수밖에 없었어. 만일 경환이가 지금의 아내를 먼저 만났더라면 아마도 그녀가 그 고통을 겪었을지도 모르지만 말이야. 내 말은 인간은 머리보다 언제나 몸의 습관을 따른다는 거야. 내가 여선생을 택하고 싶었던 것도 그런 이유였어."

"비겁한 자식."

선우가 말을 하다 말고 빤히 혜완을 바라보았다.

"비겁한 자식, 니가 그 여선생을 택하는 데 나하고 경환이 이야기가 왜 들어가니?"

아아, 이럴 의도가 아니었는데 혜완은 말을 뱉어버렸고 그걸 의식하자 꾸역꾸역 목은 더 메어왔다. 혜완은 감정을 삭이느라 잠시 눈을 감고 입술만 다문 채 앉아 있었다.

"그럴 의도는 아니었는데, 그래 우리 이야길 하자…….우리 둘의 이야기."

잠시 침묵이 흘렀다.

선우는 담배를 물며 혜완을 바라보았다. 예의 연민이 어린 눈길이었다.

혜완은 마른 침을 꿀꺽 하고 삼켰다. 차라리 바람이 부는, 사람이 와자와자한 역 광장에서 헤어지고 말 것을 하는 생각이 다시 한번 그녀의 머리를 스쳤다.

아니, 그전에 고향집에서 그에게 열차 시각을 가르쳐주지 말았어야 했다. 아니 그전에 그를 절대로 사랑하지 말았어야 했다. 아니 그전에 그전에…… 대체 서른 해 동안을 살면서 왜 그렇게 후회할 일들을 많이 저질렀을까. 그리고 어쩌면 그 일들은 하나같이 돌이킬 수도 없는 일이었을까.

혜완은 생각을 정리하고 싶어서 담배를 물었다. 선우가 다시 담뱃불을 붙여주었다. 혜완은 담배를 한 모금 빨아들이면서 문득 모든 것이 끝나고 있다는 것을 깨달았다. 또한 자신이 이제껏 살아온 어느 때보다도 선우를 원하고 있음을 깨달았다. 하지만 선우는 떠나려고 하고 있는 것이었다. 혜완은 갑자기 걷잡을 수 없이 눈시울이 뜨거워지는 것을 느꼈다. 사람은 언제나 마지막 순간에 깨닫는 것이다.

혜완은 붉어진 눈시울 그대로 선우를 바라보았다. 선우가 혜완의 눈물 앞에서 당황하고 있는 모습이 보였다.

"물어보고 싶은 말이 있었어."

"말해."

혜완은 입술만 달싹거리고 있었다. 갑자기 막막했다. 물어보고 싶었던 건 이런 말이었다. 넌 정말 내가 상처 입을까 봐 결혼을 망설였니? 그게 얼마나 날 모욕하는 말인

줄 알고 있었니? 내가 그렇게 불쌍해 보이디? 그런 말이었
던가.

"널 사랑했느냐고 묻고 싶었니?"

선우가 들고 있던 담배를 입에 물며 물었다. 혜완은 갑자
기 웃음이 나오는 것을 느꼈다. 사랑이라니……. 말 같은
건 소용이 없었다. 경혜를 택해버렸던, 빗속에 서 있던 학
교 방송국의 그 선배도, 이혼을 하고 난 다음 혜완의 전남
편도, 그리고 이미 자살을 기도한 후 영선의 남편도, 주정
을 부리던 영선의 아버지도 모두 그런 말을 사용하지 않았
던가. 사랑한다고. 그것도 언제나 가장 나쁜 순간에 말이
다. 사랑하느냐는 질문은 그러므로 무의미했다. 오히려 그
들은 이렇게 질문을 받았어야 했다.

—저를 사랑하는 방법을 알고 계세요?

"날은 잡았니?"

망설이느라고 입술을 달싹거리다가 혜완은 눈물이 고인
채로 웃으며 물었다. 선우가 입술을 한번 물었다가 다시 혜
완을 바라보았다

"그게 궁금했니?"

혜완은 웃음을 머금은 채로 고개를 끄덕였다. 반항하고
조소하고 그런 일들이 갑자기 무의미하게 느껴졌다. 그러
나 갑자기 창밖에서 불어대고 있는 바람소리가 혜완의 귓
가에 들리기 시작했다. 어머니가 싸준 무거운 보따리를 들

고 저 바람 속을 걸어 집으로 돌아갈 일이 막막했다. 길은 멀고 멀 것만 같았다.

─부디 너를 귀하게 여기고 섣부른 생각일랑 하지 말아라.

어머니의 목소리가, 떨리는 목소리가 들려오는 듯했다. 버스에 탄 혜완을 올려다보면서 이미 10년도 더 입어서 혜완의 눈에는 어머니 몸의 일부처럼 느껴진 그 스웨터를 입고서 어머니는 말했다. 혜완은 담배를 재떨이에 톡톡 떨었다.

"아니야 그건 어차피 알게 되겠지. 대답 안 해줘도 좋아. 넌 잘 살 수 있을 거야. 내가 무슨 선물을 해줘야 좋을까? 또 결혼 생활에 문제가 생기면 여기 문제투성이였던 친구가 있잖아. 내가 조언을 해줄 수도 있고……"

혜완은 말을 잇다 말고 고개를 숙였다. 아이, 남편, 그리고 새로 만난 소중한 친구는 끝내 연인이 되지 못했고. 그리고 이제 혼자 남는다. 혜완은 무릎 위에 있던 냅킨을 그제서야 집어 들어 그것을 차곡차곡 접었다. 선우가 뚫어져라 혜완을 바라보고 있었다.

"네 조언 같은 건 필요 없어."

선우가 말을 잘랐다. 연극을 하듯 웃던 혜완은 입술을 물었다.

"그래 이제 말할 수 있을 것 같다……. 너에게 해주고 싶은 말은 내 결혼 이야기가 아니었어. 넌 언젠가 나에게 물었지. 내가 정말로 너에게 원하는 게 뭐냐고 말이야. 그래 이런 이야기를 해주고 싶었던 거야. 내가 정말로 네게 원했던 건 니가 꿋꿋하게 홀로 서는 것이었어. 열등감, 비꼬임, 상처…… 그런 것들이 너를 망치고 있는 걸 보고 싶지가 않았어.

넌 가장 강한 여자인 것처럼 행동했지만 넌 언제나 어린 아이 같았어. 어떤 땐 마치 니가 너의 상처를 내게 들이대면서 목을 조르는 것만 같았어. 자, 문선우 봐라 이래도 니가 날 좋아할래? 이래도? 이렇게 나쁜 짓을 해도? 처음엔 니가 사랑을 확인받고 싶어 하는 줄 알았어. 참으려고 애를 썼지. 그다음엔 너의 상처 때문인 줄 알았어. 그래도 이해하려고 애를 썼지. 하지만 어느 순간 나는 알았어.

넌 내게 기대고 싶었던 거야. 어떤 사람도 믿을 수 없다고 내게 소리를 질러가면서 넌 내 옷자락을 붙들고 있었던 거야."

혜완의 턱이 선우를 향하여 재빠르게 치켜졌다. 선우는 커다란 결심이라도 한 듯 재빠르게 말을 이어나갔다.

"니가 언젠가 말했지. 우리의 어머니들은 딸들에게는 어머니 같은 사람은 되지 말아라 하고 가르치고, 아들에게는 어머니 같은 여자를 얻어라 하고 가르쳤다고. 우리 세대는 그런 딸들과 그런 아들들이 만나 끝없이 갈등하는 세대라고. 그래 그 말은 공감해. 나 역시 남자야. 이 말은 나 역시 20년 동안, 그리고 그 이후에도 사회에 뿌리박힌 통념을 혼자서만 거부하지 못했던 한 인간이라는 뜻이야. 그런 나는 어떤 때는 니가 좀 더 고분고분하고 니가 조금만 더 멍청한 척해주고 니가 조금만 더 체념적이었으면 하고 바라……. 그것조차 부인하진 않겠어. 적어도 20년 동안은 그렇게 하는 것이 여자의 본래 모습이라고 배워왔으니까. 하지만 그게 다는 아니야. 너는 말했지. 내가 너를 사랑하는 것은 잃어버린 시절에 대한 보상 심리라고……. 한때 희망을 가졌던 세대라고 했던가? 그래 그것도 인정해. 하지만 그것도 다는 아니야. 이 세상에 전적으로 그것이 다인 그런 이유는 없어. 넌 여자들의 아픈 삶에 대해 나에게 누누이 역설했고 우리들의 몸에 밴 봉건성에 대해 성토했지만 넌 한 가지는 간과했어. 그건 바로 그런 점이야. 그렇게 불완전한 여자와 남자가 만나서 애쓰지 않으면 문제는 남을 수밖에 없다는 거. 넌 그걸 잊었었어. 넌 남자가 홀연히 여성해방의 깃발을 들고서 나타나주기를 바랐던 거야. 그게 너의 함정이었어. 그건 신데렐라의 왕자님이 유리 구두 대신 깃발을 들고 나타나는 것과 다르지 않아. 그래서 내가 그 깃발을 쭈뼛거리며 들까 말까 망설였을 때 너는 그 깃발을 들고 망설이는 나의 손을 같이 잡아주는 대신 날 비난하기 시작했지. 너 역시 왕자님을 기다렸던 거야. 니가 경멸해 마지않던 그 신데렐라와 조금도 다르지 않은 거지."

선우의 말은 거침없이 쏟아졌다. 듣고 있던 혜완이 잠시 멍한 표정으로 선우를 바라보았다.

"참, 말도 잘하는구나. 언제 그렇게 여성학 공부를 했니?"

혜완이 픽 하고 웃었다. 선우가 혜완에게서 시선을 떨구었다.

"제발 좀 비아냥거리지 않을 수 없니? 그게 얼마나 못난 인간들이 하는 짓인 줄 알잖아?"

선우는 화가 난다는 듯 탁자 아래에서 두 주먹을 불끈 쥐며 말했다. 말이 끊겼다. 이런 식으로 마치 어린 연인들이 사랑싸움하듯이 다툼을 하려고 나온 자리는 분명히 아니었다. 혜완은 이마에 한 손을 가져다 대었다.

"분명히 말할게. 나 너하고 결혼하자는 말 취소하겠어."

선우는 또박또박 말했다. 누군가에게 문밖으로 떼밀리고 있으면서 설마, 설마 하다가 빗장을 지르는 소리를 들은 것처럼 혜완은 이마에 손을 얹은 채로 굳어졌다.

"나도 그저 봉건적인 여자 만나서 살림이나 하게 하면서 살고 싶은 마음도 있어. 그 여선생을 집안에까지 인사시켰던 것은 니가 이혼녀라서가 아니라, 그래서 집안하고 싸워야 될 일이 번거롭고 두려웠기 때문이 분명히 아니라, 니가 니 입장을 분명히 하지 않는 한, 우리는 결국 얼치기 결혼생활을 할지도 모른다는 두려움이 들었던 거야. 내가 사랑했던 씩씩하고 꿋꿋했던 서혜완이는 어느 날 갑자기 주눅이 든 채로 내게 기대기 시작했어. 그러고는 핑계를 댔지. 사회가, 남자들이, 혹은 내가 너를 그렇게 만든다고 말이야. 아니, 우리 어머니들은 그보다 강했어. 여자로 태어난 이상 넌 그것과 당당히 맞섰어야 했어. 혼자서라도 우선 혼자서라도……. 다시 말하지만 내가 너에게 정말로 원하는 것은 그거야."

선우는 말을 마치고 잔을 들었다.

"내가 너한테 기댔다고?"

혜완이 그 자세에서 얼굴만 들면서 미간을 잔뜩 좁히면서 되물었다.

"얼마 전에 정신과 의사를 하는 친구놈을 찾아갔어. 참 나도 미쳤지. 오죽하면 널 알고 싶어서 정신과 의사를 다 찾아갔겠니. 술을 마시면서 이런저런 이야기를 했지. 영선이의 자살 이야기도 생각나고……. 그 친구놈 재미있는 말을 하더구나. 우리나라 여자들 특히 아버지가 집안에서 권위적이거나 혹은 횡포를 부릴 경우 대부분의 딸들이 자라서 남자들에게 지독한 불신감을 갖는다는 거야. 바람둥이 아버지를 둔 경우는 그 남편을 그렇게 의심하는 경우도 많고 말이야.

어쨌든 그놈 이야기가 한 중년의 남자가 자신을 찾아온 이야기를 예로 들었지. 그는 어린 시절 전쟁을 겪고 지지리가난한 집안에서 자라난 그런 전형적인 우리 아버지 세대였대. 그는 그때 철로변에서 살았는데 저녁이 되면 집에 들어가지 않았던 거지. 들어가봤자 밥도 없고 아버지는 어머니를 패고 누나는 양공주가 되고 그런 집안이었던 모양이야. 어린 마음에도 우울해서 철로변에 앉아 있으면 노을이 졌대.

저녁이면 철로변에서 노을을 바라보던 그 소년은 자라서 자수성가를 한 사람이 되었지. 압구정동에 넓은 아파트도 사고 사업도 번창하고 자식들도 공부 잘하고 마누라도 착하고 하지만 그에게는 한 가지 병이 생긴 거야.

출장을 다녀오거나 회사 직원들 데리고 야유회를 갔다 오다가도 철로변에 있는 노을만 보면 그는 며칠씩 우울증에 빠지곤 했던 거야.

회사도 안 나가고 밥도 먹지 않고. 그를 어떻게 치료하겠니?

정신과 의사인 친구놈은 말했어. 방법은 하나지. 그는 그 철로변의 노을 속으로 다시 들어가서 그 속에서 즐거운 추억을 다시 만들어야만 해. 맑은 날로 도망치는 것도 철로변을 떠나는 것도 도움이 안 돼. 그를 치료할 수 있는 유일한 길은 그 노을 속으로 들어가서 노을을 다시 사는 거야. 너에게 있어서 노을은……."

선우는 말을 마치면서 혜완을 바라보았다. 이제 알겠니,

하는 표정이었다.

"그런데 말이야, 선우야. 그가 그 노을을 다시 살리고 그 노을 속으로 돌아가보니 거기엔 그와 같은 소년이 앉아 있는 거야. 그 소년을 달래주려고 이야기를 해보니 그 소년의 집에는 아직도 어머니를 패는 아버지가 있고 그 소년의 집 쌀독은 비어 있고, 그 소년의 누나는 양공주야. 그래서 그 소년은 날마다 노을을 바라보고 앉아만 있어. 그렇다면 그럴 때 그는 혼자서만 그 노을을 다시 살 수 있을까? 니가 아까 말한 대로 서혜완이가 니가 바라는 대로 혼자서 꿋꿋이 그 노을 속으로 들어간다면 오히려 병이 더 깊어질 수밖에 없지 않을까?"

혜완은 천천히 물었고 선우는 대답하지 않았다.

둘은 찬바람이 이는 보도로 내려섰다. 막상 마주치고 보니 찬바람도 견딜 만했다. 언제나 생각이 훨씬 더 두려운 법이다. 마주치면 오히려 담담한 경우가 많았으니까. 혜완은 어머니가 싸준 무거운 짐들을 양손에 쥐고 옷이 들어 있는 무거운 가방을 어깨에 걸머졌다.

"내가 좀 들어줄까?"

선우가 물었다. 혜완은 고개를 저었다. 선우는 바바리 주머니에 손을 찌르고 걸었다. 갑자기 추워진 날씨 탓인지 사람들이 종종걸음을 치고 있었다.

둘이 혜화동 로터리까지 걸었다. 둥근 분수대의 분수 물

줄기는 이미 그친 지 오래고 시든 칸나의 대궁만 어둠 속에 묻혀 있었다. 이미 가을도 깊은 것이다.

혜완과 선우는 보도가에 서서 택시를 기다렸다. 벌써 12시가 가까워지고 있었고 사람들이 도로변까지 나가 택시를 불렀다.

"내가 너의 짐을 좀 나누어 들고 그리고 좀 걷고 싶어."

선우가 혜완의 옆모습을 바라보며 말했다. 혜완은 또 고개를 저었다.

가로등 아래로 잎이 져버린 나무들의 가지가 앙상했다.

"……혜완아."

택시를 잡을 생각도 없이 잠시 서 있다가 선우가 혜완을 불렀다. 혜완이 찬바람 때문에 얼굴을 찌푸리고 고개를 들었다. 가로등 빛 때문이었을까. 창백하다 못해 참담하게 해쓱한 혜완의 얼굴을 선우가 묵묵히 바라보았다.

"……나 실은."

선우는 주머니를 뒤져 담배를 찾아냈고 라이터를 켰다. 하지만 바람 때문에 라이터는 잘 켜지지 않았다. 몇 번 실패를 거듭하다가 선우는 바바리를 뒤집어쓰고 불을 붙였다. 바라보는 혜완의 머리칼이 바람에 와와 날렸다. 선우는 담배를 한 모금 빨고 흰 연기를 내뿜었다. 바람 때문에 흰 연기가 이리저리 흩어지고 있었다.

"나 실은 그 여선생한테 결혼 못하겠다고 했어. 너를 만

나서 그 이야기를 하려고 했었는데…….”

선우는 말을 하면서 혜완의 시선을 피했다. 믿을 수 없다는 듯 몇 번 눈을 깜박이던 혜완의 시선이 천천히 낙엽이 뒹구는 보도로 떨어졌다.

이미 가을도 깊었고 저 멀리서 겨울을 몰고 오는 바람만 두 사람 사이를 황량하게 스쳐가고 있었다.

“어느 날 그 여선생이랑 누나네 집에서 만나기로 했지. 내가 가니까 여선생이 먼저 수제비를 만들고 있었어. 잘못 간을 맞추는 바람에 간이 조금 짰지. 내 성격 알지. 좀 짜군요, 내가 말했어. 그러자 그녀가 몹시 당황한 얼굴을 했어. 누나가 말했지. 요즘 요리 학원에도 다니고 있어 곧 좋아질 거야. 그런데 빌어먹게도 하필이면 그때 니 생각이 난 거야. 너 같으면 이렇게 말하겠지. 난 글 쓰는 것도 바빠. 간이 짜면 물을 좀 더 부어 먹어. 싱거우면 간장을 치고. 넌 나보다 요리 더 못하잖아? 만들어준 것만도 고맙다고 해야 옳을 것이지. 왜 고맙다는 소리는 쏙 빼고 불평부터 하니? 넌 어머니나 누나가 요리를 해줘도 고맙다는 생각 안 하는 것 같더라 안 그래? 그건 분명히 고마운 거야. 이렇게 말이야. 말도 안 되는 고집을 세워가면서…….”

듣고 있다가 혜완이 힘없이 웃었다.

“난 그 여선생에게 상처를 줄까 봐 겁이 났던 거야. 그 여자는 언제든 교직을 그만둘 자세가 되어 있었고 그 여자는 내가 원하기만 하면 시골에 가서 어머니 아버지 모시고 살기라도 할 것 같았어. 그런데 왜 니 생각이 나니? 빌어먹을 그 정신과 의사놈이 이야기한 대로 너의 노을이 나한테까지 전염되어 있었던 걸 느꼈단 말이야. 난 그녀와 결혼하면 그녀가 자신의 지식을 버리고 내 뒷바라지만 하는 걸 아무렇지도 않게 여기게 될 것만 같았어. 그녀가 내게 자기도 인간이고 하나의 지식인이고 독립된 사회인이라고 우기지 않으면 나도 경환이가 너에게 했듯이 그녀가 조금만 집안 살림을 소홀히 해도 화가 날 것만 같았어. 그녀의 그런 마음은 분명 내게는 유리한 것이었지만 이상하게 마음이 편하지가 않았어."

"그걸 가지고 그런 판단을 내린다는 건 너무 무모해, 선우야."

선우는 천천히 물었다. 혜완은 고개를 돌려버렸다.

"이상했어. 왜 니가 화를 안 내는지 말이야. 누나가 널 만나서 말도 안 되는 이야기를 하면서 널 얼마나 모욕했을지 짐작이 가는데 넌 전혀 화를 내지 않았어. 내가 아는 넌 결코 그렇게 인내심이 강한 여자는 아니야, 참을성도 전혀 없어. 그런데 넌 유부녀도 아니었고 나한테 불륜을 저지른 것도 아니었는데 마치 모든 잘못이 자기에게 있다고 느끼는 여자처럼 고개를 숙이고 예, 예 대답하고 있다가 엉뚱하게 날 여관으로 불러내서는 트집을 잡았어. 넌 이 사회가 이혼을 한 널 단죄한다고 말했지만 너 자신에 대해 가장 편견을 가지고 있었던 건 바로 너야. 왜 떳떳하게 누나 앞에서 대들지 못했니? 왜 내게 나쁜 놈이라고 욕하지 않았니? 왜 그런 불완전한 니 자신과 이렇게 불완전한 내가 함께 조금씩 극복해가면서 우리의 아이들에게는 다른 말을 해줄 수도 있다는 생각을 하지 않는 거니? 그리고 왜 날 사랑하고 있다는 걸 그렇게 부끄럽게 생각하는 거니?"

"그렇게 몰아세우지 말아!"

혜완이 선우의 말을 자르면서 대꾸했다.

"그렇게 몰아세우지 말아…… 이유를 말해줄까, 그건 내가 세상의 일부이기 때문이야. 내가 세상이기 때문이고 세상이 이미 내게 와 있기 때문이야. 영선이를 보면서 그 애가 얼마나 힘들어하는 줄 보고 있으면서 이혼하지 말라고 설득하고 싶은 게 나야. 혼자서 싸운다는 것은 너무 피곤하니까. 너무 피곤했고 이유는 단지 그것뿐이었어."

혜완은 그 자리에 주저앉고 싶었다. 그래서 지나가는 택시를 불렀고 거의 일차선에 잠시 멈춘 차를 차도로 쫓아나가 잡아탔다. 선우의 망연한 모습이 멀어졌을 때 혜완은 두 손으로 얼굴을 가렸다.

선우의 말은 옳았다. 그걸 몰랐던 것이 아니었다.

누추한 선택

혜완은 하는 수 없이 수화기를 들고 경혜네 집 전화번호를 눌렀다. 신호가 두어 번 갔을 때 경혜의 목소리가 들렸다.

"나 혜완이야."

"으응……."

경혜는 졸리운 목소리였다. 혜완은 그제서야 시계를 올려다보았다. 새벽 5시 25분. 아직 날도 밝지 않았고 신문 배달 소년의 발걸음 소리도 들리지 않는 시각이었다.

"웬일이니? 지금 몇 시야?"

경혜는 대답하지 않는 혜완에게 약간은 귀찮다는 어조로 말을 이었다.

"연지 아빠 지금 옆에 계시니?"

"응…… 왜?"

경혜가 잠에서 좀 깨어나는 듯 밝은 목소리를 회복하면서 물었다. 왜냐고 묻는 경혜의 목소리를 듣고 보니 어떻게 말을 해야 할지 알 수 없었다. 전화줄을 잡고 그것을 손가락에 감다가 혜완은 입을 열었다.

"경혜야, 어떻게 하니. 영선이가 없어졌어."

수화기 너머 경혜는 대답이 없었다. 경혜의 남편인 듯한 목소리가 무언가 투덜대는 소리가 들렸고 경혜의 낮은 목소리가 들렸다.

"끊지 말고 기다려. 거실로 나가서 받을게."

딸칵, 하는 소리가 들리면서 소리가 사라져버렸다. 혜완은 손가락에 감아쥐었던 전화줄을 혼자 감았다 풀었다 하면서 경혜의 목소리가 다시 나오길 기다렸다.

"뭐라고? 영선이가 또?"

경혜는 전화를 다시 들자마자 놀라운 목소리로 물었다.

"그제 밤에 나랑 다투었거든. 어제 아침에 일어나보니까 없더라구. 그래서 하루 종일 기다리고 또 밤을 새면서 기다렸는데 돌아오지 않는 거야. 열쇠까지 풀어서 신발장 위에 두고 나갔어. 어떻게 해야 할지 몰라서 어젯밤에 박 감독네 집에 전화하니까 박 감독은 촬영갔다고 하구 전화받는 게 아이들 할머니인 것 같아서 모른 척하고 전화를 끊었지. 친정집엔 차마 전화를 못하겠구……. 너한테 연락 없었니?"

"나도 어제 하루 종일 집을 비웠거든. 아니 근데 또 왜 싸우니? 참 내가 영선이 너한테 맡겨놓은 것부터가 불안하더라."

혜완은 아무 말도 하지 못했다.

전화기를 붙든 두 여자는 아무 말 없이 몇 분을 흘려보냈다. 하기는 경혜에게 가지 않았다면 전화기를 붙들고 경혜에게 이야기를 해봤자 아무 소용이 없을 거였다.

"무슨 일로 다퉜는데?"

"그걸 어떻게 전화로 다 말하니?"

경혜가 하품을 하는 소리가 전화선을 타고 흘러들었다. 혜완도 몹시 피곤했다.

"영선이 또 술 먹었니?"

"응."

"그러길래 내가 술은 안 된다고 했지?"

"……난 이제 안 그럴 줄만 알았어. 전에 너희 집에서 술 마셨을 땐 괜찮았잖아."

"괜찮긴 뭐가 괜찮니? 내가 그랬잖아, 언제 터질지 모르는 화약고라고."

"어쨌든 어떻게 해?"

"참, 나 오늘 시댁에 잔치 있어서 아침부터 거기 가야 돼. 어떻게 하니? 걔가 왜 그렇게 속을 썩이고 그런다니, 참."

"그러면 니가 모른 척하고 영선이 친정에 전화 좀 해줄래? 혹시 거기 갔는지도 모르잖아. 내가 전화하면 이상하게 생각들 하실 거고."

"얘는 내 목소리 그 집 식구들이 다 아는데 난들 어떻게 하니?"

"아니, 혜완이네 집에 걸었는데 안 받길래 영선이 거기 갔나 하구 걸었어요 하면 되잖아."

"글쎄 니네 집에서 뛰쳐나간 애가 거기 갔겠니? 벌모레가 동생 결혼식인데. 글쎄 또 그런가 하고 모른 체하고 들을 수도 있겠다. 어쨌든 내가 해볼게. 시댁 식구들 시중들려면 그럴 짬이나 있을지 모르겠다. 알았어. 끊어."

전화는 경혜 쪽에서 먼저 끊겼다. 전화를 끊고 혜완은 소파에 주저앉았다. 불길한 생각이 머리를 어지럽혔다. 창밖으로 싸늘한 바람이 지나가는 소리가 들렸다. 이 싸늘한 바람 속에서 어디선가 피투성이가 된 채 영선이 죽어 있을 것만 같은 상상이 떠올랐다. 왈칵 몰려드는 무서움증을 피하려고 혜완은 신문이라도 왔을까 복도 문을 열었다. 문을 열면서 혜완은 하마터면 소리를 지를 뻔했다. 복도 한편에 누군가가 서서 멍하니 아파트 광장을 내려다

보고 있었다. 옆집에 사는 중년 남자였다. 그는 빛바랜 녹색 파자마 차림으로 그렇게 서서 광장을 내려다보고 있다가 천천히 혜완을 돌아보았다. 어색하게 혜완이 목례를 보냈다. 괴물도 아니고 치한도 아닌 그를 보고 너무 놀란 것이 혹시나 그의 마음을 상하게 했을까 봐 순간 미안했던 것은 홀로 서 있는 그의 모습이 너무 쓸쓸해 보였기 때문이었다. 그는 혜완의 목례를 어색하게 받고는 벗겨진 머리를 한번 쓸더니 천천히 자신의 집으로 들어가버렸다. 혜완은 조간신문이 오지 않은 것을 확인하고는 집 안으로 들어왔다.

잠을 자지 못해서인지 눈꺼풀이 따가웠지만 눕고 싶지는 않았다. 아까 복도에 혼자 서 있던 남자의 실루엣이 눈에 밟혔다. 그는 그 캄캄한 아파트 광장에서 무엇을 보고 있었을까? 아마 그는 나쁜 꿈을 꾸었는지도 모른다. 혜완은 두 팔로 자신을 껴안은 자세로 거실을 서성였다. 혼자라는 걸 실감하는 것은 그런 때였다. 무서운 꿈을 꾸다가 깨어나는 밤들. 침대를 덜컹이던 천둥소리. 기다란 벌레가 땀구멍마다 국수 가락처럼 뽑혀져 나오던 긴긴 밤의 악몽들.

혜완은 마치 그런 악몽에서 방금 깨어나기라도 한 것처럼 진저리를 치며 식탁 의자에 앉았다. 하지만 혜완은 그 의자에 앉자마자 바닥으로 나동그라 떨어져버렸다. 영선이 부수어놓은 의자였던 것이다. 임시변통의 테이프 따위로는 혜완의 무게를 견디어낼 수 없었던 것이었다. 혜완은 몹시 아픈 엉덩이를 잡고서 혼자 끙끙댔다. 혼자 산다는 것은 그런 것이었다.

혼자서는 비명도 별 소용이 없는 것이었다. 비명이라든가 신음소리라는 건 또 하나의 언어였다. 언어는 그것을 알아듣고 그것을 이해하고 나아가서 그것을 어루만져줄 사람이 있을 때 필요한 것이었다. 혜완은 엎드린 채로 구겨져 떨어져버린 테이프를 뜯어냈다. 이제는 의자의 다리를 고치는 데 아무 쓸모가 없는 찐득찐득한 녹색 테이프를 풀어버리고 혜완은 의자를 일으켜 세웠다. 네 개의 다리 중 세 개는 멀쩡했지만 부러진 한 개의 다리 때문에 의자는 세워지지 않았다. 혜완은 그것을 벽에 가지고 가서 기대보았다. 그러자 의자는 꿋꿋이 제 모양을 유지했다.

소파에 앉아서 혜완은 하나의 다리가 부러진 채로 벽에 기대 서 있는 그 의자를 물끄러미 바라보았다. 그러고는 전화기를 바라보았다. 침묵하고 있는 전화기를 바라보는 것처럼 답답한 일은 없다. 혜완은 전화기에서 시선을 떼었다. 눈을 돌리는데 문득 1992년이라는 달력의 글자가 보였다. 눈이 쌓인 풍경이 아름다운 11월과 12월이 같이 든 마지막 장이었다. 달력 윗부분에는 올해 내내 뜯겨져 나간 장들의 잔해가 지저분하게 붙어 있었다. 시간이 흐르고 하루가 가고 한 달이 가고 그런 것이 사실은 저렇게 뜯겨져 나가는 과정들은 아니었을까 하는 생각이 잠시 머리를 스치자 혜완은 더 이상 아무것도 생각하고 싶지 않았다.

적어도 영선에게 시간들은 그렇게 그녀의 아름다운 부분들을 갉아먹으며 뜯겨져 나간 것처럼 보였다. 적어도 그날은 그랬다.

돌아왔을 때 영선은 식탁에 앉아 맥주를 마시고 있었다. 그녀의 얼굴이 몹시 우울해 보였을 때 알아차려야 했었다. 하지만 선우와 만나고 돌아온 혜완 역시 기분이 좋지 않았다.

그저 맥주 한 잔씩 나누고 자려 했다. 아니면 그저 오랜만에 마주 앉아서 이야기를 나누고도 싶었다. 하지만 어느 순간 마치 비등점에 오른 물이 끓기 시작하듯 영선은 발작을 시작했다. 그것은 마시고 있던 맥주병을 벽에 던지는 것으로 시작되었던 것이다.

—그 자식이 내 청춘, 내 능력, 내 시간들을 모두 빼앗아 갔어! 더 이상 내게 남은 게 없어.

처음엔 상투적인 울부짖음의 시작이려니 생각했었다. 그건 영선이 감정이 흥분되어 있을 때 언제나 나오는 말이었으니까.

영선의 눈이 비정상적으로 번득이기 시작했다.

그녀에게 술을 주는 게 아니었는데 하는 생각이 스치고

지나갔지만 이미 때는 늦어 있었다. 아니 꼭 늦었던 것은 아니었다. 말릴 수도 있었다. 하지만 그러기엔 혜완도 지쳐 있었다.

혜완은 소파 구석에 고양이처럼 웅크리고 앉아서 마치 무대 위의 광대 같은 영선의 모습을 구경만 하고 있었다. 이 아이를 대체 어쩌지…….

정신병원에 보내는 것이 그래도 정말 친구의 도리가 아닐까. 그런 갈등들을 하고 있었다. 영선은 책상에서 제가 쓴 시나리오 뭉치들을 가지고 나오더니 혜완의 앞에서 그것을 갈기갈기 찢어버리기 시작했다. 뭉치가 두꺼워서 잘 찢어지지 않자 영선은 그것을 이빨로 물어뜯기 시작했고 혜완은 더 참지 못하고 수화기를 들었다. 그것이 설사 비겁한 의존이었다 하더라도 선우의 말대로 핑계라 하더라도 박 감독한테 전화를 거는 수밖에 없다는 생각이 들었다.

영선이를 이렇게 만들어놓은 장본인이 와서 모든 수습을 하는 수밖에 없다는 생각을 하기로 해버린 것이었다. 영선이 뒷말을 하지 않았다면 혜완은 정말 전화번호를 꽉꽉 누르려고 했다. 그러곤 박 감독에게 말하려고 했다. 나도 지겨워요. 나도 내 문제만으로 가슴이 터져버릴 것 같아요. 둘이 가서 해결하세요. 정신병원에 처넣든 서로 죽이고 칼로 찌르든 마음대로 하세요! 하지만 그런 와중에도 혜완의 마음속으로 한 가지 의문이 피어올랐다.

　—그것이 모두 박 감독의 잘못일까. 영선이가 이렇게 된 게 전적으로 그의 잘못일까?

　고개를 드니 영선이 혜완의 앞에 서 있었다. 단발머리의 형체는 찾아볼 수 없을 정도로 헝클어져 있었고 눈에서 흐르는 눈물 자국만 그저 그녀가 인간이라는 걸 말해주는 것 같았다.

　짐을 싸서 나가줘 영선아, 하고 말하고 싶었지만 혜완은 일단 수화기를 놓았다. 혜완이 가슴속에서 터져 나올 것만 같은 격정을 누르느라 이를 악물었다. 술잔을 든 채로 취해서 풀어져 있던 영선의 두 눈이 힘겹게 혜완을 향해 모아지는 것이 보였다.

　—그런 눈으로 바라보지 말아! 벌레 쳐다보듯 하지 말아, 그건 박 감독한테 실컷 당한 일이야.

　영선은 꼬부라지려는 혀를 억지로 펴며 힘겹게 말했다. 혜완은 소파 등받이에 팔꿈치를 오그리고 두 손으로 머리를 감싼 채였다. 설사 영선이 이 세상에서 한 번도 발견되지 않은 진리를 지금 이 순간 말한다 해도 혐오스러울 것만 같아 혜완은 차라리 눈을 감아버렸다.

　—난 억울해 혜완아. 생각해봤는데 억울해. 니가 그랬지. 술 먹고 억울해 억울해 소리라도 질러보라고.

　얼굴을 두 손에 묻고 있던 혜완이 천천히 고개를 들었다.

─소리는 질러. 그렇지만 술은 그만해, 응?

영선은 혜완의 옆자리에 털썩하고 주저앉았다.

─그런 눈으로 보지 말아. 나도 어디서부터, 뭐가 어디서부터 잘못되었는지 모르겠어. 집을 떠나 혼자 있으면 좀 잘될 줄 알았는데 글이 안 써져⋯⋯. 안 돼. 머리가 꼭 녹이라도 쓴 것처럼 빡빡해. 글이 안 된다는 걸 생각하면 가슴이 뛰는 거야⋯⋯. 내 가슴속에서 무언가가 빠져나간 것처럼 허망해. 난 어디 갔나. 반대하는 결혼을 의기양양하게 하고 불란서에서 영화 공부를 하고 한국 최초의 당당한 여성 감독이 되어보겠다. 그런 것들을 꿈꾸던 나는 어디로 갔을까⋯⋯. 그런 생각이 들면 참을 수가 없어.

─그러길래 왜 학업을 중단했니? 왜 파리까지 쫓아가서 못 볼 꼴만 보고 왔어?

─그래 니 말이 맞아⋯⋯. 왜 학업을 중단했을까⋯⋯ 돈이 없었지. 이대로 버티다가는 둘 다 미쳐버릴 것만 같았어. 돈이 떨어지고 나자 집세가 밀리기 시작했지. 사흘 동안 중국인 시장에서 산 배추 수프에 딱딱한 바게트만 먹었어. 설상가상으로 내가 지독한 감기에 걸렸는데, 박 감독이 열에 펄펄 끓는 내 이마를 짚으며 처음으로 울더라. 남자가 우는 건 처음 보았지. 그가 말했어. 자기가 우선 학교를 그만둘 테니 나보고 먼저 공부를 하라고. 자긴 남자니까 나중에 혼자 남아서 어떻게든 할 수 있을 거라고.

―그래서 그게 감동스러워서 대신 니가 그만두었니?

―그래. 그랬어. 내가 휴학을 했지. 누군가 하나가 돈을 벌지 않으면 둘 다 파멸해버릴 것만 같은 기분이었어. 그러곤 한국 사람들의 아이들을 돌보았어. 그건 최선은 아니었지만 그리 나쁜 방법 같지도 않았어. 다들 흔히들 그랬으니까. 최선의 방법은 아니었지만 차선책이었고…….

그리고 드디어 그의 졸업이 다가왔지. 영화를 찍어야 졸업이 되는데 시나리오를 붙잡고 끙끙대고 있더라구. 난 기약도 없는 휴학 상태였구. 망설이다가 내가 나중에 졸업 작품을 찍으려고 써두었던 내 시나리오를 그에게 주었어. 생각했지. 우선은 졸업을 좀 하고 그리고 한국에 가면 나아질 거야. 그는 뛸 듯이 기뻐하면서 그걸로 영화를 찍었고, 그리고 우수한 성적으로 졸업을 했어. 그는 말했지. 그때는 그랬어. 한국에 돌아가면 우리 이렇게 하자. 영선이 너는 시나리오를 쓰고 나는 그걸 찍고……. 생각만 해도 즐거웠지, 그때는 말이야…….

그런데 그는 한국에 와서 영화사에 작품 의뢰를 하러 다녔어. 그는 충무로 현장 경험이 없어서 선배들을 통해 제작자들에게 불란서에서 찍은 그 졸업 작품을 돌렸지. 드디어 그 영화에 흥미를 보이는 제작자가 나타났구.

어느 날 돌아와서 그가 말했어. 어떻게 하지? 그 필름엔 각본이 내 이름이라고 났는데 사람들한테 그건 실은 니가 쓴 거라고 말할 수가 없었어. 그랬겠지. 왜 안 그렇겠니? 우선은 데뷔하는 게 급했는데. 충무로에서 영화감독이 되는 게 얼마나 어려운 일인지 내가 알고 있는데. 또 그가 내 실력이든 그의 실력이든 인정받아 감독으로 데뷔한다는데 누구 이름이면 어떻겠니, 이런 생각이 들었지.

영선은 남은 술을 반쯤 마셨다. 혜완이 잔을 빼앗으려고 손을 내밀자 영선이 혜완을 노려보았다. 눈에서 파란 불꽃이 탁, 탁 튀었다. 또 칼을 들고 제 몸을 그을 것만 같은 분위기였다. 혜완은 자신도 모르게 몸을 움츠렸다. 영선의 눈에서 뿜어 나오는 불꽃은 아마도 살기 같은 것이었다.

─한국에 오자마자 아이가 생겼어. 그는 성공하기 시작했지. 나는 그저 그가 잘되는 게 좋아서 입을 헤벌리고 아이를 둘씩이나 낳았어. 그는 점점 더 유능해지고 그는 점점 더 바빠졌어. 나는 집에서 아이들하고 씨름을 한 거고……. 아이들 잠든 밤에 글을 써보자고 책상 앞에 앉아 있었지. 피곤했어. 애들 둘을 키운다는 게 어떤 건지 너도 알잖아.

그는 돌아와서 말했어. 이제 집도 사고 여유도 생겼으니 글을 좀 써봐, 공부를 하든지. 말이야 쉽지. 하지만 같이 탁자에 앉아 책을 읽다가도 그는 말했어. 커피 좀 마실 수 있을까. 야식으론 뭐가 좋을까. 화장실에 거미줄이 있던데 좀 게으르다고 생각지 않아? 아이를 키우고 그의 시중을 들고 화장실에 거미줄이 칠 새가 없도록 청소를 하고⋯⋯. 그러고는 책을 읽고 거기에 그가 밤에 책을 읽으면서 먹을 야식을 준비하고⋯⋯. 그래도 그때까지는 포기하지 않았어. 그래도 글을 쓴다는 건 회사에 출근하는 건 아니니까 어떻게든 해봐야지. 밤에 아이들 재우고 난 후 짬짬이 글을 쓴다는 여류 작가들도 있잖아. 시간을 아끼자. 시간을 아껴서 시나리오를 생각하자. 우선 어떤 이야기를 쓸까⋯⋯. 그러면 이런 생각이 떠올랐어. 가만 있자, 아파트 살 때 빌린 대부금 갚을 날이 지났던가⋯⋯. 시어머니 생신이 언제지⋯⋯. 아이들 가을 옷을 꺼내야 할 텐데⋯⋯. 이 사람은 오늘 왜 이렇게 늦는 거지⋯⋯. 혹시 또 술 마시고 운전하고 오는 건 아니겠지⋯⋯. 저번에도 3개월 면허정지를 먹었는데⋯⋯.

영선은 제 머리를 비볐다.

—그러는 동안 세월이 갔어. 잘도 흘러가더구나. 어느 날엔가 드디어 나는 완벽하게 포기를 했어. 그래 우선은 아이들을 잘 키우자. 그러고 나자 마음이 편했어. 보쌈김치, 파김치, 김치도 가지가지로 담가보고, 분리수거도 열심히 하고 동대문에 가서 감을 떠다가 아이들 방의 커튼이랑 방석도 만들어주고. 남대문에 가서 장어도 사서 그걸 양동이에 담아서 전철을 타고 가지고 와서는 박 감독 고아 먹이고.

영선은 반쯤 남은 술을 마셨다

—그리고 그와 동시에 술을 마시기 시작한 거야. 불안의 정체를 나도 알지 못했어. 어쨌든 그는 늘 늦었고 늘 촬영이었고……. 처음에는 그를 기다리다가 홀짝거리던 술이 점점 양이 늘었지. 하지만 술을 마시면 마음이 편했어. 다 잘될 것 같았고……. 다른 사람들이 우리집에 와서 어쩌면 이렇게 집 안이 예쁘냐고 칭찬하는 것도 듣기 싫지 않았고……. 그런데 왜 난 자꾸만 술을 마셨을까?

어느 날부터인가 그가 말하기 시작했어. 어쩌면 그렇게 나태하니? 내가 원하는 건 좀 더 꿋꿋한 여자야. 밖에 나가 봐. 가정 가지고도 일 잘하고 똑똑한 여자들이 얼마나 많은 줄 알아? 날 기다린답시고 멍청히 앉아 술을 마시지 말고 책도 좀 읽고 그래. 난 여편네들 집에서 늘어져서 긴장 풀어진 눈으로 앉아 있는 거 제일 혐오스러워.

혐오스럽다니……. 그는 감히 그렇게 말했어. 내 공부를 포기하고 유학을 시켜준 게 누군데, 감독을 만들어준 게 누군데, 성공을 하게 만들어준 게 누군데, 어떻게 내게 감히 그런 말을 할 수가 있니? 어떻게 감히 말이야. 내가 말했었지? 그가 커피가 마시고 싶으면 나는 그의 커피가 되고 그가 배고프면 난 그의 밥상이 되었다고. 그런데 이제 그가 나보고 책 좀 읽어, 하자 나는 드디어 멍청이가 되어버린 거야!

영선은 들고 있던 잔을 던졌다. 잔은 벽으로 날아가 다시 박살이 났다.

─잔 좀 깨지 말고 이야기할 수 없니?

혜완이 버럭 소리를 질렀다.

하지만 잔이 깨지고 그 박살난 잔 위로 걸어가서 영선은 이제 식탁 위의 맥주병을 들어 병째로 나발을 불고 있었다. 이해가 가지 않는 것은 아니었지만 짜증이 치밀었다. 혜완은 연민과 혐오감 속에서 어쩔 줄 모르고 앉아 있었다.

─영선아, 그건 너의 선택이었어. 네 말마따나 차선책이었어. 하지만 니가 그때 너무 쉽게 그렇게 니 공부를 포기했던 건 경솔했어. 알고 있잖아. 그렇게 자기를 포기해버린 여자들이 그것을 다시 찾기 위해 얼마나 힘들어하는지……. 차라리 돈이 떨어졌을 때 둘이 나가서 똑같이 일을 하고, 그리고 다시 똑같이 공부를 했어야 했어. 안 그러니? 그런데 너는 그렇게 하지 않았던 거야. 물론 그땐 왜 그랬는지 내가 모르는 바는 아니지만……. 술 좀 마시지 말고 들어 제발…….

혐오감을 억제하려고 최대한 연민 쪽의 감정을 부추기면서 혜완은 낮게 말했다.

─그래, 그건 내 선택이었어. 그는 내게 학업을 그만두라고 말한 적은 없어. 아이 키우면서 커튼을 새로 만들라고 말한 적도 없어. 남대문 시장에 가서 산 장어를 전철을 타

고 가져와서 집에서 고아달라고 한 적도 없어.

오히려 그는 말했지. 책을 좀 읽어, 스스로 할 일을 찾아봐. 긴장감을 잃지 말고 살아봐. 그래 그건 내가 한 일이었어.

그는 점점 나를 경멸하기 시작했지. 그러고는 어느 때부터인가. 잠자리에서도 날 안아주지 않았어. 술 냄새가 나는 여편네를 누가 안고 싶겠냐고 그는 말했어. 그러면 그때부터 술을 마시지 말았어야 했겠지, 그런데 화가 났던 거야. 술 마시고 늦게 들어와서는 하루 종일 애들하고 시달린 날 깨워서 입을 비벼대곤 하던 게 누군데……. 자존심이 상했고……. 그래 다 말할게. 그래서 며칠을 술도 마시지 않고 향기로운 비누로 목욕도 하고 그를 기다렸지.

영선은 다시 술을 마셨다.

—나는 그가 안아주기를 바랐어. 나 오늘 술 안 마셨어요 여보.

참 산다는 게 얼마나 우습니? 그런 날은 그가 술이 곤드레가 되어서 들어와서는 양말도 벗지 않고 침대에 쓰러지는 거야. 그 무참한 기분 아니?

—그래 알아. 하지만 술은 그만 마셨어야 되잖니? 왜 그렇게 술을 마셨어?

영선은 멍청히 술병을 바라보고 있다가 그것을 내려놓았다.

—몰라, 술을 마시고 멍청하게 앉아서 혼자서 중얼중얼

박 감독 욕을 하면 그렇게 마음이 편했어.

영선이 무표정하게 대꾸했다. 어이가 없다는 듯 혜완은 벌린 입을 다물지 못했다.

—하루는 침대보를 새로 만들어놓고 그를 기다렸어. 그는 일찍 들어왔지. 애들을 재워놓고 그가 잠자리에 들더구나. 나는, 혜완아, 나는 새 잠옷을 입고 그에게 다가가 등 뒤에서 그를 안았어. 그가 별안간 마치 더러운 벌레를 보듯이 날 돌아보았어. 그러곤 물었지. 이런 짓 하라구 그러는 거 여성지에서 봤지? 내가 당신을 안지 않는 게 침대보 때문인 줄 알았나?

영선이 눈을 돌려 혜완을 바라보았다. 혜완이 한숨을 내쉬었다.

—그래도 참았지. 당신 하루 종일 집에서 이런 궁리나 하고 있었어? 그가 다시 말했어. 또 참았지. 여보 난 너무 외로운 것 같아요. 한 번만 안아줘요. 당신이 날 안은 지 벌써 석 달이나 지났어요. 난 빌었어. 한 번만 안아줘요. 그저 해가 지고 밤이 오고 당신도 없으면 너무 외로워요. 빌다시피 관계를 가졌어. 일찍 깨달아야 했지. 그게 모욕인 줄 모르는 바보가 어디 있겠니? 그런데 멍청하게 애원하다가 관계 도중에 갑자기 모욕감이 밀려왔어. 그가 내 몸 위에서 적선이라도 해주는 표정을 짓는 게 보이는 것 같았어. 혜완아, 난 그를 밀어버렸어. 그가 어이없다는 눈길로 날

바라보더구나. 난 뛰쳐나와서 술을 마셨어.

……내가 그에게 그런 짓을 하다니. 여성 문제 세미나에서 활발하게 토론하던 노영선이가, 여성 문제는 단지 남자에게 문제가 있는 게 아니라 우리들 여성 스스로가 어쩌면 가장 큰 적이라고 그렇게도 당당히 말했던 노영선이가 여성지에서 본 대로 침대보를 바꾸다니! 한 번만 안아달라고 새 잠옷을 입고 애원하다니……. 하지만 난 위안이 필요했어. 하지만 그는 싸구려 소주만큼도 날 위안해주지 못했던 거야.

듣고 있던 혜완의 입으로 긴 한숨이 터져 나왔다. 거듭 거듭 한숨만 나왔다.

—어느 날 니가 이혼을 하겠다고 내게 말했지. 니 일을 하고 싶다고. 솔직히 말할게. 그땐 질투가 났었어. 니가 밉기도 했지. 참고 살지. 다들 참고 사는데 서혜완 너 혼자 잘난 척하는 거 아니니. 하지만 또 이렇게 말하고도 싶었어. 나도 하고 싶어 혜완아. 하지만 니 모습은 그렇게 좋아 보이지 않았어. 가만히만 있었으면 너는 안정된 교수의 부인이 되어 있었을 텐데. 지금도 생각나. 방을 얻으려고 니가 내게 돈을 빌리러 왔을 때 모습, 비가 왔었는데 유행 지난 레인코트를 입은 니 모습……. 살이 부러진 낡은 우산을 쓰고…… 미안해. 너는 초라해 보였어. 힘들어 보였구. 세상을 다 산 것처럼 누추해 보였어. 니가 돌아가고 났는데 왜

갑자기 우리 집이 그렇게 환하게 보였을까. 따뜻해 보이구. 우리의 아이들이 소중하게 느껴졌어.

혜완의 얼굴이 빠르게 굳어지는 것도 의식하지 못하고 영선은 말을 이었다.

─그리고 너는 힘들어 보였지. 나는 비겁하게도 숨어서 널 보고 있었어. 좀 지켜보자, 혜완이가 어떻게 되나. 마치 도박을 하듯이 내기를 걸 듯이. 니가 잘되면 나도 용기가 날 것 같았어. 하지만 너는 어느 날 말했어. 모욕들을 견디기가 너무 힘들구나. 그리고 너는 소설가가 되었지. 너는 드디어 니 일을 해놓은 거야. 그렇게 하고 싶었던 너만의 일을. 세상의 인정도 받았지. 하지만 미안해, 하지만 그럼에도 불구하고 너는 초라해 보였어. 팔자가 세고 청승스러워 보였어. 니가 헌이도 잃지 않고 남편도 잃지 않고 네 일을 해놓았다면 어쩌면 몹시 부러웠을지도 모르지만⋯⋯. 아마 질투를 했었을지도 모르지만.

나는 차라리 아무도 모르게 남편에게만 멸시를 받는 편을 택했던 거야. 니가 남편에게 받은 모욕을 거부하고 초라함을 택했듯이. 그래 나도 택했어. 온 세상에, 친한 친구에게까지 초라함을 들키고 싶지 않았어.

아니야, 적어도 난 초라하지는 않았어, 라고 말해주고 싶었지만 입이 열리지 않았다. 혜완의 얼굴이 빳빳하게 굳어졌다.

─그리고 시간들이 흘러갔지. 이제 나는 그에게 쓸모가 없었어. 그는 너무 바빴어. 나하고 얼굴 한번 마주칠 시간이 없었어. 어느 날 문득 돌아보니 나는 어느덧 알코올 중독에 우울증 환자가 되어 있었어. 알겠니? 혜완아. 넌 알아들어야만 해. 적어도 경혜년같이 생글거리면서 살 수 없는 너랑 나랑은 서로 이해해줘야 하는 거 아니니.

영선은 거기서 탈진한 것 같았다. 병이 떨어지는 소리가 들리고 영선은 식탁에 엎드렸다. 식탁 아래로 떨어진 병에서 술이 콸콸 쏟아지고 있었다.

혜완은 다가가 그 병을 집어 들었다. 그리고 그 곁에 흩어진 유리 파편들을 천천히 쓰레기통에 담았다. 그것들을 담다가 혜완은 그만 손을 다치고 말았다. 따끔한 느낌이 들었고, 이어 검지 손가락 첫째 마디로 방울진 붉은 피가 솟구쳤다. 그것을 신호 삼기라도 하듯이 혜완의 가슴속에서 아까부터 작게 소용돌이치고 있던, 아니 그 이전 언제였던가. 남편에게 구타를 당하고, 널브러져 강간을 당하던 그때부터, 아니 그 이전 헌이가 죽던 날 아침 이불을 뒤집어쓰고 자는 시늉을 하는 남편을 보는 날부터, 아니 그보다 더 전 영등포의 어느 더러운 산부인과 병실에 누워서 느물느물해 보이는 의사 앞에서 처녀의 다리를 벌려야 했던 그때부터. 아니다, 그것도 아니다. 어느 해인가 아주 어릴 적 할머니에게 구박을 받는 어머니를 보았던 그때부터,

아니 더 이전 태어나기도 전 어느 먼 옛날, 어느 어느 먼 먼 옛날부터 태풍의 작은 씨앗처럼 혜완의 가슴속에서 휘몰아치던 그 돌개바람이 이제 걷잡을 수 없이 터져 나오는 것을 혜완은 느꼈다.

혜완은 하지만 작은 병 조각을 담는 일을 그치지 않았고 그것들을 쓰레기통에 주워 담으면서 울었다. 처음으로 아주 아이 적에 어머니한테 매를 맞고 서러워서 구석방 이불 쌓인 그 위에 엎드려 울 때 말고 처음으로 목을 놓아 울기 시작했던 것이다. 울음소리 때문이었을까. 영선이 고개를 들었다. 혜완은 아랑곳하지 않고 계속 울었다. 눈물과 콧물이 범벅이 된 채 유리 조각들 위로 쏟아졌다. 정신이 든 얼굴을 하고 영선이 다가왔다.

―내 말이 너무 심했던 거니? 난 단지 우린 서로의 억울함을 누구보다 잘 이해할 수 있는 것 같아서.

혜완은 알고 있었다. 영선은 눈치채버렸던 것이다. 누구보다 혜완이 자기의 편이 되어줄 수 있을 것이라는 것을 재빠르게 알아차리고 이제 혜완에게 함께 울어줄 시간을 더 기다리는 것 같았다.

―저리 가 있어, 다쳐!

걱정을 내리누르며 콧물 때문에 말이 잘 나오지 않는 걸 참으며 혜완이 낮게 말했다.

영선이 얼굴에 순간이지만 패배한 자들끼리 핍박받는

자들끼리 함께 손을 잡아주어야 하는 것 아니니 하는 표
정이 스쳤다.

　―저리 비켜! 다친단 말야, 다친다구!!

　혜완은 악을 쓰면서 영선이 떨어뜨렸고 아직 제 손에 있
던 병을 던져버렸다.

　병은 하필이면 냉장고로 날아갔고 그리고 박살이 나는
소리가 마치 축포처럼 터져 나왔다. 영선의 눈빛에서 푸른
불꽃이 사라지고 동정을 받고 싶었던 눈빛도 사라져버렸
다. 놀란 눈으로 영선이 혜완을 바라보았다.

　―영선아, 내가 분명히 말하는데 오늘 당장 여기서 나가줘!

　너무 뜻밖의 말이라는 듯 영선은 한 걸음 뒤로 물러났다.
혜완은 탁자로 가서 휴지를 뽑아 코를 세게 풀고 눈물을 닦
았다. 그리고 소파로 가서 앉은 다음 영선에게 소리쳤다.

　―다시 말할까? 나가! 나가서 온 세상 사람들한테 남자
들이, 그중에서도 박 감독이 얼마나 나쁜 놈인지 알리고
니가 얼마나 그 가련한 희생자인지 니가 얼마나 억울한지
온 세상에 대고 외쳐! 알겠니? 거기서 내 이야기는 빼고!
넌 그랬지만 난 순교자가 아니었어. 그러니 난 억울하지 않
아. 적어도 너처럼 억울하지는 않아!

　처음에는 낮게 시작했던 말이 혜완의 입에서 점점 커다
랗게 소리치며 튀어나오기 시작했다.

　―이제 더 이상 어리광 피우지 말아! 이제 더 이상 어리

광 피우지 말라구! 너 혼자서 누구에게도 기대지 말고 니가 저질러놓은 이 일들을 수습해. 그도 아니면 집으로 돌아가. 돌아가서 문제가 발생한 거기서 해결해! 누추하지 않게 해결해!

격정에 휘말린 것은 오히려 혜완이었다. 술이 확 깨는 듯 영선은 이제 차분하고 선량한 예전의 그 영선이로 돌아와서 어이가 없다는 듯 혜완을 바라보고 있었다.

─넌 누구보다 교활했던 거야. 이 세상에서 여자 혼자 자신의 영역을 개척하는 것보다는 남편을 밀어주면서 남편을 방패 삼아서 남편을 출세시켜서 니 자신을 높이는 게 훨씬 더 빠르고 훨씬 더 안전하고 훨씬 더 칭찬받으리라는 걸 넌 이미 알고 있었던 거야. 알겠니? 넌 교활했어! 이 세상의 수많은 여자들이 아침마다 엄마에게 매달리는 아이들을 떼어놓으며 직장으로 향해. 수많은 여자들이 직장에 앉아서 아이의 유치원 소풍에 참석하지 못하는 것 때문에 가슴이 찢어질 것같이 아파하고 있어. 친구의 눈에 팔자가 드세고 청승스레 보여가면서 그래도 자신을 놓치지 않으려고 애쓰면서 살고 있어.

내 이야기를 하는 게 아니야. 그래 내 이야기라도 좋아. 그렇게들 사는데, 그런데 넌 이제 와서 남편이 네게 공로상을 주지 않는다고 투정을 부리고 있어. 성공한 남편 옆에 서서 웃고 있는 사모님 역할이 이제 와서 생각해보니까 니가 생각했던 것만큼 재미가 없었던 것뿐이야. 그런 건 결코 억울하다고 말하는 게 아니야!

말을 하면서 혜완은 울고 있었다. 버티면서 살아왔던 날들 어떻게든 꿋꿋해 보이고 싶었던 날들이 여기저기 널린 병 조각처럼 산산이 부서지고 깨어져버리는 것 같은 기분이었다.

영선이 망연히 혜완을 바라보았다. 혜완은 어깨를 격렬하게 들먹이며 울었다.

―너 역시 네가 그토록 경멸해 마지않던 재투성이 신데렐라에 불과해.

선우의 말이 떠올랐다.

―미안해 그런 말을 하려던 게 아니었어. 그게 아니구 그게 아니라…… 이런 말을 하려고 했었던 거야. 니 말대로 내가 얼마나 나의 교활함에 진저리를 치고 있었는가에 대해서 말하고 싶었던 거야. 그래서 죽으려고 했었던 거라고 말이야.

흐느끼던 혜완이 천천히 고개를 들었다.

―내가 그때 그를 죽이지 않은 건 나를 그렇게 망신을 시켜놓고 코를 골며 자는 그를 죽이지 않은 건 결코 그를 착한 남편을 만들지 않기 위해서가 아니라 사실은 이 세상 모든 인간들 중에 내가 제일 혐오스러웠기 때문이었어. 내 스스로가 벌레 같았기 때문에 죽여버리고 싶었어. 세상 사

람들이 더 이상 내가 벌레라는 걸 알아차리기 전에 내가 먼저 나를 없애버리고 싶었던 거야. 알겠니, 혜완아? 내가 하고 싶었던 건 그 말이야. 미안해 널 상처주려는 그런 이야기가 아니었었는데……

그리고 그날 둘 다 잠을 자지 못했다. 혜완이 먼저 날이 밝았을 때 설핏 잠이 들었었다. 문소리를 들은 것도 같았다. 깨어보니 영선이 사라져버렸던 것이었다.

전화벨 소리가 울렸다. 생각에 잠겨 있던 혜완의 몸이 소스라치듯 펴졌다. 혜완은 생각을 가다듬기 위해 커다랗게 숨을 쉬어보고는 전화를 받았다. 경혜였다.

"어떻게 해? 영선이 친정에 전화는 해봤니?"

"아직도 연락이 없었니?"

"응."

"어떻게 하니? 친정에 전화를 했는데, 그렇잖아도 동생 결혼이 낼모렌데 연락이 안 온다고 얘 올케가 그러더라. 엉뚱하게 내가 너희 집에 전화를 해보겠다고 약속만 하고 끊었지 뭐니? 박 감독한테는 이제 털어놓아야 되는 거 아니니?"

혜완은 대답하지 않았다. 어쨌든 이제 자신들의 손을 떠난 일인 것만 같았다.

"너 근데 영선이한테 심한 말 했니?"

경혜가 물었다.

"……응."

"아유 너는 또 왜 그러니? 너나 박 감독이나 똑같아. 걘 환자야……. 멀쩡한 사람 생각만 하고 대하면 안 된다구. 그나저나 이번에 찾으면 정말 정신병원에 넣어야 되겠다."

"찾기만 하면……."

혜완이 입술을 앙다물었다. 경혜의 한숨 소리가 수화기 저편에서 이쪽으로 전해져 왔다.

"혜완아, 너무 마음 상해 하지 말아라. 나도 자꾸 방정맞은 생각이 들긴 했는데……. 어차피 제 팔자야."

전화를 끊고 혜완은 집 안을 서성이다가 청소를 시작했다. 어제 영선이가 나간 후 대충 청소를 하긴 했지만 아직도 구석구석 소란의 잔해들이 널려 있었다. 비질을 하고 돌아서다가 혜완은 영선이 벽에 던져 위스키 자국이 아직 남아 있는 벽을 바라보았다. 언젠가 혜완이 선우를 향해서 포도주 잔을 던졌던 그 자리였다. 그러자 혜완의 입에서 바람이 빠지는 것 같은 웃음이 튀어나왔다.

비를 놓고 다시 바닥에 주저앉아서 혜완은 박 감독에게 연락을 해야 할 것인가 말 것인가를 생각했다. 당사자는 아니었지만 박 감독에게 연락을 하기에는 무언가 껄끄러운 느낌이었다. 엄밀히 말해서 그들은 이혼을 앞둔 별거 상태였고 그러므로 박 감독으로 하여금 친구네 집에서 사라져버린 아내를 찾기 위해 불러낼 수 있을까 하는 생각도 들었다.

그때 발걸음 소리가 들렸다. 소리는 끌리듯 머뭇머뭇거렸다.

혹시나 옆집 중년 남자일까, 생각하던 혜완이 천천히 일어나 현관으로 다가갔다. 현관 벽에 기대어 서 있자니 갑자기 가슴이 뭉클해왔다. 다 영선이 탓은 아니었다만 그녀의 말대로 그녀는 누구나 그랬듯이 차선을 택한 것뿐이었는데, 최선과 차선의 차이가 너무 멀었던 것일 뿐이었다. 그런 그녀를 그렇게 몰아세운 것은, 찬찬히 이야기하지 못하고 소리를 지른 것은 순전히 혜완 자신의 자격지심 때문이었던 것도 같았다. 혜완은 영선이가 제발이지 돌아와주기만 한다면 미안하다고 말하고 싶었다. 그러면서 문득 그녀는 자신 역시 영선과 닮아 있다는 사실을 깨달았다. 저지르고 후회하고, 다시 무언가 저지르고 후회하고……

"영선이니?"

아까부터 문밖에 멈추어 서 있는 발걸음 소리가 그녀의 것이기를 바라면서 혜완이 물었다.

"응."

혜완이 용수철처럼 뛰어나가 문을 열었다. 희미한 아침의 여명 속에 영선이 서 있었다. 혜완이 머뭇거리는 영선을 집 안으로 잡아끌었다. 손이 얼음장처럼 차가웠다.

"어디 갔었어?"

영선은 가만히 혜완의 손을 뿌리치며 말했다.

"나 집으로 돌아갈래. 혜완아……. 짐 가지러 왔어……."

무소의 뿔처럼 혼자서 가라

　4층짜리 건물에서는 30분마다 모두 여덟 쌍의 신혼부부
가 태어났다.

　건물 안은 물론이고 건물 밖까지 사람들로 몹시 붐볐다.
11월치고는 봄날처럼 아름다운 햇빛이 앙상한 가지들을
비추고 있었다. 사람이 밀리는 바람에 차도 밀렸고 그래서
경혜의 차를 예식장에서 아주 멀리 떨어진 골목에 주차시
키고 두 사람은 차에서 내려 걸었다.

　"영미 고거 시집 잘 가더라. 남자가 뭐 증권회사 기획실
에 있다나. 집안도 빵빵하대. 영미 일하라구 시내에 사무실

도 얻어주었다더라. 요즘 광고 디자인 그거 잘나가는 직업이잖아."

경혜가 핸드백 속에 차 키를 집어넣으며 말했다.

"똑똑하지? 영선이랑은 다르게 애가 좀 야무지고."

혜완이 시계를 들여다보면서 말했다. 아직 결혼식 전까지는 20분이나 남아 있었다.

"하기는 집안 빵빵하면 뭐하니? 똑똑한 건 더 소용없지 뭐. 우린 안 그랬니? 결혼할 때야 좋지. 뜨거운 맛을 봐야 이게 뜨거웠구나 하는 거지 겪어보지 않으면 어떻게 알겠니?"

별로 감정을 싣지 않은 목소리로 경혜가 말했다.

예식장 건물은 마치 만원버스 속처럼 혼잡스러웠다. 한복 치맛단을 밟혀서 비명을 지르는 중년의 여자, 아이들, 몰려서서 담배를 피우는 남자들.

경혜와 혜완은 사람들 사이로 밀리면서 3층으로 올라갔다. 영선의 동생 영미가 식을 올리게 될 원앙실에서는 아직 다른 결혼식이 진행 중이었다.

"꼭 이런 데서 이렇게 번잡스레 결혼을 해야 하니? 난 옛날에 어떻게 결혼했었지?"

로비에서 웅성거리는 사람들을 헤치며 경혜가 다시 말했다.

"옛날이 아니야, 넌 3년 전에 했잖아. 거의 노처녀가 다

돼 가지구."

혜완이 역시 북적거리는 사람들을 헤치며 말했다.

"그랬나? 그런데 한 삼만 년은 지난 거 같다. 얘 난 사실 영미한테도 별로 축하한다고 말을 하고 싶은 기분이 아니니 어쩌니? 결혼하면 뭐가 좋다구 말할 게 있어야지. 난 사실 결혼하는 날도 뭐 이제 와서 도망갈 수가 없을까, 그 생각만 하고 있었거든."

영선의 어머니가 분홍색 한복 차림으로 막 다가오고 있었다. 혜완과 음모라도 꾸미듯 낮게 말을 주고받던 경혜가 인사를 했다.

"아유 어머니, 축하드려요. 얼마나 좋으시겠어요. 이제 막내까지 보내니 한시름 놓으시겠어요."

경혜가 콧소리를 많이 섞어가며 곰살맞게 어머니에게로 다가가 말을 했다.

방금 전까지만 해도 혜완에게 뜨거운 맛 어쩌구 하던 표정은 싹 달아나 있었다. 혜완이 그런 경혜가 어쩐지 귀여운 생각이 들어서 옆에 서서 웃었다.

"좋기는? 끔찍하다. 애들 하나 결혼시킬 때마다 끔찍해."

여전히 뚝뚝한 표정을 지우지 않으며 영선의 어머니가 말했다. 경혜가 머쓱해하는 동안 다른 손님들이 왔고 영선의 어머니가 그 뚝뚝한 얼굴로 사람들을 맞았다. 혜완이 신부 대기실 쪽으로 경혜를 잡아끌었다.

"애, 영선 어머니는 어쩌면 저렇게 늘 삼줄같이 뻣뻣한 표정이니? 영선이가 제 엄마 싫어한 것도 이해가 간다. 이해가 가."

신부 대기실에서는 막 미장원에서 도착한 영미가 자리에 앉아 비디오를 찍고 있었다. 영선이 그 곁에서 영미의 시중을 들고 있었다.

"축하한다! 영미야."

언니의 친구들을 본 영미가 웃었고 그때 혜완과 영선의 눈이 마주쳤다.

사진이 잘 나오도록 동생의 웨딩드레스 자락을 매만지고 있는 영선이 무표정하게 혜완의 시선을 스쳐 지나갔다. 혜완이 미소를 띠었지만 영선은 냉랭하게 동생의 드레스 자락을 매만질 뿐이었다. 다시 사람들이 밀려들었고 경혜와 혜완은 로비로 나왔다.

"요새 영선이한테 전화해봤었니?"

북적대는 사람들을 피해 창가로 자리를 옮기고 나서 혜완이 물었다.

"응. 그때 혜완이네 집 나가서 이틀 동안 어디 갔었느냐고 물으니까 대답 안 하더라. 너한테도 말 안 했다면서?"

하기는 영선이 집으로 돌아간 지 겨우 이틀이었다. 그것도 동생 결혼식을 앞둔 나날이었으니 경황은 없었을 것이었다.

"기차를 타고 왔다고 했어."

"그럼 기차 타고 왔다 갔다 한 거겠지. 어쨌든 그거 알아서 뭐 하겠니? 들어갔으니 잘 살 거야. 그만큼 큰 시위를 했으니 박 감독도 잘하겠지 뭐."

신부 대기실 쪽에서 와자하게 웃음소리가 들렸다. 신랑의 친구 하나가 짓궂게 신랑을 신부 대기실에서 끌어내고 있었다.

"실컷 볼 텐데 그새를 못 참니? 인마."

누군가 말했고 신랑은 그저 싱글벙글 미소만 띤 채 친구들과 이야기를 하고 있었다. 팔짱을 끼고 바라보던 두 여자가 신랑을 보고 웃었다. 여기저기서 축하한다는 말들이 오갔다.

문득 영선의 결혼식 생각이 났다. 이맘때였나. 아니 더 추운 겨울인 것도 같았다. 전철 안의 스팀이 너무 강해서 오버 코트가 덥게 느껴졌던 계절이었으니까. 박 감독은 그때 저 신랑처럼 저렇게 웃고 있었다. 누군가 그를 놀렸다.

―염치도 없지, 입 좀 다물어요 형.

동창들이 북적거렸고, 그리고 영선의 부케를 혜완이 받았다. 뒤돌아서서 던지는 부케가 좀 멀리 날아가는 바람에 혜완이 달려가서 그것을 받고는 비틀거렸던 것이었다. 하지만 어쨌든 부케는 혜완의 품에 사뿐히 떨어졌었고 박수소리가 울렸다. 그것은 환희의 갈채였다. 영선에게나 혜완에게나.

영미의 결혼식은 지루하게 진행되었다. 마지막 행사로 현악 3중주가 연주되는 동안 혜완은 로비로 나왔다. 박 감독이 창가에서 혼자 담배를 피우고 있었다. 역광으로 보이는 그의 뒷모습은 뭐랄까 몹시 쓸쓸해 보였다. 몇 년 전 바로 저런 식장에서 입이 찢어져라 웃던 그였다. 경혜에게처럼 그에게도 그 시절이 마치 몇만 년 전의 일처럼 느껴진 것일까.

그가 시선을 느꼈는지 돌아보았다. 혜완이 멋쩍게 눈인사를 보냈다. 그 역시 의례적으로 눈인사를 보내고는 그녀를 지나쳐 화장실로 들어가버렸다. 그도 영선도 표정이 좋지 않았다. 다시 박수소리가 울렸다. 사람들이 쏟아져 나왔다.

혜완이 다시 식장으로 들어가니 경혜가 자리에 앉아 영선과 이야기를 나누고 있었다. 곧 신랑 신부의 가족들은 앞으로 나와달라고 안내원 아가씨가 소리쳤다. 영선이 앞으로 나갔고 혜완과 경혜는 자리에 앉아 가족들을 바라보고 있었다. 영선의 오빠, 올케, 영선의 두 아이들, 박 감독, 그리고 어머니⋯⋯.

"혜완아, 어쩌면 영미 그렇게 영선이하고 닮았지? 살이 빠지지 않았을 때 영선이도 저렇게 이뻤었잖아?"

마침 혜완도 그런 생각을 하고 있었다. 가늘고 길쭉한 얼굴, 쌍꺼풀 없이 길다란 눈매, 그리고 크고 얇은 입술들. 그러자 문득 영선이 어머니의 얼굴을 닮았다는 생각이 들었다. 그 세 모녀가 서 있는 것이다. 피어나는 꽃같이 화사한 영미와 그 옆에 선 무표정한 영선과, 그리고 경혜의 표현대로 삼줄같이 뚝뚝한 표정의 어머니.

평평 소리를 내며 사진사가 스트로보를 터뜨렸다. 섬광처럼 하얀빛이 거기 늘어선 서로서로 닮은 얼굴의 사람들을 비추었다. 영미는 웃었고 영선은 빛이 부신 듯 눈을 감았다. 마치 사진을 제 가슴속에 든 필름으로 찍은 것처럼 혜완은 그것을 보았다. 하지만 예감 따위는 없었다. 분명 모든 것이 순조로웠고 11월 초치고는 맑은 날씨라고 사람들이 말을 꺼냈던 것이었다.

한 달이 지나갔다. 곧 다가온 대통령 선거 때문에 신문과 방송은 소리 높여 정견을 발표하고 있었다. 아침에 문을 열면 현관 앞 복도에 각 후보의 유인물이 수북이 쌓여 있었다.

영선의 일 때문에 자주 모였던, 그래서 새삼 서로의 아픔을 확인하며 울었던 세 여자들은 이제 가끔 전화 연락만 했다.

별일 없었니 물으면, 그들은 모두 응 그저…… 그런 대답들을 했다. 아무 일 없었다는 듯이 다시 일상이 시작된 것이었다. 혼자 있을 땐 가끔 술을 마실지도 모르지만 혹은 냉장고 위에 늘어진 마른 장미의 먼지를 털면서 10년 전쯤에 불렀던 〈더 로즈〉 노래를 생각할지도 모르지만 말이다.

아침에 일어나자 혜완은 우선 조간을 읽었다. 냉장고에서 우유를 꺼내고 식빵을 식탁에 얹으면서 그녀는 신문 기사를 대충 훑어보았다. 사다 놓은 지 오래되어서 딱딱한 빵을 우유에 적셔 먹으며 혜완은 대통령 선거 기사들을 보며 잠시 웃곤 했다.

빵을 다 먹은 혜완은 책상 앞으로 가서 오늘의 계획표를 살펴보았다. 오늘은 혜완 소설의 주인공이 아이를 낳는 날이었다. 우선은 좀 차분히 앉아서 구상을 해야겠다는 생각에 혜완은 아주 편안한 자세로 소파에 앉았다.

무엇 때문이었을까. 영선이 돌아간 후, 그녀는 글을 쓰기 시작했다. 사보에 실릴 콩트를 제외하곤 거의 2년 만의 일이었다. 된장국 냄새도 그리워하지 않고 잘 맞지 않는 자물쇠도 새로 바꾸어 달았다.

가끔씩 아파트 복도에 혼자 서 있기도 했지만 그리 오랜 시간은 아니었다. 그건 오랜만에 맛보는 고적한 자유였다. 글을 쓰다가 땀에 온몸이 젖어버린 일도 있었다. 영선의 말대로 선택이었다. 설사 누추하게 보일지라도 이 길을 가고 싶다는 생각도 담담히 했었다.

그녀는 영미의 결혼식에만 잠시 참석했을 뿐 사람들도

거의 만나지 않았다. 선우가 며칠 전 늦은 밤 그녀의 문을 두드렸지만 커피만 대접하곤 그를 돌려보냈다. 선우는 제가 지지하는 민중 후보의 선전 팸플릿을 내놓은 뒤 책상 위에 붙은 혜완의 계획표를 보며 말했었다.

—글을 쓰니? 이제야 너답다!

생각해보면 그는 좋은 친구였다.

하지만 다 마신 우유팩을 쓰레기통에 던져놓고 혜완은 문득 무언가 집 안이 너무 조용하다는 생각을 했다. 그랬다. 찾아온 선우는 말했다.

—전화가 돼야 말이지. 무슨 일인가 걱정돼서 왔어.

몰두하고 싶다는 생각에 전화 코드조차 빼놓았던 게 생각이 났다. 혹시나 누가 이 혼자만의 고적한 자유를 방해할까 봐 미련 없이 뽑아놓은 코드였던 것이다. 선우의 말을 듣고 전화 코드를 다시 꽂아놓아야지 생각했지만 이내 이 사실을 잊어버렸던 것 같았다. 아니나 다를까. 전화는 먹통이었다. 혜완은 소파를 좀 앞으로 당겨서 코드를 꽂았다. 그 순간 전화벨이 울렸다. 혜완은 잠시 멍하니 서 있었다. 오래 코드를 뽑아놓으면 그것을 다시 꽂을 때 전화벨이 울리나 보다 하는 생각도 스쳤다. 하지만 얼결에 전화에 손을 뻗었다.

"대체 어디를 그렇게 돌아다니는 거니?"

경혜의 목소리가 울렸다. 평소의 그녀답지 않게 낮고 가라앉은 꽉 잠긴 목소리였다.

"아니 모르고 전화 코드를 뽑아놓았었어. 집에 있었는데."

변명하듯 우물거리는 혜완의 말을 자르며 경혜가 말했다.

"이것아 영선이가 죽었어."

전화기 멀리서 울음소리가 들렸다. 경혜는 흐느끼고 있었다.

"왜 니 목소리를 들으니까 이제사 눈물이 나는 거니? 그 바보 같은 게 또 일 저지를 줄 알았다니까."

"뭐라구?"

혜완은 전화기를 고쳐 잡으며 다시 물었다.

"영선이가 죽었다구. 이번에 진짜 죽어버렸단 말이야!"

영선은 수줍은 듯했다. 미소를 띨 듯 말 듯 긴 파마머리가 어깨까지 내려와 있었다. 아마도 아이를 낳기 전 프랑스에서 찍은 사진인 듯했다. 아직 많이 불행해지기 전에, 아직은 무언가 할 수 있다고 굳게 믿었던 시절, 아직은 아무것도 포기하지 않았을 때 영선은 수줍게 웃었다. 법당에 놓인 그 사진 앞에서 노스님이 담담히 목탁을 두드리고 있었다. 사람들도 돌아간 쓸쓸한 겨울 산사 뜨락에는 따뜻한 겨울 햇살이 비치고 있었다.

아무도 말이 없었다. 박 감독, 혜완, 그리고 영선의 오빠.

경혜의 전화를 받은 혜완이 병원에 도착했을 때는 이미

장례식이 끝나가고 있었다. 사람들이 북적거렸고 수군거리는 소리가 혜완에게도 들려왔다.

우울증, 알코올 중독…….

이제 그런 것들이 영선의 마지막 이름이었다.

하지만 혜완은 다른 것들을 기억하고 있었다. 그녀는 차분하고, 선량하고, 그리고 내성적인 소녀였다. 잘 울던, 그래서 경혜와 혜완에게 놀림을 당하기도 하던…… 정이 많고 턱없이 순진하고…… 그러나 그것도 벌써 오래전의 이야기였다.

─그 사람 잘하려고 애쓰고 있어…….

장례식이 진행되는 동안 혜완은 영선과의 마지막 통화를 떠올렸다.

박 감독에 관해 혜완이 물었을 때 그녀는 대답했었다. 이제와 생각해보니 아주 조그만 목소리였다.

─병원에도 다니고 있고 신경안정제도 먹지 않으려고 노력하고 있어. 잘되겠지. 잘될 거야. 내게 이미 모든 능력이 고갈되었다면 체념하는 법도 배워야겠지.

영선은 그렇게 말했었다. 아니 지금 생각해보니 마지막으로 영선은 이렇게 말했었다.

─미안해. 너한테 미안해…… 그리고 혜완아 나…….

무슨 말인가 할 듯 할 듯 하다가 영선은 전화를 끊었다. 무슨 일이든 단숨에 다 잘될 수는 없을 것이라고 생각했던 혜완도 무심히 전화를 끊었다. 무슨 말을 하려고 했을까. 혜완아 나…….

—내가 몇 번 전화를 했었어. 영선이 목소리가 하도 담담하길래 난 꿈에도 이런 일을 저지를 줄 생각하지 못했었어. 내가 다그쳐 물었어야 되는데…… 혹시 또 무슨 일이 있느냐고 다그쳐 물었어야 되는 건데.

경혜가 영안실 한구석에서 눈물을 닦으며 말했다.

—50알이나 먹었대……. 유서 한 장 없어서 처음엔 영선이 어머니가 살인이라고 박 감독 멱살을 잡고 난리가 아니었대. 영선이 치료했던 정신과 의사가 나서서 이야기를 한 모양이야. 그날따라 박 감독도 집에 없었대. 애들이 방학이라 제 할머니 집으로 보내놓고 혼자서 또 술을 마셨던 모양이야. 술에다 신경안정제를 먹었던 거야. 미친것 죽어 마땅하지. 50알씩이나 입에 털어 넣다니……. 감히 어떻게 그걸 50알씩이나 먹을 생각을 하는 거니? 죽어 싸지! 뭘 그렇게 바랄 게 있다고. 대체 뭘 바랄 게 있다고! 죽으면서까지 바랄 무엇이 있길래…….

영안실에서 관이 나왔을 때 혜완의 곁에 있던 경혜가 눈물이 쏟아지는 얼굴을 손으로 감싸며 혜완에게 안겼다.

—난 우리 연지한테 가르칠 거야. 시집가서 남편 뒷바라지나 하라고. 그게 여자가 바랄 수 있는 최상의 행복이라고, 더 이상은 꿈도 꾸지 말라고. 그도 아니면……. 처음부

터 아무것도 줄 생각을 하지 말라고 할 거야. 영선이처럼
그 바보 같은 것처럼 뭐든지 다 줄 생각 하지 말라고, 언제
나 제 몫은 아무도 모르는 제 몫은 남겨놓으라고. 근데 혜
완아, 왜 이렇게 억울하다는 생각이 드니?

두 여자는 관을 바라보며 그 검은 관에 있을 영선의 가
냘픈 시신을 생각하며 두 손을 붙들고 울었다. 영선도 그렇
게 말했었다.

─생각해봤는데 억울한 거 같애.

하지만 지금 이 산사엔 경혜도 아이를 보아야 한다면서
돌아가버리고 없었다.

혜완은 영정을 바라보다가 마당으로 나왔다. 영선의 오
빠가 먼 산을 보며 뒷짐을 진 채로 서 있었다.

박 감독만 혼자 그 법당 안에 무릎을 꿇고 조각처럼 앉
아 있었다. 그는 장례식 내내 모든 죄를 혼자서 짊어지기로
한 사람처럼 괴로워 보였다. 하지만 그것이 모두 그의 죄라
고는 혜완은 생각하지 않았다.

바람이 불면서 가지들이 쏴아 하는 소리가 들렸다. 갑자
기 다들 어디 갔나, 하는 생각이 들었다. 영선이 혼자 남겨
두고 다들 어디 갔나 하는 생각이 들었던 것이다.

높은 가지에서 새 한 마리가 포드득 날았다.

어머니는 말했었다.

─49재가 되기 전에 몸을 받아 태어나는 거란다. 헌이도

좋은 데 태어날 거다. 걱정하지 말아라.

물론 혜완도 그때 어머니의 품에 안기며 말하고 싶었었다.

—억울해 엄마.

혜완은 절 뒤쪽으로 돌아갔다. 목탁 소리가 서서히 멀어졌다. 뜰은 텅 비어 있는 듯 보였다. 젊은 비구니가 막 고무신을 벗고 방으로 들어가고 있었다. 뒷모습으로 보이는 머리가 파르스레했다.

혜완은 자신도 모르게 그쪽으로 한 발걸음을 옮겼다. 하지만 비구니는 돌아보지 않았고 조용히 방문을 닫는 소리가 들렸다.

혜완은 왠지 그 회색빛 옷자락을 붙들고 싶은 기분에 사로잡혔다. 그래서 닫힌 방문을 바라보며 서 있었다. 하늘은 낮고 음울했고 멀리 산 아래로 또 이어져 있는 산들이 보였다. 누구라도 있어주었으면 했다. 영선을 더 잘 기억할 수 있는 사람이 누구라도 지금 자신의 곁에 있어주었으면 했다. 다들 모른 척하고 돌아가버린 지금 누구라도 좀 다가와서 손을 붙들어주었으면 했던 것이다.

그때 그녀는 비구니가 들어간, 그 닫힌 방문 한쪽에 검은 글씨를 보았다. 나무판 위에 세로로 새겨진 글씨였다.

무소의 뿔처럼 혼자서 가라

그제서야 눈물이 쏟아졌다.

언젠가 불경을 읽다가 영선이 얘기한 적이 있었다.

—이 말 참 좋지? 들어봐. 소리에 놀라지 않는 사자와 같이 그물에 걸리지 않는 바람과 같이 무소의 뿔처럼 혼자서 가라!

혜완도 좋다고 말했었다.

—넌 결국 여성해방의 깃발을 들고 오는 남자를 기다리는 신데렐라에 불과했던 거야.

선우가 말했었다.

그랬다. 영선은 그 말의 뜻에 귀를 기울여야 했었다. 경혜처럼 행복하기를 포기하고, 혜완처럼 아이를 죽이기라도 해서 홀로 서야 했었다. 남들이 다 하는 남편 뒷바라지를 그냥 잘하려면 제 자신의 재능에 대한 욕심 같은 건 일찌감치 버려야 했었다. 그래서 미꾸라지처럼 진창에서 몸부림치지 말아야 했다. 적어도 이 땅에서 살아가려면 그래야 하지 않았을까.

누군가와 더불어 행복해지고 싶었다면 그 누군가가 다가오기 전에 스스로 행복해질 준비가 되어 있어야 했다. 재능에 대한 미련을 버릴 수가 없었다면 그것을 버리지 말았어야 했다. 모욕을 감당할 수 없었다면 그녀 자신의 말대로 누구도 자신을 발닦개처럼 밟고 가도록 만들지 말아야 했다.

혜완은 어린아이처럼 맨손으로 눈가의 눈물을 닦아내면서 그 공허한 뒤뜰을 빠져나와 혼자서 산을 내려가기 시작했다.

언젠가 노신(魯迅)의 글을 읽은 적이 있었다. 그가 학생
들에게 물었다.

"집을 뛰쳐나간 노라"는 어떻게 되었을까 하고 말이다. 학
생들이 머뭇거리자 그가 말했다.

"대답은 간단합니다. 아마도 노라는 굶어 죽었거나 창녀
가 되었거나 그도 아니면 다시 집으로 돌아왔을 겁니다."

처음에는 그 글을 읽고 화가 났었다. 내가 존경해 마지않
던, 한 시대를 날카롭게 읽어내던 작가의 입에서 나온 말
이라고 생각하기엔 너무 무책임한 말은 아닐까.

하지만 한참 후에 나는 생각하곤 했었다. 결국 노라는
집을 나갈 수가 없었을 것이라고…… 집 밖에서도 사람들
이 살고 있고 그녀의 남편이 그렇게 특별난 파렴치범이 아
닌 이상 노라는 다시 집으로 돌아와야 했다.

아마존의 왕국으로 가지 않을 바에야 이 세상은 어차피

남자와 여자로 구성되어 있었고, 결국 노라는 이 세상으로 돌아와야 했다. 노신이 말한 노라의 마지막 가능성은 아마도 자신을 인형 취급하는 남자와의 당당한 싸움을 의미하는 것일 거라고 나 혼자 편리하게 상상을 해버리고 나자 마음이 좀 편했다. 다만 나는 그 싸움의 자세를 생각하고 싶었다. 거의 십 년 전부터 쓰고 싶었던 여성들의 이야기를 과감히 시작한 건 아마도 그런 이유 때문이었다.

얼마 전 어떤 남자 후배가 내게 그런 의논을 한 일이 있었다. 아이를 낳고 일을 하려는 아내와 자주 부딪힌다는 후배는 내게 진지한 얼굴로 물었다.

"어쩔 수가 없어요…… 내가 아내와 비교할 수 있는 대상은 어머니뿐이잖아요? 어머니를 생각하면 아내에 대해 가끔 화가 치밀어요……."

나는 그의 아내를 대신해 여자의 입장을 이야기해주면서 다시 물었다.

"왜 아내하고는 이런 이야기를 나누지 않지요?"

나는 그가 부끄러워하고 있다는 걸 느낄 수 있었다. 그의 아버지가 어머니와 그런 이야기를 나누는 것을 그는 한 번도 본 일이 없었던 것이다. 이렇게 생각하면 아내가 괘씸하고 저렇게 생각하면 아내가 가엾고 그도 혼란에 빠져 있었다.

그래서 나는 또 생각했다. 부끄러워하는 저 젊은 아빠들을 도와주자. 아마도 그건 우리 여성들의 몫은 아닐까.

남자들과 대화를 나누고 혹은 격렬하게 싸우며 끝내는 손잡고 함께 걸어가기 위해 나는 글을 시작했다. 그리고 많은 친구들에게 도움을 받았다. 여자 친구들 그리고 남자 친구들…… 마치 서로 낯선 세계에서 온 이방인들처럼 통하지 않던 대화 때문에 괴로워하는 많은 사람들과 함께 이 이야기의 결말을 함께 생각해보고 싶었다.

그래서 부끄럽지만 글을 마쳤고 감히 그것을 여러분들에게 내밀어본다. 혼돈으로 가득 차 있는 이 세계처럼 내 소설도 끝나지 않았다. 아마도 그건 더 많은 사람들이 함께하는 대화 속에서 끝나게 되리라.

겨울비가 내리는 이 새벽에 감히 그런 희망을 품으며 나는 원고를 정리했다.

20세기 초반에 태어나 여섯 남매의 어머니인 채로 그 격동의 세월을 열렬히 살아왔던, 그리고 이제는 치매 상태에 빠져 식구들이 다 모인 날에도 마당에 나가 누군가를 기다려야 한다고 아직도 중얼거리는 내 외할머니, 박아지 여사에게 이 글을 바친다.

1993년 1월 10일
공지영

지난날을 돌아보고 싶지 않다는 것은 그것을 전혀 보고 싶지 않다는 말이 아니라, 아마도 그것을 곱씹는 일을 이제 그만두고 싶다는 의미일 것이다. 새로운 옷을 갈아입는 이 책을 내면서 바로 이런 점 때문에 이 후기는 나를 오랫동안 망설이게 만들었다. 또한 이 책이 나의 삶에 끼친 영향 또한 그렇다.

가끔 사람들이 당신은 어떤 사람이냐고 묻는다면 나는 별 주저 없이 『무소의 뿔처럼 혼자서 가라』를 읽어보라고 말할 수 있을 만큼 이 책은 나와 닮아 있다. ―이것은 무수한 오해를 무릅쓰고 하는 이야기지만― 그것은 자랑스럽고 부끄럽고의 문제도 아니고 이 책에 나오는 주인공들의 성격이나 외모나 혹은 직업이 나와 같다는 이야기는 아니다. 그것은 이 책을 저술하는 방식, 이 책에서 제기하는 문제들, 그것을 질문해가는 방식, 혹은 해결하지 못하는 현실에 대한 태도 혹은 세계관 등이 나와, 그러니까 그냥 나와 닮았다는 이야기이다.

이 책을 써놓고 한동안, 하지만 나에게 주관적으로 꽤 오랜 시간 동안 나는 이 책을 돌아보고 싶지 않았다. 생각하면 혼자 부끄럽기도 하고, 혼자 뿌듯하기도 하면서, 생각하면 별 이야기도 아니고 그냥 우리 주변에서 흔히 볼 수 있는 이야기들을 가지고 왜들 내게 야단일까 하는 원망도 했었다. 예를 들어 무릎이 아파서 무릎에 관한 이야기를 하려고 무릎이 아픈 이야기를 했을 뿐인데, 가끔 사람들은 묻는 것이다. 머리도 멀쩡하고 배 부위에 상처도 없으며 발목은 괜찮은데 심지어 간도 콩팥도 어금니도 괜찮은데 당신은 무릎 아픈 이야기만 하니, 신체에 대해 비관적인 태도를 가지고 있군요, 하고.

나에게 페미니스트라는 딱지를 붙여준 것도 이 책이었다. 한동안 그것이 젊은 나를 규정하는 사슬 같아서 거부감이 들기도 했었지만 나는 이제는 그것을 자랑스럽게 받아들인다. 다만 그것이 부당하게 억압받고 있으나, 그것을 변화시켜보려고 노력하는 여성들 편에 서는 사람이라는 의미인 한에서는 말이다. 어떤 인터뷰에서도 이야기한 적이 있지만 나는 사실, 내가 진정한 페미니스트인가에 대해서는 자신이 없다. 다만 나는 현실적으로 억압받고 그래서 무기력해진 우리 여성들을 위해 내가 할 수 있는 일이 무엇일까 하는 생각에서 출발했었고, 이 책은 그 결과물일 뿐이다. 부당하게 억압당하고 있는 것이 여성이 아니라 남성이었다 해도, 혹은 노예들이든, 노동자들이었다 해도 나는 이 비슷한 책을 썼을 것이며 아마 앞으로도 그럴 것이다. 그것은 문학이 목적을 가져야 한다, 아니다 우선 문학은 아름다워야 한다, 라는 등의 사치스러운 논의의 문제가 아니다. 나는 다만, 소설을 써서 먹고사는 사람으로서, 문학이 귀한 나무들을 베어낸 종이를 사용하고 있고 독자들의 시간과 돈을 지불하게 하는 것이라면, 적어도 거기에 부끄럽지 않은 그만한 가치를 지녀야 한다고 혼자 생각하고 믿고 있을 따름이며, 나에게 이런 가치를 가르쳐준 사람들과 나를 키워내기 위해 비용을 지불한 전체 사회를 외면할 만큼 그렇게 대범하지는 못한 사람일 뿐이다.

무소의 뿔처럼 혼자서 가라.

이 제목은 불경에서 내가 인용했고 나에게 많은 기쁨과 슬픔을 가져다준 구절이지만, 여전히 나를 혼란스럽게 만들고 있으며, 또 그 혼란 중에도 등불처럼 내게 의지가 되어주는 이상한 것임을 고백해둔다.

1

딸아이가 인턴사원으로 첫 출근하던 날, 새벽녘 창밖
의 하늘은 주황빛과 비둘기빛으로 소용돌이치고 있었다.
게으르기 짝이 없는 엄마인 나는 그래도 첫 사회생활인
데 싶어서 아침부터 일어나 아이를 위해 밥을 지었다. 아
이가 초등학교에 처음 입학한 이래로 이렇게 마음이 이상
해보기는 처음이었다. 설렘이라고 해야 하나, 대견함이라
고 해야 하나, 안쓰러움이라고 해야 하나. 딸은 씩씩하게
길을 나섰지만 내 마음은 그런데 그리 가볍지만은 않았
다. 내 손에는 태어난 지 열일곱 해나 되는 바로 이 책『무
소의 뿔처럼 혼자서 가라』의 원고가 쥐어져 있었기 때문
이었다.

2

스물여섯 살에 엄마가 되기 전까지 나는 결혼이나 육아 혹은 미래를 그다지 실감하고 살지는 않았다. 아이를 낳기 전 노동운동을 한다고 공장에도 취직해보고 시위대에 참여하다가 머리채를 잡혀 끌려가보기도 하고 감옥에 갇히기도 했었다.

그쯤이면 지금으로 보아 꽤 특이하고 괴상한 젊은 날을 보낸 편인데도, 글쎄 이런 비유가 어떨지 모르지만 그건 나를 그렇게까지 혼란스럽게 하지 않았다. 혼자 흠모하며 흉내 내볼 선각자들이 있었고 정리가 잘 되어 있지는 않았지만 교본들도 많았다. 그러나 엄마가 되었을 때 내게는 아무것도 없었다. 엄마처럼 살지 않겠다고 어릴 때부터 그렇게 다짐해놓고 우리 엄마처럼 아이들을 위해 모든 것을 포기할 수도 없었다.

친구들은 하나둘씩 어렵게 얻은 일자리를 그만두고 유능한 학원 강사와 조기 유학 상담을 해댔다. 딸을 가진 아이들도 그랬다. 그 딸들이 명문대를 나오고 좋은 직업을 가지고 그리고 너희들처럼 아이를 낳으면 그러면 그담에 어떻게 될 것 같아, 라고 나는 질문하지 못했고 그저 더 이상 그들과 함께 어울릴 수 없었다. 나는 기초 동작 하나 가르쳐주지 않고 깊은 물에 우리를 빠뜨려버린 엉터리 수영 학원의 수강생처럼 화가 났었다. 이런 법은 없다고, 이런 일은 한 번도 시험에 나온 적도 없다고, 이러다가 나 죽는다고 소리를 질러봤자 아무 소용도 없었다.

그렇게 혼자서 조난자처럼 버둥거리다가 배가 터지도록 물을 먹고 나서 나는 알아버린 것이다. 이것이 바로 인생이었다는 것을 말이다.

3

나는 세 아이들을 기르면서 모성애가 생각보다 강렬한 우리들의 본능이라는 것을 여러 번 체험했지만, 그것이 이제껏 알려진 대로 그토록 천사표 딱지가 덕지덕지 붙었다는 것에는 지금도 동의할 수가 없다. 성욕과 식욕 같은 것들이 강렬한 본능이긴 하지만 모든 사람이 그것을 언제나 선한 쪽으로만 쓰지는 않는다는 것과 같은 이치라고나 할까.

그러나 가끔 사람들이 성녀 열전에나 오를 법한 엄마의 예를 들어 약간 삐딱한 시선으로 나를 바라보면 주일학교를 다니고 싶지 않았던 어린 날이 떠오르곤 했다.

모성 찬양은 언제나 남성들의 몫이거나 남성사회에 스스로 길들여지고 싶은 여성들의 몫이라는 어느 사회학자의 설명을 듣기 전까지는, 좋은 엄마가 아니라는 자책감은 생리통보다 빈번하게 나를 덮쳤다. 어느 일본 작가의 말대로 남들의 눈만 아니면 다 내다 버리고 싶은 가족, 그것이 어미인 내게 가끔은 아이들일 때도 있었으니까.

4

이 소설을 쓸 당시에는 삐삐도 없었고 휴대전화기도 없었다. 경찰들은 거리에서 함부로 곤봉을 휘둘렀고, 육사생도가 최고의 신랑감이기도 했으며, 고속도로 휴게소의 화장실은 정말 더러웠다. 일부 계층만 의료보험을 가지고 있었고 겨우 온 국민에게 해외여행을 허락했던 정부는 여권을 받으려는 시민들을 길게 줄 세우고 '해외에서 북괴에게 포섭되지 말 것'을 두 시간 동안이나 강요했던 그런 시절이었다.

"우리나라가 그렇게 후졌었어?" 하며 마치 그런 시대에 태어나지 않은 자기가 나보다 훨씬 귀티가 나는 증거라도 되는 듯 거만한 표정을 짓고 있던 딸은 그러나 이 소설을 읽고 길게 한숨을 내쉬었다.

"가정과 일, 아이와 자아를 어떻게 조화시킬 수가 있을까, 엄마?"

"간단해. 결혼을 하고 아이를 낳고도 자신의 일을 하려면(잘 하는 것이 아니라 그냥 하려면) 누군가 뒤통수에 총을 겨누는 가운데 정해진 시간 내에 밥을 하고 택시를 타고도 늘 뛰어가고 있으면 돼."

그러면 딸은 잠시 입을 뾰쭉 내밀었다가 대답한다.

"그러면 역시 가정과 일 둘 중의 하나를 택하라는 거야? 둘 다 가질 수 없다고? 난 그러면 일하고 싶어. 집에서 애만 보고 밥만 하는 건 싫어."

그러면 나는 대답한다.

"하지만 그러고 난 후 내 나이가 되면 밀려드는 허무 때문에 너무도 깊은 늪에 빠져야 할 거야."

딸은 젊은 내가 세상에 대해 그랬던 것처럼 버럭 화를 내며 묻는다.

"그러면 대체 어떻게 하라구?"

나는 대답한다.

"미안해. 그건 선택이야, 오로지, 너만의."

여성들은 남성에 비해 친밀감에의 욕구가 훨씬 더 강하다고 한다. 아무리 높은 지위에 올라 성공을 한 여성이라 하더라도 사랑하는 사람을 곁에 두고 그리고 그 사람의 아이를 낳고 싶은 그 욕망의 선함을 나는 지지한다. 그러나 그 길은 남성들과는 달리 모두가 혼자 걸어가야 하는 길이다. 나 역시 돌아보면 인적 드문 길을 걸어왔다. 한때 후회도 했고 오래도록 울어도 보았으나 이제 담담하다. 무소의 뿔처럼 혼자 가는 길이 꼭 외롭지는 않다는 것을 알게 되었기 때문이며, 외로움은 내 친구, 안 보면 궁금하고 보고 싶어지는 그런 사이가 되었기 때문이다. 감히 말하자면 남들이 다 가지 않은 그 길로 걸어왔던 생을 돌아보며 가끔 혼자 웃기도 한다.

5

무소의 뿔처럼 혼자서 가라.

이 제목은 불경에서 내가 인용했고 나의 삶을 송두리째 바꿔버린 내 출세작의 제목이며 기쁨과 영광만큼 수많은 모욕과 슬픔을 가져다준 구절이지만, 여전히 나를 혼란스럽게 만들고 있으며 또 그 혼란 중에도 등불처럼 내게 의지가 되어주는 이상한 것임을 다시 한번 고백해둔다.

그러니 세상의 모든 딸들, 건투를 빈다!

혼자서 가는 사람들이 많으면 실은, 함께 가는 길이다.

2009년 추운 겨울

공지영

무소의 뿔처럼 혼자서 가라

초판 1쇄 1993년 1월 16일
제2판 1쇄 1998년 9월 14일
제3판 1쇄 2010년 1월 11일
제4판 1쇄 2016년 11월 30일
제4판 6쇄 2024년 1월 25일

지은이 | 공지영
펴낸이 | 송영석

주간 | 이혜진
편집장 | 박신애 **기획편집** | 최예은 · 조아혜
디자인 | 박윤정 · 유보람
마케팅 | 김유종 · 한승민
관리 | 송우석 · 전지연 · 채경민

펴낸곳 | (株)해냄출판사
등록번호 | 제10-229호
등록일자 | 1988년 5월 11일(설립일자 | 1983년 6월 24일)

04042 서울시 마포구 잔다리로 30 해냄빌딩 5·6층
대표전화 | 326-1600 **팩스** | 326-1624
홈페이지 | www.hainaim.com

ISBN 978-89-6574-574-7